近衛龍春

武士道　鍋島直茂

実業之日本社

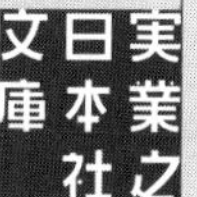

［武士道　鍋島直茂］目次

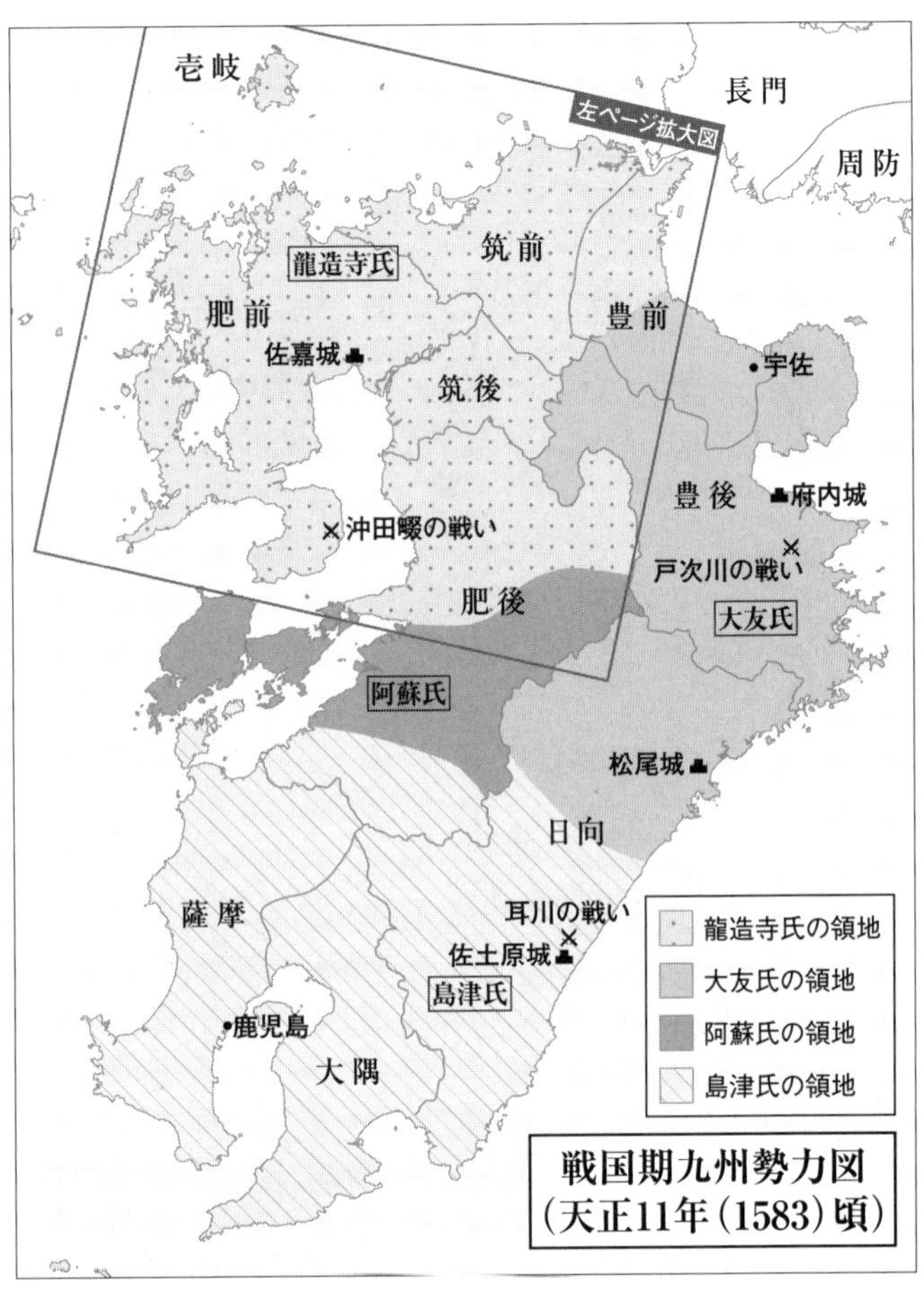

戦国期九州勢力図
（天正11年（1583）頃）

龍造寺（鍋島）軍の戦い
壱岐
日本海
赤間関
小倉城
筑前
立花城
宇留津
糸島
博多
名護屋城
岩屋城
安楽平城
宝満城
豊前
唐津
三瀬城
岩門城
平戸城
畑瀬城
鷲ヶ岳城
秋月
松浦
獅子ケ城
今山の戦い
勢福寺城
龍造寺隆信
八戸城
佐嘉城
伊万里城
晴気城
蓮池城
吉見嶽城
梶峰城
水ヶ江城
肥前
千葉城
筑後
大友宗麟
須古城
酒見城
波佐見
蒲池城
山下城
横造城
柳川城
鷹ノ尾城
有明海
辺春城
三池山城
八方ヶ嶽城
今富城
隈部城
竹崎
梅尾城
隈府城
大村
内村城
高城城
寺中城
沖田畷の戦い
竹迫城
丸尾砦
森岳城
隈本城
長崎
千々石城
島原
肥後
安徳城
日野江城
深江城
御船城
宇土城

地図製作／ジェオ

龍造寺家・鍋島家家系図

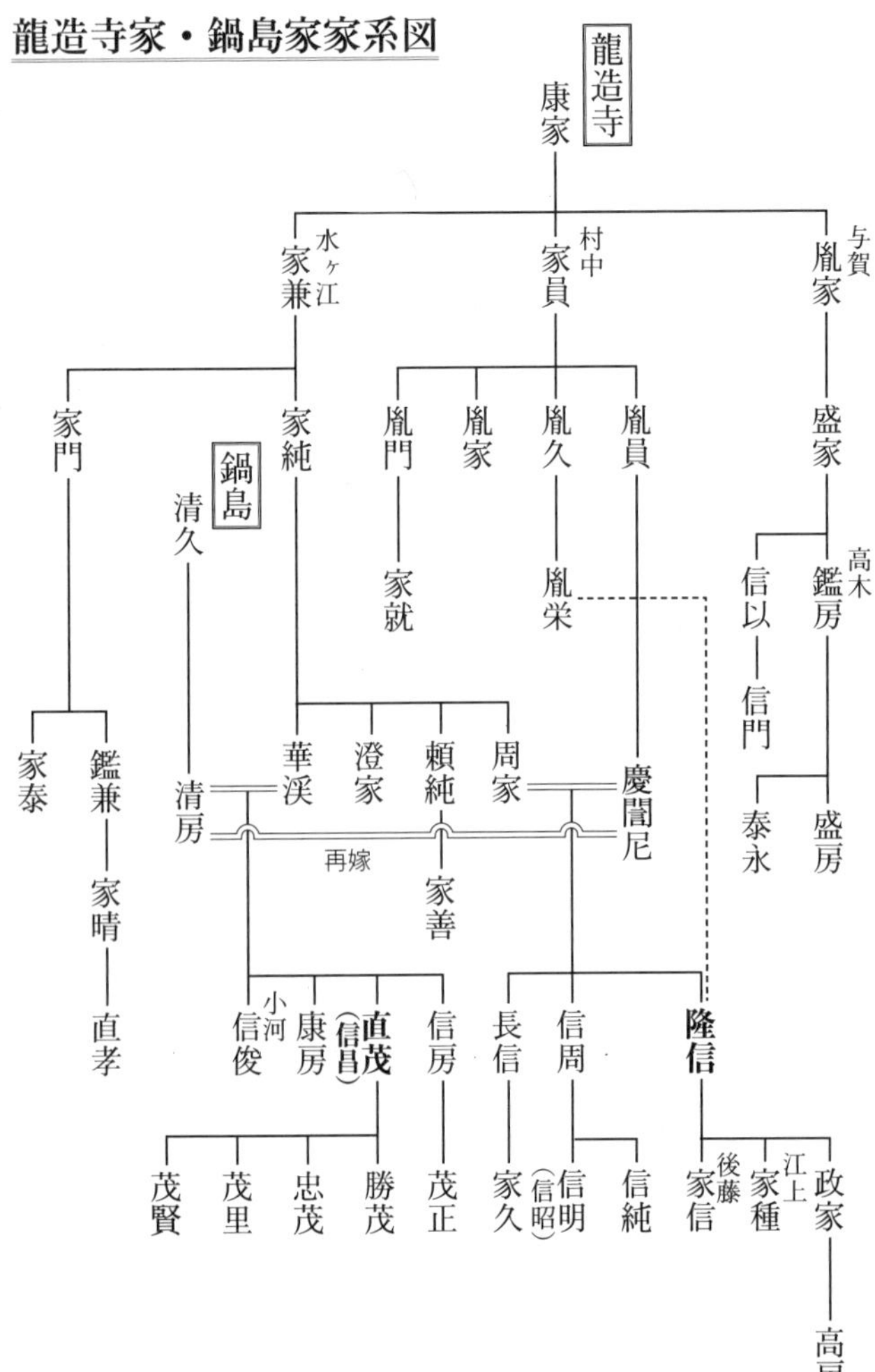

龍造寺
康家
水ヶ江
家兼
村中
家員
与賀
胤家
家門
家純
鍋島
清久
胤門
胤家
胤久
胤員
盛家
家就
胤栄
信以
高木
鑑房
信門
家泰
鑑兼
華渓
澄家
頼純
周家
清房
慶誾尼
泰永
盛房
再嫁
家晴
家善
直孝
小河
信俊
康房
直茂
(信昌)
信房
長信
信周
隆信
茂賢
茂里
忠茂
勝茂
茂正
家久
信明
(信昭)
信純
後藤
家信
江上
家種
政家
高房

第一章　蓮池(はすいけ)合戦

一

まだ紅葉には少し早い秋の午後、肥前(ひぜん)の牛尾(うしのお)城の中庭で、木刀を打ち合う音がする。武士として兵法（剣術）稽古は欠かさず行われていた。

「うりゃーっ！」

十四歳になる彦法師丸(ひこほうしまる)は三度、気合いとともに木刀で打ちかかるが、雑作なく家臣の鑰尼孫右衛門(かぎあままごえもん)に受け止められた。

「左様な打ち込みでは敵は斬れませんぞ。今一度、まいられ」

髭を蓄えた鑰尼孫右衛門は強い口調で言いながら突き放す。いつもより力が入っている。

「くそっ」

二重目蓋(ふたえまぶた)の目を歪(ゆが)めて悔しがる。彫の深い顔つきで鼻はやや大きめ、顎(あご)は細い。身の丈は五尺六寸（約百七十センチ）と長身の彦法師丸であるが、まだ肉は薄く、体は軽い。後方に二、三歩突き飛ばされたが、なんとか踏み止まった。

「以前、そちは刀を抜いて相対した時は負け戦も同じ。命を失う危うき時と申していた。かような稽古、意味があるのか」

木刀を下げて声をかけながら、彦法師丸は打ち込む隙を窺っていた。

古今東西、戦の主力は遠くから攻撃できる飛び道具である。これまでは弓が主流であったが、外国から鉄砲が齎されると、瞬く間に九州を中心に各地へと広がった。連続で放つことはできないものの、弓よりも遠くから敵を仕留められる武器は諸将から求められている。数が少なく高価なので思いどおりに所有できないことが、皆の悩みだった。

接近戦は薙刀から柄の長い鑓に変わった。しかも柄はどんどん長くなり、三間半（約六・四メートル）柄の鑓も出てきている。勇ましい武士でも敵に近づきたくないものである。刀は弓や鑓で討った敵の首を刎ねる時か、弓や鑓を失った時の道具とされていた。

「されば、彦法師丸様は危うき時には、なにもせずに首を……」

「隙あり」

会話の途中、彦法師丸は再び打ちかかった。

「甘い」

戦場経験豊かな鑰尼孫右衛門は軽く受け止め、円を描いて彦法師丸の木刀を巻き上げた。さらに丸腰となった彦法師丸の首元に木刀の切っ先を突きつける。

「実戦では不意打ちも騙(だま)しも常道でござるが、それは寡勢や葉武者のすること。彦法師丸様が大将になるならば、堂々と打ち勝たねばなりません」

一息吐いて孫右衛門は続ける。

「確かに大将が太刀を手にしている時は劣勢にござるが、戦は大将が討たれれば負けとも、お教え致したはず。大将は、なんとしても生き延びなければなりません。生き延びたからこそ、頼朝公は征夷大将軍に任じられました。ゆえに、太刀の戦いで勝てずとも、なんとしてもその場を切り抜けること。そのための稽古です。さあ、まいられよ」

孫右衛門は、左足を前にして切っ先を彦法師丸の眼に向ける青眼(せいがん)に構えた。

「されば、逃げる稽古をしたほうがよかろう」

木刀を拾った彦法師丸は、左足を前にして木刀を立てて右手の方に寄せ、八相(はっそう)に構えた。

「とう」

気が進まぬものの、養子の身としては否とは言えない。応じるならば、素直に従うほうが相手の心証を良くする。これが養子の処世術。彦法師丸は短く叫んで打ち込んだ。

稽古ののち彦法師丸は義父の千葉(ちば)胤連(たねつら)の居間に呼ばれた。

「失礼致します」

胤連は書に目を通していた。彦法師丸が部屋に入ると、胤連は視線を上げた。

「お呼びとお聞き致しましたので、まいりました」

部屋に端座しながら彦法師丸は告げた。

「重畳。近こう」

促されたので彦法師丸は胤連の真向かいに腰を下ろした。

胤連の千葉氏は下総の千葉氏の分家で、頼朝の重臣・千葉常胤が、戦功によって肥前の小城郡晴気荘を与えられたことにより、縁を持つようになった。

蒙古襲来の時、頼胤が九州に下向して戦い、孫の胤貞が小城郡に土着した。以降、肥前の千葉氏は同地を中心に繁栄するが、応仁の乱の余波を受け、千葉城（小城城・牛頭城とも）に居城を持つ総領家とも言われる東千葉氏（祇園千葉氏）と、晴気城を居城とする支流の西千葉氏（晴気千葉氏）に分かれて争うようになり、これが続いている。

胤連は西千葉氏の当主で、なかなか男子に恵まれず、天文十年（一五四一）彦法師丸を養子に迎えたところ、同二十年（一五五一）に千法師丸（のちの胤信）が誕生した。これにより、胤連は晴気城を実子に譲り、同城から一里十町（約五キロ）ほど南東の牛尾城に移り住んだばかりである。

改めて呼ばれたので彦法師丸は背筋を伸ばして座していた。

「大内があのようなことになった。やむにやまれぬ仕儀じゃが、そなたを鍋島の家に戻さざるをえぬ。痛恨の極みとはこのこと。当家が総領家であればのう」

悔しげに胤連は口を結んだ。

　肥前の国は鎌倉時代以降たびたび同国の守護を務めた少弐（しょうに）（武藤）氏に龍造寺（りゅうぞうじ）氏や千葉氏などの被官が従うといった形をとっていたが、周防（すおう）の大内氏、豊前（ぶぜん）の大友（おおとも）氏の圧力を受け、かろうじて体制を維持しているといった状況であった。

　この天文二十年九月一日、周防の陶隆房（すえたかふさ）（のちの晴賢（はるかた））が主君の大内義隆（よしたか）を自刃させ、大内家の当主には大友義鎮（よししげ）（のちの宗麟（そうりん））の弟の義長を迎えることで同家を掌握した。

　龍造寺隆信（たかのぶ）は大内氏と誼（よしみ）を通じていたが、隆信は後ろ楯を失うことになった。さらに、龍造寺家内部の争いもあり、大友方と親しい土橋栄益（つちはしひでます）は龍造寺鑑兼（あきかね）の擁立（ようりつ）を狙い、これ幸いと大友義鎮・少弐冬尚（ふゆひさ）の力を得て隆信を討とうと画策した。

　東千葉胤頼（たねより）は冬尚の実弟なので兄の命令を受けて土橋方に与（くみ）することを承諾。総領家から西千葉家の胤連は同陣を求められ、同意せざるをえなくなった。鍋島家は龍造寺隆信の被官であり、親戚でもあるので、彦法師丸の実家と敵対することになったという次第である。

　彦法師丸は天文七年（一五三八）、肥前佐嘉郡本庄村（さがぐんほんじょうむら）の在地豪族・鍋島清房（なべしまきよふさ）の次男として生まれた。島原半島の有馬（ありま）氏に備えるために彦法師丸は千葉氏の養子となった。

　利発だったこともあり、彦法師丸は胤連に気に入られ、隠居分のうち皆木（みなき）（美奈岐）村八十町と孫右衛門のほか、野辺田（のべた）、金原、小出、仁戸田（にとだ）など十二人を与えられた。彦法師丸を戻すことは、胤連としても苦渋の選択であろう。

「畏（おそ）れながら、某（それがし）を帰してもよろしいのですか」

胤連の思案を観察しながら彦法師丸は問う。

「目敏(めざと)いの。されど、儂(わし)は質を取らねば戦えぬ腰抜けではない。懸念は無用じゃ」

一瞬、豊かな頬を上げた胤連であるが、すぐに表情を戻した。

「龍造寺や鍋島などは敵ではないということにございますか」

蔑(さげす)まれたようで、彦法師丸は憤(いきどお)る。

「それは戦場で明らかになる。まあ、元服前のそなたにはまだ早かろう」

「お家の大事となれば、某も元服して参じる所存です」

「よいか、実家に戻っても、戦場に出たりするな。大内の後ろ楯を失い、さらに背信者を出した龍造寺はまずもたん。鍋島の家も然り。そなたは寺にでも入って嵐が過ぎるのを待つがよい。その間、文武に励み、兵を采配(さいはい)できる武将になれ。そなたなれば尽力次第でなれよう」

優しく胤連は諭すように告げる。目は慈愛に満ちていた。

「肝に銘じておきます」

恭(うやうや)しく彦法師丸は頭を下げた。

「わたしは嫌にございます。彦法師丸殿と本庄にまいります」

「これ、姫様、殿の部屋に挨拶もせずに入ってはなりません」

乳母の制止を振り切って、鶴姫(つるひめ)が部屋に入ってきた。丸顔の愛らしい少女でこの年十歳になる。彦法師丸は生まれたての鶴姫と婚約を結んで千葉家の養子となったので、その成長をずっと見てきた。夫婦というよりも兄妹として過ごしてきたようなものである。一緒に馬に乗って城下を走ったこともある。近く正式に婚礼の儀を結ぶ予定であった。

「よいか、寂しかろうが、これも武家の倣い。そなたも武家の娘なれば諦めよ」

「嫌です。わたしも一緒に行きます」

気の強い鶴姫は聞かず、首を振り続けた。

「鶴姫、義父上が申されたとおり、自が意思ではどうにもならぬことがある。事が収まれば、また一緒に暮らせる日がくるやもしれぬ。それまで、暫しのお別れじゃ」

胤連が一喝しそうだったので、彦法師丸が気を利かせた。

「暫しとは？」

大きな目をより大きくして鶴姫は問う。

「相手のあることゆえ判らぬ。一日も早く会える日が来ることを儂も願っておる」

「彦法師丸殿は父上と戦うのですか」

鋭くも、されたくなかった質問である。

「そうならぬよう、姫も祈ってくれ」

「はい、そうします」

純真な眼を向けて、鶴姫は頷いた。

「されば、これにてお暇致します。これまでお育て戴きましたこと感謝致します」

慇懃に礼を述べ、家臣たちにも別れを告げて彦法師丸は牛尾城を後にした。

（儂は役目を果たせなかった）

彦法師丸一人のせいではないが、結果、盟約は破られた。無能の烙印を押されたようである。彦法師丸は失意を感じながらの帰途である。

「鶴姫様の言葉は、ちと、きつうございましたな」

轡をとる笠原與兵衛が歩きながら言う。本庄から従ってきた草履取りである。小柄だが彦法師丸よりも五歳年長で、異国の者かと思うほど色が黒い。鼻が低く、額が広い顔つきである。

「そのうち判ろう。また、一緒に暮らしたいのは真実じゃ。但し、千葉家の養子ではなく、鍋島姓を名乗り、一城の主として嫁に迎えたいの」

駿馬に揺られながら彦法師丸は答える。慣れ親しんだ西千葉の分家も悪くはないが、やはり本姓には愛着があった。

「帰城したら、元服なされるのですか」

「そのつもりじゃ」

「龍造寺は敗れると千葉介（胤連）様は仰せでありましたでしょう」

初陣にも拘わらず、わざわざ負け戦に参じなくても、と與兵衛は言いたげである。

「武門の家に生まれ、旗色が悪いからといって、お家の大事に逃げるわけにはいかぬ」

「孫右衛門殿には、逃げる稽古をしたほうがいいと仰せられていたではありませんか」

逃げる意見には賛成できる、と頷きながら與兵衛は言う。

「戦わずに逃げることと、敵の刃を躱(かわ)すこととは違う」

「刃だけとは限らぬかと存じます。矢も玉も飛んできましょう」

冗談ではないと、與兵衛は首を横に振る。

「逃げることばかり考えておると、そちは一生、草履取りのままで終わるぞ」

「草履取りで十分。生きていることこそ武功だと某は思っております」

「ははは、まあ、そちらしいの」

與兵衛ならではの意見に、思わず彦法師丸は頰を緩めた。

「それにしても、なにゆえ千葉介様は彦法師丸様を質にしなかったのでしょうか。彦法師丸様を握っておれば、鍋島の鋒先(ほこさき)も鈍るでしょうに」

「質に取るまでもないということであろう」

これには少々憤る。後悔させてやりたい。それが義父だった胤連への恩返しだと思っている。

「彦法師丸様を見れば、殿様（鍋島清房）は、さぞお喜びになられましょうな」

「どうかのう。お家の劣勢を改めて確認するので、怒るのではないか」

幼い時の記憶しかないので、彦法師丸にとって実父の清房は厳しい印象しか持っていなかった。

「怒られるのがお判りなのに、嬉(うれ)しそうでございますな」

武技を苦手とする與兵衛であるが、なかなか鋭い洞察力を持っている。

「戯け。質の価値なく戻されたのじゃ。嬉しいものか」

心中を見すかされたせいか、彦法師丸は叱咤するが、どこか浮かれているのも事実であった。


（本庄か）

弾む気持を抑えながら、彦法師丸は長崎街道を東に向かった。

牛尾城から二里半（約十キロ）ほど東に本庄館はある。館には水堀を廻らし、その周囲は湿地に囲まれていた。


（懐かしいの）

以前のままなので安心するが、どういう対応をされるかと思うと急に緊張してきた。

「お待ちしておりました。太田にございます。伊予守を名乗っております」

鍋島家の家臣の太田伊予守が出迎えた。正直、よく覚えていない。

「重畳」

労いの言葉をかけた彦法師丸は、太田伊予守に促されて十年ぶりに正門を潜った。本庄には応永（一三九四～一四二八）年間に住みはじめたので、既に百二十数年以上が経過している。館は質素なものであるが、傷みなどはなく、小ぎれいに掃除されていた。

二十畳ほどの板の広間には二十数人の家臣が集まっていた。本庄館の周囲に屋敷を構えて居住している者たちである。

首座には四十歳になる父の清房が、その右隣には二十三歳の長男・信房が腰を下ろしていた。さらに少年が二人、上座に近い場所に座し、家臣たちは両脇に並んでいた。

　鍋島氏の出自は諸説あって定かではない。宇多源氏の流れを汲む佐々木清定の末裔となる長岡経秀が永徳年間（一三八一～一三八四）に肥前の佐嘉郡鍋島村に土着し、土地の鍋島を姓にしたという。

　初め鍋島氏は千葉氏に属したが、争いの中で龍造寺氏を頼るようになり、経秀の息子の経直は、龍造寺氏の主家である少弐教頼に娘を差し出した。側室になったこの娘が男子を産んだので、経直はその男子を養子に迎え、清直とした。これによって鍋島氏は藤原姓を称するようになったというのが通説である。

　彦法師丸は首座から二間（約三・六メートル）ほど離れて腰を下ろした。

「父上ならびに兄上にはご健勝にてお喜び申し上げます。彦法師丸、故あってただ今、本庄に戻ってまいりました」

　家族との再会は嬉しいが、故郷に錦を飾ったわけでない。彦法師丸は恥を感じながら告げた。

「重畳至極。そちも健やかにてなによりじゃ」

　千葉家との盟約は破棄された。役立たずな息子だとでも思っているのか、あるいは次男なので、あまり興味がないのか、清房は淡々とした口調で労った。

「大事なお役を果たせず、申し訳ありませぬ」

「そちのせいではない。全ては大内のせい。また、その大内を頼りにせねばならなかった龍造寺の力のなさよ。久々に顔を合わせたにも拘わらず、愚痴を申したの」

清房の不満は彦法師丸ではなく、討たれた大内義隆や龍造寺にあるようだった。

「彦法師丸、これなるはそちの弟たちじゃ」

長男の信房が空気を変えようと、二人の異母弟を紹介した。九歳になる鶴千代（のちの康房）と七歳になる萬福丸（のちの信俊）である。二人とも珍しいものでも見るような目を彦法師丸に向けていた。盟約を保つことができずに戻された兄とでも教えられているのか、見下したような眼差しをしていた。

（無礼な）

根本的に正室と側室の子供は身分が違うものである。

（まあ、今は仕方ないか。いずれ母の違いだけではなく、その差を見せてやる）

敗北感の中、彦法師丸は異母弟たちの視線に、反骨心の火がついた。

残念なのは母（華渓正春大姉）が三年前に他界してこの場にいないこと。幼くして養子に出されたので、母とはあまり接する機会がなかった。

（かような姿を見られずにすんだのは幸いかの）

肚裡で少々自虐的に呟くが、彦法師丸は前を向く。

「鍋島家に帰ってまいりましたゆえ、元服しとうございます」

汚名を雪ぐのは戦場でしかない。彦法師丸は清房に進言した。

「気持は判らんではないが、なぜ実家に戻ってきたのかを思案致せ。龍造寺にとっても当家にとっても厳しき戦いを強いられることになる」

こわばった表情で清房は言う。

「それゆえ、お家の役に立ちとうございます」

「儂の申している意味が判らんのか！　そちのような戯けは寺でも入って修行致せ」

声を荒(あら)らげた清房は、床を踏み鳴らして広間を出ていった。

「そちを元服させれば、万が一の時は斬られることになる。さすれば母の血は絶えてしまう。父上はこれを危惧(きぐ)しておられるのじゃ。父上の心中を察しよ」

清房とは違い、兄の信房は優しく諭す。

「されど、某は坊主になどなる気はありませぬ」

「父上の命令は絶対じゃ。従わねば一生、僧籍に身を置かねばならぬぞ」

言い含められるが、彦法師丸は頷かなかった。

信房が言ったように、清房の下知(げじ)は絶対である。彦法師丸は嫌々ながらも本庄館から七町（約七百六十メートル）ほど南東に位置する曹洞(そうとう)宗の梅林庵(ばいりんあん)（梅林寺）に入れられることになった。鶴千代と萬福丸も近くの寺に入れられた。当時の寺社は特別な聖域であり避難場所なので、戦国の武将であっても、織田信長のような特異な人物を除けば、滅多に踏み込んで斬ったり拉致したりはできなかった。

頭を丸めた彦法師丸は梅林庵にいた。万が一の時のために日峯(にっぽう)という出家号も用意した。また、警護のために太田伊予守が在寺して扈従(こじゅう)する。手習いは隣寺・宝持菴(ほうじあん)の住持(じゅうじ)

（住職）の珍蔵主が務めることになった。

入寺した彦法師丸の一日は、これまでとは一変した。沙弥などの身分の低い僧侶と雑魚寝し、寅ノ刻（午前四時頃）前には起床する。起きたらすぐに洗面、用便、着衣をすませ、朝の坐禅を組む。続けて勤行（読経）を行ったのちに食事の支度をし、小食と呼ばれる朝食をとる。食べ終えたのちに、掃除、洗濯、日中の諷経（読経）。その後は畑仕事や山での薪拾いなどの作務をする。他の僧侶は托鉢に出かけたりする中、彦法師丸らは夜の勤行までに書を読み、武芸に勤しんだ。夕食ののちは再び夜の坐禅を組み、戌ノ刻（午後八時頃）には就寝となる。沐浴は四、九日のみで、平素は手拭いで体を拭く程度。千葉家の養子に迎えられ、城主の跡継ぎとして不自由なく暮らしていた時と比べ、制約だらけの生活を送ることとなった。

（かようなことでよかろうか。儂は武士だというのに）

落胆の溜息を深く吐く。毎日の楽しみが読書と武芸の稽古とは皮肉なものであった。

彦法師丸が梅林庵に来てからおよそ一月後の十月、大友、大内氏の後ろ楯を得た土橋栄益は周囲の国人衆を集って龍造寺隆信の村中（佐嘉）城と隆信の弟の水ヶ江城を包囲。討死か自刃を覚悟した隆信であるが、寄手の小田政光、深町理忠主従の説得を受け、三里半（約十四キロ）ほど南東に位置する筑後・蒲池城主の蒲池鑑盛を頼って落ちていった。鍋島一族も隆信に従った。

（激しい戦いこそなかったが、父上の申されていたことは真実だった）

龍造寺隆信勢が肥前から一掃され、彦法師丸は失意に暮れる。

（が、儂も皆も生きておる。生きていれば再起はできる。その戦いに参じるのじゃ）

過去を嘆いていても始まらない。今日一日を必死に生きれば明日が来るという教えがある。彦法師丸は前向きにとらえることにした。

というのも、龍造寺勢が攻められた時、その寄手に東千葉家の胤頼は参じたが、西千葉家の胤連は千葉家内の争いがあったために参じなかった。暗鬱の中で、唯一、彦法師丸の心を穏やかにさせたことである。

（肥前全てが敵になったわけではない。龍造寺が強くなれば、鞍替えする家もいるはず）

彦法師丸は希望を持って日々の修行に向き合った。

二

天文二十二年（一五五三）晩夏、龍造寺隆信は準備万端、再起をかけて腰を上げた。家臣の吉岡蔵人、早田次郎右衛門を佐嘉に送り、村岡与三右衛門、徳久主馬之允らと密談させた。

密命を受けた村岡与三右衛門らは七月中旬には一千余の兵を集めると、これに石井和泉守らが参じたので、兵は三千余に膨れ上がった。

筑後の蒲池鑑盛も二百の兵を支援することになり、七月二十五日、隆信は意気揚々と乗船し、筑後川支流の早津江川の西、肥後の鹿江崎に上陸した。龍造寺家兼の娘婿の鹿江兼明が、岸から十町ほど西の威徳寺に館を築いていたので、隆信は同館に入って反撃の狼煙を上げると兵は数千に増加した。

勢いに乗る隆信勢は彦法師丸らが在する梅林庵から十四町ほど南東の飯盛館の高木鑑房と神代勝利の家臣を一蹴し、西南の若（十五）村、さらに北上して精で鑑房、八戸宗暘を破った。

龍造寺勢は連戦連勝。報せは梅林庵の彦法師丸の許にも届けられた。

「還俗しておれば、儂とて参じて功を上げられたであろうに」

本堂の前を竹帚で掃きながら彦法師丸は悔しさを吐き出した。

「まだ修行が足りぬようじゃの。出家した者の申すことではあるまい」

梅林庵の住持も兼ねる珍蔵主が、本堂の上から窘める。

「そうではございますが」

僧になるために入寺したわけではない。言い返したいところだが、一応、師なので飲み込んだ。そこへ太田伊予守が駆け付けた。

「申し上げます。こちらに龍造寺のお屋形様がまいられます。殿（清房）も一緒です」

「まことか！」

体に雷でも落ちたような衝撃を覚えた。もはやこうしてはいられない。

「和尚（おしょう）様、挨拶の席に某も同席させてください」

　堂上の珍蔵主を見上げ、彦法師丸は近づきながら懇願（こんがん）する。

「同席してなんとする気じゃ」

「元服して近侍させて戴くことを願い申し上げる所存です」

　駄目だとは言わさぬ口調で彦法師丸は迫る。

「仏に仕える身としては、人殺しを生業（なりわい）とする道を勧めるわけにはいかぬ」

「この庵では、無になること、あるがままに、なすがままに、と教わりました。某は武士の血筋。その時がまいったものかと存じます。それゆえ武士のままにでございます」

「雲水の真似ごとをしたゆえ、方便ばかりは達者になったの」

　珍蔵主は笑みを作り、続けた。

「昨今の武士は寺を隠れ蓑（みの）にし、我らに後始末ばかりをさせよる。これによって寺は寄進を受けるという罰当たりな輪廻（りんね）を繰り返しておるのが現実。なんとも愚かしい限りじゃ。されど、文句を申すだけではなにも変わらぬ。拙僧も未熟な弟子を修羅の世界に送りだすからには、なにかを託さねばならぬ。世の中、戦が強いだけでは、人殺しだけでは治まらぬ。慈悲の心を忘れまいぞ。そなたに刃を向ける者には鬼になろうとも、頭を下げる者には仏となって寛容になるがよい。さもなくば、世に不必要とされ、淘汰されていくだけぞ」

「ご教授、忝（かたじけな）く存じます」

師の温かい言葉に彦法師丸は感謝の意を込めて深々と頭を下げた。
半刻（約一時間）ほどして龍造寺の兵が訪れて庵に陣幕を張り、その後、隆信が現われた。

龍造寺氏の出自は諸説あって定かではない。藤原氏あるいは高木氏の一族で、平安末期から鎌倉初期に生きた南二郎季家が肥前国小津東郷龍造寺村の地頭職となり、佐嘉周辺を支配した。

明応元年（一四九二）、康家の代に次男の家和（家員）と五男の家兼がそれぞれ村中、水ヶ江龍造寺を称して争うようになった。本家は村中龍造寺氏であるが、実権は家兼が握るようになった。

隆信は家兼の曾孫にあたり、少年期は仏門に入って円月を称していた。天文十四年（一五四五）、祖父の家純と父の周家が謀叛の疑いありと、主家少弐氏の重臣の馬場頼周に殺害された。この時、円月は曾祖父の家兼に守られて筑後国の蒲池鑑盛の許に逃れた。

翌天文十五年（一五四六）、家兼は蒲池鑑盛の支援を受けて佐嘉に帰還し、馬場頼周を討って龍造寺氏を再興するものの、翌年病死してしまう。円月は家兼の遺言に従って還俗し、胤信を称して水ヶ江龍造寺の家督を継いだ。

天文十六年（一五四七）、隆信は本家・村中龍造寺当主の胤栄に従い、主筋の少弐冬尚を攻め、勢福寺城から追放。翌年、胤栄が死去すると、胤信はその未亡人を娶り、本家の家督も継承したが、家中の反発も多く、これを押さえるために、西国最大の版図を持つ大内義隆と誼を通じ、義隆からの偏諱で最初は隆胤、さらに隆信と改名し、朝廷から山城守を称することも許された。

　大内義隆を後ろ楯として家中の不満を抑え込んだ隆信は、大内義隆が陶隆房に討たれたことによって肥前を追われる。それでも、こうして返り咲いたところである。

　身の丈は五尺一寸（約百五十五センチ）だが、体重は二十六貫（九十七・五キログラム）ほどはあろう巨漢の武士。この年二十五歳になった隆信である。彦法師丸の亡き母・華渓は龍造寺家純の長女なので、隆信にとっては伯母にあたり、彦法師丸と隆信は従兄弟ということになる。

　隆信は庭の床几に腰を下ろし、満足そうな顔をしている。

「よう、ご無事に戻られました」

「御坊、久しいの。息災でなによりじゃ」

　戦勝気分に浸る隆信は鷹揚に告げる。

「これ、山城守殿に茶を差し上げよ」

　師に従い、彦法師丸は片膝をつき、顔を伏せたまま盆に載せた茶を差し出した。

「これは有り難い」

　隆信は碗を摑み、一気に茶を飲み干した。

「そのほう、随分と上背があるの。いかほどか」

「今少しで六尺（約百八十二センチ）に届くかと存じます」

長身に期待していることが窺えたので、彦法師丸は嘘にならぬように答えた。

「ほう、六尺とな。名はなんと申す」

「鍋島駿河守清房が次男・彦法師丸にございます」

還俗するつもりなので、彦法師丸は法名を名乗らなかった。

「そちが駿河守の息子か。寺は好きか」

「嫌いではありませぬが、武家に生まれしゆえ、刀鑓にてお家の役に立ちとうございます」

顔を上げて直視したいのを堪えながら彦法師丸は告げた。

「左様か。駿河守はなんと申しておる？」

「まだ、話をしておりませぬ」

「駿河守には小田（政光）に備えさせておるゆえの。直視を許す。面を上げよ」

許可が出たので彦法師丸は顔を上げて隆信を見た。

（なんと）

凄みのある強い眼差し。二度落城の屈辱を経験し、今また返り咲きを果たそうとしている不屈の闘志が滲み出ている。

「よき面構えじゃ。さすが我が龍造寺の血を引いておる。坊主にしておくのは惜しいの。駿河守には儂が申すゆえ、我が側に仕えよ」

体に稲妻が走ったような嬉しい隆信の言葉である。

「有り難き仕合わせに存じます。身命を賭してお仕え致します」

肚裡では歓喜しながら彦法師丸は告げた。

「還俗したからには、幼名を名乗っているわけにはいかぬの。父の仮名はいかに」

「孫四郎にございます」

「そちの兄は三郎兵衛尉を名乗っていたの、されば孫四郎信昌ではいかがか」

「お屋形様から御一字を賜り、畏れ多き次第にございます。某、これより孫四郎信昌を名乗らせて戴きます」

主君からの偏諱は名誉の極み。忠節を誓わせるだけではなく、期待のあらわれでもある。彦法師丸改め信昌は恐縮しながら拝受した。剃髪していたので月代を剃って髷を結うという行為はないが、烏帽子がかぶせられ、盃の酒を口にした。臨時の加冠式ではあるが主君が烏帽子親である。感無量であった。

信昌より先に信安、信真を名乗ったとも言われているが、初期段階で有名な信昌で通すこととする。

隆信が信昌を気に入った理由は、長身の親戚というだけではなく、一度は仏門に身を置き、少しでも崇高な志を求めて修行したという共通意識があったのかもしれない。

ほどなく小田政光に備える清房の許にも信昌が還俗し、元服したことが伝えられると、清房からは色々威の二枚胴具足と六十二間小星形兜が送られてきた。この色彩とは合わぬ赤い面頬。

人間、血を見ると焦り、狼狽え（うろた）、平常心を失って訓練した兵法も役に立たずに討たれてしまうことがある。自分の血が流れ、敵の血を浴びても目立たぬようにということかもしれない。

（冷静にということか）

信昌は瞬時に理解した。

隆信勢連戦連勝、の報せが広まると村中城に在していた小田の兵は、とても寡勢では守りきれぬと城を捨てて主の許に逃亡。隆信は無傷で居城に帰還を果たした。

この時の村中城は周囲に水堀を廻らしただけの平城であった。

騎乗したまま城門を潜った隆信は一旦馬脚を止め、深い溜息を吐いた。二度城を追われた屈辱を回顧しているのか、万感の思いにかられているようであった。

（お屋形様に二度と、かような思いをさせてはならぬ）

徒立ち（かちだ）の信昌は隆信を見上げ、家臣としての自覚を強く持った。

夜になり、帰城の宴が催された。小田政光ら敵の反撃の気配がなかったので清房らも参じた。信昌は太刀持ちとして同席するが、ほかの近習（きんじゅ）は隣室に控えている。

「ご無事のご帰還、御目出度（おめでと）うございます」

改めて老臣の小河信安（おがわのぶやす）が祝いの言葉を口にすると、主殿に集まった十数人の主だった旧臣が追従した。

「重畳至極。儂が村中に戻ったからには龍造寺の旧領を取り戻し、四方に版図を広げる。

もはや後ろ楯は当てにならん。信ずるは己のみ。皆もそのつもりでいるように」

盃を呷（あお）りながらではあるが、隆信の所信表明である。隆信の力強さが感じられた。

隆信は酒豪なので一升や二升呑んでも酔うことはないが、家臣たちはたまらず、そのまま半ば倒れるように横になり、主殿で鼾（いびき）をかいていた。

「皆、だらしないの。されば儂も寝るとするか」

上機嫌だった隆信は、怠（だる）そうに腰を上げ寝室に向かう。信昌は後を追い、隆信が寝床に入ったことを確認して、漸（よう）く解放された。宿直は別の近習が務めるので、やっと休むことができる。

重臣たちの確認のため主殿に戻ると、手酌で清房が呑んでいた。

「父上、小田への備えご苦労様でございました」

酌をしながら信昌は労いの言葉をかける。

「そちも、お屋形様の側仕えは骨が折れよう」

「いえ、御一字まで戴き、感謝しております。それと、勝手に還俗ならびに元服したこと、お詫び致します」

信昌は両手をついて頭を下げた。

「お屋形様からのお声がかりじゃ。当家の誉れでもある。決して信頼を裏切るまいぞ」

「承知しております。命をかけて忠節を尽くす所存です」

「よき心掛けじゃ。龍造寺のためにも鍋島のためにもなろうぞ。さて、儂も眠くなった。

この城に戻るのは二年を越えるの。皆と一緒に喜びを分かち合おうぞ」

清房は倒れるように主殿の板の間の上に横になった。

「儂も、いずれは、お屋形様の一番近い位置に座せるよう、功を上げてやる」

その場はいわゆる筆頭家老、一族、親族、譜代を差し置いてということになるので簡単にはいかないものの、信昌の身は働きたくて熱く燃えていた。

帰城を果たした隆信は、用意が整い次第動きだした。

八月八日、隆信は小河信安、納富信景、福地信重らに命じ、村中城から半里（約二キロ）ほど西に位置する八戸宗暘の八戸城を攻めさせた。城には北の山内から神代勝利らが加勢に参じて本丸を守備。宗暘らは二ノ丸に入り、伊東、諸熊、光岡ら数百の兵で防戦に努めていた。激戦の末に信重が浦ヶ部常陸介を生け捕りにすると、城方の勢力は弱まった。多数の兵が討死したこともあり、八戸宗暘は降伏を申し出た。

「よかろう」

旧領の完全復活を一刻も早く達成するため、報せを聞いた隆信は懇願を受け入れた。

降伏を受け入れられた八戸宗暘は神代勝利を伴い、山内に退いていった。これに伴い、佐嘉城を守っていた小田政光は、居城の蓮池城に帰城していった。

村中城よりも佐嘉城のほうが広く守りが固いので、隆信は居城を佐嘉城に移した。

さらに九月二十六日、城原の江上武種も降伏して城を明け渡した。

龍造寺氏の旧領は着々と取り戻しつつあった。

隆信の近習として仕える信昌は、主の動座がなければ動くことができないのがもどかしい。

「初陣はまだであったの。そう遠くないうちに出陣する。楽しみにしておれ」

信昌の心中を察してか、隆信は磊落な口調で言う。

「承知致しました」

信昌は逸る気持を抑えながら答えた。日々、弓、鑓の稽古にも熱が入った。

三

「孫四郎（信昌）、小田を討つ。遂に初陣ぞ」

十月に入り、隆信が弓場で矢を放ちながら告げる。出陣の準備は進めていた。

「有り難き仕合わせなれど、初陣につきましては父の許で果たしとうございます」

片膝をつき、矢を渡しながら信昌は進言した。

「我が許では不満か」

一瞬、隆信の眉間に皺が寄り、視線が険しくなった。

「とんでものうございます。我が父をはじめ、ご重臣方々もおりますれば、お屋形様の本陣が敵と干戈を交えることはまずないかと存じます。こののちもお屋形様にお仕え致すためにも、前線での戦いを目にし、敵に鑓をつけとうございます」

「さもありなん。されば我が目として駿河守（清房）の許にまいるがよい」

「忝うございます。お屋形様の近習として、必ずや敵を討ち取る所存にございます」

期待に胸を高鳴らせ、信昌は覇気ある声で答えた。

十月八日の早暁、信昌は本庄の鍋島屋敷で色々威二枚胴具足を身に着け、清房や兄の信房ともども広間で床几に腰を下ろしていた。

（叶うならば、亡き母上に、初陣の姿を見せたかったのう）

幼き頃に見た華渓の姿を思い出し、信昌は残念な気持にかられたが、現実に掻き消された。

戦場は命の奪い合いをする場所。勿論、自分の命を失うかもしれない。頭では理解しているつもりであり、還俗した時に覚悟もできている。これから死をかける場に向かうと思うと、不思議な気持である。どこかふわふわと浮いているような気であった。

そこへ侍女の於米が三方を持って現われた。上には干し鮑、勝ち栗、結び昆布が載せられている。鮑は打ち鮑と呼ばれ、打って、勝って、喜ぶという験に因んだもの。出陣にはかかせぬものである。

供えるものとは別に、小さく刻んだ鮑などがある。清房が一摑みずつ口に入れ、酒で腹に流し込んだ。お世辞にもこのままでは固くて食べづらく美味なものではないが、しきたりなので仕方ない。信昌も父に倣った。

「されば、出陣じゃ！」

「おう！」

清房に続いて信昌も盃を床に叩きつけると、破片が放射状に広がった。細かく砕け、遠くまで散らばることがいいとされている。敵を敗り、版図を広げるということである。

満足しながら信昌は鬨で応じ、勇む足取りで床を踏み鳴らして広間を出た。

外には、この日のために用意した栗毛の駿馬が曳かれていた。背には真新しい漆塗りの鞍が置かれている。

「お似合いでございます」

普段は草履を取る笠原與兵衛であるが、この日は陣笠をかぶった足軽具足姿で馬の轡を取っていた。信昌の晴れ姿を見て褒める。

「そなたは、あまり似合わんの」

軽口を言って笑みを浮かべ、信昌は鐙に足をかけて駿馬に跨がった。

「一、二刻もすれば馴れましょう」

笠原與兵衛も笑みを返すと、清房が馬鞭を正面に振り下ろす。

「進め」

下知に従い、戦場経験豊かな信房を先頭に正門を出ていった。これに清房が続き、初陣の信昌は後方に近い並びで進む。鍋島勢は末端の小者まで含めて三十名ほどであった。

（二度と本庄の屋敷に戻れぬこともあるのじゃな）

正門を出た瞬間、信昌は背筋になにかが走るのを感じた。

鍋島勢は佐嘉城に登城し、龍造寺軍と合流して蓮池城に向かう。同城は小田城または小曲城とも呼ばれ、佐嘉城から一里半（約六キロ）ほど東に位置する平城である。南は佐賀江川、東は城原川が流れて天然の外堀となり、城の北と西は湿地が広がり寄手の侵攻を阻んでいた。

因みに佐賀江川は江戸時代に人工的に今の位置に流れを変更している。

隆信は兵を三方面に分けた。

北の境原の大将に次弟の信周を命じ、龍造寺伊豆守、福地信重、石井忠本、鹿江兼明ら。

南の駕輿丁の大将に末弟の家信（長信）、先陣は馬渡栄信、二陣は納富信景、三陣は龍造寺家就ら。

隆信は小河信安と城から十四町（約一・五キロ）ほど南西の井尾（犬尾）に本陣を布く。龍造寺一族は本陣にいた。総勢三千七百余の軍勢である。

蓮池城には小田政光・賢光親子、江口源世入道、深町理忠のほか崎村城主の犬塚鑑直、蒲田江城主の犬塚尚重、直鳥城主の犬塚鎮尚らが救援に訪れ、二千六百の兵が寄手に備えた。

（かようなところにいては戦いに参じられぬではないか。なんのための出陣か）

十五町ほど先ではあるが、蓮池城が遠くに見える。本陣に控える信昌は苛立ち、何度も床几から腰を上げては座るを繰り返した。

「安心しろというのもなんだが、蓮池城には簡単にはとりつけぬ。そのうち儂らにも下知が出されよう。それまで心を落ち着かせ、いつでも戦えるよう備えておれ」

騒擾している信昌を見て、父の清房が気遣って声をかける。信昌は無言のまま頷いた。

本陣から攻撃命令が出され、寄手は城に迫るが湿地に足をとられ、思うように進めない。遠間から弓、鉄砲を放つばかりであった。

「埒が明かぬ。駕輿丁口に後詰を廻せ」

一刻半（約三時間）ほどして、焦れた隆信は命じた。

これにより鍋島一族、龍造寺信周、石井忠房らが陣替えすることになった。

「漸くか！」

下知が伝えられるや、信昌は瞬時に立ち上がり、気勢を上げた。

「逸るでない。初陣は臆するぐらいが丁度いいというものじゃ」

戦場経験豊かな信房が注意する。

「承知しております。懸念は無用です」

胸を叩くが逸るなというのが無理である。信昌は早く飛び出したくて仕方なかった。

昂ったまま騎乗すると馬が驚いて竿立ちになった。

「どうどう」

駿馬を宥めながら、まずは自分であると、信昌は手綱を絞って心の制御に努めた。焦る気持を抑えながら、馬脚を進めると、四半刻ほどで駕輿丁口に達した。

「これではのう」

戦闘を目の当たりにした清房は溜息を吐く。龍造寺家信らがしきりに弓、鉄砲を放っているが、城からも同等の矢玉が飛んでくるので、寄手は佐賀江川を渡れずにいた。

「孫四郎、そちならばいかにする？　阿呆面をして川中に入れば敵からは格好の的になろうぞ」

今にも川中に飛び込みそうな信昌に清房は問う。

「まずは竹束で矢玉から身を守ります」

冷静に信昌は答えた。

竹束とは一間（約百八十センチ）ほどの長さの青竹を円柱形状に直径一尺（約三十センチ）ほどに纏め、縄で縛りあげたものである。当時の鉄砲は銃身の中に螺旋を切っておらず、玉も球形なので回転不足となり、竹束に当たると弾かれてしまう。青竹は入手、加工しやすいので、諸将は当然のように用意していた。

竹束を考案した人物は、甲斐国主武田晴信（のちの信玄）の家臣、米倉重継（宗継）と言われているが、甲斐よりも早く鉄砲が伝わった九州では、当たり前のように防御法は考えられていた。

「竹束に続き、舟を並べて繋ぎ合わせれば橋ができます。さすれば馬でも渡れます」

初陣が遅かっただけに、城攻めのことは信昌なりに日々研究していた。

「さすが孫四郎、だてに寺で修行をしておらなんだな」

信昌の意見に頷き、清房は龍造寺家信に進言して受け入れられた。清房は配下に命じて、周辺の領民から舟を用意させた。

舟橋を築かれれば城内への侵入を許してしまい、落城の恐れもある。城方は北や西からの鉄砲衆や弓衆を増やし、引き金を絞り、弓弦(ゆづる)をひいた。

城方からの攻撃を弾きながら龍造寺勢は舟を並べて舟橋を築いていく。

「今少しぞ」

南から城方に延びていく舟橋を眺め、配下の者に声援を送る。その時であった。

激戦の末、馬渡栄信らが城門を破り、城内に雪崩(なだ)れ込んだ。城方が舟橋の構築を阻止しようと弓、鉄砲衆を南に廻したことで、兵が手薄になったようである。

西の不安が影響してか、南の矢玉の数が少なくなり、舟橋造りが捗(はかど)り、平板を乗せて遂に完成した。

「橋を渡れ！　城内に乗り込め！」

龍造寺家信が怒号し、直属の配下が舟橋を渡り、蓮池城に突入していく。

「我が案じゃというに」

信昌は愚痴を漏らすが、後詰なので先手を押し退けて進むわけにはいかず、順番を待つしかなかった。

「城に入ってからが真の戦い。引き入れて討つも策のうち。気を引き締めることじゃ」

清房が諫(いさ)めた。ほどなく鍋島勢の番となった。

「無闇に進むではないぞ」

兄の信房が信昌の鼻先を押さえるように先に舟橋を渡っていく。急造の橋なので不安定。さすがに馬を降りての渡橋であった。

「敵次第です」

手鑓を握り締めて信昌は信房の後を追う。五体には気が漲(みなぎ)っていた。

遂に佐賀江川を渡り、城の一部に足をつけた。敵地に踏み込んだと思うと、緊張と興奮のせいか、身に軽い稲妻でも走ったかのように震えた。

(いや、これは武者震いじゃ。臆しているわけではない)

恐怖を否定し、一歩一歩足の裏で確認するように踏み締めて前に進む。途端に渇いた筒音とともに足下で土埃(つちけむり)が上がった。正面の城壁の狭間(さま)から鉄砲が放たれたのである。

さらに矢が弧を描いて信昌らの頭上に降り注いでくる。

「危のうございます」

草履取りの笠原與兵衛が竹束で信昌らを守ろうとする。

「おのれ」

逃れようとする意識は信昌の頭にはない。闘争本能に火がつき、体は熱化している。

「待て。早まるな」

「うおおーっ!」

信房が止めるのも聞かず、信昌は雄叫びを上げながら地を蹴り、敵に向かう。入口は桝形になっているので矢玉をかい潜りながら一旦、東に向かって裏に出る形で突き進んだ。そこには弓と鉄砲衆が十数人固まって城への侵入を阻止していた。

「儂は鍋島孫四郎信昌じゃ。小田に武士がおるならば勝負致せ」

荒い息のまま信昌は名乗りを上げた。

「若造奴が、面白い。儂が相手をしてやる」

髭が濃く信昌よりも長身で肉も厚い武士であった。髭の侍は左足を前に手鑓を中段に身構えた。腕も太く構えもさまになっている。戦場経験はありそうである。

「おう、勝負じゃ」

信昌も同じように左足を前に一間半（約二・七メートル）柄の手鑓を中段に構えた。

（此奴はできるの）

敵を前に穂先がぶれたりせず、ぴたりと信昌に向けられている。経験が少ない武士は少しでも敵から離れたがるので柄の後ろに近い部分を握るが、髭の侍は正しい位置を手にしていた。

「おりゃーっ！」

恐怖を打ち消すように、気合いもろとも信昌は鑓を突き出した。

「甘い」

髭の侍は自身の右側に鑓を弾き、信昌の胴をめがけて鑓を繰り出してきた。

「おっ」

咄嗟に信昌は真後ろに下がると、敵の穂先が僅かに胴を削った。

（そうであった。鑓は真後ろに下がってはならなかった）

冷や汗をかきながら信昌は牛尾城で鑰尼孫右衛門に教えられたことを思い出した。だが、悠長に回想している暇はない。信昌の経験が浅いと踏んだ髭の侍は間髪を容れずに鑓を突いてくる。稽古の時は誰しも基本どおりに正しく突くものであるが、戦場なので振り廻したり、叩いたり、ある意味、滅茶苦茶である。敵も生死をかけているので、必死だということが判る。

（こっちだったの）

信昌は右斜め後ろに退く。鑓を突き出す時、相手が自分の左側にいると追いにくいと鑰尼孫右衛門が言っていたものである。事実、真直ぐ突く時よりも動きは鈍かった。

初陣で舞い上がる中、僅かでも落ち着けるのは、出家していた時のあらわれか。

（己を見極め、落ち着いた心で周囲を見渡せか）

梅林庵の珍蔵主の言葉を思い出すと、自分と敵との戦い方の違いを把握できた。髭の侍は信昌を初陣の若造と見下し、華々しく討ち取ろうと鑓の扱いが大振りになっていた。

（これならば、付け入ることはできよう）

圧されながらも、信昌は逆転の光明を見出したような気がした。

防戦一方の信昌に対し、髭の侍は頭の上で鑓を廻したりしていた。信昌の顔の近くを通過する時の風切音と風圧が強いこと。音が耳朶に響き、皮膚が裂けそうな気さえした。

（その無駄な動きが、汝の命取りじゃ）

敵の穂先が兜を掠めた瞬間、信昌は小さく踏み出した。実際には臆する気持があって大きく踏み込めなかったともいえる。信昌は素早く鑓を繰り出すと、相手の左籠手の下に刺さった。

「痛っ」

敵は顔を歪め、動きが止まった。手応えは十分。

「とう」

すかさず信昌は飛び込むように地を蹴り、鑓を突き出すと敵の首筋を裂いた。途端に血飛沫が宙を朱に染めた。

「おのれ」

髭の侍は首を押さえて身構え、戦闘を続けようとするが、すぐに膝をつき、崩れた。

（終わったか。儂が此奴を倒したのか）

動かなくなった敵を見下げ、信昌は万感の思いにかられた。

「孫四郎、とどめを刺して首を取れ」

傍らで信房が叫ぶので、信昌は慌てて喉元を抉り、刀で首を刎ねた。

「相手を侮ってはならぬか」

鑰尼孫右衛門の言葉を思い出しながら、信昌は呟き、討った首を笠原與兵衛に渡した。

（これが戦か）

命を奪った罪悪感はなくはない。殺らなければ殺られるのが戦である。互いに覚悟の上の参戦。明日は我が身と、信昌は黙礼して本丸に向かった。

寄手は二ノ丸、三ノ丸を次々に落とし、未ノ下刻（午後三時頃）には本丸を囲んだ。

「総攻めでしょうか」

内堀の外から本丸を眺め、信昌は信房に問う。内堀に舟橋をかけるための舟も用意していた。

「おそらくの。小田次第じゃが」

信房も本丸に目をやりながら答えた。

本告義景、園田三河守、江口源世入道を失い、陥落寸前まで追い込まれた小田政光は降伏を申し出た。

「小田奴は当家を傾けんとした輩じゃ。捕らえて首を刎ねよ」

隆信は申し出を拒み、激しい口調で吐き捨てた。

「仰せのとおりではございますが、あの本丸を総攻め致せば相応の犠牲が伴います」

小河信安が諫言する。城方を六百余討った龍造寺勢であるが、寄手も南里国有の一族三十余人のほか数十人の死傷者が出ていた。

「こたびは御戦初めにて、降人を認めねば、この先、降人は出なくなるやもしれません」

納富信景も諫めた。

「左様か。されば、こたびは許してやろう」

　怒りを堪えながら隆信が許可したので、政光は隆信の前に跪き、忠節を尽くすことを誓った。

　その後、酒宴が催された。信昌は親子で挨拶に出向いた。

「孫四郎、初陣にも拘わらず、首を取るとは、天晴れじゃ。盃を取らす」

　信昌を見た隆信は笑顔で労いの言葉をかけ、大盃に酒を注いだ。近習の活躍は当主としても嬉しいようである。

「有り難き仕合わせに存じます」

　大盃の酒を一気に呑み干し、信昌は至福の味を堪能した。

　鍋島家の陣に戻った。隆信は称賛するが、父親の清房は違う。

「あれほど逸るなと申したであろう。今日のそちは一介の雑兵と同じ。こたびの働きは匹夫の勇じゃ。一勢を率いる者のすることではない。よくよく全体を見るように致せ」

　説くというよりも清房は窘める。

「畏れながら、今の龍造寺は我らが率先せねば配下の兵は戦わぬかと存じます」

「働かせるのが我らの役目じゃ。そちは、それほど人殺しが好きか」

「好きではありませぬが、戦ゆえやむをえぬことにございます」

　手に残る鈍い感触を思い出しながら信昌は答えた。

「戦は、いかに敵を殺さずに勝利するかを思案致せ。狂気に走れば、恨みを買うばかりじゃ」

「許すばかりゆえ、佐嘉は国人衆が割拠して益なき争いを繰り返し、頃合を見計らって誰かが間に入って和睦（わぼく）させる。左様なことゆえ、大内や大友の食い物にされるのです。ここらで強い力を見せつけ、揺るぎない龍造寺を造ることこそ、国（郡）の安定に繋がるものと存じます」

そのため、多少の犠牲は仕方ないと信昌は思案する。

「儂も強い龍造寺を望んでいるが、力のみでは必ず高転びに転がる。国人衆の望みは本領安堵じゃ。その上で所領が増えればいいと考えておる。一国一城の主などは題目や酒の席で大風呂敷を広げることと同じじゃ。これよりそちはお屋形様の側に仕えるのじゃ。儂よりも意見を求められることも多かろう。その時、二人してかかれ、進めではお家を傾ける。常に慎重を心掛けよ。さもなくば、龍造寺も鍋島も傾けようぞ」

信昌の猛進ぶりを危惧し、懇々と清房は説く。

「承知しました」

反論すれば叱責されそうなので、信昌は渋々頷いた。

（話し合いで纏（まと）まっておれば、乱世になどなってはおるまい）

清房の希望は理解するが、まずは強い龍造寺を示すことが第一であると信昌は思案していた。

十月中旬、隆信は反旗を翻した龍造寺鑑兼（あきかね）を水ヶ江城から追い、小城（おぎ）（一説には筑後とも）に蟄居させた。同時に水ヶ江龍造寺家の当主の座も奪い、自身の弟の家信に水ヶ江家を継がせ、鑑兼の父・家門の遺領をも与えた。

また、鑑兼を担いで謀を企てた土橋栄益らを捕らえ、誅殺して二年前の謀叛事件を収めた。

土橋栄益が死去したのち、鑑兼は謀叛のことは栄益が行ったことで、自分はまったく関知していなかったと書状をもって懇願してきた。

「左様なわけあるまい」

隆信は一蹴するが、鑑兼は隆信の妻の兄なので無下にもできず、二度と背かぬことを条件に佐嘉に帰国することを許し、同地で所領を与えた。さらに鑑兼の嫡子の家晴も軍功があったので、筑後の柳川の城代に据えた。

これ以降、隆信は納富栄房、小河信安、江副久吉を執権（家老）とした。佐嘉に帰復した隆信は、改めて周防の大内氏に誼を通じた。

大内義長はこれを受け、天文二十三年（一五五四）正月、義長の一字を与え、隆信の弟の家信は長信と改名した。隆信にすれば大友氏を敵にしないための行でもあった。

四

近習の仕事は忙しい。宿直でなければ辰ノ刻（午前八時頃）には登城し、家臣、百姓、町人からの訴えを纏めて主君に報告。家臣は家督相続、本領の安堵、所領の境界の確定など、百姓は水不足による農作物の出来具合から、逆に川の氾濫による田畑の消滅被害、年貢（ねんぐ）の二重取りなど、町人は戦などによる通行、輸送の遅滞による物価の高騰で減収になることなどきりがない。これらが事実かどうか、主君の命令で信昌らは現地調査に赴（おもむ）かねばならない。

また、他家からの取次や時には使者に立つこともある。

信昌は前年、討ちもらした高木能登守鑑房の許に向かうように命じられた。

「お一人で行かれるのですか」

轡をとりながら笠原與兵衛が信昌に問う。麾下（きか）の家には安心して行くことができるが、敵対している家では命がけである。使者を斬ることは儀礼に反することであるが、首を刎ねて徹底抗戦を明確にすることは珍しくない。しかも高木鑑房は無双の勇士で早業打物（のちの居合い）の達人とされている。

「そちがいるではないか」

信昌はまったく問題にせずに騎乗した。

「某を当（あ）てにされては困ります。捕らえられ、あるいは斬られるやもしれぬのですぞ」

「儂を質にしても、父上は龍造寺を離反したりせず、またお屋形様も高木攻めを止めたりはせぬ。斬られれば運がなかったと諦めるしかないの」

笑みを返して信昌は馬脚を進めさせた。

「まだ食いたいものが山ほどございます。とても諦められませぬ」

とんでもない、と與兵衛は首を横に振る。

「ははは っ、そちらしいの。高木が儂を斬れば、即座に龍造寺の兵が高木の城を囲む。単独で龍造寺に勝てぬこと判っていよう。左様に愚かしい真似はすまい。今、高木は少弐の復活ならびに大友が仕寄るための歳月を稼いでおる最中じゃ。それゆえ、手荒なことはせぬと思うぞ。多分」

信昌は、そう心配してはいなかった。

この当時、高木氏は東西に分かれ、高木領を統治していた。東高木は高木鑑房。鑑房は龍造寺盛家の長男で東高木氏の養子となった者である。西高木は高木胤秀（たねひで）が支配していた。

東の高木城は佐嘉城から一里（約四キロ）ほど北に位置する平城で、周囲は深田と湿地に守られていた。

（昨年の蓮池城同様、仕寄るとなると面倒じゃの）

戦になった時のことを考えながら、信昌は水堀に架かる橋の前で馬を止め、門番に取次がせた。

「入るようにとのことにございます」

戻った與兵衛が伝えるので、信昌は頷いて橋を渡った。

屋敷の一室で待っていると、高木鑑房が因果左衛門、不動左衛門という二人の豪勇を伴って現われた。額が広い印象的な顔である。

（当主自ら顔を合わせるということは脈はなくはないか）

多少なりとも、鑑房が帰参することを信昌は期待した。

「主からの書にござる」

信昌は因果左衛門に隆信の書状を差し出した。書は左衛門から鑑房に手渡された。書には本領安堵の上、重臣の列に加える旨が記されていた。

読み終わった鑑房は鼻で笑い、書を乱雑に因果左衛門に抛り投げた。鑑房は十四代当主康家の長男・胤家の一族で、これを与賀龍造寺家と呼んでいる。鑑房は胤家の次男・盛家の嫡子であり、時節がら、鑑房は高木姓を名乗っているが、世が世ならば龍造寺の当主になっており、出家していた隆信に指図される筋合いはないと思っているのかもしれない。

「山城守殿の申すことは判った。今少し思案したいと申すがよい」

言うと鑑房は座を立った。

「ご無事でなにより」

縁で控えていた與兵衛は、草履を揃えながら笑みを作る。

「やはり先延ばしか」

帰路の騎乗で信昌は呟いた。予想どおりである。

「お屋形様はいかがなされましょう」

「高木はお屋形様とは言わず、官途名を口にした。従う気は微塵もあるまい。そう遠くないうちに陣触れがされよう」

鑑房の次男の泰永は佐嘉城で隆信に仕えている。仮に鑑房が滅んでも高木家の血は絶えないとでも踏んでいるのかもしれない。

まだ春には早い佐嘉ではあるが、信昌は戦の風を感じた。

帰城した信昌は高木城でのことを報告した。

「戯けた輩じゃ。時節を読めぬ輩は滅ぶしかあるまいの」

最新の鉄砲を眺めながら隆信は言う。肥前は海外との交易を推奨する国人は少なくないので、南蛮船が頻繁に入港して多くの利益を齎している。佐嘉の湊の整備はまだ整っていないので、早く佐嘉郡を纏めて普請したいと隆信は口にしていた。

「早うせぬとな」

引き金を絞り、隆信は力強く決意を新たにした。

天文二十三年三月、高木鑑房を討つための兵が三千余集結した。

「また、そちは我が許を離れ、鍋島の陣で働くのか」

隆信は信昌に問う。

「見ているだけでは、面白うございませぬ。それに、腰を上げたからには、必ず勝利しなければなりませぬ。肥前の国が何者にも侵されぬ静謐な国であるためにも」

両方とも信昌の本心である。なによりも鍋島家が先陣を命じられているのに、龍造寺の本隊にいては活躍できない。五体が闘志で漲っていた。

「よう申した。そちはこれより左衛門大夫を名乗るがよい」

信昌の大望を気に入ったのか、隆信は満足そうな面持ちで言う。

「有り難き仕合わせに存じます。左衛門大夫の名に恥じぬよう励む所存です」

戦の前から嬉々とした気分で信昌は礼を述べ、隆信の前を下がった。

「よいか、こたびは決して逸るではないぞ」

鍋島勢の陣に行くと、清房から釘を刺された。

「承知しております」

本意は別にあるが、素直に信昌は応じた。

「そちも、よく視（み）ておけ」

清房は嫡男の信房に指示し、兵を前進させた。白地に黒の「剣花菱（はなびし）」の家紋が春の晴れた青空に翩翻（へんぽん）と翻（ひるがえ）り、隊伍を整えた軍勢は威風堂々北に向かう。

龍造寺軍が北進すると、東西の高木軍は城に籠らず、城南の三溝（みつみぞ）に出陣してきた。

「三倍の敵に野戦を挑むとは、豪気なのでしょうか、はたや戯（たわ）けなのでしょうか」

與兵衛は首を捻（ひね）る。

（これは好機。鍋島は先陣。儂は先日、使者に立った。一騎駆けは武家の倣いじゃ）

取次や使者が先陣となるのは珍しくない。信昌は與兵衛の質問には答えずに言う。

「與兵衛、ついてまいれ」

命じるや信昌は高木軍に向かって砂塵を上げた。

「痴れ者奴、戻れ！」

背後から清房は叱責するが、信昌は駿馬の疾駆を止めはせず、逆に馬鞭を入れた。

「そんな」

寡勢で劣勢が極まっているならば、一か八かの敵中突破もやむをえないであろうが、これから三分の一の敵を攻撃するというのに、敵に単騎突入するなどありえない。信じがたい状況であるが、草履取りとしては主に従うしかない。嫌悪感をあらわに與兵衛は手鑓を持って信昌を追う。

「孫四郎を討たすな」

こちらも弟を見捨てられない。信房は仕方がないといった表情で配下に命じた。

信昌は左衛門大夫を名乗っていても、信房にとって孫四郎のほうが馴染みがあるようだった。

「儂は鍋島左衛門大夫じゃ。我と思わん者はかかってまいれ！」

周囲の心中など気にすることなく、大音声で叫んだ信昌は真一文字に敵に向かう。距離が一町を切ると、敵の鉄砲が近くで土埃を上げるが気にしない。矢が飛んでくれば太刀で打ち払う。

「敵の矢玉などには当たらぬ」

闘争心が漲っているせいか、当たるような気はしなかった。

高木鑑房は早業打物の達人なので、一人で雄々しく挑む信昌を、飛び道具で討ち取ることは武士の名折れと判断したのか、信昌に筒先、鏃(やじり)が向かなくなった。

信昌の武勇に呼応するように高木勢の中からも騎馬武者が出てきた。

「高木にも武士がいたわ。されば勝負じゃ」

改めて信昌は鐙(あぶみ)を蹴り、筋兜をかぶる敵に向かう。馬上では鑓よりも太刀のほうが扱い易い。互いに太刀を抜き合って接近、白刃(はくじん)を煌(きら)めかせて、遂に剣戟(けんげき)を響かせた。

高い金属音がするや否や、信昌はすぐに馬を返して袈裟がけに太刀を振る。敵の馬は機敏に反応できず、まだ返しきれていなかった。

「喰らえ！」

信昌の切っ先は首元を斜めに走り、あとから鮮血が噴きだした。

「うおおーっ！」

敵を一人討った信昌は鯨波(げいは)を上げ、敵の中に突き込んだ。『北肥(ほくひ)戦誌』には「清げなる若武者、鍋島左衛門大夫と名乗りて、唯一騎、真前に進み、敵に当たること千変万化(せんぺんばんか)せり」とある。信昌は駿馬を走らせながら、一ヵ所にはとどまらず、敵を払い除けるように太刀を振って斬り倒し、縦横無尽に駆け廻った。

信昌に引っぱられるように鍋島勢が吶喊(とっかん)し、一角を突き崩した。これに他の諸将も続いて攻撃を開始すると、多勢に無勢は否めず、高木勢は城内への敗走を余儀無くされた。

高木鑑房は水堀の橋を落として城門を閉ざし、寄手に備えた。

「戯け！　あれほど逸るなと申したであろう！」

鍋島の陣に戻ると、清房は唾を飛ばして叱咤する。

「畏れながら、敵を敗走させることができました。その切っ掛けを作ったのは鍋島。鍋島の評価が上がりましょう。親族なのに執権の席に就けぬのはおかしいことです」

信昌には清房が怒っている理由が判らなかった。

「慮外者奴！」

日頃、温厚な清房が信昌を殴りつけた。

「儂らは家中の出世のために戦っておるのではない。こたび高木が相手ゆえ一騎駆けに応じたやもしれぬが、他の敵ならば、そちは矢玉の餌食になっていたわ。先頭が討ち取られれば、味方は動揺し、仕寄る脚も鈍る。さすれば戦全体にも影響する。それゆえ慎重にと申したものを」

また清房が信昌を殴ろうとした時、隆信の近習が訪れ、本陣へ来るように告げた。信昌は清房と共に本陣に足を運んだ。

「左衛門大夫。そちの勇気が味方を鼓舞し、敵を打ち負かした。天晴れじゃ」

清房の憤りとは裏腹に、隆信は信昌の先駆けを称賛した。

「有り難き仕合わせに存じます」

信昌は笑顔で礼を口にしたが、清房の表情は硬く、恐縮していた。

隆信は清房にも賛辞するが、清房はただ畏まっていた。

（儂がお屋形様に褒められても父上は喜ばない。父上は龍造寺の家臣であることに不服なのか）

父親に対して、信昌は僅かながら疑念を持った。

まだ戦は続いている。鍋島の陣に戻ると、再び清房が信昌に詰め寄る。

「一騎駆けを褒められて嬉しいか」

「当然にございます」

「確かに武士の誉れやもしれぬ。先にも申したが、一騎駆けを繰り返していれば、そちの命が幾つあっても足りぬ。仮に生き延びたとしても、常に一騎駆けを求められる。鍋島もな。勇猛果敢な武家は数多あるが、殆どは消滅していく。当家は主家に擂り潰されてはならぬ。先陣は武家の誉れ。されど、無謀な前進とは違う。仕寄るためには勝てる行がなくてはならぬ。そのこと今一度、肝に銘じておけ。さもなくば、そちに鍋島の姓を名乗らせておくことはできぬ」

清房は信昌を危惧しつつも、当主として鍋島家のことを心配していた。

「畏まりました」

とはいうものの、隆信に褒められた信昌は、機会があれば一騎駆けするつもりだ。

高木城を包囲する龍造寺軍は、矢玉を放ち、鬨を上げて威嚇を続けると、高木鑑房は城を明け渡し、嫡子の盛房を人質として差し出すことで降伏を申し出てきた。

当初、隆信は懇願を拒んだものの、執権たちに説得され、渋々降伏を受け入れた。

信昌は隆信の命令で城の受け取りに向かった。

「お屋形様は、思いのほか厳しきお方にございますな」

轡をとりながら與兵衛が話し掛ける。さすがに器量が小さいとは言わない。

「能登守（鑑房）は龍造寺の血筋ゆえ、憎しみもまた大きくなるのやもしれぬ」

與兵衛の考えは判っているが、信昌は話を濁した。

（左衛門佐〈鑑兼〉の時もそうだったが、お屋形様は同族にきつく当たられる。源氏の敵は源氏だったように、同族を好んでおられぬ。鍋島は親戚じゃが、気をつけねばの）

隆信の対応を見て、信昌は用心を心掛けた。

人質を差し出した高木鑑房は佐嘉から三里半（約十四キロ）ほど西に位置する杵島郡の佐留志に在する前田伊予守家定の許に退いた。

隆信は鑑房を信じておらず、というよりも武勇に長けた鑑房を警戒し、前田家定に暗殺を焚き付けた。隆信の依頼を受けた家定は、鷹狩から帰った鑑房の背後から長刀で首を刎ね落とした。すると、鑑房は小鳥という愛刀を抜き、隣で一緒に足を洗っていた不動左衛門を斬りつけ、首のない骸のまま広間に駆け入った。これを見た前田家の家臣たちは恐れて誰も近づかなかったが、家定の命令で十数人が囲み、一斉に鑓、長刀で突き伏せ、漸く静かにさせた。

佐留志では現代でも鑑房の霊を荒人神として崇めている。

報せを聞いた隆信も罪の意識を感じ、鑑房の霊を慰める意味でも二人の息子の盛房と泰永に数百町の所領を与えた。

（よもや降伏した者を仕物〈暗殺〉にかけるとはの。戦に強くとも、かようなことでは人の心が離れていくのではなかろうか）

高木鑑房暗殺の報せを聞き、信昌は顔をこわばらせた。

「高木のこと、やりすぎだと思うか」

晩酌に付き合っている時、信昌の心中を察してか、隆信が問う。

「乱世では隙を見せるほうが悪いと申します。されど、蟄居でよかったのではないでしょうか」

酌をしながら信昌は答えた。

「そちは正直に申すの。ゆえに信が置ける。そちも薄々は気づいていようが龍造寺の者には厳しくせねば我が首が危ない。皆、龍造寺の当主を狙っておる。ゆえに、家臣たちはまだしも、同族の者は許せぬ。そうでもせねば再び同族争いを起こし、強い龍造寺を築くことは叶わぬ。儂は悪人になっても強引に、これを押し進め、肥前に静謐を齎すつもりじゃ。そちは儂を支えよ」

力強くはあるが、愚痴を漏らすように隆信は言う。

（信の置ける者が少なく、お屋形様も不安なのじゃな）

信昌は隆信の心の弱さのようなものを垣間見た。

「還俗した時より、某はお屋形様以外にお仕えする気はありませぬ」

信昌は改めて忠誠を誓った。

高木鑑房の降伏というよりも、暗殺の報せを受け、同じ高木一族の西高木の肥前守胤秀も娘を人質に差し出して降伏してきた。

「こたびはいかがなされる、おつもりですか」

暗殺はお止めなさいますよう、と匂わせながら、信昌は隆信に問う。

「肥前守（胤秀）は当家の血筋ではない。降伏を認めるつもりじゃ。そちはどう思う？」

明国（みん）から齎された茶入れを眺めながら、そっけなく隆信は言う。

「ご英断かと存じます。血を流さず版図（はんと）が広がります」

「血が流れぬと、そちの所領は広がらぬぞ」

ちらりと信昌を見ながら隆信は意地悪そうに告げる。

「血を流すだけが奉公ではありません。されど、出陣太鼓が鳴ったならば、いの一番に馳せ参じ、敵に向かう所存にございます」

「よき心掛けじゃ。そうじゃ、そちは好いた女子（おなご）はおるか」

「おりません」

「そうか、されば、質として出された肥前守の娘、嫁にもらってはどうか」

質問口調であるが、主君の言葉は命令も同じ。よほどのことがなければ断わることはできない。

「お屋形様の肝煎りとあれば、喜んでお受け致します」

答える信昌は重圧を感じた。敵対していた武将の娘を娶ることは、信昌ならびに鍋島家が西高木家を管理しろと言っていることに等しい。再び胤秀が龍造寺家を離反したら、信昌が罪に問われる。

（鶴姫、どうやら、そなたとは縁がなかったようじゃ。よき武士に嫁いでくれ）

千葉家でのことを思い出し、信昌は心で別れを告げた。

隆信の仲介なので、話はとんとん拍子に進み、信昌は嫁を迎えることになった。

初夏の麗らかな昼過ぎ、城下の屋敷に紅白の幕が張られた。信昌は次男なので本庄館は生活の場ではない。これまでは扶持の少ない近習が暮らす長家に住んでいたが、結婚するということで、すぐ近くに引っ越した。土間の勝手と寝室のほかに部屋が二つあるだけの質素なもの。與兵衛はこれまで同じ部屋で雑魚寝していたが、離れの納屋を修築して寝起きするようになった。

婚儀の席には信昌と花嫁の慶姫が上座に座し、鍋島家と高木家の家臣が二十数人、肩を押し合うようにして腰を下ろした。

信昌は直垂姿で胡坐をかき、右隣に白無垢の花嫁衣装を身に纏った慶姫が座している。十四歳の慶姫は、嫁入りにはまだ早い、と思わせるほど幼い容姿であるが、端正な顔立ちで注目を浴びている。政略は武家の常とはいえ、敵方に嫁ぐとあって、可哀想なほど顔がこわばっていた。

皆が揃うと本庄神社の神主が前に立ち、御幣を振りながら祝詞を口にする。

(針の筵に座っている心境か。あとで気をほぐしてやらねばの)

信昌が慶姫に気を配っているうちに婚儀の御祓いは終了した。

「目出たい。これで両家の縁は結ばれた。龍造寺も鍋島も高木の家も安泰じゃ」

三三九度が終わると、兄の信房が祝いの言葉をかけた。

「御目出度うございます」

家臣たちも続き、酒宴となり、歌や舞いが披露された。

信昌は酒で喉を潤しながら、家臣たちが繰り広げる踊りや歌を見ていた。信昌は寛いでいるが、隣の慶姫は違う。女子は婚儀の席で食べ物を口にしたりせず、ずっと正座しているので苦痛そうである。

鍋島家の者たちは酒豪揃いなので、刻を経ても浴びるように呑んでいるが、慶姫がそろそろ限界ではないかと察し、信昌は休むことにした。

(初夜か)

可憐な慶姫と褥を共にするかと思うと、申し訳ない気もするが、初陣のように昂っているのも事実であった。

油皿に灯が一つ灯るだけの部屋で二人きりになった。遠くから騒ぐ声が聞こえる。

信昌は夜具の上に胡坐をかき、床の横で正座する慶姫に向かう。

「これまでいろいろあった。過ぎたことを申しても埒があかぬ。儂らはかように夫婦になった。こののちは仲睦まじゅうしようぞ」

「はい。されど、再び両家が争うことになりました時は、いかがなされましょう」

俯きながら慶姫は言う。慶姫が心配するからには、父の胤秀には離反癖があるのかもしれない。

「悪いことを考えると、えてして、左様なことになると申す。儂は両家が争わぬように気遣えば、刃を交えることはないと考える。儂らはその橋渡しを致すのじゃ」

言うや信昌は華奢（きゃしゃ）な慶姫の手をとり、抱き締めた。

酒の騒ぐ声が聞こえる中、信昌は柔らかな慶姫の唇に自身の唇を重ね合わせた。

第二章　権謀術数

一

高木胤秀の降伏を認めたことは大きく、神埼郡蒲田江城主の犬塚尚重、巨勢の下村信光、千住の千住忠時も下った。

味方を増やした隆信は天文二十四年（一五五五）三月、少弐冬尚の麾下で江上武種が守る勢福寺城を攻略。武種は支えられず神埼の仁比山に撤退した。

この戦いでも鍋島家は先陣を務め、清房の危惧と怒りを他所に、常にその先頭を信昌が駆けた。信昌はただ一騎駆けをするだけではなく、潮が引くように後退して敵を城から引きずり出し、城攻略の糸口を作るなど、戦上手なところも見せている。時機、流れを読む術に長けており、兄の信房よりも注目を浴びるようになった。

ただ、あくまでも鍋島家の次期当主は信房と決められており、信昌は兄から当主の座を奪い取ろうという思案は微塵も持っていなかった。

（儂は別の鍋島家を立て、兄上と両輪となって龍造寺を盛り立てていくつもりじゃ）

この本心は還俗した時からまったく変わっていなかった。

信昌の働きなどもあり、鍋島家の評価は上がった。鍋島無くして戦はできぬ、とまで言われるほどである。鍋島家としては誉れであるが、執権でもない家が活躍をすると嫉妬を受けるのは世の常。鍋島家は大友家と密かに通じ、兵を引き入れる算段をしているという噂が流れだした。

「埒もない。迂闊に乗るではないぞ」

信昌は一笑に付するが、一応、笠原與兵衛に釘を刺した。

清房も気にしていないが、龍造寺家では捨ててもおけぬようである。

「鍋島のこと、隆信殿はいかに考えておりますか」

茶室で母の慶誾尼が息子の隆信に問う。慶誾尼は時折、政にも口を挟んでいた。

「某は鍋島を信じております。おそらく龍造寺を割ろうとする大友辺りの策でございましょう」

亭主として点てた茶を出しながら、隆信は鍋島家の忠義を疑っていなかった。形の上では龍造寺家は大友家の麾下ということになっている。

「結構なお点前で」

客として茶を味わった慶誾尼は満足そうに告げた。さらに続けた。

「執権のほうはいかがいたしますか？　このままでは罅が入りましょう」

茶と緑の茶碗に入っている鋳を眺めながら慶誾尼は言う。

「鋳も茶器ならば、また風流でございますが」

鋳は漆などを塗り、さらに金粉などを塗って修整してあるので茶が染み出すことはない。鋳もまた独特な味わいとなっていた。

「執権が隆信殿に鍋島のことをあれこれ申すのも、みな龍造寺を思ってのこと。対応を誤れば心が離れ、それこそ敵の思う壺となりましょう」

「なにかよき行はございますか」

「されば、わたしに任せてください。決して悪いようには致しません」

「判りました。母上にお任せ致します」

隆信は返された茶碗を受け取りながら申し出を受けた。

数日後、慶誾尼は清房を城に呼び出した。

本丸ではなく女子が暮らす北ノ曲輪に呼ばれ、清房は戸惑いながら慶誾尼に平伏した。

「お呼びと聞き、これに罷り越しました」

「堅苦しい挨拶はよい。ところで駿河守（清房）殿は、ご内儀を亡くされて久しく、未だ後添えを迎えておらぬが、どこぞに想い人でもおられるのか」

「いえ、戦や領内を整えることに追われ、機を失っておる始末でございます」

主君の母なので清房は言葉を選びながら答えた。

「左様か。さればわたしが良き女子を妻合わせてあげましょう」

「有り難き仕合わせに存じます」

勿論、嫌とは言えない。また、どこの女かと、聞くのも失礼なので問うことはできなかった。信昌も同じであるが、政略結婚は武家では常識。宴席まで顔を見たこともないのもまた常。

但し、家柄や名前がすぐに伝えられるものであるが、清房の正室になる女性の素性も名前も一切知らされず、清房は婚儀の用意を進めなければならなかった。

婚儀当日、紅白の幔幕が張られた本庄の鍋島屋敷の前に塗り輿が止まった。輿から降りてきた女性は白綸子の小袖に袿を纏っているが、少し歳を重ねている風体である。

広間で嫁を待つ清房や親族の席に腰を下ろす信昌は、登場した女性を見て絶句した。

「け、慶誾尼様！」

清房は、上ずった声を発した。参集した者たちもざわめいている。

「ほほほっ、どうしました。狐に摘まれたような顔をして。良き女子と申したでしょう。わたしでは不服ですか」

慶誾尼は悪戯っぽい笑みを向けて言い、清房の隣に座した。

「戯れ言にございますか」

「なんの、戯れ言でかようなことができましょうか。両家のことを考えてのこと。よもや、嫌とは申しますまいな」

脹よかな顔は微笑んでいるが、目は笑っていない。もし、断われば、清房は城門を閉ざして龍造寺の軍勢を迎え打たねばならない。

「とんでもございませぬ。本来は某のほうから申し出ねばならぬことですが、主君の御母堂ゆえ失礼の極み。これを慶誾尼様のほうから腰を上げて戴き、恐悦の極みにございます」

清房は両手をついた。

「お顔を上げなされ、これよりは主従ではなく夫婦です。於ぎんと呼んでください」

気さくに慶誾尼は言うが、清房も家臣たちも、こわばった表情をしていた。

慶誾尼は村中龍造寺家の当主龍造寺胤員（和）の娘で、周家に嫁ぎ隆信を産んだ。周家が馬場頼周に殺害されてからは寡婦のままであった。

押し掛け女房の慶誾尼はこの年四十八歳。清房は四十四歳であった。

（さすが慶誾尼様じゃ。これで鍋島の家も安泰じゃな）

慶誾尼の行動で執権たちも文句を言えず、鍋島家の疑いも晴れた。

祝いの酒を呑みながら信昌は慶誾尼の作戦に感服した。

慶誾尼が清房と再婚したので、信昌は主君の隆信と義兄弟ということになった。

信昌のほうは、まだ慶姫との間に子はできぬものの夫婦は円満。ささやかながら鍋島家は順風満帆であった。

弘治三年（一五五七）の夏、隆信と信昌は城西の本庄江で釣りをしていた。

「神代（くましろ）、江上、少弐が連（つる）んでいるそうな」

信昌の隣で竿（さお）をじっと見ながら隆信は言う。

「三家を同時に敵に廻すのは、よろしくありませんな」

信昌も糸の張り具合を注視していた。

「そちならば、いかにする」

「敵の用意が整う前に、一番叩き易いところに仕寄るがよかろうかと存じます」

刹那（せつな）、隆信の竿に獲物が掛かり糸がぴんと張った。隆信は竿を上げたが獲物には逃げられた。

同時に信昌の竿の糸が張りだしたところ、信昌はすぐに引いて鮎（あゆ）を捕獲した。

「鮎は餌に喰らいつくと川下に泳ぎますゆえ、糸が完全に張る前に竿を立てると釣りやすい、と川の漁師が申しておりました」

鮎釣りのこつを告げたのち、信昌は改まる。

「おそらく策は成功するかと存じますが、これによって均衡が破れ、泥沼の戦いに入っていくやもしれませんが、かまいませぬか」

「待しておれば当家が仕寄られ、後れをとることになる。いずれ泥沼の戦いになるならば、先に仕掛けるがよい。さすれば手負いの数も少なくなろう」

「承知致しました。今少し鮎を釣り、今宵は塩焼きで一献まいりましょう」

戦を決意した信昌は、再び本庄江に竿を入れた。

　九月、隆信は神代勝利の谷田城を攻め、勝利を筑前糸島の原田了栄の許に追った。

　この戦いで、珍しく信昌は本陣にいるように命じられた。また、鍋島家は先陣を外された。ほかの家からの嫉妬心を躱すためでもあった。

　四年前に降伏した八戸宗暘が神代勝利に同心し、豊後の大友勢を引き入れようとしたので、隆信は八戸城を攻撃。単独では龍造寺軍とは戦えず、宗暘は妻子を置いて勝利のいる山内に逃亡した。

　八戸宗暘の正室は隆信の姉なので、手をかけることはできないが、子の一人は男子（飛車松）なので源頼朝の例がある。隆信は斬るように命じたが、慶誾尼の懇願でなんとか許された。

　神代勝利は八戸宗暘と共に佐嘉城から二里（約八キロ）ほど北の駄市川原に出陣してきたので、龍造寺軍も五千の兵を進出させた。

　先陣同士が小競り合いを行うと、神代・八戸勢は十町ほど北に退き、春日山に移った。

「追え」

　隆信は命じ、龍造寺軍が兵を進めると、神代・八戸勢はさらに北に後退した。

「畏れながら、この先は山続きにて、多勢の我らを狭い山路に引き込み、叩かんとする敵の罠やもしれませぬ」

　陣を共にする信昌は進言した。

「されば、そちはいかがする」

「春日山には古城がございます。これを直して山内への出城としてはいかがでしょう」

「さもありなん」

隆信は信昌の意見を聞き、春日山の古城（甘南備城）を普請して留まるように小河信安に命じた。下知に従い、信安は古城を修理して山内への橋頭堡とした。

「万が一、敵が押し寄せてきたならば、城門を閉ざして固く守り、佐嘉へ遣いを寄越せ。決して逸って打って出るではないぞ」

城が完成したのち、信安は弟の但馬守や左近大夫らに言い含め、一旦、佐嘉城に帰城した。


永禄元年（一五五八）十月十五日、神代勝利は江上武種と協議し、梅野帯刀、松瀬又三郎を先鋒として春日山城を攻撃した。小河左近大夫らは矢玉を放ち、岩を落とし、石を投げて対抗したのち、城を打って出て寄手と干戈を交えた。城兵は寡勢で奮戦するものの、多勢に圧されてついに城内への侵入を許し、但馬守、治部大輔、左近大夫、石見守ら小河一族は悉く討死した。勝利は左近大夫らの首を神埼郡の三瀬城に持ち帰った。

報せはその日のうちに佐嘉城に届けられた。

「おのれ大和守（勝利）奴！　馬曳け！」

報せを聞いた小河信安は主にも相談せず、駿馬に飛び乗るや春日山城を目指した。これに佐嘉城に在する小河家の家臣も続いた。

「戯（たわ）けが。筑後守（信安）を討たせてはならぬ。すぐに集められるだけ兵を集めよ」

執権の一人が飛び出したので、隆信も抛（ほう）っておけず、即座に陣触れをした。

城下に陣太鼓が響き渡るものの、兵農分離もしていない肥前の国では、すぐに兵は集まらない。三千の兵が参集したのは翌日のことであった。

先に駆けた小河信安が春日山城に到着すると、城は蛻（もぬけ）の殻（から）で、首のない屍（しかばね）があちらこちらに横たわっていた。

「許さん」

見るも無惨な光景を目の当たりにした小河信安は、春日山城を留守にしていた自らの油断への叱責、命令を守らず出撃した弟たちへの憤懣（ふんまん）に激怒するが、遺体をそのままにもしておけず、寄騎（よりき）の者たちとともに春日山の高城寺（こうじょうじ）で、ささやかな弔いを行った。

翌十六日、信昌らの後詰が到着する前にと、信安は従者一人を連れて物見に城を出た。

一方、反龍造寺の山内軍三千のうち、神代勝利は一千七百の兵を率いて春日山城から一里半（約六キロ）ほど北東に位置する熊野嶺（くまのみね）に陣を布き、嫡子の長良（ながよし）は一千三百の兵を率いて北西の名尾（なお）口に向かう。

神代勝利は後方で采を振るのではなく、最前線で鑓を振るう武将であった。兵を熊野嶺に留め、物見を兼ねて自ら供廻を連れて陣を離れ、西の金敷城山（かなしきしろやま）を目指した。

山道なので狭いだけではなく、時折、樹の枝が視界を遮るところもあった。

互いに峠道を進む最中、なんの因果か小河信安と神代勝利は遭遇した。

「大和守か！　ここで遭ったは神の思し召し。その首刎ねて一族の恨み晴らしてくれる」

まさか敵の大将と出くわすとは思わなかった。小河信安にとっては千載一遇(せんざいいちぐう)の好機。歓喜した信安は下馬すると、従者から手鑓を奪うように掴んで神代勝利に挑みかかる。

「望むところ。龍造寺への恨みはこちらも同じ。返り討ちにしてくれる」

馬を飛び下りた神代勝利も鑓を手にして砂塵を上げた。

瞬く間に両者の距離は縮まり、怒りの塊と化す小河信安は渾身の一鑓を突き込んだ。

「甘い」

戦闘経験豊かな神代勝利は小河信安の鑓を弾いて突き返す。信安も躱(かわ)して攻撃する。互いに一進一退の攻防を繰り返す中、信安が相手の鑓を撥(は)ね上げた時、自身の穂先が枝に引っ掛かった。

「好機」

すかさず神代勝利は鑓を引いて突き出すと、鋭利な穂先は小河信安の喉を貫いた。

「無念じゃ」

声にならぬ声を漏らし、小河信安は地に倒れた。首は神代家の河浪(かわなみ)駿河守が刎ねた。

信安を心配して嫡子の豊前守(ぶぜんのかみ)信純ら小河一族が駆け付けたが、倍する神代家の兵も参じたので悉(ことごと)く討ち取られてしまった。

信昌ら龍造寺軍が春日山城に到着した時は、全てが終わったあとだった。

「おのれ、筑後守の弔い合戦をせよ」

小河信安討死の報せを聞き、隆信は拳を震わせて吐き捨てた。

「畏れながら、敵は先に布陣して地の利もございます。狭い道に全兵が繰り出しても優位に戦うのは難しいかと存じます。ここは兵を二つに分け、挟み撃ちにしてはいかがでしょう」

今にも城を発ちそうな隆信に、信昌は進言した。

「さもありなん。そちは本陣におれ」

隆信は軍勢を二つに分け、石井兼清、中元寺新左衛門、副島左馬允ら一千の兵を北の鐵布（名尾）峠に向かわせ、自身は信昌ら二千の兵と共に、嘉瀬川沿いの道（のちの松梅街道）を北に進んだ。

龍造寺本隊が城から半里ほど北西の下田辺りを進んでいる時、別働隊の石井尾張守兼清は鐵布峠に達した。神代勢は峠の西に聳える金敷城山に陣を敷いており、兼清らを見つけるや、一斉に襲いかかった。

石井兼清らも承知の上で剣戟を響きあわせるものの、神代勢には薩摩・伊集院一族の阿含坊という鉄砲の名手がおり、次々に眼下の龍造寺勢を仕留めていった。鐵布峠に進んだ龍造寺勢は多数の死傷者を出して敗走を余儀無くされた。

信昌らがさらに北の広坂に達した時、鐵布峠の敗北が伝えられた。

「迂回は中止じゃ。これより鐵布峠に向かう」

隆信は憤激して命じるが、すぐに信昌や納富信景らが宥めた。

「仰せの儀は尤もなれど、大和守は武功の大将にございます。お味方に勝利したとあらば、険阻な切所で手ぐすね引いて待ち構えておりましょう。ここは一旦退き、日を改めて平地に敵を誘き寄せて戦うが得策かと存じます」

「あい、判った」

説得された隆信は吐いたものでも呑み込むような顔で頷き、退却命令を出した。龍造寺軍は嘉瀬川の西側の道を南に戻り、忿恚の帰城を果たした。

（あのまま龍造寺の本軍が隘路を通って鐵布峠に向かっても敵を破ることはできまい。全ては敵に山を取られ、後手に廻ったことが敗れた原因じゃ。尾張守殿らには申し訳ないが、お屋形様を危うき目に遭わせなくて正解。いずれ仇は討つほどにお許しあれ）

広間に用意された仏壇の前で手を合わせ、信昌は石井兼清らに詫びると共に冥福を祈った。ただ、信昌は隆信を嘉瀬川沿いに進めさせたことは正しいと信じている。

（大和守は戦上手。後手に廻らぬよう行を思案せねばの）

この当時、米が経済の基本である。敗北すれば家臣が死ぬ。家臣の大半は半士半農なので死ねば農業耕作者がいなくなり、家は立ち行かない。さらに弱い大名に属していれば共倒れの危険があると、離反する者が出てくるかもしれず、戦力が低下する。

（戦は勝てる見込みが立つまでは腰を上げさせてはならぬ）

好戦的な隆信を抑えるのが自分の役目だと信昌は感じた。

小河一族が揃って討死したので、跡継がいなくなった。そこで隆信は清房の四男の萬（まん）福丸（ぷくまる）を元服させ、大炊助信友（おおいのすけのぶとも）（のちの信俊（のぶとし））と名乗らせ、小河家を継がせた。

二

木枯らしが吹く時期になった。部屋には火鉢が置かれ、信昌は隆信と囲碁を打っていた。隆信が難しい顔で碁盤を見ているのは、自身が押されているからだけではなかった。鐵布峠の戦いからおよそ一月（ひと）後の十一月、勢いに乗る神代勝利は、勢福寺城に戻った江上武種や少弐冬尚と連係し、佐嘉を攻める動きを見せた。

「神代ども奴、纏めて叩き潰してくれる」

隆信は苦虫を嚙み潰したような顔で言う。少々の犠牲を払っても雌雄を決するべきだったと思っているのかもしれない。

「ご心中をお察し致しますが、正月にも近づきますゆえ」

信昌は自重を促した。

「このまま捨ておけば、逆に正月前に敵が仕寄る。ここで敵を叩いておかねばならぬ」

江上武種の帰城を隆信は危惧しているようである。離反者を防ぐ意味もあるに違いない。出陣を決めたとでも言いたげな表情で隆信は告げる。

「神代との戦いは長引きそうゆえ、勢福寺城を奪い返してはいかがでしょう」

主の決定ならば、仕方がない。配下に武威を示す必要に迫られていることを納得した。

「同じ思案じゃ」

力強く隆信は碁石を打つが、劣勢は変わらなかった。

隆信は勢福寺城を落とすために兵を集め、姉川惟安の姉川城を本陣とした。勢福寺城は佐嘉城から三里（約十二キロ）ほど北東に位置し、姉川城は勢福寺城から二里（八キロ）ほど南にあった。

勢福寺城は城原と呼ばれる地の城山（標高約百九十六メートル）に築かれた山城で、周囲の斜面は急傾斜で、土塁と空堀に守られていた。山の東西に沢が流れ、南東の中腹には二つ、南西には一つ池があるせいか、井戸が枯渇することはなく、兵糧攻めをするのは難しい城でもあった。

江上武種は城が攻撃されると知り、神代勝利に援軍を要請。九日、報せを受けた勝利は身一つで救援に駆け付け、あとから三瀬の兵が主を追って勢福寺城に入った。

神代勝利らの山内勢三千は西の莞牟田口を、江上武種の城原勢二千は東の神埼口を守った。

「小田は下ってまだ日が浅い。彼奴らに先陣を命じ、忠義の心を確かめる必要がある」

十日の早朝、隆信は小田政光、本告頼景、江口元清、犬塚鑑直、同尚重、同鑑尚ら三千を莞牟田口の先陣に命じ、鴨打胤忠、馬渡賢才を軍監として差し向けた。

神埼口には一族の龍造寺家就、同鎮家、同家直、納富信景ら二千を派遣した。

信昌は隆信と共に姉川城にいた。

攻め込まれると面倒になる。城方は先に打って出て城の東に広がる長者林（ちょうじゃばやし）で待ち受け、両軍は激突した。

この地でも先に布陣した城方が主導権を握り、寄手は多勢を擁しながらも押された。本告頼景が崩れて後退すると、山内勢の攻撃は小田政光に集中する。政光は奮闘するが支えきれなくなり、姉川の本陣に援軍の要請をしてきた。

「小田勢は三千いたはず。対して敵も同じ。押される理由が判らん。よもや小田は我らを誘い出すために、態（わざ）と退き、神代と挟み撃ちにするつもりではなかろうの」

隆信は疑念を抱き、要請には応じなかった。

「よもや、この機に至り、左様なことはありますまい。対応が遅れ、取りかえしがつかぬことになったら一大事にございます」

「いや、小田には武威を示してもらわねば後詰は送れぬ」

信昌が説いても隆信は首を縦に振らなかった。

隆信の言葉はそのまま小田政光に伝えられた。

「龍造寺のために命をかけて戦っておるに、山城守（隆信）は、まだ儂を疑うか？　なんと器の小さな男に仕えたか。かようなことなれば蓮池城で死んでおればよかった」

山内勢の兵を斬り捨てながら、小田政光は落胆と怒りを吐き捨てた。

「されば兵を返し、姉川に仕寄りますか」

小田家家臣の原河内守が鑓合わせをしながら小田政光に問う。

「左様なことを致せば、それ見たことか、と山城守に嘲笑(あざわら)われよう。儂はこの地で討ち死にするゆえ、そちは首を本陣に届けよ、さすれば我が一族は安泰じゃ」

小田政光は鐙を蹴り、敵中を駿馬で縦横無尽に駆けながら太刀で斬り捨て、屍(しかばね)の山を築いた。死を超越しているせいか、まったく臆することもなく、鬼のような形相だったので、山内勢は遠巻きにするしかなかった。

近づくことは難しいので、山内勢の波根(はね)（羽根）藤兵衛(とうべえ)が弓を射ると、矢は見事に小田政光の眉間を貫き、政光は落馬。すかさず服部常陸介が政光の首を刎ねた。

「主の仇」

原河内守が服部常陸介を突き伏せて小田政光の首を奪い返す。まさに死闘であった。

小田政光が討死すると、従兄弟の小田利光をはじめ、犬塚種久らはこれまでと諦め、六十余人も山内勢に打ち入って討死を遂げた。

報せは姉川の本陣に届けられた。

「左様か。残念なことをしたの」

自軍の一部が崩壊したにも拘わらず、そっけなく隆信は言う。

（お屋形様は一度でも背いた者は信用なされぬのか）

小田勢が滅ぶことを望むかのような隆信の態度を見て、信昌は不信感を持った。

「ちょうど、良き時期じゃ。和泉守らを進めさせよ」

午後になり、隆信は末弟の長信ながのぶら二千を出陣させた。鍋島勢も含まれている。

「畏れながら、それではご本陣が手薄となります」

姉川城の守りは一千を切り、敵の一勢を受ければ隆信の身も危うくなる。

「大事ない。この城が仕寄られれば、味方は帰城する。今が勝負どころじゃ。よう見ておけ」

隆信には隆信なりの勝利に結びつく計算があるようだった。

勢いに乗る山内勢であるが、午前中戦い続けたせいか疲弊していた。そこへ気力、体力十分の新手が攻めかかると支えきれずに後退を余儀無くされた。

長信勢が押していくと、龍造寺家就らも盛り返し城原勢も城内に逃れだした。

（お屋形様は小田一族を犠牲にして疲れさせたのか。事実なれば、なんと非情か）

信昌は隆信の冷徹さに恐ろしさを感じた。

「どうじゃ。我が戦ぶりは」

満足そうに隆信は言う。

「お見事でございます。が……」

「不満そうじゃの。儂は死ねなどとは命じておらぬ。忠義を示せと申したのじゃ。敵に突撃する必要はなかった。もっと城から引き離せば、さらに我らは優位に戦えたのじゃ。かようなことは漏れる恐れがあるゆえ口にはできぬこと。一城の主ならば判るであろうに、浅慮ゆえに命を失ったのじゃ。お陰で余計なことをせねばならぬやもしれぬ」

隆信は、まだなにか画策しているようであった。

「敵城に仕寄る」

遂に隆信は腰を上げた。龍造寺本隊は堺石見守、堀江蔵人を先鋒とし、福地信重、三浦純就らが続き、威風堂々兵を進めた。

壊乱に近い状態で、龍造寺の本隊が攻め寄せると聞き、江上武種は神埼郡田手の日吉城に、神代勝利は山内の三瀬城に逃げ帰った。

隆信は勢福寺城の東に陣を布き、数千の兵で城を包囲した。当初は八千に近い兵を集めたが、小田勢は討死し、四散した兵もいるので、ここまで減っていた。

勢福寺城には少弐冬尚が残り、河津紀伊守、牧左京亮らが命をかけて防戦に努めたので、天然の要害ということもあり、攻略するには至らなかった。

「こたびばかりは、いかな手負いを出そうとも、城を落として少弐の首を刎ねるのじゃ」

信昌は意気込んでいたが、山城の攻略は難しい。攻めるたびに追い払われた。

包囲を継続する中の十一月十五日、隆信は耳を疑うような命令を出した。

「蓮池城を落とせ」

蓮池城は先日、討死した小田政光の居城である。

（余計なこととは、このことだったのか。お屋形様が死なせたといっても過言ではない小田を）

評議に集められた武将たちも、信昌と同様に信じられない、といった表情をしていた。

「こたびの合戦で儂が小田、犬塚らを救わざることは、筋違いも甚だしい。そもそも彼の輩（政光）は、元来、少弐家の家臣ゆえ、当家に従うといえども、この先、どうなるか判らず、仇になるやもしれぬ。それゆえ、こたびは先陣を命じられ、捨て殺しにされたと思案しても不思議ではない。勢福寺城と挟み撃ちをされては敵わぬゆえの」

淡々とした口調で隆信は言い、水町左京亮、宮崎伊勢守、北島資元らを蓮池城に向かわせた。

小田家の者たちは政光の喪に服し、悲しみに暮れている最中、まさか主君である隆信から攻撃を受けるとは夢にも思っておらず、まったく籠城の準備などしていない。たちまち大混乱に陥った。それでも老臣の深町理忠入道が留守居の兵を指揮し、懸命に防戦に勤しんだ。

深町理忠は奮闘しながら、宝琳坊住持の真如坊澄能と連絡をとり、政光の息子の鎮光、賢光、増光ほか老若男女を城から筑後の三潴に逃した。

孤軍奮闘する深町理忠であるが、遂に力尽きて討死し、城は龍造寺の手に落ちた。

「先年、我らが腹切るはずであったのを、入道の情けで囲みを脱し、運を開くことができた。儂が言葉を添えなかったばかりに、入道を死なせてしまった」

果断な隆信にしては、珍しく神妙な面持ちで悔やんでいた。

落城の際に捕らえられた者がおり、七、八歳の子供が引き出された。親の名を聞くと深町理忠だということが判り、隆信は喜んで百町の禄を与えた。少年は理卜と名乗る。

（背信した者や、疑わしき者には非情ながら、恩ある者には情が厚い。起伏の激しいお方じゃ）

今後の奉公には細心の注意を払わねばならぬ、と信昌は再認識させられた。

蓮池城を落とし、挟撃の恐れが消えたので、龍造寺軍は勢福寺城に専念できることになった。但し、夜は寒くなる一方で、野営している兵の体力を奪い、兵糧も少なくなっている。兵たちの厭戦気分が高まり、包囲しているのが難しくなってきた。

「一旦、和睦してはいかがでしょう。暫し鋭気を養い、改めて仕寄るべきかと存じます」

自分の口からは言い出せないので、信昌は勧めた。

「よきに計らえ」

許可を得たので、信昌は河上実相院の増純座主に斡旋を依頼。増純は応じ、十二月三日、龍造寺、神代、江上（少弐）三家で一時的な和睦が結ばれた。

「左衛門大夫、ようやった。神代ども奴、次こそは討ち取ってくれる」

和睦に安堵しながらも、隆信は悔しげな顔で帰途に就いた。信昌も名ばかりの和睦であることは承知している。おそらく神代勝利ら敵対した武将たちも同じであろう。

「山城を落とすには、敵の五倍を集めるしかありませぬな。集められねば策が必要です。さもなくば味方の手負いや屍が山となりましょう」

帰城したのちに信昌は言う。

「良き行はあるか」

「具足は佐嘉城に置かせ、家に戻らせてはいかがですか。登城は身一つでよいと」

「良き思案じゃ」

信昌の提案で隆信は察したらしく、唇の端を上げて応じた。

（あとは調略じゃが。この先は判らぬが、こたび左様なことはせぬほうがよかろうの）

考えが纏まらないので、口に出すのは控えた。


年が明けた永禄二年（一五五九）正月、隆信は密かに兵を集めた。年賀の挨拶にくる武士は騎乗しているが、足軽たちは身軽な出で立ちである。

十一日、佐嘉城で軍装を整えた龍造寺五千の兵は、白い息を吐きながら城を出発した。攻撃目標は前年に攻略できなかった勢福寺城である。正月なので油断していると踏んでの出陣であった。

昼前には城を包囲し、降伏勧告を行った。

「さて、少弐と江上、いかが致しますかのう」

このたび信昌は鍋島一族とともに東の神埼口に陣を布いていた。西の莞牟田口は龍造寺一族である。対して城兵は正月ということもあり二百余の兵しか在していなかった。

「もはや討ち死には覚悟の上であろう。あとはいかな最期を飾るかじゃな」

兄の信房は勝利を確信したかのように言う。

頃合を見て父の清房が指揮棒を振り、鍋島勢は雄叫びを上げながら山道を駆け上がる。城から矢玉が放たれるが、寄手が弓、鉄砲を返すとすぐに弱火になる。鍋島勢はすぐに二ノ丸の城門に達した。丸太を抱えた屈強の者が何度も城門にぶちかますと、次第に蝶番（ちょうつがい）が緩み、やがて弾き飛んで閂（かんぬき）が外れ、寄手は次々に二ノ丸の敷地に雪崩れ込んだ。

「江上の武威を示せ！　命を惜しまず、名を惜しめ」

既に覚悟を決めているのか、馬上の江上武種は大音声で叫び、寄手の兵を斬り捨てる。それでも兜首は目前。鍋島勢は恐れることなく叢（むら）がるので武種の動きは制限された。

「もはや、これまでか。越前守、あとを頼む」

江上武種は江上家重臣の執行種兼（しぎょうたねかね）に命じ、屋敷に入ろうとした。

「待たれよ。左馬大輔（さまのたいふ）（江上武種）殿とお見受け申す。腹を召されるおつもりか」

信昌が止めだてする。

「答える謂（いわ）れはない」

表情を見られまいとしてか、背を向けたまま江上武種は言う。

「こたび油断していたのは事実であろうが、ここで死ぬのは犬死にも同じこと。武家は家を残してこその武家。一時下るのも武家の倣（なら）いではござらぬか」

背に声をかけると、江上武種の足が止まった。

「左様に児戯な手には乗らぬ。山城守（隆信）は騙し討ちも厭（いと）わぬ男。この首が欲しければ謀（はかりごと）ではなく、刃で取ればよかろう」

「腹切るつもりならば、なにゆえ足を止められた？　貴殿も家を残さんとする意思があるからではござらぬのか」

「当たり前じゃ。どこに滅びを望む者がいよう。武家ゆえ辱めを受けぬためじゃ」

　江上武種は振り向いて吐き捨てた。

「主が望むのは貴殿の首ではなく、少弐殿の首。貴殿は落ちてお家の再興を図られよ」

「主家を見捨てよと申すか」

「忠義を示すのも一つの思案。他方、麾下を守れぬのは主家にあらず、と某は考えてござる」

　闘将の目をじっと見据え、信昌は説く。

「されば、そなたも危うくなれば龍造寺を見限るということか」

「左様な憂き目に遭わぬよう、仕える所存。それゆえ落ちられよと申してござる」

「申すのう。儂を生かしておけば、再び龍造寺に咬みつこうぞ」

　江上武種は生きる気を持ちはじめているようである。

「それは貴殿の勝手でござるが、少弐を討ったあとの当家に佐嘉で対抗できる家はなくなりましょう。貴殿が他国の兵を率いて当家を討てるならば試すもよし。されど、その間に貴殿が馴染んだ地は他人に渡っております。取り戻す力があるならば、遠慮なくなされよ。おそらく貴殿は、当家への帰属を望んでまいられると、某は思っております」

「大した自信じゃの。そこまで申すならば、そなたを信じよう。そなたの名は？」

「鍋島左衛門大夫信昌でござる」

江上武種は信昌ともども隆信の許に赴（おもむ）き、降伏を申し出た。

当初、隆信は拒絶した。

「畏れながら、左馬大輔殿を助ければ、ほかの武将も少弐家を離反し、確実に冬尚を討てます」

信昌が説くと、渋々隆信は応じた。

「貴殿には借りができたの。されど返す借りは刃、はたや矢玉になるやもしれぬぞ」

陣を出た江上武種は信昌に顔を向ける。

「互いの敵に向ける刃あるいは矢玉になることを。但し、臣下の礼をとる時は覚悟なされよ。命を捨てるほどの忠節を示さねば信じてはもらえぬ主君でござるゆえ」

「覚えておこう」

信昌に会釈をした江上武種は筑後に落ちていった。

二ノ丸が落ちると三ノ丸も落ち、残すは本丸のみ。少弐冬尚は江上武種を頼り、なんとか城から逃亡しようと画策したが、既に武種は降伏しているので頼る者がいない。

「左馬大輔奴、この期に及んで返り忠（裏切り）か！　江上七代まで祟（たた）ってやろうぞ」

もはやこれまでと覚悟し、少弐冬尚は腹を切り、腸を掻き出して絶命した。享年三十三。

開戦から僅か一刻ほどの落城であった。

「このこと、小城の晴気城に報せてはいかがでしょう。おそらく千葉（牛頭）城に兵を向けるものと存じます。そのおり、後詰の要請があるはず。よければ某がまいります」

祝いの言葉を述べたのち、信昌は進言する。晴気城には義父であった西千葉の胤連が戻っている。千葉城には少弐冬尚の実弟の胤頼が在している。

「よかろう」

隆信の許可を得て、信昌は晴気城に遣いを送り、自身も鍋島勢らと共に西に進んだ。

「よもや、そちが左馬大輔を降伏させるとは思わなかった」

馬鼻を並べて信房が話し掛ける。

「近頃のお屋形様は味方をも殺める始末。これでは足元を掬われかねません。こののち神代と戦う上で、少しでも味方を多くしておいたほうが得策と判断したまでにござる」

「よき思案じゃ。父上は喜んでおったぞ」

信房の言葉に信昌は頷いた。

報せを受けた千葉胤連は、即座に兵を掻き集めて千葉城を攻めた。胤頼も正月ということで油断していて、城に在する家臣は三十人ほどしかいない。千葉城にも少弐冬尚自刃の報せが届けられた。寡勢では城を守ることはできない。山中に誘い込んで奇襲をかけ、敵に打撃を与えたところで、神代を頼る策を立て、胤頼は東の山中に潜んだ。

寄手は西千葉のみならず、勢いに乗る龍造寺の大軍が押し寄せると聞き、半分ほどの兵が逃亡し、十数人しか残らなかった。そこへ数十人の西千葉勢が殺到して戦いとなった。東千葉勢は寡勢で奮闘するものの、衆寡敵せず。胤頼は家臣四人、従者十二人とともに討死した。享年二十八。

これにより東千葉家は滅び、千葉胤連は千葉家を統一したことになる。

信昌らが到着した時は、全てが終わっていた。

千葉胤連は敵城である千葉城で、ささやかな戦勝祝いをしていた。

「ご無沙汰しております。主の名代としてまいりました。ご戦勝お御目出度うござる」

「後詰を給わり、感謝しておる、と伝えられよ。そなたも息災でなにより」

隆信への礼を口にしたのち、千葉胤連は信昌に笑みを向ける。

「これで龍造寺と貴家は同じ方(ほう)を見ることができますな」

「ずっと、そう願いたいものじゃな。近く佐嘉にまいろう」

千葉胤連は龍造寺家への帰属を理解しているようであった。

「忝い。鶴姫のことは残念でござるが、某は胤連殿をまだ義父だと思っております」

鶴姫は流行り病で他界したと聞いている。

「鶴姫(あれ)も不憫であったが、お陰で山城守殿の側近と昵懇(じっこん)のままでいられる。当家にとっては良き姫であった」

「某にとっても」

二人は昔を思い出して盃を傾け合った。

少弐冬尚、千葉胤頼が討死したことにより、勢力を持つ少弐家は滅び、政興、元盛らの血脈が僅かに残るだけの存在になっていた。また、胤頼の息子は神代の許に逃れ、千葉胤誠を名乗るようになる。

龍造寺家、西千葉家にとって念願が叶った戦いである。

三

「美味じゃの。暑い時はこれに限る」

佐嘉城の縁側でよく冷えた瓜にかぶりつき、隆信は脹よかな顔を綻ばす。

「仰せのとおり」

信昌も一緒に賞味している。

「そろそろ神代と雌雄を決してもいいのではないか」

種を庭に吐きながら隆信は言う。

永禄二年（一五五九）三月、隆信は三根郡の中野城を攻めて馬場鑑周を降伏させた。鑑周は隆信の祖父の家純と父の周家を謀殺した頼周の孫に当たる。さらに隆信は横岳鎮貞、犬塚尚重、同鎮直も麾下に加え、神埼、養父、基肄郡を支配下に収めている。

「確実に勝てるよう、敵の切り崩しをしたほうがいいのではないでしょうか」

信昌は慎重であった。

「その前に神代が大友を引き込んできたら目も当てられぬ。用意が整わぬうちに叩き潰すべし」

「左様なお考えなれば、某に異存はありませぬ。早速、手配致します」

残りの瓜を貪(むさぼ)り、信昌は縁を立ち、隆信の命令で戦の支度を始めさせた。

永禄四年（一五六一）九月上旬、隆信は三瀬城に使者を送った。

「隆信は御邊(ごへん)への鬱憤(うっぷん)、片時も止むことなし。よって一戦を遂げて、両家の安否を極めるべし。しかれば今月十三日、山と里との境なれば、河上(かわかみ)に出合って勝負を決しようではないか」

使者が口上を述べると、神代勝利は「仔細(しさい)に及ばず」と即答した。

また神代勝利は改めて家臣の河浪駿河守を佐嘉に遣わし、承知したことを告げてきた。

（いよいよじゃな）

信昌は緊張感の高まりを感じた。

河上は鐵布峠合戦が行われた金敷城山の南麓で、嘉瀬川を東西に挟んだ周辺を指している。金敷城山の西辺りから嘉瀬川は河（川）上川とも呼ばれていた。

九月十三日、隆信は八千の兵を集め、夜明けとともに佐嘉城を出立し、卯(う)ノ刻（午前六時頃）には河上に到着し、家臣たちを布陣させた。

河上川の東、都渡岐(ととき)口に龍造寺信周、同鑑兼、小河信友ら二千。

河上川の西、南大門口に納富信景ら二千五百。

隆信は宮原に本陣を布いた。旗本の先陣は広橋一祐軒、二陣は福地信重、後詰は龍造寺長信。隆信の周囲には馬渡刑部少輔、倉町太郎五郎、石井常延らが固めた。本陣は三千五百。鍋島勢は本陣にいた。

龍造寺軍は東西に延びる形であった。

「今少し南に下がってはいかがですか。これでは敵に顔を晒すようなもの。危のうございます」

信昌が諫めた。

「敵に勝負を挑んだのじゃ。儂が後方にいては神代も前に出てこず、またしても逃してしまう。我が首を心配するならば、敵を寄せつけずに討ち取ることじゃ。左様心得よ」

隆信は本気で勝敗を決するつもりだった。

対して神代勝利は熊川城に七千二百の兵を集めて南に進み、龍造寺軍と同時刻頃に布陣した。

宮原口に神代長良、神代蕃元、福島勝高、中島鑑連ら三千。

南大門口に神代種良、松瀬宗奕、杠種満ら一千三百。

都渡岐口に神代周利、八戸宗暘、千葉胤誠ら一千五百。

淀姫社（與止日女神社）の本陣に神代勝利、三瀬武家、古河佐渡守、嘉村讃岐守ら一千二百。

河上川で冷やされた風が台地を駆け抜け、軍旗や指物を揺らしていたが、辰ノ刻（午前八時頃）になって止んだ。

途端に神代長良らが前進し、鉄砲を放ってきた。河上合戦の開戦である。白地に黒の「十六日足」の大軍旗は隆信のもの。敵大将が目前にいると判り、神代勢は恐れず勇んでいた。

矢玉を放ったのち神代勢の神代兵衛尉と江原石見守が鑓を手に一番に突き入り、龍造寺本隊と激突。龍造寺勢では広橋一祐軒が迎え撃ち、激しい火花を散らした。

敵の本隊と戦えることは滅多にないこと。神代兵衛尉らは遮二無二前進して龍造寺本隊を切り崩していく。

「退くな！　一歩も退くでない。敵に向かえ！」

広橋一祐軒は大音声で叫び、馬上で太刀を振って指揮をするが、神代勢の勢いが強く、南に後退を余儀無くされた。

「一祐軒は支えられぬか。長門守と入れ替えよ。儂も前に出る」

隆信は眉間に皺を寄せて命じ、二陣の福地信重と後退する広橋一祐軒を入れ替え、自らも北の榎木口に前進して采を振った。馬渡刑部少輔らが隆信に敵を近づけさせぬように身構える。

「先陣が崩れた。敵大将まで今少しぞ」

神代勢から武藤左近将監が進み出て、福地勢の兵を二、三人突き伏せた。

「よき敵じゃ。儂が相手じゃ」

野放しにはできず、福地信重が声をかけると、武藤左近将監は応じ、互いに鑓で火花を散らせた。暫し激しく突き合う中、疲労していたのか武藤左近将監は信重を躱しきれず、胸を突かれた。

すかさず福地信重の寄騎(よりき)・小林播磨守が武藤左近将監の首を刎ねて高々と掲げた。

「ここが勝負どころじゃ。鍋島の戦ぶり、神代の者どもに叩き込め！」

信昌は馬上で叫び、鍋島勢の中ではいの一番に敵陣に突き入り、数人を斬り捨てた。

「與兵衛、首取りなど後で構わん。替えの太刀をすぐ渡せるように致せ」

太刀はどんな名刀でも、一合(ごう)を合わせなくとも、数人を斬ると血糊で斬れなくなる。

「そんなことを申されても、恩賞を他の者に奪われるではありませぬか」

損だとばかりに、笠原與兵衛は信昌が斬った敵の首を刎ね、首袋に入れていた。

「構わぬ。儂が雑兵の首を取っても恩賞は貰えぬ。貰えるのは敵大将のみじゃ」

「左様なことなれば、早う申して下さい。首切りは思いのほか、面倒なのですぞ」

與兵衛は、漸(ようや)く掻き切った首を不快げに抛り投げた。

信昌に引っ張られ、鍋島勢も神代勢の兵を次々に討っていった。

ほかには大庭石見守、納富越中守、北島資元、空閑(くが)光家(みついえ)らが戦功を上げた。これにより宮原口の陣では龍造寺勢が神代勢を押し返した。

既に南大門口や都渡岐口でも戦端は開かれており、宮原口の陣で形勢が逆転すると、都渡岐口で戦闘中に背信者が出て、大将の神代周利を討ち取った。

「清次郎様が返り忠が者に討たれた！」

戦いの最中に裏切り者が出ることほどの衝撃はない。神代勢は狼狽し、疑心暗鬼にかられた。今や誰が味方で、誰が敵か判らない。もはや合戦にはならず、我が身を守るために逃亡する。

「退くな。返り忠が者など出ておらぬ」

八戸宗暘が唾を飛ばして絶叫するが、恐怖に満ちた兵の足を止めることはできなかった。それどころか、宗暘も負傷して指揮を執ることができず、後退を余儀無くされた。

「かかれーっ！　逃すな！」

勢いに乗る龍造寺信周、同鑑兼、小河信友らは河上川を押し渡って神代種良の横腹を突いたので、種良勢は壊乱となり、北に逃げていく。種良は最後まで逃げずに戦ったが、遂に討死した。

「踏みとどまれ！　龍造寺は弱兵。戦えば勝てるのじゃ」

兵は四散し、馬上で太刀を振る総大将の神代勝利の周囲には供廻しかいなくなった。

「このままでは殿の身が危のうございます。北に移動して兵を立て直されませ」

側近の三瀬武家が言葉を選んで勧めた。

「くそっ」

三瀬武家の言葉に従い、神代勝利は半里ほど北の八段原（はったばる）に退却した。

「追い討ちをかけよ。大和守（勝利）を逃すな！」

隆信は家臣たちに下知し、神代勝利を追わせたが、東は河上川の大川、西は峰が連なり、道は細い。追撃は思うようにいかず、しかも神代勢の殿軍(しんがり)には弓、鉄砲衆を多数集めたので、龍造寺勢に負傷者が続出、隆信はほどほどのところで引き上げさせた。

「敵は退いた。鬨を上げよ」

戦は最後まで戦場に踏み止まっていた方が勝ち。まだ陽が残る中、隆信は淀姫神社で鬨を上げさせた。同社は天文十四年（一五四五）一月、神代勝利らによって隆信の祖父の家純や弟の家門、家純の三男・澄家（純家）らが自刃に追い込まれた因縁の場所である。隆信は神代周利や種良らを討ち取ったので、少しは溜飲を下げられたかもしれない。

河上川の戦いで僅かながら仕返しした隆信は、改めて戦の継続と停止を尋ねた。

「間髪(かんはつ)を容れずに仕寄るべきかと存じます」

このたびの戦いで大きな戦功を上げた福地信重は強弁する。諸将も賛同する。

「敵は手負いの獅子。敗残の兵を纏め、山中で我らが来るのを待ち構えておりましょう。これより稲刈りがあり、冬もまいりましょう。城攻めは避け、近くに付け城を築き、監視させて改めて仕寄ることがよいと存じます」

信昌は慎重論を主張した。米は経済の基本。稲刈りを蔑ろ(ないがし)にはできない。もし稲刈りを先延ばしにすれば、兵の大半は勝手に戦場を離脱して家に戻ってしまうであろう。

「左衛門大夫の申すことに利ありと見た。敵地の近くに砦(とりで)を築かせよ」

隆信は信昌の意見を採用し、敵領に近い梅野に砦を築き、様子を窺わせることにした。

三瀬に帰城した神代勝利は、龍造寺軍に備えながら評議を開いた。

「既に敵は領境に砦を築き、仕寄る機会を窺っております。千葉なども敵に与しましたゆえ、これまでのようにはまいりますまい」

古河佐渡守が現状を説明する。

「敵を山内に引き込めば、相応の打撃を与えられましょうが、我らの地も荒らされます。ここは殿には一旦落ちて戴き、無傷で敵に明け渡し、頃合を見てご帰還なされ、敵を追い払ってはいかがでしょう。某、その手筈を整えます」

中村壱岐守が神代勝利を説く。

「左様のう」

次男の種良と三男の周利を失っているので神代勝利は力なく頷いた。

神代勝利は大村純忠（おおむらすみただ）を頼り、彼杵（そのぎ）郡の波佐見（はさみ）に落ちていった。

「ほう大和守が城を捨てたか。腰抜けじゃが、賢明じゃの」

報せを聞いた隆信は恵比須顔であった。

「このまま一気に山内から敵を一掃致しましょう」

広橋一祐軒が汚名返上とばかりに申し出る。

「畏れながら、山内の者を討とうとすれば、総掛かりで抵抗を受け、いらぬ手負いを出しましょう。ここは代官を置き、長い目で見て配下に加えるべきかと存じます」

信昌は反対であった。

「そうは申すが、山内の者どもとは昨日、今日の争いではあるまい。二つ返事で我らに従うわけがない。大和守はいずれ大村の力を借りて返り咲くつもりに違いなし。その前に敵は討っておいたほうがよかろう」

　福地信重も山内攻めには賛成する。敵を討てば所領が増える。誰でも多くの領地を欲していた。

「某は大和守とは和睦するべきかと存じます。狭い国内で争いをしているうちに、大村どころか大友の侵攻を受ければ、佐嘉を落ちねばならぬのは当家のほうになります」

　信昌の懸念は大友義鎮(よししげ)にあった。この時、大友勢は周防の陶晴賢(すえはるかた)を討って急速に拡大する安芸の毛利元就(もうりもとなり)と争っているので、西に兵を向けられなかった。ひとたび和睦が結ばれれば、大軍が佐嘉に殺到する。肥前の国人衆を消滅させて版図を広げるよりも、領有を認めて麾下に加えることが得策であると考えていた。

「皆の申すことは尤もじゃ。仕寄るのはいつでもできるが、今少し山内のことを知る必要がある。こたびは代官を置いて、山内のことを探らせよう」

　損害は少しでも少ないほうがいい。隆信は信昌の意見を取り入れ、三瀬から一里半（約六キロ）ほど西の麻那古(まなご)に田中兵庫助を代官として置き、状況の把握に努めさせた。

　隆信の命令に従い、田中兵庫助が山内で神代の旧臣の取り込みに尽力している最中の十二月、中村壱岐守・外記親子が代官所を襲撃して田中兵庫助を討ち取った。

　田中兵庫助が討たれても龍造寺軍は兵を挙げない。これを知った神代勝利は三瀬に帰還すると、旧臣たちは歓迎し、祝福した。

「こたびは一祐軒らが正しかったようじゃの」

報せを聞いた隆信は脇息（きょうそく）を叩いて怒りをあらわにする。

「山内の結束を確かめてはいかがでしょう。調略を行い、少しでも隙を見せれば軍勢を持って一掃もできましょうが、失敗すれば、敵地の山中で泥沼の戦いを強いられます」

兵を挙げる時は勝利する時。『孫子』の兵法を信昌は説く。

「さもありなん」

暗殺には暗殺を。隆信は調略を持ちかけ、山内に在する西川伊予守に、神代勝利を討てば勝利の所領をそのまま与えると伝えた。

西川伊予守は朋輩の三瀬又兵衛武家に相談すると、武家はこれを父の長門守宗利（むねとし）に報告した。

「戯けが。左様な返り忠が者は即刻始末致せ！」

三瀬宗利は拳を震わせながら武家に命じた。宗利は吉野山の山麓にある梅渓庵（ばいけいあん）に寄食していた兵法（剣術）に長けただけの神代勝利を三瀬城に迎え、山内領の統将に据えた本人である。勝利を裏切るはずがなかった。

西川伊予守は三瀬武家に呼び出され、瞬く間に首を刎ねられた。

山内からの報せは途絶えた。調略が失敗したことを信昌らは知った。

「謀で大和守を討つのは難しいことが明らかになりました。山内の結束も思いのほか固い。このまま神代との争いを続ければ、互いに消耗し合うだけにて益がありませぬ。ここは一旦、和睦を致し、他国の兵に備えるべきかと存じます」

信昌は鷹狩の休憩中、床几に座しながら隆信に言う。というのも隣国の大友義鎮が、まだ幼いものの嫡男（のちの義統）に家督を決め、臼杵に新たな城を築いているという報せを聞いていいた。毛利家との争いが一段落したら、肥前に兵を向けてくる可能性は大きいので、態勢を固めておかねばならないと、危機感を覚えていたからである。

「あい判った。されど一旦の。大和守は我が父を死に追いやった憎き仇。いつの日か、必ずや討ち取ってくれる」

隆信は恨みを忘れぬながらも、神代勝利との和睦に応じた。

永禄五年（一五六二）、神代勝利の嫡男・長良の娘・四歳になる初菊と隆信の次男の又四郎（のちの江上家種）の縁組みを行った。その後、又四郎から三男・鶴仁王丸（のちの後藤家信）に変更。さらに一族の龍造寺胤久の娘を隆信の養女として勝利の後室とした。これにより両家は親戚ということになる。

（これで落ち着いてくれればよいが。まあ、一時でも静謐が保たれれば構わぬか）

龍造寺家が狭い地域の中で争っているうちに、他国の勢力が拡大しているので、信昌は危惧していた。

四

信昌が懸念したとおり、大友義鎮が肥前に手を出してきた。大友支配下の中で争いを繰り返しているからである。ただ、できれば大掛かりな出陣は避けたいところ。そこで、少弐冬尚の次弟の政興（東千葉胤頼の弟）が東肥前で流浪していることに目をつけた。因みに政興の弟の元盛は出家して朝誉と号し、佐嘉城から十町ほど南東に位置する福満寺で住職を務めていた。

大友義鎮は政興に少弐家の再興を焚き付け、高来の有馬仙巌（晴純）と東松浦郡の波多鎮（のちの親）に支援を求めると、両将は東に版図を広げられると即座に応じた。仙巌と鎮は祖父、孫の間柄である。

仙巌は田代因幡守、馬渡甲斐守を使って兵を集めさせ、嫡子の義直（のちの義貞）を大将にして藤津に、義直の弟の大村純忠は小城郡の多久宗利を誘って多久に兵を進め、高来郡の国人衆も参じている。

三月十七日、総勢三千にも及ぶ軍勢が杵島郡の横辺田まで出陣してきた。

大軍の接近を知り、晴気城の千葉胤連は、すぐさま佐嘉城に急を報せた。

「当家に兵を向けるなど言語道断。即刻、返り打ちに致せ！」

自尊心の強い隆信は、後手に廻ることを極端に嫌う。

「承知致しました」

信昌をはじめ、兄の信房、小河信友、納富信景、福地信重ら八百が晴気城に向かい、千葉胤連と合流した。信昌は義父だった胤連に問う。

「お久しゅうございます。敵の様子はいかに」

「まだ動いておらぬようじゃ」

「それは重畳(ちょうじょう)」

信昌らは領境に近い丹坂(にさか)口を固めた。これに芦刈(あしかり)の鴨打胤忠、徳島道可(とくしまどうか)（胤順(たねつぐ)）、今河(いまがわ)の持永盛秀(もちながもりひで)、空閑光家、粟飯原宮内少輔(あいはらくないのしょう)、桃崎(ももさき)（百崎）石見守、橋本内蔵允(はしもとくらのすけ)らも信昌に加勢して一千五百余に増えた。

龍造寺勢の出陣が早かったせいか、有馬勢は攻めてこず、睨み合いが続けられた。何度か物見どうしの小競り合いが行われたものの、大きい戦に発展することはなかった。

「有馬らは陽動なのでしょうか、仕寄ってはきませぬな」

信昌は信房に問う。

「大友の要請に応じたに過ぎず、牽制だけかもしれぬの。こちらから仕掛けるか」

「寡勢の我らが先に動くは不利。敵は多勢ゆえ兵糧に難を抱えましょう。貧して退くところに追い討ちをかけるがよいと存ずる」

高台から敵陣の西を眺め、信昌は答えた。

「そちにしては慎重だの。まっ先に突き入るかと思っていたが」

「時がくればそのつもりです。それまでは、できることをするつもりです」

鷹揚に告げた。

陣は小競り合いばかりで長対峙となっている。

(兄上が申したとおり、有馬の者どもは手伝い戦に参じただけのようじゃの)

六月中旬、有馬方の戦意が低いと感じた信昌は、義父だった千葉胤連の陣を訪ねた。

「敵方に返り忠しそうな者はおりませぬか」

「馬渡兵部少輔は有馬に伝手があるそうじゃ」

「それは良きことをお教え戴きました。敵を追い返す日が近いやもしれません」

千葉胤連に礼を述べた信昌は、砥川の馬渡俊光の許に行き、仔細を伝えた。

「某にお任せあれ。必ずや敵を誘き出してご覧に入れます」

隆信の側近の信昌に声をかけられた馬渡俊光は気張って一族の野田右近允と謀り、長対峙で龍造寺勢は弛緩し、守りが手薄になっているので、攻めるのは今と伝えた。

六月下旬、馬渡俊光の意見を信じ、有馬方は島原弥七郎らに兵を預けた。弥七郎らは牛津川を舟に乗って下り、柳津留の入江に漕ぎつけた。東岸に上陸しようとしていたところを見計らって、馬渡俊光は狼煙を上げた。

「合図じゃ。敵を逃すな」

龍造寺家内で地位の向上を目指す馬渡俊光は絶叫すると、牛尾山に隠れていた馬渡、鴨打、徳島勢数百が打ち出し、北からは野田次郎左衛門、乙成孫四郎らが出撃した。

謀だと気づいた時には既に遅く、有馬勢は東と北から挟撃されていた。しかも上陸したてで纏まりに欠けており、戦う支度ができていない。有馬勢は態勢が整う前に斬られ、あるいは川中に追い立てられ、身動きできなくなったところを弓、鉄砲で討ち取られた。西の対岸に逃れられた兵は僅かで、屍は牛津川に累々と浮かんだ。島原弥七郎はかろうじて逃れている。

有馬勢の敗北を知り、佐留志(さるし)の前田尚忠(ひさただ)、上松浦の鶴田直(なおし)、鶴田前(すすむ)、田代因幡守、杵島の土井茂介、井元上野介(いもとこうずけのすけ)、田中掃部助(かもんのすけ)らも有馬家を離反して龍造寺家に鞍替えした。

「うまくいきましたな。お屋形様もさぞお喜びになられましょう」

「有り難き仕合わせに存ずる」

信昌が労うと、馬渡俊光は顔を綻ばせて喜んだ。

「おそらく、敵は仇を討とうと本腰を入れてきましょう。次こそこたびの戦いの要となる。方々は物見を出し、警戒を怠(おこた)らぬよう」

勝って兜の緒を締めよ、のたとえに倣い、信昌は諸将に注意を促した。

七月二日、馬渡俊光の謀に激怒した有馬勢は島原弥介を大将に、安富貞直(やすとみさだなお)、安徳直治(あんとくなおはる)のほか高来、杵島の諸将、須古(すこ)の平井経治(ひらいつねはる)らも援軍の兵を出し、横辺田から砥川に出陣してきた。

龍造寺勢は敵の動きを明確に捉えていた。有馬勢が大橋を越えようとしたところ、南の佐留志から前田尚忠が、相浦(あいのうら)河内守は北の別府(べふ)から駆け付け、砥川の泉市之介(いずみいちのすけ)、森田越前守、江口慶林が参じ、柵を立てて砦を築いて敵の進撃を食い止めた。

有馬勢は砦を攻略することができず、両子山の北に位置する由利岳（天山）に陣を布いた。多久にいた大村勢も、同岳に合流している。

「ここはお屋形様にご出馬を願うしかないの」

信昌は勝負どころと見て、隆信に出陣を懇願した。

応じた隆信は、七月中旬には丹坂峠から半里ほど東に陣を布いた。総勢で四千を超えた。

「勝てそうか」

隆信は扇子で扇ぎながら問う。小姓にも大団扇で扇がせている。

「敵の後詰が参じる前に叩けば勝てましょう。されど、多勢を敵に晒せば敵は山を降りぬやもしれません。餌を蒔いて引き摺り出し、一気に撃ち破るべきかと存じます」

「よきに計らえ」

「承知致しました」

許可を得た信昌は千葉胤連と相談し、予てからの計画を実行することにした。

晴気城が近い千葉胤連は、周囲の地形を知り尽くしている。千葉家の家臣たちは由利岳から半里ほど北西に位置する多久の六田縄手（牟田縄手）で敵の一勢に仕掛け、多勢が由利岳から降りようとすると、潮が引くように引き上げた。

これを何度か繰り返すと、有馬勢も焦れてきて、下山する兵の数も増えてきた。

「良き頃合になりましたな」

北叟笑(ほくそえ)んだ信昌は隆信に報せ、決戦に踏み切ることを承諾させた。

先陣は隆信の弟の信周、鍋島信房、納富信景、納富信純ら一千を丹坂口に向かわせた。同地は北の峯山、南の栗原の山に挟まれた峠道でもある。

二陣として信昌、弟の小河信友（信俊）、百武賢兼(ひゃくたけまさかね)（戸田兼通(とだかねみち)）、その後ろに隆信本隊の三段構えとした。千葉胤連は後詰。持永盛秀、粟飯原宮内少輔、空閑光家、江頭主計允(えがしらかずえのすけ)、橋本内蔵允らは遊軍として砥川の少し東、勝ヶ里(かすがり)の稲荷の北に備えた。丹坂峠の北の姫御前塚には千葉麾下の峯吉家(みねよしいえ)一族八十三人が固めた。

七月二十五日、信周を先頭とした龍造寺軍は意気揚々と丹坂峠に向かって進行した。以前の千葉勢よりは多いものの、それでも由利岳に在陣する兵からすれば一千は寡勢。隆信の参陣を知らぬ有馬勢は、一千の兵を様子見の先鋒と認識したようで、本格的な下山を開始した。

有馬勢は丹坂峠と北の姫御前塚方面に兵を進めた。北の守りは寡勢なので鎧袖(がいしゅう)一触せん、と勢いに乗って攻めたてた。峯吉家は矢玉を放って敵を防ぐが、衆寡敵せず。体に七ヵ所の傷を負って後退した。

「一気に撃ち破れ！」

有馬勢は峯勢を撃破するため、猛然と追いかける。細い道がさらに細くなり、周囲は茂みで視界は不鮮明なところに差し掛かった。

「放て！」

峯吉家が怒号すると、茂みに隠れていた峯衆が顔を出し、轟音を響かせ矢を放った。

途端に有馬勢は血飛沫（ちしぶき）を上げて、ばたばたと地に倒れた。中でも峯甚左衛門は石の狭間から矢を放ち、有馬兵二十三人を射倒した。有馬勢は進めなくなって引き返す。形勢を逆転した峯は、これを追っていく。

丹坂峠でも待ち伏せをされた有馬勢は矢玉で圧倒され、進撃の足を止められた。龍造寺勢は入れ代わり立ち代わり、引き金を絞り、弓弦を弾いたので、有馬勢は後退を余儀無くされた。

「逃すな！」

龍造寺信周は大声で叫び、配下の兵は崩れた敵を追って右原（みぎわら）に追い詰めていくと、逃れる場所はない。有馬勢は龍造寺勢に向かって矢玉の餌食になるか、西の牛津川に飛び込んで溺死した。

有馬勢が逃げていることを知った持永盛秀は即座に駆け付けて、敵を討ち取っていく。安徳直徳（あんとくなおのり）ら安徳家の者、大窪金右衛門、長野土佐守ら長野家の者、大塚次郎兵衛、菅太郎兵衛、河口忠兵衛、小瀬八郎左衛門、池副孫三郎など数知れずという状況だった。

「追い討ちをかけよ。一人逃さず討ち取れ」

余裕の態度で隆信は命令を出し、追撃を行わせた。元来、追撃ほど容易（たやす）く敵を討ち取れることはないと言われている。龍造寺勢はさんざんに敵を討ちながら南西に二里（約八キロ）ほど進み、敵が逃げ込んだ多久宗利の梶峰城を包囲した。

　多久城とも呼ばれる梶峰城は周囲を山に囲まれた小盆地の亀山、鶴山の間に築かれた山城で、本丸近くはかなりの急峻である。東を唐堀川、西を古野川、北を牛津川が守る堅城であった。城主の多久宗利は有馬勢の中にいたため入城できず、留守居の兵のみで守っていた。

「降伏を呼びかけますか」

　城主のいない城が持ちこたえられた試しはない。城兵の戦意も低いものである。信昌が問う。

「無用じゃ。踏み潰せ」

　冷淡な命令に信昌は閉口する。

（勢いは大事じゃが、降伏させれば労せず城が手に入ろうに）

　隆信の思案に疑念を抱きながら、信昌は先陣の諸将に命令を伝えた。

　下知を受けた成富種貞は、敵の矢玉を恐れず、急勾配を駆け上がって城門に取り付くが、城兵の鉄砲に当たって落命した。

「式部少輔が……」

　さすがの隆信も、忠臣の訃報を聞き、言葉を詰まらせた。命令を後悔していた。

　その間にも龍造寺勢は力攻めを繰り返し、犠牲を出しながらも城を陥落させた。

　有馬の残兵たちは梶峰城から一里半（約六キロ）ほど南西の久津具の山に籠り、改めて平井経治の須古、後藤貴明（ごとうたかあきら）の塚崎（つかざき）に救援を求めた。

一方、周囲の地侍で龍造寺家に下ってくる者が出てきたので、隆信はこれを許した。

梶峰城に入った隆信は、主だった者を本丸の広間に集めた。

「ここまで来たからには須古も得ておきたいと思うがいかに」

質問ではあるが、隆信は攻め取る気満々である。

「仰せのとおり。一刻も早く敵城に向かいましょうぞ」

納富信景なども乗り気である。諸将も概（おおむ）ね賛同している。

「左衛門大夫、不満そうじゃの」

「まだ周囲には有馬や杵島の残党がおりましょう。よく知らぬ敵地の城に仕寄っている最中、背後を襲われては一大事。これらを排除してからでも遅くないかと存じます」

城攻めの昂りを抑えるのは困難。少しでも不安を解消させるためである。

「さもありなん。されば、その役、そちに任そう」

「有り難き仕合わせに存じます」

丹坂峠から逃亡する兵で纏まって南に向かった集団があった。追わせたところ、兵が腰を落ち着けた場所があった。峠から一里半ほど南に御岳（みたけ）山があり、その中腹に堤雄（つつみお）神社がある。神社の辺りは堤尾山とも呼ばれている。周辺は佐留志（さるし）と呼ばれ、有馬氏の代官が前田尚忠らを支配していたが、志摩守（前田尚忠（まえだなおただ））が代官を斬って龍造寺に帰属した。中にはこれに反発する者も少なくないという。

信昌は前田尚忠らの道案内で広橋一祐軒らと堤尾山を目指した。途中で日が暮れたので、信昌は御岳山の北側で兵を停止させ、食事をとらせ、昼間の疲れもあるので休息をとらせた。

亥ノ刻（午後十時頃）になった。

「そろそろ良き頃でしょう」

広橋一祐軒と相談した信昌は御岳山を北から登り、敵の背後となる堤尾山の北側から迫った。

有馬勢も昼間の戦闘で疲労しているようで、ほぼ全員が陣笠を枕に眠りこけていた。

「全兵討ち取れ」

少々気が引けるものの、これも龍造寺家のため。信昌は夜襲を命じた。

「うおおーっ！」

龍造寺勢は雄叫びを上げながら眠っている有馬兵に襲いかかった。

「敵じゃ。夜討ちじゃ」

目覚めた有馬兵は、おののきながら、おっとり刀で対抗しようとするものの、準備万端で、行動を起こしていた信昌らでは勝負にならない。龍造寺勢は有馬兵を次々に骸に変えていった。

「逃げよ」

主格の侍が叫ぶと、有馬兵は蜘蛛の子を散らすように逃げていった。

「深追い致すな」

　地元の敵も多くいるので、信昌はほどほどのところで引き上げさせた。

　四散した敵は西のほうで集まり、御岳山の西側に本陣を築いた。

「今一度、夜討ちを致そう。二度もして来るとは思っておるまい」

　龍造寺家は敵を徹底して排除する、ということを植え付けるにはちょうどいい。

　二十六日の夜、信昌は再び夜襲を行い、四十余人を討ち取った。この夜襲は百合野の戦いとも呼ばれている。信昌は翌朝、隆信に報せた。

　東からの急襲はないことは確実になったので、隆信は須古城とも呼ばれる高（隆）城の攻略に腰を上げた。高城は梶峰城から六十五町（約七キロ）ほど南に位置し、小丘陵（標高約四十二メートル）に築かれた平山城で五間半（約十メートル）の堀に守られている。西側は湿地なので、近寄るのは難しい。さらに周囲には雄（小島）城、雌（杵島）城などの支城があり、これらへの備えを怠るわけにはいかない。

　二十八日、六千の兵で城を包囲した隆信は、納富信景、前田家貞、井元上野介ら二千の兵で高城を攻めさせたが、城主の平井経治をはじめ、川津経忠、平井刑部大輔、本田純秀らが奮戦し、後退を余儀無くされた。

「申し上げます。お味方は城方に追い払われ、退いております」

　午後になり、隆信の許に遣わした小森甚五が肩で息をしながら戻り、引き攣った顔で告げる。

「なに。お屋形様は？　ご本陣は？」

こわばった表情で信昌は問う。

「判りません。壊乱となっております」

「お屋形様を、お助け致すのじゃ」

信昌は即座に陣を畳ませ、隆信の救援に向かう。

（六千の兵を擁しながら、なにゆえ退いておるのじゃ）

兵数では圧倒的に優位なはず。城を攻めきれないということは理解できるが、敗走させられていることが、信昌には理解できなかった。

御岳山の陣から十二町（約一・三キロ）ほど西の小田に差し掛かった時、逃げてくる龍造寺軍を目の当たりにした。

「おう兵部殿。なにゆえ、退いておられる？　お屋形様はいかがなされましたか？」

信昌は石井兵部大輔常延に問う。

「お屋形様は後方におられ、我らは帰路の確保を命じられた。城を攻めあぐねている最中、返り忠した地侍がおり、軍勢は混乱。そこを高城のみならず、雄城、雌城、さらに喜佐木城の者どもが出張って囲まれた。退いておるのはお屋形様の下知じゃ」

悔しげに石井常延は言う。

「今、申しても詮無きことじゃが、返り忠は謀か。儂らはお屋形様をお守り致します」

石井常延に告げた信昌は、獣道を通って西に向かう。

「なにがなんでもお屋形様をお守り致すのじゃ」

今、隆信を失えば、龍造寺家を立て直すのは困難。信昌は馬鞭を入れて駆けに駆けさせた。

二町ほど藪中の獣道を通ると前方は開け、田が広がっていた。信昌らの位置から北に半町ほどに間道があり、龍造寺勢が我先にと退いている。信昌は隆信を捜すがまだ目にできない。

（いかが致すか）

西に向かうか、留まるか迷っている時、龍造寺勢に襲いかかる平井勢を目撃した。

「味方を助けるのじゃ」

信昌は鐙（あぶみ）を蹴って敵に向かう。泥を撥ね上げながら田の中を疾駆する。

「喰らえ！」

間道に達した信昌は太刀を抜いて敵を袈裟がけに斬り捨てた。

「退く者はお屋形様をお守り致せ。戦える者は、ここで敵を食い止めよ」

馬上の信昌は怒号しながら敵を斬り払い、突き伏せ、薙（な）ぎ倒した。

数人を討った時、愛馬が畦（あぜ）に脚をとられ、信昌は田の中に転げ落ちた。

「好機」

平井兵は兜首を取れると、叢がってきた。

即座に信昌は跳ね起きて戦うが、四方を鑓を持つ敵に囲まれた。しかも手にするのは太刀なので不利極まりない。万事休すと、いった時であった。

「兄上、難儀な様子ですな。手伝いますか」

弟の小河信友や、百武賢兼、副島左馬亮らが駆け付けた。

「無用じゃ」

加勢に安堵しながら信昌は精一杯の強がりを口にして敵に向かう。信昌を囲んでいた平井兵は新手の登場で狼狽えている。

「汝（うぬ）らは誰と相対しておるのじゃ」

すかさず信昌は飛び込むように間合いを詰め、及び腰になっている一人を袈裟がけに斬り、返す刀で逆袈裟で斬り上げた。旗色悪し、と二人は逃げたところを、一人を背後から斬ると、もう一人は小河家の家臣が討ち取った。

「お見事」

信昌の戦いぶりを見ていた小河信友は称賛する。

「当たり前じゃ。ところでお屋形様はいかがした？」

「先に退かれました。我らは殿軍（しんがり）に近いところにおります」

「左様か。されば、此奴らを片づければ終いか」

少々安心し、信昌は與兵衛から鑓を受け取り、身構えた。

まだ平井勢は殺到してくるので、今度は小河信友らも太刀を抜き、馬上で戦った。信友らの働きもあって、平井勢の追撃も一旦、下火になった。

「よし我らも退く」

東への移動を始めると、再び平井勢は追撃するので、信昌らは弓、鉄砲を放たせて敵の足を止め、そこへ突き入って仕留めていく。撤退戦なので首取りをしている暇はない。敵を追い返すほど後退させると、移動を開始する。信昌らが歩を進めると、また敵は叢がってくるので、鑓で突き合い、抉り倒して退く。馬は息が上がって乗れたものではなく、龍造寺勢は皆徒であった。

小田村が終わろうとすると、平井勢のみならず、野伏が蜂起し、落人狩りを行っていた。既に陽も暮れ、龍造寺勢は不安の中で退かねばならなかった。

茂みの中に人影が見えた。それだけで龍造寺兵は足並みを乱して倒れる始末であった。

「野伏などはものの数ではない。儂が排除してくれる」

だらしない兵を憂え、信昌は鑓を手に一人で茂みに飛び込み、野伏を突き倒して駆け廻り、集団を攪乱する。信昌の勢いに圧され、野伏らは御岳山のほうに逃げていった。

「たわいもない」

野伏を追い払い、平井勢の追撃を振り払った信昌らが、這う這うの体で佐嘉城に帰城したのは亥ノ刻（午後十時頃）を過ぎた頃であった。

「よう戻った。こたびの働き、天晴れじゃ」

信昌を見た隆信は、顔を綻ばして労った。

「有り難き仕合わせに存じます。お屋形様もご無事でなによりでございます」

信昌も隆信の顔を見て胸を撫で下ろした。途端に、どっと力が抜けていくのを感じた。

梶峰城攻めは成功したが、高城攻めは失敗。

この戦いは第一回目の平井の戦いと呼ばれている。

戦いの後、隆信は弟の長信を梶峰城に入れ、平井経治ら有馬勢への備えとした。

龍造寺軍は永禄七年（一五六四）にも高城を攻めるが、攻略できずに退いている。

（有馬を後ろ楯とした平井は手強いの。力だけでは勝てまい）

隆信は信昌の助言を受け、龍造寺一族の信純の娘を養女とし、平井経治の弟の直秀に嫁がせて和平を保つことにした。

（再び仕寄ることになる。それまで敵を内から切り崩さねばの）

信昌は縁組みを切っ掛けに、調略の手を伸ばすことにした。

第三章　今山合戦

一

永禄八年（一五六五）三月十五日、神代勝利が山内佐嘉郡の畑瀬の隠居城で病死した。享年五十五。

神代勝利は隆信が二十余年に亘って戦い続け、遂に勝てなかった好敵手である。かろうじて和睦を結び、共存するしかできなかった武将がもはやこの世にはいない。隆信にとって山内支配を確実にする好機の到来である。

「山内に仕寄る」

「畏れながら、それでは人心が離れます。鶴仁王丸様にも、よからぬ色がつきまする」

信昌は反対した。神代勝利の孫、七歳になる初菊と隆信三男の鶴仁王丸は婚約を結んでいた。

「大和守（勝利）のみならず、孫娘も死去しておろう。鶴仁王丸への影響はあるまい」

神代勝利の死から間もない四月三日、神代家当主・長良の子、十一歳になる長寿丸と初菊が疱瘡にかかり、三瀬小弓の館で他界した。

「そうではございますが」

「山内の人心などとっくに離れており、こののちも集まることはあるまい。いずれ背くのは明白。ならば、敵が一番弱っている時に叩くのが常道であろう」

隆信は非情である。帰参した者には信を置くことはなかった。

（人心は山内のみならず、龍造寺家の者たちのことでもあるのだが）

信昌は再考を提案するが、隆信の思案を変えることはできなかった。

四月二十三日、隆信は納富信景、龍造寺信明を神代長良の千布城に遣わした。

「刑部大輔（長良）殿におかれては、大和守殿ならびに、お子たちご他界のこと、冥福を祈り致す。お屋形様も悔やんでおられた」

「丁寧な弔いの詞、痛み入る」

失意の中で神代長良は言葉を返した。

「とりわけ娘御は鶴仁王丸様とのご婚約をなされていたゆえ、別に親類より養女を立てられ、改めて縁組みを願うよう誓紙を出されるがよい」

「忝い。さっそく一族を当たってみよう」

父亡きあと不安に思っていたところ、龍造寺家との繋がりを保つことができると、長良は安心した表情で返事をする。

弔辞を告げた納富信景らは千布城を後にした。

油断させた納富信景と龍造寺信明は夜のうちに行動を起こし、高来盛房（たかぎもりふさ）、副島光家（そえじまみついえ）ら六百の兵とともに、夜明け前には山内の土生島（はぶしま）に迫った。同城は千布城から五町半（約六百メートル）ほど南に位置しており、長良は両城を行き来していた。城原（じょうばる）の江上武種（えがみたけたね）も隆信の求めに応じ、土生島の北側を遮断した。

「山城（隆信）奴（め）はそれほど神代が憎いのか！　彼奴（きゃつ）は義を知らぬのか！　謀（はかりごと）をせねば儂を討てぬのか！」

怒髪衝天（どはつしょうてん）。握った拳の中で爪が掌の皮膚を裂き、血が滲むほどであった。

「もはやこれまで。女子は早々に落ちよ。儂は雑兵の手にかかる前に腹を切る」

長良は覚悟を決めて夫人に命じた。

「なにを仰せです。それほどお怒りならば、生き延びてお恨みを晴らしなされ。神代の血をここで絶やしてはなりませぬ。わたしは龍造寺の血筋、斬られることはありませぬ。わたしには構わず、お退きなされ」

長良夫人は気丈に言い放つ。夫人は鹿江兼明（かのえかねあき）の娘で、夫人の母は龍造寺家兼（いえかね）の娘であった。

「奥方様のおっしゃるとおり。ここは涙を呑んでも落ちられませ。我らがお守り致します」

島田鶴栖（かくせい）、大塚隠岐守らが説得し、二十人余の兵と北に向かった。

納富信景らはすぐに追撃を行い、次々に討ち取っていく。長良の周囲は島田鶴栖、古河新四郎、松延勘内（まつのぶかんない）ばかりになった。

「奥が心配じゃ。そちはまだ若輩ゆえ捕らえられても斬られることはあるまい。土生島に戻り、奥の身を守れ」

長良は十五歳になる松延勘内を帰城させた。松延勘内を見た夫人は驚愕する。

「今は一人でも多く殿の許におらねばなりません。早う殿の許に戻りなさい」

「畏れながら、これは殿の下知にございます。早う城を出られますよう」

松延勘内は長良の命令を守り、乳母とともに川久保に落ちていった。

長良らは金立山（きんりゅうざん）を経由して名尾山（なおさん）に登り、名尾式部太夫の支援を受けて畑瀬城に逃れた。

「刑部を逃がしたと！　戯（たわ）け奴。すぐに討てる兵を差し向けよ」

騙し討ちにも拘わらず討てなかった。激怒した隆信は扇子を床に叩きつけて命じた。

（このお方は、どうあっても神代を根絶やしになさるつもりか。このままでは国人がお屋形様を信じられず、返り忠をする者があい続くのではなかろうか）

非情を通り越して残忍な隆信を主に持ち、信昌は危機感を覚えざるをえなかった。

隆信の下知により、納富信景と龍造寺信明のみならず、新たに小河信友、広橋一祐軒らを畑瀬城に向かわせた。

畑瀬城に在する兵は上下合わせて二百余。対して城を攻撃する兵は三千。とても城を守りきれるものではない。長良らは話し合い、城を捨てて筑前・岩門鷲ヶ岳城の大鶴（大津留）宗周を頼って落ちた。長良らは宗周の領内の戸坂に匿われた。

長良夫人は東の川久保山に退き、そこから南に進み、筑後に近い故郷の鹿江村に辿り着いた。

娘を見た鹿江兼明は驚きながらも喜び、主の隆信に判らぬように寺に隠した。ほどなく大鶴宗周からの使者が訪れ、五十余人の筑前勢に守られて長良が待つ戸坂に向かった。夫人は無事戸坂に到着し、大鶴宗周に感謝したという。

山内を追われた者たちは長良の許に集まり、八月の半ばには二百ほどに増えていた。

「我らが所領を取り戻しましょう」

島田鶴栖らは身を乗り出して長良に勧める。

「そちたちの気持は痛いほど判る。儂とて同じ心境じゃが、いかんせん、この人数では城を取り戻すことに成功しても守ることはできぬ。今少し兵を集めねばならぬ」

戻るからには隆信と戦い続けねばならない。長良は慎重だった。

長良は神代旧臣である合瀬城主の合瀬因幡守と連絡をとり、高祖城主の原田了栄に助力を乞い、援軍を得ることができた。これに、曲淵房資、小田部紹叱、大鶴宗周らも加わり三百ほどになった。

「今はこれが限界か。旧領を取り戻す」

あとは城を奪い返せば旧臣はさらに増えるであろう。長良は決意を固めた。

八月二十日、長良は密かに兵を山内領内に入れ、佐嘉から派遣されていた代官を討ち、三瀬城に復帰した。途端に旧臣は長良の許に馳せ参じたので、長良は領内二十六ヵ所の要害に砦を築き、領内の支配を固めた。

「これで判ったか。敵は残らず一掃せねば自（おの）が身も危うくなるのじゃ」

報せを聞いた隆信は吐き捨てる。

「ご無礼を申し上げました」

謝罪する信昌であるが、心中は違う。

（お屋形様が神代を追い込まねば、無駄な手負いを出さずにすんだはず）

とは思うが、勿論、口にするわけにはいかない。

隆信は山内討伐の陣触れをし、金立に布陣して様子を窺ったが、逆に長良の呼び掛けに応じて大友宗麟（そうりん）が動いた。宗麟は吉岡長増（よしおかながます）、田北鑑生（たきたあきなり）、吉弘鑑理（よしひろあきただ）を肥前に派遣した。

九月四日、長増らは小田鎮光（よしみつ）、犬塚尚重（ひさしげ）らに対し、少弐政興（しょうにまさおき）を支援することを伝えた。

「挟み撃ちになる恐れがございます。ここは一旦、帰城すべきかと存じます」

意地を張って陣にとどまろうとする隆信に信昌は勧める。

「大友の者どもが、長く肥前にいられようか？　ちと我慢すれば、尻尾丸めて逃げていくわ」

「もうすぐ稲刈りとなります。兵が陣を無断で脱する前に戻るべきかと存じます」

「左様な輩は遠慮なく斬り捨てよ」

強気で言う隆信であるが、稲刈りの重要性は当主として誰よりも理解している。

「ここは我らにお任せ下さい。決して龍造寺の名に瑕（きず）をつける真似は致しません。万が一のことあれば、腹切ってお詫び致す所存です」

「よう申した。されば、後のことはそちに任す。腹切らぬよう差配せよ」

待っていた言葉を聞いた隆信は、信昌への気遣いを口にして金立の陣を後にした。

「随分と無茶なことを申し出たの。本軍が退けば、敵は挙（こぞ）って仕寄ってこようぞ」

兄の信房が迷惑そうな顔で言う。

「致し方ありますまい。兄弟揃って腹切らぬよう踏ん張ってもらわねば困ります」

「左様な憂き目には遭いとうないの。して、腹切らぬ行（てだて）は？」

「考えておりませんでした。ただ一刻も早くお屋形様を帰城させるだけです」

六十二間小星形兜（ろくじゅうにけんこぼしなりかぶと）をかぶりながら信昌は言う。

「嬉しいことを申してくれる。僅か数百で、山内、大友合わせて十倍の敵に相対するのか。討ち死にするか、腹切らねばならぬようじゃの」

「死ぬ覚悟ならば、なんとかなりましょう。寡で多を破るには詭（いつわ）るしかありますまい」

「聞こう、そちの詭る、というものを」

信房も信昌に倣って兜をかぶった。

龍造寺軍が陣を布いていたのは金立の丘陵で、登るのは、それほど困難ではない。隆信らが陣を離れてから半刻と経たぬうちに、山内勢が北から迫った。

「戦は最初の一撃が肝心。打ち払えば、あとは追い討ちをかけるようなものじゃ」

信昌は隆信から預かった兵に発破をかけ、備えさせた。

在陣する兵が寡勢だと知り、山内勢は殺到してきた。

「放て！」

間が半町ほどになったところで信昌は命じ、轟音が響き、矢が弧を描いて敵に降る。

「かかれーっ！」

急造の陣なので柵を立てただけで堀や土塁はない。勿論、籠城などもできないので、矢玉で敵の足を止めたのちは打って出るしかない。馬上の信昌は大音声で叫び、まっ先に丘を駆け下る。

「うおおーっ！」

龍造寺勢三百は雄叫びを上げながら信昌に従った。道になっているところもあれば茂みもある。兵たちは樹木を避け、湿地の泥を撥ね上げながら敵に向かい、開かれた地で遂に接触した。

「喰らえ！」

馬上から信昌は太刀で袈裟がけに斬り捨てた。さらに逆袈裟で斬り上げ、薙いだ。

「彼奴は鍋島左衛門大夫じゃ。恩賞首ぞ」

六十二間小星形兜に栗毛の駿馬は信昌の象徴ともいえる。敵は信昌と知り、目の色を変えて叢がってくる。

「左様な腰つきで我が首を打てようか。恩賞ほしくば命をかけよ」

遠間で鑓を繰り出す敵を叱責し、砂塵を上げながら縦横無尽に群衆の中を駆け廻る。太刀を振るたびに血飛沫が舞い、信昌の具足も朱に染めた。

信昌をはじめ龍造寺勢は虚を衝く形で繰り出したので、戦の主導権を握ることができたものの、多勢に無勢は否めない。数人が一人を囲んで討っていくので、龍造寺勢の犠牲が増えていった。

「退け」

死傷者が続出することを覚悟で信昌は命じ、馬首を返して坂を駆け上がる。

「追え！　逃すな！」

古河新四郎は怒号し、信昌らを追っていく。その時であった。

「敵の新手にございます」

雑兵の一人が、おののいた顔で古河新四郎に報せた。

密かに迂回した信房らの二百は西から山内勢の横腹を突いた。長良は経験不足だったのか、伏兵を警戒していなかった。あるいは、寡勢とあなどっていたのかもしれない。

少数でも無警戒の西側を抉られると、軍は混乱をきたす。

「敵は狼狽えておる。討って、討って討ちまくれ！」

信房は崩れた敵中で獅子吼し、次々に山内勢を斬り捨てる。

「返せ！」

陽動が成功したことを知った信昌は、再び坂を駆け降りて山内勢に突き入った。山内勢は三千、対して鍋島兄弟の兵は数百。それでも南と西から挟み撃ちにすると山内勢は壊乱となる。

「落ち着け、敵は寡勢じゃ。一人ずつ討てば鎮まる」

古河新四郎は声を嗄らして下知するが、攪乱された軍勢は簡単には戻らない。

「申し上げます。島田殿（鶴栖）が深手を負って退かれました」

この報せが届けられると、山内勢はさらに浮き足立ち、我先にと退きだした。

「退くな！　退くでない。退く者は斬る！」

古河新四郎は唾を飛ばして命じるが、誰も聞く者はいない。

「敵は退いておる。追い討ちをかけよ！」

信房、信昌兄弟は同時に叫び、追撃する。半里ほどの間で三百ほどを討ち取った。寡勢なので深追いは禁物。信昌はほどよいところで兵を引き上げさせた。

「生きておりましたな」

泥と汗と返り血でどろどろになりながら、信昌は陣で信房に言う。

「二度と、かような詭りは、しとうないの」

疲労困憊した表情で信房は答えた。

「大友や少弐の者どもが傍観していたので助かりましたな」

長良の呼び掛けに応じた大友勢であるが、長良とは歩調を合わせなかった。

「様子見か、漁夫の利を得んとしたか、まあ我らには幸運であったの」

頷いた信昌は鬨を上げさせ、帰途に就いた。

金立の戦いはなんとか勝利したものの、龍造寺勢にも死者は多く出て、帰城できた兵は三百ほどであった。

「さすが鍋島兄弟じゃ。こたびの働き、天晴れじゃ」

帰城した信昌らを隆信は労ったが、神代と少弐、さらに大友への憎しみを強くした。

再び龍造寺家は神代、少弐両家と敵対することになり、領境で小競り合いを繰り返すことになった。

翌永禄九年（一五六六）が明けると天候不順が続き、四月から五月にかけて大旱魃（かんばつ）が襲った。おかげで稲が枯れ、農民たちは遠くの川から水を運ばねばならなかった。

ここに目をつけたのは佐嘉の山間部を領有する神代長良で、龍造寺領の田畑を潰すため、川の流れを変えるよう古河新四郎に命じた。

古河新四郎は北山から流れる徳永（とくなが）川を塞（せ）き止めて東に流れを変更したので、納富信景領の川は枯れた。これにより、信景領の和泉、千布村の田は悉く（ことごと）干上がった。

「神代ども奴」

東の川の水量が増えているという報告を受けたので神代領の者がなにか画策している

と納富信景は睨み、弟の信純（のぶずみ）と家繁（いえしげ）に兵をつけ、水路を巡察させた。

納富勢が調査しているという報せを聞いた古河新四郎は三百の兵を川久保の白鬚（しらひげ）神社に潜ませ、三手に分けた。さらに十四、五人を農民に変装させ、八溝（やつみぞ）から徳永に通じる水路を塞き止める真似をさせた。

これを納富信純らが発見した。

「あの者どもが水の盗人か。叩き斬れ」

納富信純が命じ、十数人の納富家臣が古河の偽装農民に向かう。

予定どおり、偽装農民はすきや鍬（くわ）を放り投げて逃げる。納富家臣はこれを追う。南原築地辺りまで逃げると、三方に潜んでいた兵が一斉に湧き出して襲いかかった。

「伏兵か」

気づいた時には既に遅く、納富信純らは囲まれ古河新四郎の弟に討ち取られた。

「謀られたか」

報せを受けた納富信景は激怒し、単騎駆けて南原築地に赴くが、既に古河勢は退いた後。信景の家臣百が追い付いた時、神代長良は再び三百余の兵を派遣したので、高木、平尾辺りで戦いとなった。信景は仇討ちとばかりに奮戦するが、兵の多寡の差に敗れ、退却せざるをえなかった。

神代勢は佐嘉城から十町ほど北西の藤木（ふじのき）まで攻め込んできた。

「追い返せ」

隆信の命令で軍勢が出陣すると、山内勢は潮が引くように退いていく。

「やはり撫で斬りにせねば治まらぬようじゃの」

城下近くまで攻め込まれたので、隆信は歯ぎしりしながら言い放つ。

「我らは神代、大友（少弐）、有馬と三方に敵を抱えております。一方に力を注げば二方から仕寄られます。三方と戦っていては兵が持ちません。まずは和を結び、力を蓄え、その上で雌雄を決するべきかと存じます。今少し毛利と誼を通じるべきかと存じます」

「さもありなん」

信昌の助言を受け、隆信は改めて毛利元就の許に使者を送り、まずは遠交近攻で大友宗麟を押さえることに尽力を始めた。元就もこれには同意している。

神代、少弐との争いは一進一退を繰り返さねばならなかった。

翌永禄十年（一五六七）、信昌に娘が誕生した。千美子と名づけられた。

（於千のためにも絶対に家を潰してはならん。龍造寺も鍋島も）

千美子の愛らしい寝顔に信昌は誓った。

大友宗麟は毛利元就との戦いに専念しなければならず、佐嘉に兵を送る余裕がなかったので、隆信に対しては神代、少弐とは和睦して静謐にするように命じてくるが、隆信は聞かなかった。

二

　永禄十二年（一五六九）一月、信昌は以前から書状の交換をしていた肥後の隈本城にいた。同地は佐嘉から十六里（約六十四キロ）ほど南東に位置し、城親賢が城主を務めているが、父の親冬が実権を持っていた。城氏は大友氏を主として仰いでいたが、肥後の国人衆は独立性が強く、協力者といった立ち位置に近かった。なので肥後の国人衆と争っていた。

「貴家にも事情がおありでござろうが、こののちも昵懇にして戴きたいと主は申しております」

　信昌は腰を低く口上を述べた。

「当家も同じ考えじゃ。貴家は大友家と相対しているようじゃが、和睦してはいかがか。よければ当家が間に立ち申そう」

　隠居している城親冬が言う。

「和睦は吝かではござらぬが、大友殿が肥前に手を伸ばされている。こればかりは譲る気はござらぬ。肥前に手を出さぬというのであれば、喜んで和議を持ちましょう」

「大友殿は九州探題に任じられておる。助けを求められれば、応じるのが役目」

　大友宗麟は豊後、肥後のほか、天文二年（一五三三）には肥前の守護職、永禄二年

（一五五九）には豊前、筑前、筑後の守護ならびに九州探題に任じられているので、領地争いに介入できる立場にあった。これまでの侵攻も隆信の私闘に対する懲罰的な意味を持っていた。

「肥前よりも他国（九州以外の国）者との戦いに専念されるべきでござろう」

「その他国者と手を結んでおられる方がおられるようで」

城親冬は隆信が毛利家と通じていることを知っているようであった。

「ゆえに貴家も安定した後詰を欲しておられますか」

薩摩の島津の勢いが増し、日向にまで侵攻してきているので気掛かりであるようだった。

「龍造寺の懐刀は周囲がよく見えるとの噂、真実のようじゃの」

「とんでもない。ただ奔走しているだけにござる。こののちも親しくあられますよう」

深々と信昌は頭を下げた。領を接していないせいか、城氏との関係は良好である。

信昌がわざわざ肥後にまで足を運んだのは、大友宗麟にとって、漸く遠交近攻の効果が出はじめたからである。予てから結んでいた出雲の尼子勝久が、宗麟に同調した。牽制された毛利元就は山陰が気掛かりで、九州に多くの兵を割くことができなくなった。

（あとは肥前の領内じゃな）

大友勢が本気で攻めてきた時、肥前一国の兵力を集めて対峙しても不利なのに、隆信はやらなくていい謀や戦をして人望を失っている。少しでも味方を繋ぎとめておくことが信昌の職務でもある。信昌は国人衆たちの城を廻った。

信昌が気遣いしている頃、懸念していたことが現実のものとなった。毛利氏への危惧が薄れたことで、大友宗麟は一月十一日、本腰を入れて肥前の掌握をするために豊後の府内(ふない)を出立した。

そもそもの発端は、龍造寺氏に帰参していた少弐旧臣の小田鎮光が、綾部城に戻るも衰退する少弐政興(まさおき)を不憫に思い、和睦を懇願したところ、隆信は鎮光に疑念を抱き、多久の梶峰城への移城を命じた。鎮光は隆信の三男の鶴仁王丸を養子とし、龍造寺を支えると誓ったが認められなかった。怒った鎮光は大友宗麟に支援を求めたところ、双方の思惑が一致したことになる。

勿論、宗麟の目的は肥前のみならず、隆信と誼を通じている筑後の星野鎮胤(ほしのしげたね)、筑前の高橋鑑種(たかはしあきたね)、秋月種実(あきづきたねざね)らも討つためであった。

「遂に大友が動いたか」

即座に帰城した信昌は隆信と顔を合わせた。

「報せによれば大友は数万にも及ぶとのことにございます」

「臆病風に吹かれると、敵も大きく見えるそうな。違うのか」

豪気に隆信は言う。

「多少の見間違いがあっても、一万も減ることはないかと存じます。それだけの多勢が仕寄れば、当家は五千も集まらぬと思われます」

「とても野戦は無理じゃの。無論、城を落ちるつもりもない。この城に引き付けて叩き、里心がついた時に追い討ちをかけるか」

「仰せのとおりにございますが、和睦も行の一つ。頭を下げるだけで兵が死なずに済めば見つけものかと存じます。某にお任せできないでしょうか」

「やってみよ。但し、戦の支度を怠るな」

不機嫌そうに隆信は言う。

信昌は大友家の重臣の吉弘鑑理に遣いを送り、宗麟に刃向かう気がないことを伝えさせた。一方では諸将と連係をとりながら佐嘉城を固めた。

吉弘鑑理からの返事は、遅きに失した、ということであった。

「どうする」

隆信の眉間の皺は消えない。

「敵の兵を目の当たりにするまで、粘り強く交渉致します」

信昌は再度、吉弘鑑理の許に遣いを出したが、二月十六日、大友軍は筑後・高良山の吉見岳に本陣を構えた。参陣した兵は六万にも及ぶ。これには神代や少弐氏の兵も含まれていた。

宗麟はまず様子見の一当てと、田原親永に星野鎮胤の妙見城を攻めさせたが、同城は要害で攻めきれず、兵を退かせた。

報せは逐一、佐嘉城にも届けられている。

「某の力不足。お詫びしようもございませぬ。ここはお屋形様の書状をもって和睦して戴きたく存じます」

信昌は隆信に勧める。参集した兵は三千ほど。宗麟の出馬は、それほど重みがあった。

「命乞いか？　受け入れられなかった時はいかがする」

自尊心の高い隆信は納得できない様子である。

「その時はその時。今、当家は大友に対抗できる力はありません。力がつくまでなんとしても、戦は先延ばしにすべきかと存じます」

ほかの者が口にすれば、斬りつけられかねないことを信昌は進言した。

「耳障りなことを平気で申すの」

「それが職務にて。事切れた暁には、某が先陣を駆けさせて戴きます」

「判った」

渋々隆信は応じ、右筆に筆をとらせた。

「風の便りにまかせ一書を認めました。このたび豊州衆（大友軍）は佐嘉に取りかかるとのこと、これまでいろいろと鑑理にお詫びを申しましたが、その甲斐なく外聞（体面）を失いました。ここに至っては名字の尽きるのを覚悟するところ、内々に承ったところでは、我らに対して、お屋形（宗麟）様は悪しく思われていないとのこと。鑑理は予てから頼りがいのある人のようです。そこで（戸次）鑑連に取次いで、上意を伺ったところ、近頃もの笑いのようになりました。鑑連は親身にならず、力なく置かれました。どうしたことでしょう。当家はこの先ずっと鑑連の脇鐙を揺るぎなく仕つるつもりです。必ず御用に立つべきものと存じます。これらの趣き、しかるべきよう御申し給わりますよう。

龍山信（龍造寺山城守隆信）判

三月十一日

田尻鑑種御人々」

隆信にとっては屈辱的な媚び諂う内容であったが、あまり効果はえられなかった。陣で遊興に耽っていた宗麟であるが、陣に飽きたのか佐嘉攻めを命じた。

三月二十二日、戸次鑑連、吉弘鑑理、臼杵鑑速らは三万の兵を率いて肥前に侵攻した。三将は三手に分かれて兵を進め、佐嘉に着陣したのは二十九日。

戸次鑑連は佐嘉城から二里ほど北の春日原に、吉弘鑑理は二里半ほど北西の水上山に、臼杵鑑速は一里ほど東の阿禰・境原に陣を布いた。

神代長良は城から半里ほど北の長瀬に着陣し、周囲を焼き払って龍造寺氏を挑発。島原半島の有馬一族や西肥前の諸将は城から三里ほど西の多久に、筑後の諸将も国境に陣を布き、千歳川（筑後川）を渡河して寺井辺りを焼き討ちした。

城の包囲は日を追うほどに狭まっていた。

豊後勢は佐嘉城に先駆けて同城から三里ほど北東に位置する勢福寺城に迫った。城主の江上武種は隆信からの援軍を期待していたが、隆信には兵を送る余裕がなかった。隆信は、武種が大友氏に同心しているものと思っていたとも言われている。

後詰を得られなかった江上武種は隆信を見限って大友氏に下った。但し、弟の定種は違った。

「およそ武門に生を受けた者は、事に臨んで身を捨てねば先祖、子孫を辱しめる。先年、起請文をもって龍造寺と和睦し、今また豊後方に従うことは武士の本意ではない。急ぎ元のごとく大友と手を切り、隆信と死を共にするべきじゃ」

定種は主張するが、兄で城主の武種は承知しなかった。

「されば、儂は我が武士をまっとう致す」

拒まれた定種は小袖の前をはだけ、脇差を抜いて腹に突き立てたところ、周囲の者たちに羽交い締めにされ、浅手を負ったところで脇差を取り上げられた。その後、手当てをされ、監禁されるはめになった。のちに信昌はこのことを知る。

江上武種が龍造寺家を離反すると、八戸宗暘、馬場鑑周、横岳鎮貞、筑紫鎮恒、犬塚尚重、犬塚鎮家、本告頼景、姉川惟安、さらに、慶姫の父の高木胤秀も龍造寺家を離れ、大友軍に加わった。

「なに！　高木の家が？　おのれ！」

扇子を床に叩きつけて信昌は激怒した。政略結婚した場合、両家の縁が切れた時、女を実家に戻すのが常であるが、事前に報せがあるもの。信昌はかなり軽く見られたことになる。

「申し訳ございません。某の力不足にて」

信昌は両手をついた。慶姫との婚儀は隆信の肝煎りであった。

「そちのせいではない。返り忠が者を討ち取ればいいだけじゃ」

「その役、某が致しまする」

信昌は高木胤秀へ強烈な敵意を抱いた。

十分に威嚇を行った宗麟は龍造寺家の親類の堤貞元（つつみさだもと）に対し、降伏するよう隆信に伝えさせた。

「降伏するならば、最初から兵を集めたりはせぬわ」

隆信は拒否するが、主だった者たちの大半は、家が残れば降伏もやむなし、という思案だった。そこで改めて評議を開いた。

「既に城は遠巻きにされた。いつ敵が仕寄ってきてもおかしくはない。そこでそちたちの存念を申せ。上下老若を気にせず、忌憚（きたん）ない意見を述べよ」

「一時、下るのも武家の倣い。家が滅びては再起も叶わぬ。こたびは屈するべきかと存ずる」

納富信景が口にすると、馬渡（もうたい）刑部少輔ら殆（ほとん）どの者が賛同した。

「この期に及び敵に下るなど、言語道断。今、降伏すれば城を奪われ、領地替えを命じられ、家中は離れ離れになるのがおち。賛同する方は、直に大友の家臣になることを望んでおられるのでござろうか。敵が十万になろうとも、城内に異心ある者がおらねば、この三千で十分に戦えましょう。某は一人になっても戦い、この城で死に申す」

信昌は反対し、脇差を抜いて畳に突き刺した。

「我らは龍造寺の家を思案してのこと。私事の恨みを晴らさんとすることとは違う」

馬渡刑部少輔は高木胤秀の離反を言及する。

「左様な小さきことと大儀を一緒に考えられては困ります。某も和議を否定するものではござらぬ。某が申すのは降伏ではなく、あくまでも和睦。和睦するためには、当家の力を見せつけ、一反（たん）たりとも田を失わぬようにすること。そのために血を流すのも致し方なし。左様に思案しております」

「敵は六万余。肥前の者どもも離反しているのが事実。いかように戦うつもりか」

納富信景が問う。

「当城の周囲は湿地。簡単には仕寄れませぬ。泥濘（でいねい）に足を取られたところを狙い撃ち、退くところを追い討ちにかける。敵は多勢であればあるほど兵糧に困りましょう。当家は十分に備えてござる。水も豊富ゆえ餓え渇くことはござらぬ」

「よう申した。儂は左衛門大夫の申すことに賛成じゃ。和睦をするならば、屍（しかばね）の山を築いてからであろう。肥前の武士は豊前や豊後と違うこと、存分に知らしめるのじゃ」

「うおおーっ！」

不満な者もいるようであるが、隆信の決意に家臣たちは鬨で答えた。

信昌は討死覚悟であるが、妻子に関しては違う。隆信ともども芦刈の鴨打胤忠（かもうちたねただ）、徳島（とくしま）長房（ながふさ）に預けた。但し、危険を分散するため隆信の嫡男の鎮賢（しげとも）（のちの政家（まさいえ））だけは上松（かみまつ）

浦の獅子ヶ城主の鶴田前に託した。

（これで心置きなく戦える）

信昌は清清しい気持であった。

背水の陣を布いた龍造寺家は、外堀のさらに外に堀を掘り、出た土で土塁を築き、敵に備えた。

龍造寺家が降伏勧告に応じないので大友軍は四月六日を攻撃の日とし、神代長良勢を嚮導役として北部の蛎久から、さらに城から十町ほどの神野、三溝、大財まで攻め寄せ、周囲を焼き討ちにした。

これを見た城方の副島式部少輔、百武賢兼、田中上総介、秀島源兵衛、合満民部らが出陣し、大財で神代勢と戦い、多数の敵を討ち取った。城方は神代勢を追撃したところ、三溝口で戸次鑑連と吉弘鑑理の兵と遭遇。城方は奮戦するが、兵の多寡はどうにもならず、退却をはじめた。

大友勢は嵩にかかって追撃を行うが、この時、吉弘鑑理が病に倒れたので、兵を止めた。副島式部少輔らにすれば幸運であった。戸次鑑連らは佐嘉城から一里ほど北の高木八幡に陣を布き、鑑理は長瀬村に後退した。

「なにゆえ敵は追い討ちを止めたのか」

信昌は疑念を抱き、探らせたところ、吉弘鑑理が戸板で運ばれたことが伝えられた。

「左様か。我らに風が吹いてきたやもしれぬな」

吉報を聞き、信昌はなんとか切り抜けられそうな感触を持った。

臼杵鑑速が吉弘鑑理と交代し、その中から鑑速の弟の新助鎮富（のちの鎮賡）が大将として五百の兵を率い、佐嘉城の北西五町ほどの多布施を攻めてきた。

「これは好機じゃ」

勝利を得られると踏んだ信昌はすぐさま隆信に伝え、出陣の許可を取り付けた。

「敵は多勢で余裕をかましておる。我らのほうから出てくるとは思っておるまい。ここが敵の弱点じゃ。大将目指して突撃すれば敵は四散しよう。我に続け！」

獅子吼した信昌がまっ先に城を飛び出すと、弟の小河信友、鍋島信定、鍋島賢秀、龍造寺信種、成松信勝ら三百が続いた。

臼杵勢は龍造寺勢が出撃してくるとは思っておらず、焼き討ちの後に休息していたので、信昌を見て慌てた。

「弓、鉄砲衆、放て！」

狼狽する臼杵勢に向かって、信昌は矢玉を放って圧倒し、敵中に斬り込んだ。

「儂は鍋島左衛門大夫信昌じゃ。我と思う者はかかってまいれ！」

大音声で信昌は叫び、近づく敵を馬上から斬り捨てた。信昌に倣い、北島資元、副島式部少輔、高岸主水允、高岸木工兵衛らが進み出て敵を血祭りにあげていく。

「儂は百武志摩守賢兼じゃ」

百武賢兼が名乗りをあげると、名乗らぬものの、紺糸威の具足を着けた騎乗の偉丈夫が応じた。水路がある足場の悪い地で二人は暫し鑓で突き合うがなかなか勝負がつかない。戦いの中、賢兼が鑓を突き出すと僅かに上に逸れた。賢兼がしまったと思った時、焦ったのか、または馬が脚を水路にとられたのか、偉丈夫は体勢を崩して落馬した。

「好機」

百武賢兼は馬上から突き刺そうとすると、臼杵勢が偉丈夫を守り、馬に乗せて後退してしまった。賢兼があとから確認させたところ、偉丈夫は臼杵鎮富(しげとみ)だと知り、地団駄踏んで悔しがった。

大将が負傷したので、臼杵勢は崩れて退いていく。

「逃すな。全兵討ち取れ！」

自領なので深追いを恐れることはない。信昌は大声で命じた。

龍造寺勢は敵を討ちながら長瀬村近くに達した。このまま臼杵家の陣を粉砕してやろうと馬鞭を入れた時であった。

「申し上げます。戸次勢が三溝、大財辺りに兵を繰り出してきました」

物見が馬の横で信昌に告げる。

「このまま城に向かわせてはならん。戻れ」

信昌は即座に兵を反転させ、東に向かった。

戸次勢は二千もいたせいか、思いのほか緩慢な移動であった。

「敵の横腹を突け。まだ敵は戦う支度ができておらぬ」

茂みの蔭から信昌は叫び、弓、鉄砲を放たせたのち、真一文字に敵中に突き入った。

城から出た龍造寺勢は臼杵勢と戦っていると思い、戸次勢は無警戒であった。突如、茂みの中から敵に攻撃され、戸次勢は混乱をきたした。

「敵は案山子(かかし)じゃ。思うままに討ち取れ！」

信昌は駿馬を疾駆させながら、戸惑う戸次勢を屍に変えていく。小河信友らも血飛沫をあげながら敵を骸にしていった。多勢を擁していても、移動の途中を襲われると軍勢は脆(もろ)いもの。戸次勢は態勢を立て直すことができず、退くしかなかった。

「追い討ちをかけよ」

信昌は存分に敵を討たせ、兵を帰城させた。この戦いは植木(うえき)合戦と呼ばれている。

「さすが左衛門大夫じゃ」

隆信は満面の笑みで信昌を労(ねぎら)った。

その後も大友軍は龍造寺領で焼き討ちなどを行うが、湿地に守られた佐嘉城の城壁一つ壊すことはできなかった。

四月十七日、信昌が誼を通じていた肥後の城親冬が和睦の斡旋をしてきた。

「大友が応じるならば、儂に異存はない」

龍造寺家にとっては渡りに舟であるが、隆信は抗戦を匂わせながら告げた。

陣に飽きた宗麟は、和睦を承諾するが、龍造寺家からの人質を要求してきた。

「ならん。それでは降伏と同じではないか」

自尊心の高い隆信は顔を顰めて仲介案を拒否した。

「じき毛利は動きます。敵の内部を探らせましょう。毛利の件が片付けば、必ず大友は再び仕寄ってまいります。その時、少しでも敵の様子を知っておかねばなりません」

「うまい口実じゃの」

「ご心中を察しますが、六万の敵に敗れなかったという名目を得るためです。少々のことには目をつぶらねばなりません」

丁寧に説くと、隆信は苦虫を嚙み潰したような表情で頷いた。

龍造寺家は大友家に秀島家周を人質として差し出すと、六万の軍勢は包囲を解いて帰国の途に就いた。

但し、同時期に毛利軍が筑前の立花城に着陣したので、宗麟は戦塵を落とす暇もなく、五万数千の兵を率いて筑前に向かった。宗麟が人質一人で応じたのはこのためであった。

敵が去ったので、信昌や隆信の妻子も戻ってきた。

信昌は厳しい表情で慶姫を前にした。

「こたび、そなたの父（高木胤秀）はお屋形様に背いて大友家に味方した。お屋形様の肝煎りで祝言をあげた儂としてはこれを見過ごすことはできぬ。そなたに罪はないが、致し方ない。そなたを離縁致すゆえ、実家に戻るがよい」

「左様ですか。千美子はいかが致しますか」

覚悟していたのか、慶姫は暗い表情のまま問う。

「千美子は当家の娘。母と離れるのは不憫じゃが、これも武家の倣い。責任をもって育てるゆえ気遣いは無用じゃ」

「承知致しました。会えば別れが辛くなるのでこのまま参ります。お世話になりました」

慶姫は涙を堪えながら信昌の許を立ち去った。

（許せ）

屋敷から遠のく輿を眺めながら信昌は詫びる。千美子のことを考えると気は重かった。

実家に戻った慶姫は、その後、筑後の鐘ヶ江甚兵衛に嫁ぐことになる。

三

秋風が吹くようになっても、筑前周辺では五月から毛利軍と大友軍の戦いが続けられている。

肥前には一応の静謐が齎されたが、安穏としているわけにはいかない。離反を防止するため、信昌は隆信と共に、国内の国人衆の許に足を運び、主従の強化に努めた。

この日も同じで城の南東、犬塚家喜の福富の帰り道、飯盛の石井常延の屋敷に立ち寄った。

「ちと小腹が減ったの。皆にも食わしてくれぬか」

隆信が求めるので、石井常延は慌てて奥女中に用意するように命じた。四、五人分ならばすぐに鰯も焼けようが、三十余人ともなると竈の数からいっても簡単に焼くことはできない。

心配になり信昌は奥を覗いた。

「これは姫様」

奥女中たちは雅な桃色の小袖を身に着けた女人を見て挨拶をする。常延の娘の彦鶴である。動きやすいように長い黒髪は、奥女中らと同じように白い手拭いで桂包みにしていた。

「挨拶は無用。それでは人数分焼くのに、どれほどの刻がかかろうか。かように」

彦鶴は鉤の字になった鉄の棒で竈の中から火のついた炭火を掻き出し、炭火の上に鰯を次々に放り投げ、大団扇で煽った。

「そなたたちも早う」

指示すると奥女中たちも汗をかきながら煽る。たちまち台所は目を細めねばならぬほど鰯の煙が充満した。火が通ると、彦鶴は家臣たちに鰯を振る舞った。

（おう、なんと機転の利く女子か）

信昌は彦鶴の行動に感銘を受け、すぐに酒の席に戻った。

「兵部殿、娘御はまだ独り身であられるか」

腰を下ろすや信昌は石井常延に問う。彦鶴は永禄九年（一五六六）、神代勢との戦いで討死してしまった納富信純の未亡人である。以来、実家に戻ってきていた。この年二十九歳になる。

「縁談はなくはないのじゃが、本人が応じなくての」

「されば、彦鶴殿に頷かせれば、某が妻に迎えても構いませぬか」

「それは願ってもなきこと。是非、話を進めてくだされ」

石井常延は迷惑そうではなく、逆に、隆信の側近と親しくなれると、喜んでいた。

早速、信昌は彦鶴を訪ねた。本来は日を改めて、正式に使者を通してというのが儀礼であろうが、信昌は一刻も早く接したいという思いから足を運ばせた。

一仕事を終えた彦鶴は、先ほどとはうって代わり、静かに部屋で花を生けていた。手拭いは解いて髪は背中に広がっている。楚々とした今との対比に信昌は惹かれる。ほのかに菊の香りが漂っていた。

「ご無礼致す」

勿論、先に遣いを出して侍女に伝えている。女性の部屋なので信昌なりに気遣った。

「お初にお目にかかる。某は鍋島左衛門大夫信昌でござる」

下座に腰を下ろし、信昌のほうから名乗った。

「石井兵部大輔が娘・彦鶴にございます。先ほどは、はしたない姿をお目にかけました」

彦鶴は信昌が覗いていたことを知っていた。謝っているが、男のくせに覗いているなど、はしたないのは、あなたのほうですよ、と皮肉を言われたようで信昌は恐縮する。

「こちらこそ、彦鶴殿の仕事ぶりが鮮やかなもので、つい見蕩れ、挨拶が遅れました」

若い女性にはない落ち着いたところに惹かれたのも事実であった。

「ほほほ、あのようなこと、石井の家では当たり前でございます」

「左様ですか。よければ、その才、当家で役立てて戴けませぬか。某の妻として」

切り出すと、いままで笑みを浮かべていた彦鶴の豊かな頬が下がった。

「戯れ言を申されますな。お内儀を離縁なされた話は聞いておりますが、左衛門大夫殿は、お屋形様の片腕とも言われる知将。もっとお若い女子を捜されてはいかがですか」

彦鶴には揶揄っているように聞こえたのかもしれない。

「戯れ言は申しておりません。某は至って真剣にござる」

優しげな彦鶴の目を直視し、信昌は告げた。

「左様ですか。実はいつ迎えに来てくれるかと、首を長くして待っておりました。願いは通ずるものですね。左衛門大夫殿がよろしければ、わたくしはいつにても鍋島の屋敷にまいります」

信昌を待っていたとは俄には信じがたいことであるが、応じるからには、相手を喜ばせるようなことを口にする。さすがに人生経験豊かな女性だと信昌は思わされた。

「されば、好き日にお越しください」

信昌は満足して彦鶴の部屋を後にした。

三十路に近い後家を後妻にしなくても、肥前には若くて美しい女子がたくさんいるではないか、左衛門大夫は年増好みか、と蔭で嘲（あざけ）る者もいるが、信昌はまったく意にも介さない。

（女子は容姿や年齢ではない。主を支え、家を盛り立て、子を育て、背信せぬ家の娘こそ良き女子じゃ）

信昌の信念でもあるが、早くに養子に出されたこともあり、母性愛に餓えていたのも事実かもしれない。

彦鶴を得て充足した日々は長くは続かなかった。宗麟の遠交近攻により、十月、出雲の尼子勝久が毛利領に攻め込んだので、毛利軍は多勢を筑前に置くことはできず、守りの兵を残して帰国してしまった。これにより宗麟は多勢の鉾先を肥前に向けられるようになった。

信昌らは筑前の高橋鑑種や肥後の城親冬らと連係しながら大友軍に備えた。もう一つ。

「寡勢の我らが多勢に勝つには、奇襲だけでは限界がございます。こたびは倉を空にしてでも買えるだけ鉄砲と玉薬（火薬）を買うべきかと存じます」

信昌は勝機を鉄砲に賭けるつもりだ。

「買えるのか。松浦、島原は敵であろう」

「博多、隈本の商人は、我らを敵とは見ておりませぬ」

「背に腹は変えられぬ。買えるだけ買え。米が無くなったら、先納させせる」

先納とは年貢の前借りである。時折、諸将は各地で行っていた。

「承知致しました」

早速、信昌は買い付けを行わせ、春までに龍造寺家全体で数百挺（ちょう）を揃えることができた。およそ十人に一挺の割合は、周辺では並ぶことのない比率であった。

（これなれば、勝てずとも敗れることはあるまい）

信昌は勝利の見込みを強くした。

多勢を動かせるようになった宗麟は永禄十三年（一五七〇）が明けると戸次鑑連、吉弘鑑理、臼杵鑑速らに筑前の岩屋（いわや）、宝満（ほうまん）城の高橋鑑種を攻撃させた。

龍造寺家は国境で大友軍を牽制したが、三万の軍勢の前に毛利家の支援のない高橋鑑種はなす術もなく、数日で降伏を余儀無くされた。鑑種は高橋家の家督を剥奪され、筑前を追放。鑑種は毛利家を頼り、豊前の小倉（こくら）城を与えられるが、秋月種実の弟の元種を養子として隠居した。

「次は肥前に向けてまいりましょう」

報せを聞き、信昌は隆信に告げる。

「毛利は出馬しそうか」

「尼子に梃子摺（てこず）っているようなので、難しいかと存じます」

毛利家からの返事には積極性がなく、いずれは、というものであった。というのも、宗麟は外交交渉を上手く使い、将軍足利義昭から毛利家と大友家の和睦命令を出させている。これには将軍を補佐する織田信長も添え状を出している。将軍家を敵に廻したくない毛利家は応ずる旨を伝えていた。さすがに信昌はそこまで把握はしていなかった。

「されば、儂らだけで戦わねばならぬの」

「先の戦と同じでいいかと存じます。敵大将は、長い陣に耐えられぬ愚将にございます。城に引き付けて叩き、奇襲を繰り返せば、そのうち帰国するに違いありません」

内心では悲愴感に満ちているが、顔に出さぬよう心掛けながら信昌は淡々と答えた。

「その時は存分に追い討ちをかけてやる」

籠城引き込みの戦い方しかできないことを隆信も判っている。強気で言い放った。

大友軍との戦いは確実になりつつあったので、信昌は密かに遣いを送った。人質になっている秀島家周は命令を聞き、夜陰に乗じて豊後の府内城を抜け出して帰国した。

これを知った宗麟は激怒し、肥前攻めを命じた。

三月上旬、大友軍は豊後を出発、昨年同様、筑後・高良山の吉見岳に本陣を構えた。

前回同様、宗麟は戸次鑑連、吉弘鑑理、臼杵鑑速らに三万の兵を預け、三月二十七日、肥前に侵攻した。戸次勢は佐嘉城東の阿禰(あね)に、臼杵勢は城北の春日原、吉弘勢は城北西の川上に布陣。四月六日には筑後勢が城の南東の寺井、早津江(はやつえ)に舟で着陣。有馬勢は西の砥川、丹坂、牛ノ尾を固め、神代らの山内勢は城の北東の川久保に陣を布いた。

兵は前年を上廻る八万にも達した。

寄手に対し、佐嘉城と蓮池城に入城した兵は合わせて五千ほどと、家臣たちの妻子であった。

「我らも好かれたものじゃな」

遠巻きにする敵を櫓（やぐら）から遠望し、信昌はもらす。

「好かれたのは死神ではないですか」

草履取りの笠原與兵衛が、この世の終わりといった表情で言う。

「前回、死神は寄手の魂を多く持っていった。こたびも同じじゃ。そう心配致すな」

戦いは闘志が重要。末端の者の気を萎（な）えさせぬよう信昌は努めた。

寄手は圧倒的な兵力を擁しながらも、湿地に守られた佐嘉城には簡単に近づけぬことを知っているので、周囲を焼き払うばかりで本格的な攻撃を仕掛けてこなかった。

「見張られているというのも腹立たしいの。敵に戦う気があるのか量ってはどうか」

包囲されていることに対し、焦れたのは気の短い隆信であった。

「左様なことなれば、某が先陣を承（うけたまわ）ります」

奇襲は得意である。信昌は申し出た。

「よかろう。但し、深入り致すな」

「承知致しました」

四月二十三日、信昌は兄の信房、弟の小河信友ら鍋島一族と共に東の大手門を打って出た。先陣は鍋島一族、二陣は納富信景ら、殿軍（しんがり）は隆信の旗本、総勢一千ほどであった。

隆信は信昌らが背後を襲われぬため、蓮池城の龍造寺長信に寺井、早津江の兵を、西の有馬勢には龍造寺信周らを、北東から北西の敵には龍造寺家就、広橋一祐軒らを備えさせた。

信昌らは旗指物(さしもの)をたたみ、茂みの中を縫うように進んだ。戸次鑑連は阿禰から巨勢(こせ)の八幡神社に移動していた。同地は佐嘉城から十四町（約一・五キロ）ほどのところにあり、高台の周囲は湿地が広がっていた。信昌らは八幡から五町ほど西で兵を停止させた。

「ここは挟み撃ちに致しましょう。某はこのまま東に進みます。但馬守殿は北に備えて下さい。我らが進めば、敵は寡勢と見て打って出てきましょう。但馬守殿は北から仕寄ってください」

地面に枝で簡単な絵図を描いて信昌は説明した。

「それでいいのか」

納富信景は問う。

「大事ありません。当家は寡で多を迎え撃つことに馴れております」

「左様なことなれば構わぬが、儂らが陣を布くまで敵に仕寄るでないぞ」

信昌の申し出に納富信景は神妙な面持ちで応え、隆信の旗本ともども七百の兵で北に向かった。

「厳しい役廻りじゃの。お陰で儂らの命も、無に等しいわ」

信房は苦笑いをしながら言う。

「寡勢の出陣です。城を出た瞬間に命は捨てたのではないですか」

「無論、そのつもりじゃ」

「龍造寺にとっても鍋島にとっても、ここはふんばりどころです。気張りましょう」

信昌の発破掛けに信房らは意気込んで頷いた。

北に向かった納富信景らに対し、一刻後に行動を起こす、という約束をしていたが、予定どおりにはいかなかった。信景らの動きを戸次鑑連に勘づかれてしまった。

納富信景らの移動を知った戸次鑑連は、自ら出陣して佐嘉城から九町（約一キロ）ほど北東の千住村に移り、納富らに攻撃を仕掛けた。千住村は信昌らから四町（約四百三十メートル）ほど北に位置していた。

「納富勢が多勢の敵に攻められております」

物見が跪いて報せた。

「すぐに但馬守殿を助けるのじゃ」

「まて、敵の横腹を突くつもりか」

信昌の下知を信房が質す。

「敵の本陣でござる。まさか敵も本陣に仕寄るとは思いますまい。これしか勝機はありませぬ」

「あい判った」

後がないといった気迫を持って信昌が言うので、信房も覚悟を決めたようである。

信昌は城近くに控える倉町信吉（くらまちのぶよし）に後詰を依頼し、戸次勢の本陣を目指した。

（この地は我が庭じゃ。我らを見つけてみよ）

茂みの中を擦り抜けるように進みながら信昌は肚裡（とり）で吐く。茂みの萌え方、土手の形状、道幅や田の深さなど知り抜いている。見つからずに敵の目前に迫る自信があった。

三百の鍋島勢は遂に千住村の戸次本陣まで一町ほどのところに迫った。

「敵は多勢でも弛緩（しかん）しておる。大友との戦、勝つも負けるも、こたびの我ら次第じゃ。名を惜しんで命を惜しむな。行くぞ！」

自身に気合いを入れるように叫び、信昌はまっ先に茂みの中を飛び出した。戸次勢が本陣を布く千住村の野原までの一本道。信昌は砂塵を上げて、ひた一文字に向かう。

「敵じゃ」

信昌が半町ほどに迫り、戸次勢が気づいたものの、すぐに迎撃できる態勢にはなかった。

「喰らえ！」

駿馬に騎乗する信昌は摩利支天（まりしてん）のごとく敵の防衛戦を突破し、太刀を一閃。敵が繰り出す鑓もろとも顔から首を両断し、血飛沫を上げた。

「数だけの弱兵に屈する龍造寺ではないわ」

真綿で首を絞められるような包囲の切迫感を払拭するように、信昌は太刀を振り、敵を骸に変えた。鍋島勢は信昌に続き、戸次の兵を案山子（かかし）のように斬り捨てていった。

「焦るでない。敵は寡勢じゃ。数人で取り囲んで討ち取れ！」

大将の戸次鑑連は歴戦の闘将。多少本陣が崩されても、冷静に指示を出す。

陣が混乱していれば、寡勢の信昌らは戦い易いが、落ち着かれると逆に殲滅されかねない。

「退け」

信昌が即座に下知し、自らは殿軍となって退却させた。

背を向ける敵は簡単に討てる。戸次勢は餓狼のように追ってきた。

半里ほど退いた時、信昌は獅子吼する。

「放て！」

信昌が命じると、葦に潜んでいた弓、鉄砲衆が姿を見せ、一斉に弓弦を弾き、引き金を絞る。矢は大気を引き裂いて敵に刺さり、玉は轟音を響かせながら敵の体を抉った。

「伏兵じゃ」

戸次勢は立ち止まり、注意を促すものの、その最中に血煙を上げて湿地に倒れ込んだ。

鍋島勢の弓、鉄砲衆は容赦なく矢を放ち、筒先から火を噴射して戸次勢を屍に変えた。

「退け！」

敵の足軽大将らしき侍が怒号するが、すぐに反転できはしない。まごつく間にも鍋島勢は矢を弓弦につがえ、玉込めを行い、次々に討ち取っていった。戸次勢は我先にと逃れていく。

「追え。逃すな！」

信昌は叫び、逃げ遅れた敵を斬り捨てる。鍋島勢は追撃しながら再び戸次本陣に向かう。

鍋島勢が戸次本陣を突き崩した。少し大袈裟な報せが北の陣に届けられると、納富信景らは奮起し、寡勢でも敵を押し返しはじめた。さらに大将の戸次伯耆（ほうき）守（鑑連）が陣から逃亡した、という誤報を流すと、戸次勢全体が浮き足立ち、後退しはじめた。これを信昌らは東から、信景らは北からと二方向から攻めかかる。信昌から納富勢も目にできた。

「今が好機ぞ。伯耆守を討て！」

信昌が大音声で叫ぶと、中島三郎四郎は信昌の目の前で敵三人を斬り伏せたが、自らも傷を負って後退した。十五歳の水町彌太右衛門（みずまちやたえもん）も臆せずに戦い、敵を倒した。

数千余の軍勢を率いる戸次鑑連であるが、臆病風に吹かれた兵に闘志を復活させることはこの場ではできず、退却せざるをえなかった。

「左様か。儂が伯耆守の首を刎ねてくれる。馬曳け！」

報せを受けた隆信は、自身も出陣しようとしたが、急に降り出した雨は視界の確保のままならぬほどの集中豪雨となったので、地団駄踏んで悔しがった。

敵を追い払うことは戦勝である。大雨の中、鬨を上げさせ信昌は帰途に就いた。

「ようやった。これで、敵もそう簡単には仕寄れまい」

帰城した信昌を見るなり、隆信は労いの言葉をかける。

「判りませぬ。戸次の者どもは戦う意思が低かったのやもしれません。油断は禁物ですが、皆が皆、高いとも思えませぬ。粘り強く引き付けて叩くを繰り返せば、勝利は間違いありません」

「さもありなん」

信昌の言葉に、隆信は満足そうに頷いた。

局地戦とはいえ多勢の大友軍に勝利した戦いは巨勢の戦いと呼ばれている。

龍造寺家と誼を結ぶ毛利一族の吉川元春は、巨勢の戦いの報せを聞き、「同（月）二十八（三）日、豊州（大友）衆が近くの陣に寄せたところ、龍造寺衆が鉄砲数百挺にて射伏せ、とても在陣することができず、本陣に引き退いたとのこと。誠に心地いい趣きです」と堀立直正に書状を送っている。

信昌が買わせた鉄砲が功を奏した戦いであった。

この日、都では改元が行われ永禄から元亀と改められた。

四

五月中旬、龍造寺勢は城東の戦いで大友家の重臣の田尻親種を負傷させた。親種は筑後に帰国せざるをえず、翌月、この傷が元で死亡する。

いた。

　六月にも両軍は北の長瀬で戦うが勝敗はつかず、互いに多くの死傷者を出して兵を退いた。

　その後も小競り合いが続けられ、遂に八月に突入した。

「敵は退かぬの」

　対峙から四ヵ月が経過しても大友軍は在陣を続けている。隆信は苛立っていた。寄手は多勢なので交代で帰国し、田植えを終わらせているが、包囲されている龍造寺家の田に稲はない。城兵たちの士気も下がっていた。

　こういう場合、他国の者が仲介して和睦を進めるものであるが、宗麟が戦いの継続を望んでいるので肥後の城氏などを寄せつけていない。毛利氏も尼子氏との戦いで牽制の兵を筑前に送ることができない。龍造寺家は自力で打開しなければならなかった。

「我らを撫で斬り（皆殺し）にしようとしているのかと存じます」

　納富信景が言う。

「このままでは飢え死さえしかねない。一気に勝負に出てはいかがでしょう」

　百武賢兼が勧める。

「よき意見じゃ。我が思案と同じ。左衛門大夫、そちの存念を申せ」

「戸次や臼杵の兵を幾ら斬り捨てても大友の腹は、さして痛みません。戦うのならば、精鋭を組織し、高良山の本陣を突いてはいかがでしょう。某がそのお役目、承ります」

　信昌は局地戦で兵の犠牲を増やすことを避けたかった。

「高良山までどれぐらいあると思うておるのか？　しかも城まで築かれているであろう。三万の包囲をかい潜り、三万の兵に守られている宗麟の首を狙うなど、絵に描いた餅も同じじゃ」

納富信景は否定する。佐嘉城から高良山までは六里半（約二十六キロ）。同山の吉見岳には吉見嶽（よしみがたけ）城が築かれていた。

「但馬守（信景）が申すように、我らが高良山に行くのは難しかろう。それゆえ当領におる輩と雌雄を決するのじゃ。此奴らを一掃致せば肥前から手を引くか、敵大将が出てくるしかない。さすれば、また新たな道が開けよう」

あくまでも前向きな隆信であった。

「左様なことなれば」

隆信が戦う意思を示したので、反対するわけにはいかない。信昌は渋々同意した。

八月七日、龍造寺軍は信昌を先陣、小河信友を二陣とし、隆信も自ら城の東に出陣した。

「こたびこそ討ち取ってくれる」

これまで攻めきれなかった戸次鑑連は、隆信の出馬を確認すると陣から腰を上げた。

城から九町（約一キロ）ほど東の高尾で両軍は遭遇した。龍造寺三千、戸次勢五千である。信昌は高尾の高台に陣を布き、指揮を取った。

「放て！」

敵が一町ほどに接近すると信昌は、隆信から預かった二百の鉄砲を咆哮させた。玉込めしている間に弓衆に矢を放たせることで、鉄砲の不利を克服し、敵を寄せつけない。但し、一刻半（約三時間）ほども放ち続けると、銃身が熱化して歪み、あるいは膨張して中が広がり、玉の命中率が著しく下がった。それは水をかけて冷却しても追い付かないほどである。

鉄砲の優位さが失われると、敵は恐れずに肉迫する。

「かかれーっ！　何度も押し返しておる。こたびも同じじゃ」

騎乗する信昌はまっ先に高台を駆け降りて敵に向かう。鍋島勢は勢いに乗って戦うが、戸次鑑連も戦上手で兵の采配が巧みである。多勢を擁して鍋島勢を包囲して叩きにかかる。

「一ヵ所にとどまるな。動いて敵を崩せ」

敵を斬り捨てながら信昌は声を嗄らして指示するが、多勢に無勢は否めない。二陣の小河信友が参じても、戸次勢が腰を落ち着けて戦うと、やはり強い。信昌兄弟は押された。

そこへ納富信景、龍造寺信明らが派遣され、戸次勢の横腹を南から突くと形勢が傾き始めた。

「踏ん張れ。ここが戦の要じゃ」

信昌は大音声で叫び、湿地の中で血と泥にまみれながら太刀を振り続けた。

後詰の中の堤治部允(つつみじぶのしょう)、高岸主水允(たかぎしもんどのすけ)が阿修羅のような戦いで敵を討ち取っていた。

新手の出現で戸次勢は立て直しができず、本庄江(ほんじょうえ)を渡って東に逃亡していった。

「このまま高良山まで仕寄るのじゃ」

戦勝報告を受けた隆信は命じるが、勝利に安堵したところを北から山内勢に襲われた。

「お屋形様の本陣が？　すぐにお助け致すのじゃ」

追撃を行っていた信昌は即座に兵を反転させ、西に戻った。

「くそっ、これが敵の策か」

戸次勢にしては弱いと思ったが、既に後の祭りである。信昌は疲労する駿馬に鞭を入れて奔(はし)らせ、本陣に戻った時は、敵で溢れていた。

「神代の者どもを討つ好機じゃ。かかれーっ！」

信昌は嗄れた声で怒号し、敵中に突き入った。

鍋島、小河勢に続いて納富信景、百武賢兼、安住家能(あんじゅういえよし)らも戻り、神代勢を押し返す。

「今一息じゃ。昔年(せきねん)の恨みを晴らすは今ぞ！」

信昌は小河信友らと一丸になって戦うと、隆信を討ち損ねた神代長良らは諦めて南に退く。

「追い討ちをかけよ。一人逃さずに討ちとれ！」

本陣で隆信は絶叫するが、信昌は再び罠が仕掛けられている可能性があると、ほどほどのところで引き上げさせた。

「左衛門大夫か。これより高良山に仕寄る」

　隆信は戦う気満々である。

「畏れながら、敵が多すぎます。一つ一つの戦に勝利しても、敵は新手の多勢を差し向けてきます。対して当家の兵は削られていく一方。高良山に着く頃には二、三百に減っておりましょう。ここは敵が諦めるまで城に籠り、寄手を追い払うことに努めるべきかと存じます」

　疲労困憊の中で信昌が進言すると、納富信景らも倣い、隆信に賛同する者はいなかった。

「致し方ないの」

　家臣たちの疲弊具合を目にし、隆信は悔しげに頷き、帰城した。

　再び局地戦には勝利した。多少なりとも鬱屈(うっくつ)した隆信の気持を晴らしたかもしれないが、敵将宗麟のもどかしさを煽ったことも事実であった。

　龍造寺軍は手強く、なかなか音(ね)を上げないので、宗麟は猶子(ゆうし)の八郎親秀(ちかひで)（貞(さだ)）を大将として差し向け、改めて大友軍三万の兵を組織させた。山内、有馬、筑後勢を含めれば数万の軍勢となった。隆信は宗麟の親族を引き摺り出すことに成功したことになるが、自身の首を絞めることにもなった。

　大友親秀は三根(みね)郡の干飯原(ほっしばる)から神埼を通って金立山で休息。八月十六日、神代長良の案内で佐嘉城から二里ほど北西の大願寺野に陣を布いた。

　十七日、大友親秀は三百余の兵を率いて北西の今山に陣を移し、配下も周辺に移動。先手は今山から半里ほど北東・於保の黒土原に陣を布いた。

「大友の猶子とは好機。質にすれば敵を追い返せるやもしれぬな」

　隆信は大友親秀の参陣を喜び、十八日、納富信景、広橋一祐軒、伊東家秀ら二千数百の兵を黒土原に向かわせた。

　龍造寺勢の出陣を知り、大友親秀は豊饒弾正少弼、吉弘大蔵、林式部大輔、城親賢、隈部親泰ら三千の兵を派遣した。

　隆信にとって衝撃的なことは、肥後の城親賢、隈部親泰らが参じていること。親賢の父の親冬や親泰の父の親永と龍造寺家の関係は良好であった。

（北の肥後衆も大友に屈したか。これでは和睦の仲介も望めぬの）

　報せを聞いた信昌は失意の中で打開策を思案するが、すぐに浮かぶものではなかった。

　黒土原の戦いは多勢の大友勢が優勢に戦うが、伊東家秀の奮起で形勢は逆転。劣勢になった大友勢は軍勢を立て直すことができず、今山に退却していった。

　緒戦で躓いた大友親秀は激怒し、佐嘉城の包囲を狭めるように命じたので、周囲の寄手は城から半里以内にまで近づいた。城兵への圧迫感は増すばかりであった。

　近々寄手の総攻撃が行われるという噂が流れ、城内は緊迫感に包まれた。

「高良山まで含めれば敵は八万。対して我らは五千にも満たない。当家の命運もこれまでか」

百武賢兼が顔を顰めて嘆く。五ヵ月の籠城戦で、龍造寺勢も三百余の兵を失っていた。

「座して死を待つは龍造寺の名折れ。ここは乾坤一擲の勝負に出るべきかと存ずる」

前置きした信昌は、続けた。

「囮を使い、八郎（親秀）を誘き出して討ち取ること。あるいは、左衛門佐（龍造寺鑑兼）殿は嘗て大友に与したことがあるゆえ、内応を装って八郎の許に行き、敵を引き入れて討ち果たすこと。今一つは高良山を夜討ちして宗麟の首を狙うこと。いかがでござろう」

信昌が三つの提案をするが、隆信をはじめ、どの案にも賛同する者はいなかった。

（当たり前じゃ）

無理を承知で献策したので、信昌はまったく落ち込まなかった。

結果の出ない長い評議ののち、信昌は草履取りの笠原與兵衛を呼んで指示を出した。

十八日の夜、與兵衛は信昌の密命を受けて今山の周辺を探った。

「大友の大将（親秀）は驕る心、甚だしく、士卒とは疎遠で独り浮いております。それでいて、近く佐嘉を落とすと豪語しておりながら、武備を怠り、今宵は酒宴に耽っておりますゆえ、急ぎ馳せ向かわれるべきでございます」

「よう探ってきた。これは勝てるぞ」

信昌は勝利に自信を持った。

翌十九日、信昌は供廻を連れて城東北の中野村辺りに行き、周囲を見廻したところ、東から西にかけて敵の旗指物が見えない地は見当たらなかった。但し、信昌らが近づいても、襲われることはなかった。

「與兵衛の申すとおり、敵は数を頼んでいるお陰で、腑抜けておるわ」

確認した信昌は帰城して諸将に向かう。

「敵は諸方より集まって日々その数を増やし、今や十万にも達するやもしれず、当方は浮沈の時でござる。されど勝敗は必ずしも兵の多寡によって決するものではなく、時の運不運が左右するもの。このまま城に籠って戦っても万に一つも勝てますまい。幸い敵は多勢ゆえ陣は弛緩してござる。今宵、今山の陣に夜討ちをかけ、勝敗を決するべきでござる。その先陣は某が仕ります」

信昌は身を乗り出して主張した。

「左衛門大夫殿の申すとおり、夜討ちを致しましょう」

成松信勝は信昌に賛同するが、隆信をはじめ諸将は首を縦に振らず、無言のままだった。

静まり変える座に慶誾尼が姿を見せた。一族、家臣の妻子は共に籠城していた。

「これは」

隆信の母なので諸将は隆信も含め身を正す。慶誾尼は隆信の左隣に腰を下ろした。

「左衛門大夫の申すことを今聞いた。夜討ちとは見事な覚悟じゃ。それに比べ、城中の者は敵の猛威に呑まれ、猫に遭うた鼠のごとく怯えておるようじゃが、今宵、敵陣に斬り掛かり、死生二つの勝負を決することこそ男子の本懐ではなかろうか」

鎌倉の昔、まるで承久の乱を前にした北条政子の演説のようである。

「左衛門大夫、八郎の首をとってまいれ」

母に尻を叩かれた隆信は決断せざるをえなかった。

「承知しました。仕損じましたら、生きて城には戻りません」

笑顔で覚悟を示した信昌はそのまま広間を出たところで、信房と小河信友に声をかけられた。

「儂らも行く」

「討ち死には必至。鍋島の家を潰すわけにはいきませぬ。信友も小河家を守らねばならぬ。夜討ちが成功すれば、お屋形様は後詰を送られよう。その時、働いてくだされ」

兄と弟に告げた信昌は本丸の屋敷を出た。

成松信勝は成松大膳、柄永左馬之允ら七人を選りすぐり、信昌に従わせた。

酉ノ刻（午後六時頃）になり、信昌が佐嘉城を出た時には僅か十七人しかいなかった。

「これだけにございますか」

與兵衛が不安げに問う。

「自が意思に任せ、尻を叩いて集めなかったからの。されど嘆くことはない。寡勢のほうが見つかりにくい。特に夜討ちには向いておる」

信昌は微塵も悲観していなかった。

十七騎は佐嘉城を出て、五町ほど西の道祖元（さやのもと）に達したところで百武賢兼ら数十人が加わった。その後も、五人、十人と増えていった。

城北西の新荘村（しんじょう）に達した時には伊東家秀のほか納富越中守信安、秀島信純、諸岡信良（もろおかのぶよし）、安住家能、西村秀家、倉町信吉、倉町信光、圓城寺（えんじょうじ）美濃守、前山新左衛門のほか江頭（えがしら）村の村人や地下人が加わり、三百ほどになった。

信昌らは新荘村の勝楽寺（しょうらくじ）で戦勝祈願を行い、堤治部左衛門に命じて、同寺の竹を切り、新たな旗竿とした。

「楽に勝つという寺の名に因（ちな）んでおりますか。幸先が良いですな」

納富信安が言うが、信昌は安易に同調したりしない。

「因むも、因まざるも、偏（ひとえ）に我らの働き次第でござる」

信昌の言葉に、納富信安は頷いた。

戦勝祈願を終えた信昌らは、江頭の村長（むらおさ）を案内者として新荘西の河上川（嘉瀬川）を渡って北に進み、藤折（ふじおり）（織）村に達した。同村は大友親秀が本陣を布く地から十町ほど西に位置する山中にあった。そこへ鴨打胤忠（かもうちたねただ）、持永盛秀（もちながもりひで）、牛尾別当の琳信（りんしん）らが参じた。

「よう来てくれた」

信昌は手をとって労った。與兵衛が物見の帰りに呼び掛けた者たちである。これで兵は七百になり、そのうち鉄砲衆は二百ほどいた。

勇気を得た信昌は高取山（標高四百四十一メートル）から連なる尾根を東に向かって登って行く。明確な道はないので、闇の中、僅かな松明の灯を頼りに、足を滑らせながらも樹の間を縫い、枝を潜り、倒木を跨いで進む。平地の何倍も緩慢な速度である。

ちょうど中間地にある高取山に達したところで信昌は兵を止めた。東に目を向けると、眼下に篝火が見えた。信昌は慎重に夜目の利く物見を放ち、敵陣を確認させた。

大友親秀の陣所は今山の北西に聳える山（標高二百四十五メートル）にあった。

一刻（約二時間）ほどして物見は戻ってきた。

「敵大将と思しき色白の大兵肥満の男が床几に座し、家臣たちに酒を勧めておりました。周囲には金屛風を立て並べ、燭台の灯を煌々と焚いておりました」

「大将が戦陣で深夜まで深酒しているとはの。弛緩の極みじゃな。この戦いで本意を遂げたら、これを吉例として幕の紋を我が家紋に致そう」

信昌は振り返り、百武賢兼や諸岡信良に告げた。夜襲は成功するとしか思えなかった。

「最期の酒じゃ。存分に呑ませてやろう。さすれば酔って討ち取り易い」

相手が酩酊していれば、女子でも簡単に討てる。信昌は休息がてら様子を窺った。

丑ノ下刻（午前三時頃）になり、信昌は地から腰を上げた。

「されば、手筈どおりに」

信昌は兵を二つに分けた。納富信安らは河上川を渡って南に向かい、信昌は四百余を率いて北から大友親秀の陣所を目指す。道なき茂みの中を進むので移動には刻がかかり、陣北の裏側に達した時には辺りが白んでいた。

「この戦いは龍造寺家の生死を決める戦いとなろう。自が名のみならず、家名を残さんとするならば死を恐れず敵に向かえ！　かかれ！」

卯ノ刻（午前六時頃）、信昌は獅子吼して大友親秀の陣所に向かう。

静寂な朝の山に法螺が鳴り響き、龍造寺勢は大友親秀の陣所に襲いかかった。鍋島勢は北から、鴨打勢は西から、納富勢は南から。

「敵じゃ！」

朝方の襲撃とは予想外。大友勢はおっとり刀で右往左往するばかり。

「我は神代相模守長良じゃ。ゆえあって龍造寺に味方致す」

寄手の中山掃部助が偽りを口にすると、ますます大友勢は混乱する。まだ酔いが醒めておらず、同士打ちを始める始末であった。大友の陣所にいる兵は三百ほどであった。

「端武者に目をくれるな。敵将のみを狙え！」

大声で下知する信昌は、前を塞ぐ敵を馬上から斬り捨て、大友親秀を捜す。

大友親秀は当初、長刀を水車のように廻して戦っていたが、次々に配下が討死する様を目の当たりにして支えられぬと判断。二人の従者と共に北東に向かって逃亡を企てた。

成松信勝は大友親秀の首を取らねば帰城しないと公言していた。信勝は樹の裏をも確認するようにして捜していたところ、無我夢中で筑前方面に逃亡を図る主従三人を発見した。

「あれは大友八郎に違いなし。討ち取れ！」

歓喜した成松信勝は裏返るような声で命じると、家臣六人が大友主従に殺到し、遂に親秀を突き倒した。親秀は三十三歳であった。信勝は合掌したのちに親秀の首を刎ねて高々と掲げた。

「敵将、大友八郎親秀を討ち取ったり！」

大友親秀の家臣の松原兵庫助、速見某、西島某らは逃げずに戦っていたが、親秀の死を知ると、失意で闘志が失せたのか、鍋島勢に討ち取られた。

大将が討たれると軍の体をなさず、大友勢は散り散りになって逃亡し、龍造寺勢は追撃する。この日、龍造寺勢が討った敵の数は『北肥戦誌』によれば二千余だという。

大友勢のみならず、北に布陣していた神代長良や八戸宗暘、小田鎮光も同じく陣を畳んだ。納富勢は八戸勢に追い付いて戦闘となり、納富家臣の川原忠右衛門は宗暘と斬り合い、双方傷を負って場を離れた。宗暘は杠山（ゆずりはやま）まで逃れたが、傷が元で死に至った。

小田鎮光は水上の陣を引き払って多久城に戻ろうとしたが、帰路を龍造寺の後詰に押さえられたので帰城できず、筑後に落ちていった。

牛津川の西に陣を布いていた有馬勢も、大友親秀の死を知ると潮が引くように帰途に就いた。肥前の陣に残っているのは戸次、吉弘、臼杵と筑後の者たちばかり。

肥後の城親賢、隈部親泰らは成松信勝に捕らえられ、隆信に降伏することで許された。

陽も随分と高くなった辰ノ刻（午前八時頃）、今山に龍造寺勢の鬨が上がった。

隆信は小河信友を先頭に城の北東の高木に出たところで今山の戦勝を聞いた。

「左衛門大夫、ようやった」

大友親秀を討ったのは成松信勝であるが、夜襲を提案したのは信昌なので、隆信は信昌を誉める。隆信は驚喜しながらひとまず帰城した。

半刻後、信昌らは威風堂々、凱旋を果たした。

「さすが左衛門大夫、公言どおりじゃの」

隆信は信昌の手をとり、丸顔を皺くしゃにして労った。

「慶誾尼様のご助言とお屋形様の決断の勝利です。我ら家臣は下知どおりに働くだけ。討ったのは刑部大輔（成松信勝）でございます」

突出すると嫉妬を受けるので、信昌は首を横に振る。龍造寺家をうまく纏める術でもあった。

このたびの戦功第一は成松信勝とされ、隆信から感状が与えられた。

「謙遜することはない。なんといっても、こたびの……」

と言いかけて、隆信はなにかを思い出したのか、顔から笑みが消えた。

「いかがなさいましたか」

「多久におる於安（おやす）（のちの秀ノ前）と鶴仁王丸が案じられての」

美貌で名高い於安は龍造寺胤栄の娘で隆信の養女として小田鎮光に嫁いでいた。隆信の三男鶴仁王丸は鎮光の養子にしていたが、鎮光には背かれてしまった。

「されば今から某が取り戻してまいります」

一番やりたくないことを引き受けることが鍋島家の安泰に繋がる。信昌は今山の戦塵も落とさず、具足の紐を緩めることもせず、粥を掻き込むと夕方にも拘わらず、佐嘉城を出立した。これに小河信友、龍造寺信重（家晴）、鴨打胤忠、鴨打胤泰、牛尾別当琳信ら六百余人が従った。

多久城とも呼ばれる梶峰城は、嘗て丹坂峠の戦いののちに攻略しているが、敵が本腰を入れて抵抗すれば、かなりの損害を覚悟しなければならない。また、人質も危険に晒される。

そこで信昌は梶峰城から一里半（約六キロ）ほど北東に位置する別府で兵を止め、地侍の相浦右衛門尉らを味方に誘い、城は孤立していることを知らしめた上で二十一日の朝、梶峰城に迫った。前田家定を先鋒にした納富信景は南から、信昌は東から、他の地侍は北と西に陣を布いた。

城を包囲した信昌は鍋島淡路守を正使、公文相模守を副使として梶峰城に送り、降伏勧告と人質の解放を伝えさせた。半刻ほどして鍋島淡路守は戻ってきた。

「我らは小田弾正少弼（鎮光）が家臣。主の許可なくば降伏も奥方様も城を出すわけにはいかぬ。無論、鶴仁王丸様も」

留守居の老臣・江口右馬助は拒否したという。

「さすが右馬助は肥前の武士じゃ」

「いかがなさいますか」

弟の小河信友が問う。

「総攻めに致す」

「於安様と鶴仁王丸様はいかがなさるつもりですか」

「二人は斬られることはなかろう。斬れば弾正少弼の名に瑕がつく。さりとて留守居の面目があるので降伏はできぬ。右馬助は討ち死にして弾正少弼に忠節を尽くすつもりじゃ。弾正少弼は良き家臣を持ったもの。これは心してかからねば、寄手は城兵以上の死者を出そうぞ」

江口右馬助の覚悟に信昌は感心し、同時に気を引き締めた。

巳ノ刻（午前十時頃）、梶峰城の周囲で法螺の音が鳴り響いた。

東の大手口からは案内役の相浦右衛門尉を先頭に龍造寺伊予守、龍造寺信重、小河信友が進み、南からは納富信景ら、東と西からも寄手は攻めかかった。

城兵は百数十であるが、皆死を覚悟しているせいか多勢の寄手が迫っても恐れず、ありったけの矢玉を放ち、石や棍棒を投げて徹底抗戦している。

攻めあぐねる中、鴨打胤忠が西の亀甲という難所を破り本城に入ろうとしていた。大手の攻略は難しいので、南東の水の手口を破りにかかる。ほぼ同時に寄手は本城に入城できた。

「喰らえ！」

やっとのことで入城した信昌を見た城兵が斬りかかってきた。これを龍造寺長信の家臣の成富六左衛門が早業で突き倒した。

「天晴れじゃ。軍神の血祭に能く仕えたり」

信昌は褒美として脇差を与えた。

城兵はよく戦ったが、城内に入られては衆寡敵せず。次々に討ち取られていった。

「鶴仁王丸様！　於安様！」

信昌は屋敷の中に入って二人を捜していると、部屋の中から江口右馬助が斬りかかってきた。これを辻左馬允が斬り伏せた。

「危なかったの。さすが左馬允じゃ」

労って部屋に入ると女人が鶴仁王丸を抱き抱えて逃れようとしたので、鴨打胤忠の家臣の菰原大膳が追い掛けて女人を斬り捨て、鶴仁王丸を助けだした。この女人は小田家臣の江島左近の妻で、隆信が乳母としてつけた水町丹後守の妹であった。

部屋の隅で於安は震えていた。

「もう安心でございます。これより佐嘉にお連れ致します」

信昌が優しく告げると、まだ恐怖が抜けないのか、於安はおののきながら頷いた。

城兵は全員討死。同じ数だけの寄手も死傷した。

信昌が於安と鶴仁王丸を連れ帰ると、隆信は顔を綻ばせて喜んだ。

今山の戦いで敗北しても、依然として大友勢は佐嘉の東に陣を布いていた。九月二十三日、城から十町ほど北東の巨勢の高尾に陣を布いていた戸次式部大輔が陣を引き払う様子を見せたため、龍造寺勢は隆信をはじめ総出で出陣して追撃を行ったので、式部大輔を討ち取ることができた。

それでも戸次鑑連、吉弘鑑理、臼杵鑑速は退かずに在陣していた。

「ここは名ではなく実を取られてはいかがでしょう」

勧めると隆信は応じたので、信昌は筑後の田尻鑑種に和睦の仲介を依頼した。渡りに船と戸次鑑連らは応じ、宗麟の許可を得て退いたのは十月三日であった。

「長い対峙でございましたが、敵は退きました。龍造寺家の勝利にございます」

信昌が口にすると城内は沸いた。

その日は祭のごとく佐嘉城から酒と祝いの舞い、歌や雅楽の音が消えることはなかった。

第四章　肥前統一

一

龍造寺家が今山の戦いで勝利すると、大友家に与していた周辺の国人衆は掌を返したように誼を通じてきた。東肥前の姉川信安、犬塚家広、本告頼景、綾部鎮幸などである。大友宗麟と和睦した隆信が大友家の権力を奉じる姿勢を見せていることもあった。

当然、従わない国人もいる。神代長良、高木胤秀、犬塚鎮家、横岳鎮貞、馬場鑑周、筑紫鎮恒らである。城原・勢福寺城主の江上武種もその一人。武種は隆信と和睦しては離反を繰り返している。隆信としては許すわけにはいかなかった。

元亀二年（一五七一）春、隆信は信昌を先陣に、龍造寺康房、龍造寺家就ら二千の兵を差し向けた。康房は信昌の弟の鶴千代で、龍造寺純家の養子として迎え入れられた。

勢福寺城は佐嘉城から三里（約十二キロ）ほど北東に位置する山城である。龍造寺勢は天文二十四年（一五五五）三月と永禄二年（一五五九）正月に攻略している。この時、信昌は切腹しようとしていた江上武種を説いて落ちさせていた。

龍造寺勢は城の南に陣を布き、降伏勧告を行ったが拒否された。城には領民合わせて一千ほどが籠っていた。

「落ちさせたこと、後悔しておりますか」

笠原與兵衛が問う。

「後悔して益することがあるか？　江上を麾下に加えれば龍造寺の力は増す。今もその思案に変わりはない」

「されど、背かれました。お屋形様の政が正しいのではないですか」

「敵を全て根斬りにすれば田畑を耕す者がいなくなる。城主や重臣たちだけであっても、その一族には恨みが残り、いずれ一番厳しき時に背かれる。和睦し、本領を安堵して麾下に加えるほうがいい。大友を見よ。近頃は良き噂を聞かぬが、敵を滅ぼさぬゆえ大きくなった。大友と戦うには同等の兵がいる。そのためにも江上には一撃を喰らわして降伏させるつもりじゃ」

信昌の思案は変わらない。

これから城攻めの命令を出そうとしたところ、龍造寺勢が迫るより速く、江上家重臣の執行種兼、枝吉種次、江上速種ら七百ほどが出撃してきた。

「好都合じゃ。放て！」

下知した信昌は兵を前進させたところ、江上勢は土手を土塁代わりに防衛戦とし、矢玉を放ってくるので、それ以上距離を縮めることができない。攻めあぐねていると、江上勢は土手を乗り越えて鍋島勢に突撃してきた。

「好機じゃ。討ち取れ！」

大音声で叫び、信昌自ら騎乗して太刀を振るうが、地の利を知る江上勢は鍋島勢を湿地へと追い込んでいく。鍋島勢は泥濘に足をとられているところを討ち取られた。

「退くな。退くゆえ湿地にはまるのじゃ」

大声で叱責するが、劣勢を撥ね除けることはできず、死傷者を増やした。

「ええい、致し方ない。後方に下がれ」

兵を無駄にはできない。信昌は軍勢を半里ほど南に後退させた。鉄砲衆をしっかりと配置する前に攻撃されたことが敗因であった。

佐嘉城で報せを聞いた隆信は激怒し、三千の兵を率いて城原に着陣した。

「申し訳ございませぬ。お詫びはこの命をもって償うつもりでございます」

言うや再度、信昌は先陣の許可をもらい、二千の兵をもって前進した。

「先に逃げた鍋島ではないか。今一度、追い払ってくれる」

信昌を見た江上勢は、再び執行種兼を先手に出撃してきた。

「先の恥を忘れるな。鉄砲衆、放て！」

今度は準備万端、油断もない。江上勢が近づくたびに筒先は火を噴き、敵を倒した。

鍋島勢の用意が整っていることを知った江上勢は前進を止め、竹束を前に鉄砲を放つ。

これに信昌も返し、暫し矢玉の戦いを行った。飛び道具による膠着状態が続いた。

「兄上、兵を西に廻し、敵の脇腹を抉って下され」

「承知」

隆信の信認が厚く、信昌が軍勢を任されていることを信房は承知している。文句を言うことなく従った。

信房は兵を迂回させ、西から執行種兼の横腹を突くと、江上勢は壊乱となって退く。

「追い討ちをかけよ」

南と西から追撃を行い、鍋島勢が失った倍の兵を討ち取った。

信昌は深追いをさせず、ほどほどのところで兵を戻した。江上勢は城門を固く閉ざして備えた。

戦は一勝一敗であるが、城内は連敗したかのように沈んでいる。隆信の着陣で寄手は五千に増え、城は取り囲まれた。援軍はない。江上武種は降伏することにした。

執行種兼の遣いが信昌の許を訪れ、仔細を告げた。

「よう決断された。悪いようにはせぬ。されど、次はないと思われよ」

遣いに告げた信昌は隆信の本陣を訪れた。

「ならぬ。左馬大輔（さまのたいふ）（武種）の腹で江上の存続を認めよう」

隆信は応じない。

「左馬大輔に腹切らせれば、江上は当家に忠節を尽くさず、再び大友が仕寄ってくれれば背きましょう。さすれば未来永劫、龍造寺の家は肥前の国主にはなれませぬ。大友の支配から脱するためにも多くの国人衆を麾下に加えておく必要がございます」

「背かぬ証があるのか」

「幸いにも左馬大輔に子はおりませぬ。お屋形様のご次男を養子に出せば、龍造寺との絆は深まります。御母上の慶誾尼様もお喜びになるかと存じます」

江上武種の母は龍造寺胤員の娘で、慶誾尼の姉である。

「左様か。左馬大輔から質をとっておけ」

渋々隆信は応じた。肥前の熊と恐れられる隆信も、慶誾尼には頭が上がらなかった。降伏は認められ、隆信の次男の又四郎家種が江上武種の養子となって江上家を継ぐことになった。武種は日吉城に隠居。執行種兼の息子の茂俊が人質として出され、信昌が預かった。

これにより佐嘉城の北東は静謐になった。

「あとは東の奴等よな」

夏、隆信は三根郡の横岳鎮貞に狙いを定め、佐嘉城を出立した。

佐嘉城が空になったことを知った三瀬城主の神代長良が、隙を突かんと出陣した。納富信景は有馬勢への押さえとして佐嘉の西、杵島郡を守っていたが、神代勢のことを聞き、すぐさま帰途に就いた。神代勢が佐嘉城の北東に位置する千布に達した時、信景も到着した。

納富信景は弟の信純を神代勢に討たれている。寡勢でも納富は猛然と神代に襲いかかった。佐嘉が危ないことを知ったのは隆信も同じ。三根郡の土肥家実、坊所尾張守を降伏させた隆信は急遽、帰途に就いた。

納富勢だけでも手に余っていたところに、野戦で龍造寺の本隊を受けては崩壊しかねない。神代長良は納富勢の追撃を躱しながら必死に帰城した。

江上家が龍造寺家との縁が濃くなり帰属することになれば、次に狙われるのは自分ということになる。先代の時より長年争ってきた神代長良は不安にかられるようになった。

「相模守（長良）を説けるのは、一番恨みを持つ但馬守（信景）殿しかござらぬ」

信昌は納富信景に説得を依頼した。

「儂に左様な役をやらせようとは、そちは冷たい（冷酷な）男じゃの」

「某はなんと言われようと結構。全て龍造寺のためにございます」

「斬り捨ててやりたいところじゃが、龍造寺の名を出されては否とは申せぬ。但し、期待するな。説く自信はない。近づけば斬る自信はあるがの」

怒りをあらわに納富信景は部屋を出ていった。

責任感の強い納富信景は信昌の依頼を受け、三瀬城に足を運び神代長良を前にした。

「儂は好きでこの城に来たのではない。叶うならば貴殿を一刀の下に斬り捨てたいところじゃ」

納富信景は飾らず本音を口にした。

「儂も同じ。貴殿は当家の不幸に乗じて騙し討ちをした。八つ裂きにしても飽き足らぬ」

神代長良も偽らず、本意を吐いた。

「望むところじゃ。このまま座を蹴り、改めて戦場で相まみえたいところじゃが、それでは儂がこの城に来た意味がない。当家の意向を一応伝える。降伏して当家の麾下になれ。さすればこれまでのことは水に流そう。これが我が主の意向じゃ」

「腸が煮えくり返るが、当家は龍造寺とは違い、使者を斬るような非礼はせぬ。信用できぬ」

顔を紅潮させ神代長良は言う。

「臣下の礼をとれば、鍋島の一族が質を出してもいいそうじゃ」

「龍造寺の軍師と言われる鍋島左衛門大夫か。質の件と本領安堵が認められるならば応じよう」

少し考えた神代長良は疑念を抱きながら告げた。隆信は信用できないが、信昌ならば信用できると判断したようである。

深慮した神代長良の言葉は伝えられ、隆信も承諾した。互いに誓紙が交換され、神代氏は龍造寺氏に帰属することになった。人質はのちに小河信友の三男の犬法師丸が長良の養子として神代家に入る。犬法師丸は家良と名乗ることになる。

これにより長年、不安定だった山内にも静謐が齎されることになった。

神代氏が下ったので、信昌は小田鎮光（よしみつ）にも降伏を勧めた。鎮光・賢光（ともみつ）兄弟は今山の戦い後、筑後に逃れていた。鎮光からの返答は、隆信は信用できないとの旨であった。

「於安様に文（ふみ）を書いてもらってはいかがでしょう」

あくまでも信昌は和平案を提案した。

「戦陣に立てば、まっ先に駆け出すくせに、そちは戦を嫌うの」

「戦えば勝利しても味方は減ります。小田が戻れば、蓮池の者たちは末端までお屋形様のために忠節を尽くすことになりましょう。数は力。大友に対抗するためです」

「拒んだ時は兵を差し向ける。ついでに筑後を得るもよきことじゃ」

隆信は破談を望んでいるような口ぶりであった。

「このたびは戦うことになりましたが、あなた様はわたしの婿となり、鶴仁王丸を養子にして親子の縁を結んだのですから、争いを止め、今すぐ佐嘉に来て謝れば、本領の蓮池を返してもらえ、再びあなた様と一緒に暮らせましょう」

と於安は小田鎮光に対し筆をとった。

文を受け取った小田鎮光は、確かに於安からのものだと感じ入り、四月十二日、弟の賢光と信頼できる家臣十二人を連れて佐嘉に戻ってきた。

隆信は小田鎮光とは顔を合わせず、ひとまず納富信景の屋敷で草鞋の紐を解かせ、賢光は信昌が預かることになった。

「ようまいられた。我が家だと思って寛（くつろ）がれよ」

信昌は鷹揚に声をかけ、客人として丁重に扱った。

小田賢光が信昌の屋敷に来てから一刻と経たぬうちに隆信の遣いが信昌の許を訪れた。

「お屋形様の下知にて中務大輔（賢光）を斬れとのことにございます」

「なに！　なにゆえか？」

隆信ならば命令しかねないことである。当主として犠牲を最小限にしたい考えは判らぬわけではないが、謀殺とはいくらなんでも阿漕すぎる。

（儂が戦わぬことを勧めたからか）

こんなことならば、戦場で雌雄を決したほうがよかったとさえ後悔してしまう。

「すでに但馬守様にも下知は出ております。諫言は聞かぬとの仰せでもあります」

「あい判ったとお屋形様に申せ」

隆信の命令は絶対である。吐いたものを呑むような不快な気持で信昌は使者に言い放った。主命とはいえ、信昌はすぐに行動を起こせなかった。

（逃すことは簡単。言い訳をしても儂ならば、さして咎められることはあるまい。されど鍋島家への信頼は揺らぎ、逃れた中務大輔によってお屋形様の不義は瞬く間に広まろう。いずれは伝わるであろうが、遅いほうがよい。やはり殺らねばならぬか）

戦場ならば対等な立場なので容赦なく敵を斬れるが、暗殺は気が重くてならない。

夜になり、兄の信房が様子を窺いに信昌の屋敷を訪れた。

「なに！　まだ始末しておらぬのか。但馬守殿は見事に斬っておるぞ」

信房は驚くと同時に、仔細を信昌に告げる。

納富信景は、急ぎ帰宅して屋敷にいる者を集め、隆信からの命令を伝えた。

「御辺の申すことは尤もじゃが、御辺は納富の総領ゆえ、左様に悪どいことに手を汚してはならぬ。左様な汚れ仕事は儂がやろう。儂が弾正少弼（鎮光）と刺し違えよう」

叔父の石見守信門が進み出た。

信門は小田鎮光の部屋を囲ませた。鎮光をはじめ小田一族や家臣は兵法（剣術）の手練なので、隆信からは水町左京亮・彌太右衛門が助太刀として派遣された。

いくら謀殺するといっても、小田鎮光ほどの者を家臣に斬らせては申し訳ないと、信門は部屋に入り、暫し会話をしたのちに斬りかかった。鎮光も察していたようで信門を一刀の下に斬り伏せた。

信門が犠牲になったので躊躇する必要はない。信景の家臣は部屋に飛び込んで斬りかかる。水町左京亮が鎮光と剣戟を響かせる中、十六歳の彌太右衛門が背後から鎮光を仕留めた。

鎮光は最期に「敵の娘に騙されたか」と言って事切れた。

彌太右衛門は続いて他の部屋にいた手練の久池井三郎左衛門を仕留めた。信景の家臣は多くの負傷者を出しながら小田家の家臣を全員討ち取った。

「左様でござるか」

あらましを聞き、信昌は胸を締め付けられた。納富信門が不憫だった。

（やはり、鍋島の家を守るために、儂が刺し違えねばならぬのか）

　信昌は覚悟を決めざるをえなかった。

「儂も行こう。そちはお屋形様には大事な身じゃ」

「兄上は鍋島の総領。戦場でもないところで危うき目に遭わせることはできませぬ」

「二人ならば仕損じることもあるまい。そちは口が達者じゃ。切腹を説けばよい」

「誉められているようには聞こえませぬが」

「気のせいじゃ。まあ、長引かせるわけにはいかぬ」

　信房が立ち上がったので、信昌も腰を上げた。

　信昌は信房とともに酒瓶を手にし、重い足を引き摺るように賢光の寝所に向かった。万が一のため、廊下や庭には密かに家臣を配置させている。

「夜分失礼致す。もう休まれておられるか」

　声をかけてから信昌は障子を開けた。まだ賢光は寝ていなかった。

「かような刻限に、お揃いとは。昼間とは顔つきが変わられたの。儂を斬れと命じられたか」

　賢光はすぐに察したようである。信昌は無言のまま賢光の前に座し、酒瓶を差し出した。端で油皿の灯が揺れていた。

「毒を呑めということでござるか」

「左様なものは入ってござらぬ」

信昌は安心させるように杯に注ぎ呑み、空いた杯を渡した。

「されば最期の酒ということか。これも運命よな。乱世は騙されるほうが悪い。それにしても、龍造寺（隆信）は、騙し討ちをせねば我らを討てぬとはの」

杯に注がれた酒を呑みながら、賢光は愚痴をもらす。

「兄上（鎮光）は？　愚問か。手抜かりはあるまい。もう三途の川を渡っている頃か」

信昌は答えられない。

「そういえば、増光は？　小田の血脈はいかがするつもりか」

増光は賢光の弟で、龍造寺氏に仕えていた。一族の名を残すための術である。

「常陸介（増光）殿は忠臣。これまでどおり変わりません」

「左様か。彼奴は目敏いからの。小田の血は残るか。さればこの世に未練はない。さて、いかがする？　汚い龍造寺の者らしく丸腰の儂に斬りつけるか」

じっと信昌を直視し、賢光は言う。

「腹を召して戴きたい。不肖、某が介錯致します」

「得物を手にすれば、汝たちに斬りかかるやもしれぬぞ」

賢光も鎮光らと同様に兵法に長けている。信昌ら二人でも手に余るかもしれない。

「それも一つの選択かもしれません」

信昌を斬れば、僅かながら無念を晴らすことができても、小田の血脈が絶えることになる。両者とも承知しての会話である。

「龍造寺は我ら国人を踏み潰して成り上がっていくつもりであろうが、いずれ我が身に返ってこようぞ。肴を所望」

憤懣を吐き捨てた賢光は、覚悟を決めたようである。肴は切腹の用意を示している。決意の要求どおり、三方の上に柄のない脇差が運ばれてきた。

「ここでは汚れるの」

賢光は障子を開けて中庭に出た。十二日の月明かりが差し込めていた。

「辞世は」

「無用。龍造寺に信は置けぬが、貴殿は違うようじゃ。小田のこと、増光のこと頼む」

言うや賢光は上半身をはだけ、脇差の中ほどを懐紙で巻き、そこを摑むや腹に突き立てた。

「これが小田の武じゃ」

激痛に耐えながら賢光は一気に腹を掻き切った。

「承知」

小田家を託された信昌は応じ、賢光を介錯した。

(儂はこの先、お屋形様に忠義を尽くせるだろうか)

賢光の血がついた白刃を拭いながら、信昌はやるせない気持にかられた。

再び一緒に暮らせると思っていた於安は、鎮光兄弟の殺害を聞かされて慟哭した。

「わたしはお屋形様の実子ではなく、胤栄の娘ゆえ、かような悪辣な仕儀ができるのでしょう。この上は生きていても仕方がない。わたしも、あの人の許にまいります」

於安は自害しようとして周囲に止められ、その後、慶誾尼に諭された。

さすがの隆信も困り、嫡男の太郎四郎（のちの政家）に預け、自刃しないように見張らせた。身を案じてというよりも、美人で誉れ高い於安を政治利用するためである。

二

冬になり、小田家粛清の混乱が落ち着きを見せてきたので、信昌は僧の芳叔(ほうしゅく)とともに遠い安芸国の新高山城(にいたかやまじょう)にいた。佐嘉から陸路を通り、筑前の博多から船に乗って竹原(たけはら)に上陸。再び陸路という行程であった。

新高山城は城山（標高百九十八メートル）に築かれた山城で、土塁や石垣に守られていた。沼田川を挟んだ東の対岸には古高山城があり、両城をもって高山城とも呼ばれていた。

城の一室で待っていると面長の顔をした武将が現われた。

「お待たせ致した」

上座に腰を下ろし、鷹揚に告げたのは小早川筑前守隆景(たかかげ)である。知将と名高い隆景は毛利元就の三男として生まれ、小早川家を継いでからは、勇将と知られる兄の吉川元春ともども毛利家の両川として本家の繁栄を支えている。安芸の国人から身を起こした元就は、中国地方から九州にかけて十一ヵ国を支配する大大名になっていた。

「お初にお目にかかります。龍造寺山城守隆信が家臣、鍋島左衛門大夫でござる」

家臣どうしではあるが、隆景は大名にも匹敵する力を持っている。しかも、大友家を押さえ込むには毛利家の力は必要。信昌は腰を低くして挨拶をした。

「遠路はるばるようまいられた。お疲れでござろう」

「いえ、貴殿のお陰で瀬戸内の海も円滑に通ることができました。お礼を申します」

瀬戸内海を支配する村上水軍、小早川水軍は毛利家の麾下にあった。

「なんの、さしたることではない。龍造寺殿はご達者か」

「お陰様で。それより、日頼（元就）様のこと、御悔やみ申し上げます」

元就はこの年の六月十四日に病死している。

「ご丁寧に痛み入る。父が旅立ったお陰で、大友が筑前で勢いを増しておる」

「当家も迷惑してござる。毛利殿が筑前に兵を送ってくだされば、当家も兵を出しましょう」

「無論、そのつもりじゃが、あいにく東でも敵が騒いでおっての」

毛利家は備前の浦上家と争っていた。

「されば、当家を大友の麾下から外すこと、公方（将軍）様に取次して戴けぬでしょうか。さすれば大手を振って肥前を守るために戦えます」

大友宗麟は九州探題に任じられているので、龍造寺家は麾下ということになり、独立しようとすれば謀叛人の扱いを受けてしまう。下克上となった乱世でも、九州は保守的な地域であり、権威や肩書きには弱い。戦になれば大友家の旗の下に集まる国人が多く、なかなか龍造寺家の版図は広がらなかった。

「左様なことなれば」

書状一枚で解決するならば容易いことと、隆景は寛大に応じた。

信昌は隆景に礼を言い、贈物を置いて新高山城を後にした。都の将軍足利義昭にも進物は届けさせた。

その年の暮れ、毛利家は外交僧の安国寺恵瓊を上洛させ、浦上家との和睦などを進言させた。幾つかある項目の中で、龍造寺家による肥前平定も頼んでもらった。

この時、安国寺恵瓊は義昭のほか、織田信長や木下藤吉郎（秀吉）にも謁見している。

「信長の時代は五年や三年は続きましょう。来年は公家にも上られようが、いずれ高転びに仰向けに転がるように見受ける。さりながら藤吉郎はさりとては（なかなか）の者です」

と、恵瓊は山縣越前守、井上春忠に対して、のちのことを予言した書を送る慧眼の持ち主であった。

翌元亀三年（一五七二）の春、将軍義昭から隆信に九州（肥前）平治の命令が下された。

「でかしたぞ左衛門大夫。これで大友とは対等。謙る必要はない」

隆信は歓喜して家臣たちに酒を振る舞った。

ただ、宗麟と本腰を入れて対決すれば劣勢は必至。暫くは刺激しないように努めた。

龍造寺家に許可を出した将軍義昭は、織田信長と争って敗れ、都を追われたのは元亀四年（一五七三）七月十八日のこと。二十八日には元号が天正と改元された。

その後、義昭は紀伊を経て毛利領の備後の鞆（とも）で暮らすことになる。

名ばかりでも義昭は征夷大将軍。龍造寺家はこれを押し通した。

「これまで二度、須古（すこ）に仕寄っているが、失敗している。こたびは落とすのじゃ」

前年には東松浦郡にまで版図を広げているので、隆信は自信を持って命じた。

天正二年（一五七四）春、隆信は杵島郡・須古城の平井（ひらい）経治（つねはる）を討つために納富信景を先陣として四千の兵を出陣させた。これには信昌らの鍋島勢も含まれている。

龍造寺勢は兵を二つに分け、納富信景ら二千は須古城から十町ほど南東の横辺田（よこべた）に陣を布き、鍋島衆ら二千は城から十町ほど北東の今泉に兵を止めた。

「敵は打って出てくるでしょうか」

弟の小河信友が尋ねる。

「出てくれば、ほかの城とつるんでいよう。挟み撃ちに気をつけぬとな」

信昌は周囲を警戒させた。

龍造寺勢が陣を布いてから半刻と経たぬ頃、平井家は後藤惟明（これあき）を先鋒として五千の兵を出陣させた。すぐに報せは届けられた。

「但馬殿には暫く踏ん張ってもらわねばの。我らが救援に駆け付けたところを挟み撃ちにする策やもしれぬ。今一度、四方に物見を放て」

後詰に向かうのは容易いが、罠であったら崩壊に繋がる。信昌は慎重を期した。

半刻後、城から十五町（約一・六キロ）ほど北西の勇猛山（ゆうもうやま）に旗指物が見えた。

「有馬の者どもの旗かと思われます」

物見が告げる。納富勢は兵の多寡どおりに押され、援軍の要請をしてきた。

「やはり、挟み撃ちにするつもりか」

「但馬殿が危のうござるぞ」

居ても立ってもいられない、のであろう。陣の中をうろつきながら小河信友は問う。

「かくなる上は挟み撃ちを覚悟で後詰するしかない。鉄砲は半分にして後方にも廻せ」

指示を出した信昌は横辺田に向かって南に移動した。

横辺田に到着すると納富勢は三町近くも押し込まれていた。

「納富勢を助けよ」

信昌は大声で命じ、鉄砲を放たせた。

戦いに加わった鍋島勢の攻撃で後藤勢の勢いも衰え、納富勢の後退も止まった。

「敵は弱まった。一気に叩き潰せ！」

大音声で信昌は叫び、鍋島勢と納富勢は北と東から後藤勢を攻めたてる。信昌も前線で太刀を振り、敵を屍に変えていくと、今度は後藤勢が西に下がっていく。

龍造寺勢が優位に戦いはじめて半刻と経たぬ頃、勇猛山の有馬勢が鍋島勢の北に姿を見せた。

「敵です。有馬です」

物見が信昌の馬横で報せた。

「あい判った」

即座に信昌は弟の龍造寺康房と小河信友らの一千を割いて有馬勢二千に備えさせた。鉄砲の大半を有馬勢に向けさせたので、信昌らは弓、鑓で戦わねばならなかった。

「敵が鉄砲を放てぬほどに間を詰めよ。組ごとに纏まり、鑓は突かずに叩き下ろせ！」

信昌は戦場を駆け廻りながら細々とした指示を出し、軍備の劣勢を補（おぎな）った。

寡勢にも拘わらず、龍造寺康房らは鉄砲を駆使して有馬勢を寄せつけなかった。

有馬勢は一蹴するどころか負けないように戦うのが精一杯。日没とともに互いに兵を退かざるをえなかった。

「なんとか、持ちこたえたの」

戦陣から離れ、静けさの中、溜息を吐くようにもらした。色々威（いろいろおどし）の二枚胴具足は傷だらけである。何度も敵の穂先が掠めたので小袖に血が滲む箇所が幾つもあった。

「いかがしますか」

問う小河信友の具足の紐が解（ほつ）れていた。

「我らだけで戦うのは限界じゃ。お屋形様の出馬を願うか、兵を退くしかないの」

現状では須古城を落とすことはできない。信昌の冷静な判断である。

「お屋形様が聞けば、絶対に退くことは許されますまい」

「左様。お屋形様が来られる前にしておかねばならぬことがあるの」

信昌はすぐさま佐嘉に遣いを送った。

同時に信昌は城主・平井経治の甥の左近大夫直秀に矢文を打ち込み、和睦を申し入れた。須古城のすぐ東に古寺がある。そこで和議をしようと持ちかけた。

矢文どおり、信昌は供廻のみで閑散としている古寺に入った。

「左近大夫は来るでしょうか。来てもこちらと同じように供廻だけでしょうか」

本堂で不安そうな面持ちで笠原與兵衛は言う。

「敵も和睦を望んでいよう。儂を虜にするのは浅慮の一言。左様な憂き目に遭うならば、斬り死にするか腹を切る。さすれば平井一族はこの地から消えてなくなろう」

「平井は構いませんが、某は困ります」

早死にはしたくないと與兵衛は首を横に振る。

「されば城を出ていってもいいぞ。兄上が面倒を見てくれよう」

「最初から信房様に仕えているならばまだしも、かような時に信昌様を見限れば、死んだ親父に叱られます。まったく貧乏籤を引いたものです」

與兵衛の愚痴に思わず笑みを作った時、平井直秀が十数人の家臣と現われた。

対等な和議の席なので、上座は空け、両陣営は左右に分かれて腰を下ろした。

「お初にお目にかかる。龍造寺山城守隆信が家臣、鍋島左衛門大夫でござる」

矢文を打ち込んだ手前、信昌のほうから名乗った。

「平井治部大輔（経治）が家臣、左近大夫じゃ」

仕方なく会ってやった、といった表情の平井直秀。叔父に比べると線が細いように見えた。

「佐嘉に遣いを送ったゆえ、近く我が主がまいります。さすればこの城は滅びましょう。このあたりで城を開き、降参なされてはいかがでござるか」

「なにゆえ我らが降伏せねばならぬ？　今日も兵を退いていったではないか」

「本日の戦は様子見の一当て。我らは平井を滅ぼすつもりはないゆえ兵を退いたのでござる。されど、ご存じのとおり、我が主は違う。ひとたび対峙をすれば、徹底して攻めましょう。それゆえ、主が来る前にと申したのでござる」

憤る平井直秀に対し、信昌は声を荒らげることもなく静かに語る。

「埒もない。須古は堅固じゃ。兵も七千はいる。龍造寺に敗れるはずがない」

「それだけの兵を食わせるのは、さぞかしご苦労なされよう。我らは、大友とは和睦しているので背後を脅かされることはない。有馬はずっと支援してくれますかな」

「文には和睦と書いてあったゆえ参ったが、儂は降伏を受け入れるために来たのではない。次に会うのは戦場じゃな」

顔を顰めた平井直秀は言うや立ち上がった。

「治部大輔殿に代わって、左近大夫殿が平井を継がれてはいかがか？　貴殿のほうが主筋でござろう。それに我が主の婿でもある。さすれば我が主も貴家を認めましょう」

平井直秀は龍造寺信純の娘を隆信の養女として正室にしている。

「無礼な。我らのほうが人数も多い。ここで刀を抜いても構わぬが、会見の場で刀を抜かぬのが当家の流儀。されど、次はないと思え」

吐き捨てた平井直秀は本堂を出ていった。

「残念でございました」

なにごともなく、胸を撫で下ろしたような顔で與兵衛は言う。

「これで平井は落ちたの。儂を斬らなかったのは、万が一の時、儂を伝手にするため。須古には左近大夫が儂に誼を通じたと触れれば平井は割れる。矢文など無視すればよかったものを」

多少の月日がかかっても、須古城を攻略できると信昌は自信を持った。

会見の内容を聞いた平井経治は、兵を須古一城に集めるのは危険と感じたようで、一里半ほど北西の北方（きたがた）、同地から十町ほど南の芦原、城から二里ほど西の武雄（たけお）に兵を分散させた。龍造寺勢を挟撃する策であろう。

佐嘉を発った隆信は須古城から二里少々北西の白仁田山（しらにたやま）に着陣した。信昌らも合流し、千葉胤連（たねつら）らも参じたので、龍造寺勢は八千ほどに増えた。

「今一度、須古に仕寄れ」

戦況を報告すると隆信は命令。隆信の弟の龍造寺長信、信昌、康房ら三千は白仁田山から東南の須古城に向かった。

　これを知った平井経治は北方、芦原の兵に牽制させ、自身は甥の直秀や河津経忠と共に龍造寺勢を迎撃するために須古城を発った。

　両軍が接触したのはほぼ中間に位置する志久峠であった。山の中の狭くくねった道なので兵を広げて戦うことができない。互いに竹束を前に矢玉を放ち合うばかり。矢玉の数が少なくなってきた軍勢が後退するといった戦いになった。平井勢は退いていく。

「追い討ちをかけよ。逃すな！」

　隆信は命じるが、すぐに信昌は止めだてる。

「峠の向こうに伏兵を隠しているやもしれませぬ」

　信昌の意見を聞き入れ、隆信は追撃を止めさせ、周囲を窺いながらゆっくり兵を進ませた。案の定、左右の茂みの草が踏み倒されていたので、兵が潜んでいた痕跡があった。

　納富信景らの三千は横辺田に陣を布くことになり、暫し睨み合いが続けられた。龍造寺の本陣は白仁田山のままで、信昌は有馬勢が退いた勇猛山にいた。

　小競り合いが続くが大きな戦には発展せず、六月になった。両軍ともに農兵たちは田畑が心配で厭戦気分が蔓延していた。

「今暫くの辛抱じゃ。敵は困窮しておる。先に音を上げたほうが負けぞ」

信昌は麾下に対し、叱咤激励を繰り返した。

麾下が勝手に戦陣を離れ、帰宅しそうなのは平井勢も同じ。龍造寺軍が長対峙している効果は十分にあったことになる。平井勢とすれば、このような状況を打破するには戦うに限る。城内では出陣の準備を始めた。

翌日の昼過ぎ、平井勢は出陣し横辺田の納富信景に攻めかかった。兵の数は一千余。矢玉を放って陣を攪乱するように走り廻り、潮が引くように城内に戻る。これを何度か繰り返す。その間に、平井経治は三千の兵を搦手（からめて）から出陣させ、白仁田山の本陣を目指した。

辺りが茜色に染まる頃、平井経治の三千は城から二里半ほど北西の柏岳（かしわだけ）辺りで兵を止めた。龍造寺勢に悟られず、西から迂回して隆信を討つ作戦であろう。長く移動したので途中で陽が暮れてしまった。無理をせず、一旦、兵を止め、夜襲に切り替えるか、明朝の攻撃をするか、再考しているのかもしれない。これを信昌の物見が発見した。

「敵は明朝の総攻めを企てているに違いない。今のうちに叩くべきじゃ」

長対峙で隆信本陣が弛緩していたら一大事。なんとしても敵の攻撃を阻止しなければならない。報せを受けた信昌は、隆信に遣いを出すと同時に勇猛山を発った。

休息を終えた平井経治は、計画を夜襲に変更し、再び白仁田山を目指した。

「皆、きばれ。敵よりも速く着くのじゃ」

下知した言葉どおり、とにかく速く、白仁田山の南側に陣を布き、平井勢を迎え撃つ。

楯となっている間に隆信の本隊が到着し、敵を一網打尽にするのが、信昌の判断である。そのため、月明かりのない間道を走り、敵を見つけるために山の上に向かった。

幸か不幸か、平井経治と信昌は共に白仁田山に向かい、酉ノ下刻（午後七時頃）北方大崎の山中で、両軍は衝突した。

「敵じゃ。篝火(かがりび)に向かって鉄砲を放て！」

山の上側にいた信昌は敵を発見するや大音声で叫んだ。

闇の中、轟音が響き、兵が倒れた。夜襲をするつもりが逆に攻撃を受け、平井勢は慌てた。

「敵は乱れておる。討ち放題じゃ。かかれーっ！」

信昌は急勾配を駆け降りて、まっ先に敵中に突き入ると、戸惑う平井兵を斬り捨てる。鍋島勢は主に倣い、臆することなく敵の中に雪崩れ込んで血祭りにあげる。

狭い地で鍋島勢が敵を攪乱しているところに隆信の旗本も到着し、北島資元(すけもと)、高岸主(もん)水允(どのすけ)らも平井勢に切り込んで平井兵を屍に変える。

混乱の中、信昌らが敵の有力な武将の河津経忠を討ち取ると、壊乱となった軍勢を立て直すことはできぬと判断し、平井経治は退却命令を出した。

「追え、一人逃さず討ち取れ！　平井治部大輔を討つ好機。恩賞は思いのままぞ」

ここぞとばかりに信昌が煽り立てるので、龍造寺、鍋島の兵は獰猛な獣となって獲物を討ち取っていく。平井経治は須古城を目指すが、甥の直秀や後藤惟明らはとても同城まで逃げきれぬと、一里ほど西の武雄城に逃げ込んだ。

信昌をはじめ副島式部少輔や成富左近らはさんざんに敵を討ち取ったのち、戦場から半里ほど南の久津具で兵を止めた。

「敵は分散したの。好機じゃ」

平井経治と直秀が分かれたので、信昌は笑みを作った。

翌日、信昌らは武雄城を囲み、遣いを城内に送り、降伏を勧めた。

「まこと許されるならば、応じよう」

後藤惟明らは長対峙に辟易していたようで、信昌の勧告を受ける返事をしてきた。代表として、以前、信昌と会見したことのある平井直秀が信昌の陣を訪れた。

信昌は礼儀を尽くし、対等に床几を用意した。

「一瞥以来にござる」

降伏するだけあって、平井直秀は低姿勢であった。

「降伏のこと、よう決断なされた。城兵の命は約束どおり全員助けよう」

「忝い」

平井直秀は安堵した表情を浮かべた。

「但し、それは武雄城のみ。須古城は違う。以前、儂は治部大輔を隠居させ、貴殿が平井を継ぐように申したが、もはや叶わなくなり申した。一度拒めば条件が高くなるは世の常のこと」

「よもや、平井家を滅ぼすおつもりか⁉」

「滅ぼすつもりはないが、このままというわけにもいかぬ。貴殿は我が主の婿であり、息子も得ておる。貴殿は龍造寺家の親戚じゃ。主は貴殿に須古の領地と須古城を与えてもいいと申してござる。治部大輔の首と引き換えにござるが」

「なんと！」

好条件でも、さすがに平井直秀は応じられなかった。

「治部大輔の首一つで平井は安泰。須古は静謐。悪い話ではなかろう」

「返事は皆と相談してからにしたいが」

「よかろう。但し、貴殿はここに残り、遣いを城内に送られよ」

平井直秀の家臣は武雄城に戻り、信昌の言葉を伝えると反対する者はいなかった。

「判り申した。治部大輔に腹切らせましょう」

吐いたものでも呑み込むような面持ちで平井直秀は応じた。

武雄城は包囲されたまま、平井直秀は須古城に入り、経治に事の経緯を伝えた。

「おのれ、敵に鼻薬を嗅がされよって。汝には平井の武心がないのか」

平井経治は直秀を斬らんばかりに烈火のごとく怒った。

「家臣の心は離れてござる。殿に武心があるならば醜態を晒されませぬよう。龍造寺には、明日、城を開くと伝えます。抵抗すれば家臣たちに斬られますぞ」

言うと平井直秀は経治の前を下がった。

龍造寺のみならず、甥の平井直秀を恨む経治は、このままでは死んでも死にきれない。その晩、経治は夜陰に乗じて城を抜け、後藤惟明の父の貴明を頼って黒髪城に落ちた。平井直秀は経治の逃亡を摑んでいたが、さすがに叔父に追手をかけることはできずに見逃し、翌日、逃したことを詫びて納富信景らに城を明け渡した。

これで平井、後藤も下り、中肥前の小城、杵島郡の大半を龍造寺家が支配することになった。

須古は改めて平井直秀に与えられた。

乱世において「情」は時に仇となることもある。須古復帰を目指す平井経治はこの冬、伯父の新刑部入道宗吟と謀り、須古、白石の地侍を集め、直秀の隙を突いて須古城を急襲。多勢に囲まれた直秀は城を守ることができず、密かに城を抜けて佐嘉を目指したが阻まれ、仕方なく宝蔵寺に逃げ込んだ。経治は執拗で寺を包囲し、今にも雪崩れ込もうとしたので、直秀は敵の手にかかることを拒み、自刃して果てた。経治は須古城に復し、地下人を集めて城門を閉ざした。

「左近大夫は自業自得じゃが、治部大輔は許さぬ」

報せを聞いた隆信は激怒し、一万の兵を率いて須古城を包囲した。龍造寺軍は攻め手を何度も変えて城に迫るが湿地に囲まれた須古城は簡単に落とすことができなかった。信昌と広橋一祐軒の言葉の行き違いで一祐軒が命を落とすことになり、双方に多くの死傷者が出た。

「かくなる上は、いかな犠牲を出しても、必ずや須古を落とし、治部大輔の首を取れ」

十二月二十日、隆信の厳命を受け、信昌は四方からの総攻撃を指揮した。信昌は多数の死者を出しながらも、秀伊勢守の案内で城の南から城に乗り入れた。これに続き、城の東からは龍造寺信周らが突入し、寄手は続々と雪崩れ込んだ。

平井刑部入道は中島信連に討たれ、主だった者が死んでいくと平井経治も覚悟して腹を切ろうとしたが、家臣たちに止められ、汚水口から城を脱出すると、農民に身を扮して大村氏の上戸城に逃れた。

隆信は城に籠った敵を全て撫で斬りにしたのち、弟の信周に須古城を預けて帰城した。これ以降、須古城が敵に脅かされることはなくなった。

平井経治の消息は不明で、晩年は藤津郡の太良で過ごしたとも言われている。

直秀の息子は龍造寺の血筋でもあるので、信昌が預かり、のちに平井甚左衛門と名乗り、百武賢兼の娘婿となる。

須古平定の褒美もあり、信昌は官途を左衛門大夫から飛驒守と改めた。

さらに、なかなか嫡子が得られないこともあり、隆信の肝煎りで石井信忠の息子の太郎五郎を養子に迎えることになった。

三

「鎮賢(しげとも)もう二十歳じゃ。我が跡継ぎとして一人立ちしてもらわねばならぬ。それゆえ、そちに補佐を頼みたい」

佐嘉城主殿の縁側に腰を下ろし、蚕豆(そらまめ)を摘(つま)みながら隆信が信昌に告げる。

鎮賢は隆信と異なって素直な性格のせいか、武将としての評価は低い。病弱なこともあって出陣しても常に本陣から出ることはなく、敵と直に干戈(かんか)を交えたこともない。隆信は他に息子がいるものの、鎮賢を気に入り、家督の継承者と決めている。長男が家を継ぐと言い渡しているのは、兄弟で争い、家を傾けることを避ける目的もあった。

「大事なお役を賜り、恐縮しております。不肖、某、身命を賭して仕えるつもりですが、お屋形様はいかがなされるおつもりですか」

「儂は隠居する。そうじゃな。須古辺りの城を直せばよかろう」

裏がありげに隆信は言う。

（なるほど。藤津、大村、伊佐早(いさはや)（諫早）、有馬らの国人衆を破り、西肥前を平らげるおつもりか）

後継者の成長は望んでいようが、隠居とは名ばかり。信昌はすぐに察した。

天正三年（一五七五）七月、隆信は正式に隠居を宣言すると、弟の信周が入っていた

いた。須古城を修築させ、十一月には移り住んだ。信昌は鎮賢の補佐として引き続き佐嘉城に
「儂のような者を押し付けられて迷惑していようの」

　縁側で桃を頬ばりながら鎮賢はしみじみ言う。

「とんでもございませぬ。若殿にお仕えできること、光栄の到りにございます」

「そう申すしかないの。されど、儂と一緒では戦で功を上げられまい」

「先陣を駆けるだけが戦ではありませぬ。若殿も大将の采配をお屋形様から学ばねばなりません。某も近くで支えることを学ぶつもりです」

　体調不良が多い鎮賢は悲観的になりがちなので、信昌は努めて前向きに振る舞った。

　隆信が西に目を向けていることもあって、大友氏との関係は落ち着いているものの、いつ兵を向けてくるか判らない。信昌は筑前、筑後に目を配りながら鎮賢に戦の仕方を教授した。

　天正四年（一五七六）の元旦、隆信は重臣たちを須古城に集めた。

（やはりお屋形様がおられる城が政を司る所じゃな。当分、隠居はないの。とすれば、儂は飛ばされたのかの）

　そんなことを思いながら中ほどの席についた。

「さて、領国も穏やかになり力を蓄えられたであろうゆえ、今年は肥前を平らげたいと思っておる。さしあたっては春先にも藤津に兵を進めるつもりじゃ」

「それは良きこと。早速、支度にかかりましょう」

隆信の宣言にすぐ応じたのは弟の信周であった。

（親戚とはいえ、龍造寺一族からすれば、鍋島一族は煙たい存在かもしれぬな。気をつけぬと）

信昌は家中で争いにならぬよう注意することを胸に刻むが、正すことは正さねばならない。

「畏れながら、藤津に兵を向けることは良きことなれど、藤津は我らにとって不案内な地にて、うかうかと進めば蟻地獄に踏み込むようなもの。まずは先立ちの者を遣わし、敵の様子を確かめた上で兵を進めるべきかと存じます」

「さもありなん。誰が適任か？」

「犬塚弾正忠、徳島左馬助殿ではいかがでしょうか」

少し考えた信昌は二人の名を挙げた。

犬塚鎮家は蒲田江城主だったが、今山合戦ののちに浪人し、筑後に逃れていた。

徳島信盛は芦刈の勇者である。

信昌は二人を説き、須古城から二里ほど南西に位置する鹿島に森岳城を築かせた。城とは名ばかりの砦ではあるが、敵地に拠点ができたことは龍造寺家にとっては重要なことであった。

「ようやった。されば、出陣じゃ」

隆信は下知を飛ばし、正月二十日、一万余の兵を率いて須古城を出立した。森岳城に入った隆信は兵を二つに分け、信昌ら六千五百が同城から十町ほど南東の横造（横蔵）城を、自身は同城から一里ほど東南の松岡城攻撃に向かった。せっかく戦場で戦を目にさせようとしたが、鎮賢は須古城の留守居を任されたので戦陣にはいなかった。

横造城は一つの町を取り囲む五町四方の広い敷地を持つ平城で、土塁と水堀に守られていた。周囲は湿地が広がっているので、寄手は近づくのが難しい。大手門が南で搦手が北。城へ通ずる道は狭い。城には深町尾張守、岩永和泉守、原左近大夫ら二千の兵が籠っていた。

「されば お屋形様の下知どおり、貴殿らに先陣をお任せ致す」

信昌は犬塚鎮家と徳島信盛に先陣を言い渡した。

二陣は鍋島信房、信昌。

三陣は小河信友、納富信理、龍造寺康房、鴨打胤忠、徳島長房らである。

寄手は遠巻きに城を包囲し、先陣の犬塚、徳島勢は南から城に迫り、二陣は背後に控えた。

戦の常道として、信昌は降伏勧告を行うが、拒否された。

「今、城を出られぬ者は、戦の最中に返り忠するもよい」

攻めにくい城なので、信昌は敵方に鼻薬も嗅がせて開戦を待った。

犬塚、徳島勢は弓、鉄砲を放ちながら城外にいた有馬勢数十人を討ち倒し、柵を打ち壊そうとしたところ、多勢の城兵が打って出て寄手に突き入った。攻撃の形が整わぬ寄手は、布に鋏を入れられたごとく左右に蹴散らされ、湿地に足をとられているところを討ち取られた。

「このままでは我らも危うい。近づいたら放て」

信昌は配下に命じ、筒先を敵に向けさせた。

敵が接近してきたので指揮棒を降り下ろすと、轟音が響き、城兵は折り重なるように倒れた。

「かかれーっ」

ここで勢いを止めねばならぬと、信昌は大音声で叫び、兵を前進させた。鍋島勢は猛然と攻めかかるが、尻に火がついている城兵は、味方が鉄砲に撃たれても臆せずに突進する。さらに地の利を知る城兵は湿地の浅深も把握しているので水飛沫をあげながら鍋島勢に殺到する。

「下がるな。押し返せ！」

足場の悪い地での戦いに不馴れな鍋島勢は押されるので、信昌は唾を飛ばして叱責するものの、後退りする兵を止めることはできない。自身が先頭に立って指揮したいが、狭い地なので前に出ることができない。鍋島勢はずるずると後退を余儀無くされた。

「おのれ」

苛立ちを吐き捨てた時、別働隊の北島兵庫助、同資元、水野彌太右衛門、犬塚勝右衛門、吉岡源次兵衛、小宮左馬允らが浅瀬を通り、葦の中から飛び出て城兵の横腹を突いた。これによって有馬勢は崩れ、城内に引き上げていく。

「追え。逃すな！」

即座に信昌は追撃を行い、背後から城兵を討ち取っていく。

鍋島勢よりも早く龍造寺家の杉野刑部は一番に土塁を駆け上がって敵を斬り捨て、味方を導く。井元茂七は敵と戦いながら堀に飛び込み、成富十右衛門も続いて敵を討つ。

別働隊の活躍で龍造寺勢は勢いを盛りかえし、寄手は城に肉迫。鍋島勢は数人で丸太を持って何度も大手の城門にぶち当て、遂に撃ち破って二ノ丸に突入した。

「注進！　我はこれより龍造寺殿にお味方致す」

二ノ丸を守っていた有馬方の禮志野直通（うれしのなおみち）が申し出た。

「よかろう、されば龍造寺への忠義、行いで示されよ」

謀かもしれないので、信昌は即座に命じた。

「承知」

禮志野直通は裏切りを証明するため、これまで共に戦ってきた朋輩に斬りかかった。

「我も越後守（禮志野直通）と同じく」

禮志野直通に続き、原直家、永田備前守、吉田左衛門大夫も龍造寺勢に参じて有馬方と剣戟を響かせた。

戦の最中に背信者が出ては戦にならない。瞬く間に二ノ丸は落ち、寄手は小河信友を一番乗りとして本丸に雪崩れ込んだ。

寄手が本丸の中に突入すれば、もはや対抗する術はなく、籠った城兵は一人でも多くの敵を道連れにして死のうと奮闘するばかり。やがて深町尾張守、岩永和泉守も討死して本丸も落ちた。本丸に残った城兵三百余人は全員戦って命を落とした。二ノ丸、三ノ丸を合わせれば一千余。ほかは葦の中に隠れながら逃亡したという。

「約束どおり貴殿らを龍造寺の麾下と致す」

信昌は禮志野直通に告げ、松岡城を落とした隆信の許に連れていった。

「越後守殿らの働きによって横造城は落ちました。こたびの殊勲にございます。こののち有馬と戦う上で重き存在になります」

隆信は利用できるものはなんでも利用するが、使い捨てにする癖があるので信昌は強く推した。

「左様か」

疑り深い目で禮志野直通らを見ながら隆信は言う。信じていないことは明らかである。

禮志野直通らは隆信に忠節を誓い、人質を差し出したので、隆信は本領を安堵した。

横造城の戦いに敗れた有馬義貞、晴信親子は藤津を失い、二度と回復することはできなかった。

隆信は松岡城に徳島左馬助を、鷲ノ巣城に禮志野与右衛門を、鳥附（とりつけ）（鹿島）城に鍋島信房を入れて藤津郡を固めた。これ以降、禮志野氏は宇礼志野と姓の字を変更した。

六月、松浦郡の稗田鬼子岳城主の波多親、伊万里城主の伊万里治、有田唐船岳城主の有田盛は同郡で龍造寺麾下の獅子ケ城を攻撃した。城主の鶴田前が、隆信から派遣された龍造寺河内守、馬渡主殿とともに城外で戦い討死したのは二十八日のこと。

早急に対処しなければ、再び松浦郡は有馬方に支配される。多久の龍造寺長信が鎮圧にくるであろうと波多親は福井山城守らに命じ、多久原で待ち受けさせたが、長信麾下の相浦河内守、田中泰景、篠原源右衛門らが打ち破った。長信は隆信から支援を受けた兵とともに稗田鬼子岳を包囲。有田氏からの援軍を得られなかった波多親は降伏して、隆信に許された。

稗田鬼子岳城は龍造寺家にとっては重要。二度と背信させないため、隆信は未亡人の於安を波多親に嫁がせることにし、波多氏を麾下とした。

勢いに乗る龍造寺軍は伊万里城を攻めたが、彼杵郡の大村純忠が後詰に出陣したので、城を攻略できなかった。

「飛驒守、纏めてこい」

「承知致しました」

隆信からの命令を受けた信昌は三千の兵を率いて松浦郡に入ると、さらに彼杵郡近くまで兵を進め、大村純忠の三城城を攻撃すると触れさせ、攻める姿勢を見せた。

帰る城が無くなるのは武家の恥。大村純忠は直ちに帰城した。

「児戯なものじゃ」

簡単に大村純忠が陣を畳んだので信昌は北叟笑(ほくそえ)み、一部の兵を残して伊万里城の陣に加わった。

大村純忠が戻り、寄手が増えた。伊万里治は抗戦を諦め、塚崎(つかざき)城主の後藤貴明(たかあきら)に和睦の依頼をした。貴明は応じて信昌に申し出た。

「兄上、ここは一(ひと)つ骨折り戴きたい。兄上の息子を伊万里の養子に出してくだされ」

「これも龍造寺のため致し方ないが、決して見殺しにはすまいぞ」

「勿論にございます」

兄の信房が応じたので、三男（のちの茂成）を伊万里治の娘に配することで降伏を認めた。

松浦郡を平定した信昌らは意気揚々と帰城した。

「六月に伊万里攻めを邪魔してくれた、大村を討つ」

九月、隆信は憤りをあらわに彼杵郡の大村純忠攻めを命じた。

大村純忠は高来郡日野江(ひのえ)城主・有馬仙巌(せんがん)（晴純）の次男として生まれ、彼杵郡・玖島(くしま)城主の大村純前(すみさき)の養子となった。のちに純忠は三城(さんじょう)城に移動。日本で最初のキリシタン大名と言われている武将である。

龍造寺軍一万は高来郡の伊佐早に向かう。鍋島信房が先鋒となり、四千の兵を率いた。

大村純忠は麾下で伊佐早・高城城主の西郷純堯を出陣させ、鹿島の七浦で待ち構えさせた。両軍は七浦の塩屋で激戦となったが、在郷の小野兵衛ら五十六人が鍋島方に参じて背後を襲ったので、西郷勢は陣を崩して伊佐早に退いた。

「追え！」

信房は大音声で命じ、西郷勢を追い純堯の高城を包囲した。同城は北に本明川が流れ、南の背後には広大な上山を控え、攻略するには歳月を要することが窺えた。

信房は押さえの兵を残し、大村純忠の麾下・萱瀬の萱無田砦に迫った。

萱無田砦は南に郡川が流れる城山（標高二百三十一メートル）の上に築かれた砦で、登り口は東西に細い山道が二つだけ。三百余の兵が籠っていた。

「敵は寡勢。あれな小さな砦など一捻りじゃ。かかれーっ」

郡川を挟んだ砦の東南に陣を布いた信房は、敵に向かって指揮棒を振り下ろした。

途端に鍋島勢は喊声を上げながら郡川を渡り、細い山道を登っていく。ところが、城方は寄手に備えて道に水を撒いていたので滑って仕方がない。足留めされているところを容赦なく矢玉が襲い、死傷者を続出させた。

「藁を布き、竹束を前に進め」

鍋島勢は下知に従いながら登って行くが、矢玉のみならず、石や木片なども投げられる。何度も兵を入れ代えて攻めるが、城門まで達することができなかった。

「申し上げます。坤（南西）に敵が現われました」

物見が報せる。大村純忠が三城から出撃し、一里ほど南西の雄ヶ原（ますらがはら）に陣を布いた。

「このままでは挟み撃ちじゃな」

攻めあぐねた信房は兵を退いた。すぐに報せは黒木に陣を布く隆信の許に届けられた。

「後詰にまいるぞ」

隆信は眉間に皺を寄せながら命じた。これを信昌が諫める。

「お待ち下さい。おそらく我らが参じても、こたびは同じことかと存じます」

「どういうことじゃ」

否定された隆信は指揮棒で楯の机を叩きながら不快げに問う。

「おそらくは有馬とも話し合いができておりましょう。敵は必ず挟み撃ちにしてきましょう。地の利を得ぬ我らは不利なばかり。こたびのことで敵の出方が判りました。次は松浦衆とも話を詰め、海から敵を牽制すれば、敵は後詰できませぬ。その間に一つ二つ城を落とせば、周囲は膝を屈しましょう。さすれば大村は丸裸。大村を下せば、一気に有馬も攻略。いかがでしょうか」

「海か。さもありあん。松浦との話、詰めておけ」

信昌の説明に隆信は納得し、龍造寺軍は彼杵郡から引き上げた。

隆信は帰城の途に就くが、信昌は平戸の松浦鎮信（まつらしげのぶ）の許に足を運び、示し合わせる旨を確認した。

四

天正五年（一五七七）三月、隆信は三男の家信を塚崎の後藤貴明の許に養子に出した。貴明は大村純忠の義弟であるが、純前の実子で大村家を有馬の血筋に乗っ取られたと不満に思っている武将であった。これで貴明は、より大村攻めに力が入るに違いない。

六月、隆信は満を持して大村に兵を進めた。

先陣は鍋島信昌、勝屋勝一軒（かつやしょういっけん）。
二陣は納富家輔（のうどみいえすけ）、小河信友。
三陣は執行種兼（しぎょうたねかね）、神代（くましろ）弾正忠。
四陣は鍋島信房、龍造寺長信。
本陣は龍造寺隆信、鎮賢。
遊軍は千葉胤連。
別働隊は後藤貴明、家信。
水軍は松浦鎮信。
総勢、一万二千の大軍である。

（こたびこそは大村を下し、有馬への足掛かりとするのじゃ）

兄の信房に代わって先陣を任されることには些（いささ）か引け目を感じるが、失敗は許されないという隆信の意気込みは命じられた瞬間に強く胸に刻まれた。信昌は威風堂々、馬脚を進めた。

後藤貴明らは宇礼志野の吉田から大野岳、郡岳、野岳を越えて今富城を包囲した。松浦鎮信は船で大浦湾に入り、松原に上陸して今富の陣に参じた。

六月二十日、信昌は前回、信房が落とせなかった菅無田砦に迫り、郡川の南に陣を布き、降伏勧告を行った。

菅無田砦には峯弾正、峯采女、一之瀬半右衛門ら三百の兵が籠っており、大村純忠は寡勢なので今富城に移るよう下知したが、峯弾正らは拒否して砦を固めた。

「降伏には応じぬか。されば仕方ない。討つしかあるまい」

信昌は説得を諦め、足軽に菅無田砦周辺の田を刈るように命じた。まだ穂が青い田である。

郡川沿いにある狭い田であるが、城兵にとっては生死に係わる問題である。城兵は血相を変えて出撃し、弓、鉄砲を乱射して寄手の排除に努めた。決死の覚悟の城兵は勝屋勝一軒を追い立て、郡川の中で勝一軒を討ち取る寸前に迫った。

「これは、いかん。勝屋殿を助けよ」

信昌は大声で叫び、自ら騎乗して郡川に馬脚を踏み入れた。同時に狼煙を上げさせた。

鍋島勢が鋒矢となって突撃してくるので、峯弾正は出撃した味方を助けるため、さらに兵を投入して追い払いにかかる。

水飛沫をあげながら信昌は郡川中で太刀を振っている最中、副島式部少輔らの別働隊が搦手となる東に迫る。城兵は西に集中していたので東は手薄。副島式部少輔らは楽々と城門を破り、城内に雪崩れ込んだ。

「戻れ、搦手の敵を追え」

一之瀬半右衛門が叫ぶが、龍造寺勢の成松遠江守、於保賢守（おほまさもり）らが続々と城内に攻め入り、城兵を突き倒した。

城内に寄手が乱入したので峯弾正らも戻るが、これを追って信昌らも突入。こうなれば衆寡敵せず、城兵は奮闘するものの、悉く（ことごと）討死した。

菅無田砦を攻略した信昌は勝屋勝一軒に砦を預け、今富城を囲む隆信に合流して報告した。

「大儀じゃ。この（今富）城は、時折、物見が出て矢玉を放つばかりじゃ」

隆信は難しそうな顔で言う。まだ、総攻撃を命じてはいなかった。

今富城は海に近く、郡川の北に築かれた山城で川が天然の外堀と化して城を守っていた。隆信は城の北側に本陣を置き、遠巻きに包囲していた。

「後詰がなければ籠城はもちませぬ。脅しあげれば、降参してまいりましょう」

「菅無田のごとく撫で斬りにすべきであろう。大村はいずれ背くぞ」

「下らせて有馬への先鋒を命じてはいかがでしょう。大友の家中がばたついている間に肥前を纏め、お屋形様は国主におなり下さい。さすれば周囲の目も変わりましょう」

「左様か。よきに計らえ」

国主という言葉に惹かれたのか、隆信は応じた。

信昌は包囲網を厳重にして蟻一匹漏らさぬよう見張らせた。その上で、城門に近づき、昼夜を問わずに鉄砲を放たせ、鬨を上げさせた。当初、城兵は抵抗して鉄砲を放ち返してきたが、三日が過ぎると玉や火薬の消耗を危惧してか、反撃してこなくなった。

有馬や西郷に援軍の要請をするために出た使者は捕らえ、城門の前に晒したので、城兵たちには完全に孤立したことが植え付けられた。

このままでは落城は必至。大村純忠は後藤貴明の家臣・渋江公師を通じ、松浦鎮信に和睦を申し出た。

「御目出度うございます。無傷で降伏させることに成功しました」

信昌は隆信の采配であるかのように言う。

「そちの功じゃ。これで有馬への足掛かりができたの」

隆信は頬を緩めながら言う。

六月二十六日、大村純忠は隆信に誓紙を出し、嫡男の家秀（のちの喜前）と娘のお福を人質として差し出して和睦という名の降伏が認められた。

大村純忠を下した隆信は次なる攻撃目標を西郷純堯とし、兵を増やして彼杵郡の奥、伊佐早に兵を進めた。

西郷純堯は船越(ふなこし)城、西郷純門(すみかど)は宇木(うき)城、西郷純尚(すみひさ)は小野城、箭上(やがみ)伯耆守は矢上(やがみ)城を守っていた。

「宇木城は海にも近く、水軍も敵に見せつけられますので、攻略は早いかと存じます」

信昌が勧めると隆信は頷いたので、龍造寺軍は宇木城に兵を向けた。

宇木城は橘湾の入江に築いた海城で、水に浮いて見えることから浮城とも亀城とも呼ばれていた。松浦栄の陣代・松浦蔵人も参じていたので水軍が海上に姿を見せ、海に逃れることはできないことを城兵に知らしめることができた。

城を包囲して降伏勧告を行うが、西郷純門は拒否。城兵は三百ほど。先鋒の成富信種が果敢に攻め、一刻ほどで二ノ丸を攻略。純門は兄の純堯からの支援を待っていたが得られず、弟の純賢(すみまさ)が龍造寺家の麾下になっているので純賢を通じて降伏を申し出て許可された。

宇木城が落ちると同城から三十二町（約三・五キロ）ほど北東に位置する小野城の西郷純尚も降伏した。

西郷純堯の父・純久(すみひさ)は有馬鎮貴(しげたか)（鎮純から改名）の祖父・晴純(はるずみ)の弟で西郷尚善(なおよし)の養子に迎えられた有馬氏の血筋。純堯は有馬氏の援軍を期待したが、すぐにでも龍造寺の軍勢が島原半島に迫っていたので、鎮貴は守りを固めるので精一杯であった。

支援を受けられなかった西郷純堯は抗戦を諦め、弟の純賢を通じて降伏を申し出た。

「有馬の手前、受けるべきかと存じます」

信昌が勧めるので隆信は応じた。西郷純堯は嫡子の純尚(すみひさ)を人質として差し出し、隆信はこれを娘の婿に迎えた。純尚は隆信からの偏諱(へんき)を受けて信尚(のぶひさ)と改めた。純堯は隠居して小野城に移った。

十月十四日、西郷一門の二十六人は隆信に対して誓紙を差し出し、忠誠を誓った。隆信も誓紙を返し、秀島家周(いえちか)を人質として遣わし、翌年まで滞在させた。

西郷平定後、信昌は島原半島の入口にあたる神代(こうじろ)の領主、神代貴茂(たかもち)と接触し、味方に引き入れることに成功した。

有馬氏への橋頭堡を確保した隆信は、十二月、二万の兵を率いて出陣。神代貴茂は隆信を迎え入れ、島原半島への先導役を務めた。これにより島原浜(はまの)城主の島原純豊(すみとよ)も隆信の下に馳せ参じた。

有馬鎮貴は一族をはじめ、安徳純俊(あんとくすみとし)、安富徳円(やすとみとくえん)ら島原半島の国人衆とともに多比良(たいら)、三会(みえ)で戦ったが、鍋島信房、信昌、小河信友らに敗れ、千々石(ちぢわ)城に退いた。千々石直員(なおかず)は鎮貴の叔父にあたる。

信昌らは有馬勢を追って千々石城を囲んだ。釜蓋(かまぶた)城とも呼ばれる千々石城は城山（標高百二十六メートル）に築かれた山城で、土塁と石垣に守られていた。

激戦の末に信昌は城内に乗り込むと千々石直員は敵の手にかかるのを好しとせず、老臣の木戸万九郎と自刃して果て、城は落城した。

年の瀬ということもあって隆信は一旦、兵を退くが、年明け早々に再び有馬攻めを開始。

　正月も戦ができる龍造寺軍に対抗できぬと安富純治・純泰親子、安徳純俊、力武（りきたけ）対馬、松蘭伊勢守らが降伏。徹底抗戦を主張していた有馬鎮貴ではあるが、自分一人ではとても二万余の龍造寺軍と戦うことは不可能。納富家景を通じて降伏を申し出た。

　隆信は応じ、鎮貴の娘を鎮賢の正室に迎えることにした。さらに有馬一族の島原大学と土黒備中守、安富助四郎を人質とし、有馬攻めを終了した。

　天正六年（一五七八）三月二十三日、隆信は悲願だった肥前統一を果たした。

（やはり人は生かして使うべきじゃ）

　敵を全滅させていては、これほど早く肥前を手にすることはできなかったであろう。信昌は自身の思案が正しかったことを確信し、さらに版図を広げる意志を新たにした。

第五章　五州二島の太守

一

肥前を平定してから三ヵ月後の六月十九日、薩摩、大隅、日向の一部を支配する島津義久の老臣三人から、納富信景と信昌宛に祝いの書状と絹布が届けられた。

「なるほど、島津は本腰を入れて日向に兵を進めるにあたり、我らに牽制してほしいのじゃな」

さっそく信昌は須古城の隆信に伝えた。

「左様か。大友の様子は？」

「土持（親成）を討って戻ったばかりのようにございます」

日向の北部・松尾城主の土持親成は島津義久と誼を通じて大友氏に対抗していた。島津氏は北に版図を広げている。宗麟とすれば、このまま見過ごすことはできなかった。

島津氏は日向の伊東義祐の旧臣の抵抗に遭い、援軍を送れなかったという。

日向を支配していた佐土原城主の伊東義祐は、豊後で宗麟に庇護されている。

「されば、今は兵を進める時ではないの」

「仰せのとおりにございます。進めるならば島津と歩を合わせるべきかと存じます」

信昌の進言に隆信は頷いた。

「大友と島津の争い、そちはいかように思う？」

「当家が敵に廻っている以上、大友は不利。いずれ島津の兵は豊後にも進みましょう」

「当家と争うことは？」

隆信の眼光が鋭くなる。

「あるかと存じます。それまでに版図を広げ、麾下を増やす必要がございます」

「さもありなん。島津と大友に目を光らせておけ」

主の下知に信昌は深く頭を下げた。

十月初旬、日向の高城を攻略するため、大友軍四万は豊後を出立した。

報せを聞いた信昌は隆信に報告し、出陣の準備を始める命令を出させた。すぐに腰を上げないのは、戦はなにが起こるか判らないからで、突如、踵を返して肥前に向けられては敵わない。確実に島津軍と干戈を交えてからではないと出馬はできなかった。

十一月十二日、日向の高城近くの小丸川と切原川（谷瀬戸川）の扇状地で軍勢を増やした五万の大友軍と島津軍三万が激突。島津軍は劣勢と見せ掛けて敵を誘い込み三方面から袋叩きにする釣り野伏せで大友軍を撃破。大友軍は臼杵鎮続、田北鎮周、佐伯惟教らの重臣と三千もの兵を失って敗走した。いわゆる耳川の戦い、高城川の戦いである。

この時、宗麟は宣教師のフランシスコ・カブラルらとともに激戦地から遠く離れた務志賀におり、敗報を聞くと、兵の立て直しも図らず単身豊後の臼杵へと逃走した。

三日と経たずに報せは佐嘉城の信昌の許に届けられた。

筑後・柳川城主の蒲池鎮漣（鎮並とも）からは、豊後勢は日向において悉く滅す。筑後で大友に志しのある者は、みな世間の様子を窺っている、早速に御旗を出す時である。鎮漣が手引きしましょう、と伝えてきた。

蒲池鎮漣も宗麟の命令を受けて日向攻めのために柳川を出立したものの、大友氏からの独立を目指す鎮漣は病と偽って直属の兵二千を連れて帰国。大友氏への忠義に厚い鑑盛と弟の統安は耳川の戦いに参じて討死している。

「あの大友が敗れたのか」

さんざん悩まされ続けてきた大友軍を僅か二、三日の戦いで打ち破ることが信昌には信じがたいことであった。驚きと、喜びが渦巻く中、島津軍への脅威も実感しながら隆信に報せた。

「出陣じゃ」

吉報を聞くや、隆信は下知を飛ばした。

十一月十九日、二万の龍造寺軍は筑後に向かって出発した。十月の中旬から戦支度をしていたとはいえ、耳川の戦いから僅か七日後の早さであった。他国に出陣するのは初めてのことなので、信昌としても昂(たかぶ)り、手綱を持つ手に力が入った。

先陣は鍋島信昌、二陣は納富信景、三陣は龍造寺家晴、四陣は松浦衆、五陣は後藤家信、六陣は龍造寺長信、七陣は江上家種、八陣は馬場鑑周(かねちか)、九陣は神代弾正忠、本陣は隆信、殿軍(しんがり)は隆信の旗本である。

龍造寺軍は国境の筑後川を渡ってすぐ三潴(みずま)郡の酒見(さけみ)村に本陣を布いた。途端に同郡の西牟田(にしむた)鎮豊(しげとよ)、三井(みい)郡の豊饒鎮連(ほうじょうしげつら)、山本郡の草野鑑員(くさのあきかず)、同郡の酒見太郎、堤貞之(つつみさだゆき)、小郡(おごおり)郡の安武鎮教(やすたけしげのり)など大友氏の麾下にあった国人衆が誓紙を差し出して参じてきた。

「よかろう」

満足げに隆信は応じた。

上妻(かみつま)郡の戸原(へばる)（辺春）紹真(じょうしん)、三池(みいけ)郡の三池鎮実(しげざね)、八女(やめ)郡の蒲池鑑廣(あきひろ)などは城門を閉ざして防備を固めた。

「大友の復活など見込めぬことが判らぬとは、鼻の利かぬ輩どもじゃ」

隆信は膝を屈しない国人衆を蔑み、戸原紹真の辺春城に信昌らの兵を派遣した。

辺春城は北を熊ノ川、南を笹尾川、東を辺春川に囲まれた城山（標高約三百メートル）に築かれた山城で、土塁、石塁、空堀、堀切に守られていた。城に通じる道は西からの一本道しかない。西以外の三方は急傾斜で登るのは困難。城には生駒城主の河崎鎮堯(かわさきしげたか)らが救援に駆けつけ、六百ほどの兵が籠っていた。

三千の兵で城を包囲した信昌は、武家の倣いとして降伏勧告を行うが、拒否された。

「力攻めをすれば、かなりの手負いが出るの」

南の本陣から城を眺め、信昌はもらすが、傍観しているわけにもいかない。攻撃命令を下した。

堤治部左衛門らは喊声を上げながら城に迫るが、堀切に阻まれて先に進めない。堀切の外から弓、鉄砲を放つばかり。城兵も矢玉を返し、剣戟を響かせることはなかった。兵を交代させて攻撃を繰り返すが、結果は同じで堀切を越えることはできない。

「かくなる上は、敵の矢玉が尽きるのを待つか、あとは水の手を切るしかないの」

寄手は武器、弾薬の補充が利く。信昌は敵への威嚇を継続しながら水脈を探索させた。金掘衆を呼び寄せて一月ほど清水の湧き出すところを掘らせたが、城内の井戸が枯渇することはなかった。年末が近くなったので、ひとまず戻れという命令が隆信から出された。

「致し方ないの。次こそは必ず落としてくれる」

闘志をあらわに信昌は兵を退かせた。ここぞとばかりに追撃の兵を出してきたが、信昌は殿軍に二百の鉄砲衆を配置したので、逆に城兵の死傷者が多く出た。この撤退戦が辺春城の戦いで一番の激戦であった。

帰国した信昌は、このたびの反省を含め、筑後のみならず、筑前や豊前における大友麾下の国人衆に調略の手を伸ばしたところ、鷹ノ尾城主の田尻鑑種が誓紙を差し出して帰属を求めてきた。さらに鑑種は三池鎮実が在する三池山城への先陣も申し出た。

「左様か。されば河内守（三池鎮実）を調略致せ」

田尻鑑種の進言を認めた隆信は命じた。

「我は龍造寺に下る腰抜けではない」

三池鎮実は断固、大友からの離反を拒否したので、隆信は三池山城攻めを命じた。

天正七年（一五七九）三月中旬、龍造寺軍二万の兵は三池山城に向かった。先陣は田尻鑑種、二陣は蒲池鎮漣、大将は鍋島信昌。途中で西牟田鎮豊らの筑後三千が加わり、寄手の勢いは増す。

二十日、龍造寺軍は三池山城を包囲した。同城は三池山の北にある今山（標高約三百六十六メートル）の山頂付近に築かれた山城で、土塁と堀切、空堀と北の三つの池に守られていた。

城に籠る兵は数百。龍造寺軍は十重二十重（とえはたえ）に城を包囲、信昌は南に本陣を置いた。

「楽に得られる城などはない。堀や土塁を一つずつ乗り越えていくのみじゃ。かかれーっ！」

信昌は大音声で攻撃の号令をかけた。先の辺春城攻めでは失敗しているので意気込んでいた。

田尻鑑種は北から、蒲池鎮漣は南から猛攻をかけるが、なかなか堀切を越えることができなかった。それでも死を恐れぬ前進は城兵を畏怖させる効果はあった。城兵の顔が引き攣（つ）っている。

いく。

夕刻になっても信昌は攻撃の手を緩めず、敵の矢玉が下火になると土塁をよじ登って

「今少しぞ。押せ」

もう少しというところで、篠を突くような豪雨となった。寄手の兵は急傾斜を滑り落ち、火薬が湿気って互いの鉄砲が使えず、矢は何間も前でお辞儀をした。とても戦える状況ではないので兵を退かざるをえなかった。

「この雨で敵の井戸は満たされるの。夜のうちに堀切に梯子を架けるしかあるまい」

信昌は雨で視界が悪いことを利用して梯子を架けさせた。

翌朝、雨はあがったものの、五間（約九メートル）先が見えないほどの霧が出ていた。

卯ノ下刻（午前七時頃）、漸く霧が晴れ、信昌が総攻撃の下知を飛ばそうとした時、城内から降伏を申し出る矢文が射られた。文には城主の三池鎮実が、雨に乗じて城から逃亡したので、城主に忠義を尽くす必要はないというものであった。

「家臣を捨てて逃れるとは。戦う前の態度とは随分と違うようで」

弟の龍造寺康房は、汚物でも見たような顔で蔑んだ。

「武士の意地と、家名を絶やさぬための前には恥も外聞もなかろう」

「兄上なればいかが致しますか」

「鍋島の血脈が儂一人なれば、あるいは同じことをするかもしれぬ。されど、幸い儂には兄弟がおるゆえ逃げはすまいが」

憎くき敵ながら信昌は三池鎮実を不憫に思った。

隆信から三池山城のことは託されているので、信昌は降伏を認め、城兵を解放して凱歌を挙げたのち、暫し城に留まっていた。

三池山城を攻めたあとで、隆信は田尻鑑種に命じ、肥後の梅尾（うめお）城主の小代宗禅（しょうだいそうぜん）入道（にゅうどう）を龍造寺家の麾下になるよう説かせた。

小代宗禅は拒否した。

「少々風向きが変わったからといって、今さら龍造寺に下るつもりはない」

田尻鑑種が帰国しかけたところ、小代宗禅の妻が鑑種の陣を訪れた。

「宗禅は丹後守（鑑種）殿の誘いを断わりましたが、数代の家を滅ぼすことには耐えられません。わたしを質にして下さい。さすれば宗禅も渋々従いましょう」

小代宗禅の妻は三池鎮実の娘なので、三池山城の様子を聞いて危惧したのであろう。あるいは自身が人質になることにより、父の命も助けようとしたのかもしれない。

「内儀は女子ながら、なんと心賢き人か」

田尻鑑種は感動の涙を浮かべ、丁重に輿に載せて隆信が在する須古城に送らせた。

「あの戯（たわ）け。余計なことを！　直ちに取り戻しに行くのじゃ」

仔細を知った小代宗禅は二千の兵を掻き集め、田尻鑑種を追った。

三池山城は肥後との国境に近く、梅尾城までは一里半（約六キロ）ほどしか離れていないので、敵の様子はすぐに届く。

「左様か。宗禅を討ち取る好機じゃ」

報せを受けた信昌は、龍造寺康房、小河信俊（信友から改名）らの弟をはじめとする兵一万を後詰として送った。

龍造寺軍は梅尾城から半里ほど北の宿という地で待ち構え、兵を茂みに隠した。

これを知らぬ小代宗禅は正室を取り戻そうと無警戒のまま進んで宿で遭遇。五倍もの敵が待ち構えるところに進んだ小代勢は、餓えた狼の群れに迷い込んだ山羊のようなものである。多数の鉄砲で先頭付近の兵は血飛沫を上げて倒れ、混乱したところを鑓衆に突かれ、壊乱となって退却する状況で追撃を受けた。多勢に囲まれた宗禅は腹を切る機会も逸し、虜の身となった。

騎乗は許されたものの、小代宗禅は後ろ手で縛られ、罪人の護送のようにして三池山城に連れてこられた。

「縄を解け」

信昌は小代宗禅を遇し、本丸屋敷の広間で応対した。

「いつまでも生き恥を晒させず、早う首を刎ねよ」

既に覚悟はできているようで、小代宗禅は憤りをあらわに吐き捨てる。

「勝敗は時の運。そう死に急ぐこともあるまい。貴殿は大友に忠義を示して戦われた。これで義理は果たしたはず。時に下るのも武家の倣い。我が主に臣下の礼をとってはいかがか。本領は安堵致そう。奥方の代わりに質を出されれば、お戻しするのも吝かではない。大友の内状は聞いておられよう。もはや勢いを取り戻すのは困難でござるぞ」

信昌は丁寧に説いた。宗麟はキリスト教に改宗したので家中から反発を受け、さらに家臣の正室を寝取るなどしたので、離反が相次ぎ、豊後を支配するのがやっとという状況であった。

「龍造寺殿は約束を違えるので有名。鍋島殿がお約束願えるのか」

「某でよければ、お約束致そう」

信昌が保証したので、小代宗禅は誓紙を差し出して隆信に許された。宗禅は次男の実長を佐嘉に送ったので、宗禅の正室は戻された。

小代宗禅が隆信に膝を屈したので、肥後隈本の城親賢も人質を差し出して忠誠を誓った。

隆信から、さらに肥後を制圧しろという命令が出されたので、信昌は田尻鑑種を先鋒とし、玉名郡の武将、和仁親実の田中城に向かった。

田中城は宿から三里半（約十四キロ）ほど北東に位置し、山の谷間に築かれた丘城であった。堀切が各所に設けられ、北を除く三方が水田と攻めにくい城。三百ほどの兵が籠っていた。常道どおり降伏勧告を行うが、拒否された。

「この城を総攻め致せば、城兵と同等の手負いが出るな」

北から城を見上げ、信昌はもらす。

「我が家臣に和仁の家臣と旧知の者がござる。この者に手引きをさせてはいかがか」

田尻鑑種が進言する。

「それは良きことじゃ。早速かかられよ」

この先、肥後に版図を広げるためには戦が続く。一兵たりとも失いたくなかった。

信昌の許可を得た田尻鑑種は家臣に命じ、知り合いの城兵に接触させた。昼間、城外から呼びかけ、互いの存在を確認し合った。万余の敵に囲まれた城兵は生きた心地がしない。そこへ城外に顔見知りを発見すれば、逃れる方法を模索するもの。夜陰に乗じて土塁ごしに顔を合わせた。そこで鑑種の家臣が城門を開くように告げると、翌日の晩に城門の閂（かんぬき）を外すことを約束した。

翌晩の亥ノ刻（午後十時頃）、内応した城兵によって大手門の閂が外された。寄手は松明なども手にせず、息を殺しながら近づき、城内に雪崩れ込んだ。

多勢が城内に入ればもはや戦にはならない。四半刻もかからずに腰曲輪が落ち、残すは二ノ丸と本丸だけになった。ここで信昌は再び降伏を呼びかけると、和仁親実は渋々応じた。

「さすが丹後守殿じゃ」

信昌が労うと、田尻鑑種は顔を皺くしゃにして喜びをあらわにした。

勢いに乗る信昌らは木山（きやま）城主の永野紀伊守、御船（みふね）城主の甲斐宗運（そううん）入道などを降伏させ、隈府（わいふ）（菊池）に進んだ。

隈府に攻め入ると隈部親永、大津山家稜らの国人衆が抵抗したので、副島式部少輔、中野清明、島原大学、松田弥右衛門の活躍で下し、兵を増やした。

八方ヶ嶽城主の赤星統家が抵抗したので、信昌は家臣の下村生運を遣わして説かせた。生運必死の説得により、なんとか統家も応じ、十歳になる新六という息子を人質に出すことになった。

肥後の大半を制した信昌らは意気揚々と帰途に就いた。肥後は独立独歩の強い国人衆が乱立する国で、多数の兵を率いる大名が存在しなかったことが功を奏した。

十一月には蒲池鑑廣も降伏して筑後を平定。隆信は三ヵ国を支配する大名になった。

二

天正八年（一五八〇）が明け、諸将は参賀の挨拶のために須古城に登った。隠居とは名ばかりで依然として実権は隆信が握っていた。

「昨年、皆よう働いた。お陰で版図も広がり、家臣も増えた。今年も同様に広げていくつもりじゃ。というのも島津が北に進んでおる。いずれ雌雄を決することになろう。皆もそのつもりでおるように」

隆信は年賀の所信表明ののち、信昌に三瀦郡の酒見城への移動を命じた。

「承知致しました」

筑後の支配を確実にするためであることは明白。信昌は二つ返事で応じた。

隆信が危惧したのは、前年活躍した蒲池鎮漣が登城しなかったからである。

（よもや、この期におよび返り忠をするとは思えぬが）

懸念しながら信昌は酒見城に移った。妻は人質なので佐嘉の城下に住んでいた。

酒見城は、城とは名ばかりの館のような平城であった。周囲は湿地で攻められにくくはあるが、西を流れる花宗川を外堀とし、同川から水を堀に引き込んでいるばかりなので、なんとも脆弱である。

「すぐに普請させますか」

家老格の下村生運が問う。茶の心得があり、信昌は称賛している。

「いや、この城で敵を迎え打つ気はない。ここは、あくまでも佐嘉の出城じゃ。いずれまた移動を命じられよう。風雨が凌げればそれでよい。それよりも民部大輔（蒲池鎮漣）がこと。よもや島津に鼻薬を嗅がされたとは思えぬが、正月の挨拶にも来ぬ。誰ぞ遣わして様子を探らせよ」

使者は柳川城に向かうものの、蒲池鎮漣は病と称して姿を見せず、弟の統春が応対して、その旨を伝えるばかりであった。

「左様か」

疑念は深まるばかり。信昌は蒲池鎮漣の叔父である田尻鑑種に探りを入れた。

数日後、田尻鑑種の家臣が酒見城を訪れた。

「民部大輔殿が申すには、これまで龍造寺の先鋒として働いた民部大輔と、降伏した志摩守（蒲池鑑廣）を同格に扱い、さらに恩賞はなし。小田一族への仕打ちなど鑑みれば、こののち使い減らしにされた挙げ句、気に喰わぬという理由で斬られかねぬ、ということにございます」

耳の痛いことである。敵を攻め滅ぼせば、その所領が手に入り、恩賞を分け与えることができる反面、歳月を費やし、龍造寺家の家臣が死ぬ。さらに敵の恨みも買って仕置にも時がかかるので、和睦政策を説き、味方を増やし版図を広げるよう隆信に説いたのは信昌である。ただ、敵対していた国人の本領を安堵すれば龍造寺家の所領は増えないので、恩賞を与えられない。

「それで沈みかかっておる大友に帰参するというのか」

「大友ではなく島津のようにございます」

「島津か……。確かに島津は精強やもしれぬが、柳川まで後詰を送れるとは思えぬが」

とは言うものの、既に島津勢は日向の大半を制圧し、豊後の国境に迫っている。肥後の南も支配下に置いている。龍造寺勢が肥後で衝突するのは時間の問題かもしれない。

（民部大輔の返り忠で我らは厳しい状況に立たされるやもしれぬな）

島津氏とはいずれ雌雄を決することになると信昌は思っていたが、予想よりも展開が早いので焦りを覚えた。

信昌は引き続き蒲池鎮漣の説得を行わせながら、自身は須古城に登った。

「島津の動きは思いのほか早いようにございます。島津と戦うには肥後一国を麾下とし、筑前、豊前をも配下に置き、大友と和睦して二方から仕寄るのがよいかと存じます」

今の龍造寺家ならば二方面作戦がとれると信昌は踏んだ。

「よかろう。肥後には鎮賢（しげもと）を遣わすので、そちが補佐せよ。筑前には儂が向かう」

危機意識が伝わったようで、隆信は信昌の意見を受け入れた。

結局、蒲池鎮漣は信昌の要請を受け入れなかった。

三月初旬、隆信は鎮賢を大将として一万三千の軍勢を柳川城に差し向けた。

先陣は内田兼能、信昌は酒見城から三瀦衆を率いて参じ、田尻鑑種は三池、山門衆を集めて出陣し、山下の蒲池鑑廣、西牟田の西牟田鎮豊らの筑後衆、肥前からは新たに龍造寺家晴、安住家能、横岳家実（よこだけいえざね）、神代長良らが加わり、二万の軍勢となって三月十三日に包囲した。

柳川城は有明海に注ぐ矢部川の支流、沖端川や塩塚川などによって形成された湿地帯の中心に築かれた平城で、一里四方は沼地のような地形である。のちに立花（たちばな）氏が普請し直したものほど堅固な城ではないが、簡単には近寄れる城ではなかった。

それでも蒲池鎮漣は闘志満々。東の搦手の水辺には乱杭（らんぐい）を打ち込み、城への道には逆茂木（さかもぎ）を並べ、兵が乗れる舟を浮かべ、北の大手には大木戸を構え、三千ほどの兵とともに寄手を待ち受けた。

信昌は城から一里（約四キロ）ほど東の久末（ひさすえ）に陣を布いた。

（判っていたことじゃが、この城は簡単には落ちぬ）

以前、見ているので十分に把握しているが、堅固だからといって傍観しているわけにもいかない。信昌は鎮賢に告げて、攻撃命令を出させた。

龍造寺勢は前進を試みるが、湿地の中で迫るのは容易なことではない。城へ通じる四方の道を二列になって進むと、城方は待ってましたと集中的に矢玉を浴びせてくる。竹束を前にしても、四半刻もすれば竹を縛る縄が切れて役に立たない。湿地に足を踏み入れると、泥濘にはまって歩くこともままならない。そこを狙い撃ちにされて死傷者を続出させた。

「湿地の城じゃ。水の手を切ることはできぬ。敵の矢玉と兵糧が尽きるのを待つしかあるまい」

柳川城を攻めてみて、改めて城が固いことを認識し、信昌は兵糧攻めをすることにした。ただ、囲んでいるだけではなく、舟を多数集め、これに平板を乗せて舟橋のようにし、その上から弓、鉄砲の攻撃を続けた。

城攻めが難航していることを知り、三月下旬、隆信から肥後に進めという命令が出された。

「致し方ありませんな」

四月九日、信昌は鎮賢に納得させ、三千の兵を柳川に残し、兵を南に進めた。

十日、信昌らは国境を越えてすぐの肥後玉名郡の大津山に、翌十一日には山鹿に着陣すると、肥前勝尾城主・筑紫鎮恒（のちの廣門）の名代として弟の筑紫晴門（のちの春門）、梅尾城主の小代宗禅、隈府城主の隈部親永、大津山城主の大津山家稜らが参じたので三万に膨れあがった。ところが、隈部城主の赤星親隆が城に籠って敵対心をあらわにした。

「されば仕寄るしかないの」

鎮賢を山鹿に置き、信昌は二万の軍勢を率いて隈部城に向かった。守山城あるいは雲上城とも呼ばれている隈部城は、菊地集落の北東にある城山（標高百十メートル）の山腹に築かれた山城で、堀切、土塁、空堀、石垣に守られた堅固な造りをしている。城に籠る兵は四百ほど。

赤星親隆は城へ通ずる山道に逆茂木を置いて差し止め、寄手が近づくと火矢を放って対抗した。

「西に廻れ」

南から迫る信昌は家老格の藤島生益に命じて、一部の兵を迂回させた。

藤島生益らが城の西に達すると、城兵もこれに備えねばならず、大手の兵が減った。

「そういうことじゃな」

城兵が少ないことに納得した信昌は東や北にも兵を廻し、茂みを掻き分け、足を滑らせながらも急傾斜を登らせて城に接近させると、さらに南の兵が減った。

「敵は寡勢じゃ。一気に蹴散らせ！」

信昌は獅子吼し、本格的に城攻めを始めた。堤治部左衛門らは竹束を前に前進し、矢玉を放ちながら逆茂木を鋸で切断して城に接近。城兵が火矢を放つと、それを逆に射返し、大手門に突き立てた。分厚い城門を炎が呑み込んでいくと、門櫓の上に立つ兵は後退を余儀無くされた。

四半刻で城門は炎上し、脆くなっていた。信昌はすかさず丸太を持つ屈強な兵でぶちかましを行うと、蝶番も閂も外れ、なんなく大手門を突破することができた。

「敵じゃ。追い払え！」

親隆の大叔父の親規が叫び、城兵は殺到するが衆寡敵せず、寄手は瞬く間に三ノ丸、二ノ丸を落とし、本丸に迫った。この段階で龍造寺勢は三百余を討ち取っている。

残すは本丸のみ。信昌は焦らず、降伏勧告を行うが城内からの返答はなかった。

「刑部大輔（赤星親隆）は城を枕に討ち死に致すつもりか」

全滅させるには忍びないので、信昌は兵を休めながら様子を窺った。

十五日、甲斐宗運、赤星親隆の叔父の合志親為、城親賢、赤星統家、相良義陽、そのほか阿蘇大宮司惟種、志岐鎮経などの肥後衆も参じ、寄手は増えるばかりであった。

信昌は余裕の体であり、赤星親隆の降伏を待つが、我慢にも限界があった。

「もはや致し方ないの」

二十一日、諦めた信昌は総攻めの下知を下した。赤星親隆は島津勢の後詰を待っていたのかもしれないが、ついに来なかった。親隆は諦めたのか、本丸の城門を開いて打って出たのちに城門を閉ざし、本丸に火をかけた。

「島津への忠義か。武士の誉れやもしれぬが、そこまでする必要があろうか。城兵が不憫よな」

立ち上る火柱と黒煙を眺め、なんともやるせない気持にかられた。

ところが、本丸に火を放った赤星親隆は、北東に位置する合志の山中に落ちて隠れた。本丸の中の女、子供は煙に巻かれて倒れ、苦しさのあまり湟溝（こうこう）に身を投げて命を失う者も数多（あまた）いた。城は陥落した。

「この城は我が旧城にて、深く所望致したく存じます」

隈部親永が申し出た。

「よかろう」

預けておくのも政の一つ。謀叛を起こされるよりもましと信昌は判断した。

二十二日、隈部城の落城を知り、内村城の内空閑鎮房（うちのこがしげふさ）が降伏してきたので、信昌は認めた。さらに南進しようとしたところ、隆信から戻るように命じられたので、肥後の高瀬に龍造寺家晴、信時を、小代城に土肥家実を置き、さらに肥後の国人衆に島津氏へ警戒するよう指示を出し、肥後を後にした。

龍造寺軍の侵攻に対し、豊後の大友宗麟は臼杵鎮富（うすきしげとみ）と小佐井鑑直（こざいあきなお）を筑前の安楽平（あらひら）（荒平）城に入れ、龍造寺方の内野（うちの）、飯盛（いいもり）、飯場（いいば）を攻めようとしていた。

　そこで隆信は小河信俊、納富信理らを先陣に弟の龍造寺信周を大将に任命して筑前に進めさせた。龍造寺軍は筑前の糸島、肥前の北山、筑前の岩間から安楽平城に向かった。

　元来、筑前は大友氏と大内氏が、大内氏ののちは毛利氏が争っていた国であるが、耳川合戦ののち大友氏の力は衰えたので、毛利氏が支配してもよさそうであるが、織田信長の台頭でそれどころではなくなり、全力を東に向けざるをえなくなっていた。龍造寺氏にすれば幸運である。

　安楽平城は荒平山（標高約三百九十五メートル）に築かれた山城で、山頂には石垣が、ほかは堀切と土塁に守られていた。龍造寺軍は攻めるが、簡単に攻略できなかった。

　佐嘉城には隆信がいた。

「ようやった」

　鎮賢が大将の重責を果たし、隆信は満面の笑みを浮かべて労った。

「さすが飛驒守じゃ。頼りになる」

「忝うございます。某をお呼びになった理由は、筑前ですか」

「察しがいいの。秋月（種実）が国人衆を纏めておるゆえ、安楽平、鷲ヶ岳城を落とせば、あとは宝満城と立花城のみ。筑前を手に入れられるや否やは、こたびの戦にかかっておる」

　熱く隆信は主張する。

「承知致しました。すぐ発ちます」

「折りを見て儂も向かう」

隆信の力の入れようが窺える。信昌も意気込みを感じた。

正室の彦鶴が身重なので気掛かりではあるが、龍造寺家のため、信昌は戦塵を落とす間もなく佐嘉を出立した。肥前街道を北上し、隆信の指示どおり、国境から一里半（約六キロ）ほどの地にある岩門城に入った。同城は筑前の奥深くに進むための要衝である。

信昌は暫し岩門城に留まっていた。宝満、立花両城からの後詰があれば、その軍勢の横腹を突くための遊軍でもあった。宝満城の高橋紹運と立花城の立花道雪は戦上手、信昌の手を読んでいるので、そう簡単には引っ掛からない。ただ、衰退の途を辿る大友麾下の国人衆としては、野戦で戦うには兵が少なすぎるという事情もあった。

六月の下旬になっても安楽平は落ちない。焦れた隆信も岩門城にやってきた。

「そちの出番のようじゃ」

「有り難き仕合わせ」

信昌も早く筑前を平定して戻り、彦鶴に会いたい。勇んで岩門城を発った。

安楽平城は本丸のほか二ノ丸、出丸を備えた典型的な山城で石塁、土塁、堀切に守られていた。登り口は南北からの細い道で周囲の傾斜は急で登るのは困難であった。

南の麓、日吉神社に本陣が布かれている。信昌が入ると龍造寺信周らは功の横取りをされると顔を顰めた。

「そう毛嫌いせんでもよかろう。儂は助言するのみで、あくまでも城を攻めるのは貴殿らじゃ」

安心させた信昌は改まる。

「これまで貴殿らは常道の仕寄り方をしていた。それゆえ一部を割いて奇襲を行い、一番仕寄りにくい地から攻めてはいかがか」

「一番仕寄りにくい地、よもや乾（北西）か？」

まさか、といった表情で龍造寺信周が問う。

「よもやでござる。絶対に仕寄ってこぬところに敵を見れば城兵は焦り、乾に兵を集めましょう。寄手はなにをしてくるか判らぬという恐ろしさを植え付けられ、ほかの場所が手薄になる。さすれば本来のところから突破できましょう」

「陽動か。よかろう。早速、心得のある者を乾から仕寄らせよう」

七月七日、納得した龍造寺信周は十数名の身軽な者と、下から支援する兵三百を北西に配置した。選りすぐりの者たちは忍びのごとく急傾斜をよじ登っていく。

「敵じゃ。敵が乾にもおるぞ」

城兵は今まで攻めてこなかった方向に敵を発見し、慌てて排除にかかる。弓、鉄砲を放ち、石を投げ、岩を落とし、糞尿を撒く。お陰で北東や南の攻め口が緩くなった。

寄手はここぞとばかりに矢玉を放って攻め立て、遂に出丸を崩し、二ノ丸に突入。空閑可進入道が小佐井鑑直を生け捕りにした。

本丸でこれを知った臼杵鎮富は降伏を申し出てきたので、信昌はこれを許し、安楽平城は落城した。

すぐさま信昌は小佐井鑑直、臼杵鎮富を先鋒として近くの鷲ヶ岳城に兵を向けると、城主の大津留（おおつる）鎮正（しげまさ）も降伏したので信昌は許可した。

残るは高橋紹運と立花道雪だけになった。信昌は隆信を博多に迎え、評議を開いた。

「高橋、立花の二将は大友家の中で一、二を争う戦上手。二将の城を落とそうとすれば、城兵の倍する手負いを覚悟せねばならぬかと存ずる」

長年戦ってきた筑紫鎮恒がしみじみと言う。

「それほどの武将なれば、大友家への忠義も厚く、我らを素通りさせまい」

隆信は首を捻る。

「今の大友に忠節を尽くすとは思えませぬ。某に和睦の話をさせて戴けて下さい」

「よかろう」

早く筑前を纏め、豊前に侵攻したい隆信は頷いた。

筑紫鎮恒が両将に和議を持ちかけると、二人は応じた。所領分けは東北六郡が大友氏、西南九郡が龍造寺氏で纏まった。さらに隆信が立花道雪にマッコウ鯨から採取された龍涎香（りゅうぜんこう）二百斤と反物を贈り、豊前への通行を申し出ると、十九日、道雪は認める書状を送ってきた。

「されば豊前を平らげる」

隆信は弟の信周を大将として豊前に兵を進めさせると、大友麾下の国人衆は続々と膝を屈し、一矢を放つことなく同国を制圧した。

八月二十八日、隆信は島津家の重臣・伊集院忠棟（いじゅういんただむね）に対し、肥後の八代で相良義陽と争っているようだが、隆信は肥後の大半を制したので援軍を送ろうか、と牽制し、さらに一緒に大友氏を討とうと協定を結ぶ提案をした。

というのも龍造寺氏に臣下の礼をとる肥後の城親賢であるが、八月十二日、伊集院忠棟に対して忠節を尽くす書状を送り、早く肥後に援軍を送るように懇願している。版図は広がったものの、支配体制はお世辞にも万全と呼べるものではなかった。

十一月には田尻鑑種の説得で蒲池鎮漣は和睦に応じ、隆信の娘（養女とも）の玉鶴を鎮漣の後妻として嫁がせることによって和議が成立した。

一国支配は肥前、筑後、豊前であるが、筑前と肥後の大半も支配下に置いていることにより、壱岐、対馬を合わせ、隆信は五州二島の太守と呼ばれるようになった。

帰国した信昌には褒美が待っていた。

「お方、でかしたぞ。これで鍋島の家も安泰じゃ」

よく乳を呑む男子を目にし、信昌はこれ以上ないほど顔を綻ばせて喜んだ。

四十三歳にして得た男子は伊勢松（いせまつ）（伊平太（いへいた））と名づけられた。のちの勝茂である。

三

五州二島の太守になった隆信は、改めて佐嘉の体制を決めた。名目上の当主は嫡男の鎮賢。後見役は信昌の父の清房、補佐は叔父の信周、国相（国家老）は家就と納富信景。信昌は隆信付として酒見城でまだ不安定な筑後の支配を任された。

領地配分も定められた。信昌は五百三十町（五千三百石）。

主だった龍造寺家臣では隆信の次男の江上家種が一千七百七町、三男の後藤家信が一千三百町、龍造寺家晴が一千五百七十町、龍造寺長信が八百七十町、馬場鑑周が七百町。

信昌の働きぶりから鑑みれば、決して多い所領ではない。

因みに国人衆では波多鎮信が七千町、松浦久信が二千町、大村長久が二千町。肥前以外では蒲池鎮漣が一万二千町、蒲池鑑廣が八千六百町、田尻鑑種が一千六百町、赤星統家が三千町、城親冬が三千町、秋月種実が五千町である。

興味深いのはこの時の領地配分覚では高橋紹運が一千町、立花道雪が五千町、立花統虎（のちの宗茂）が五千町と記されていることである。統虎は高橋紹運の実子で、道雪の養子となった武将である。隆信は高橋、立花両家と和睦したので麾下という認識なのかもしれない。実際はまだ大友氏の家臣である。

隆信と和睦したばかりの蒲池鎮漣の許に、十二月十八日、島津家の重臣・伊集院忠棟からの書状が届き、支援する旨が記されていた。

喜んだ蒲池鎮漣は伊集院忠棟の書状の写しを西牟田鎮豊に見せ、共に龍造寺氏からの離反を呼び掛けた。

島津の兵はまだ肥後の南端で、日向も一国支配はできていない。悩んだ西牟田鎮豊であるが、蒲池鎮漣が謀叛の準備をしていることを信昌に伝えたのは天正九年（一五八一）の春であった。

急遽、信昌は須古城に登城した。

「近くにいながら、民部大輔のことを摑めず、お詫びのしようもございません」

信昌は両手をついて頭を下げた。

「蜂起の前に摑めたのじゃ、詫びる必要はない。問題はこれからじゃの」

鷹揚に隆信は言うが、扇子で何度も脇息を叩いているので憤懣に満ちているのは明らかである。

「下知あらば先陣を賜りとうござるが、柳川城は難攻不落の堅城ゆえ、その旨、承知して戴きとうござる」

自分に命じられそうなので田尻鑑種は先に困難であることを申し出た。

「城に籠られては迷惑ゆえ、誘(おび)き出して首を刎ねるべきでございましょう」

隆信の弟の信周が謀を口にする。隆信は小さく頷いたので、満更ではなさそうである。

（もし、まこと民部大輔が返り忠を致せば、再び難攻不落の柳川城に仕寄らねばならぬか。当然、酒見の城を任されている儂は先陣となる。相当の手負いを覚悟せねばならぬの。説得が無理とあらば、謀もやむを得ぬか。されど、龍造寺家は二代に亘り、蒲池には恩があろう。これを無にすれば諸将の心が離れ、あちこちで離反され、再び出陣を繰り返さねばならなくなる。なんとか平穏に収める術はあるまいか）

　信昌は深い溜息を吐いた。

　五月二十日、隆信は田原尚明、秀島源兵衛を柳川城に派遣して、蒲池鎮漣を宴席に誘ったが、鎮漣は隆信を信用せず、病と称して会わなかった。

　仕方なく田原尚明らは蒲池鎮漣の正室の玉鶴と兄の鎮久に誓紙を差し出して、身の安全を保証するので須古に来るように懇願した。

　玉鶴は父の性格を良く知るので須古行きを止めたが、鎮久は田原尚明らの言葉を信じて勧めた。それでも蒲池鎮漣は拒んだので隆信は大村純忠に斡旋を頼み、贈物などをして鎮漣を信用させた。

　二十五日、蒲池鎮漣は鎮久ともども三百余人の家臣を率いて柳川城を出立すると、鎮漣と同族で堀切城主の大木知光が駆けつけた。

「弓箭の最中に他国に赴くなど言語道断。不慮が起きれば一族の瑕瑾となりましょう。思いとどまられよ」

「貴殿の申すことは尤もなれど、おめおめ引き返すのも見苦しき振るまい。命を失う時は、居城にあっても逃げられぬが、運があれば剣戟刀杖の中でも助かろう」

蒲池鎮漣は大木知光に感謝の意を示し、佐嘉に向かった。

同日、佐嘉城に到着し、田原尚明、秀島源兵衛の案内で鎮賢と対面。鎮賢は山海の珍味を並べて持て成した。信昌も同席して饗応した。

酒宴ののち蒲池鎮漣は鎮久と相談し、鎮久が信昌に問う。

「謀ではござるまいの」

「企てておれば、すでに城に打ち入り、貴殿らに兵を向けておる。安心なされよ」

信昌はなに喰わぬ顔で答えた。

その日、蒲池鎮漣ら一行は佐嘉城下の本行寺（ほんぎょうじ）を宿所とし、二十七日には隆信から贈られた酒肴で宴（うたげ）を開いた。翌日も宴は続く。

二十九日の朝、蒲池鎮漣らは須古に向かって本行寺を出発。一行は鎮賢に挨拶をするため寺から六町（約六百五十メートル）ほど東に進み与賀（よか）馬場に達した時、小河信俊、徳島長房ら武装した二千の兵が包囲した。鎮漣らは小袖、袴の平服である。

「柳川で思案していたとおりであった。これは御辺の勧めによって謀に落ちたか」

蒲池鎮漣は兄の鎮久に対し、奥歯を嚙み締めるように言い放った。

「この期に及び、反論する言葉はない。決して二心がないことを見よ」

蒲池鎮久は与賀大明神の鳥居の前で馬頭を西に向けた。

「汚き龍造寺の仕業かな。おのれ七生（しちしょう）祟ってくれる」

獅子吼した蒲池鎮久は神社の中に入り、家臣から弓を受け取ると二、三矢射て屋根に登った。小河信俊の兵が殺到する。信昌の使者として堤治部左衛門が小河勢に割り入り、矢文を放った。

「我が主からの文でござる。返答を」

大明神の屋根を見上げ、堤治部左衛門は問う。

文を読んだ蒲池鎮久は暫し思案したのちに屋根を飛び下りて小河信俊の家臣と戦ったのち、堤治部左衛門に斬られて生涯を閉じた。斬られるために突進したようであった。

文には蒲池鎮久が抵抗せずに切腹すれば嫡子の熊千代に跡を継がせる、と書かれていた。

成長した熊千代は蒲池貞久と名乗り、龍造寺家晴に仕えるようになる。

ひとしきり戦った蒲池鎮漣は数人の供廻と近くの民家に逃げ込み、老婆に銭を渡して湯を沸かさせ、沐浴したのちに腹を切った。介錯をした家臣は、互いに刺し違えて主の後を追った。

騙し討ちと言うには犠牲者が多く、『九州治乱記』によれば討ち取られた蒲池の家臣は百七十三人、負傷し、捕らえられた者は数知れず。与賀(よか)合戦とも呼ばれる出来事であった。

蒲池鎮漣を誅伐したのち、隆信は柳川城の残党を討つために田尻鑑種を差し向けた。

柳川城は蒲池鎮漣の末弟の統春が守っていた。一緒に城にいた豊饒鎮連は、統春を伴って二十七町半（約三キロ）ほど南東に位置する塩塚城に退去している。主力は与賀で討ち取られ、留守居の兵は百余人しかおらず他の家臣は諸城に散らばっている。統春に抵抗する気はなく、開城勧告を受けると指示に従い、佐留垣（皿垣とも）城に移った。

柳川城を受け取った田尻鑑種に対し、隆信は塩塚城を攻撃するように命じた。

六月一日卯ノ刻（午前六時頃）、田尻鑑種は二千七百の兵で塩塚城を囲んだ。信昌も中野模明、水町信定ら六百余を率いて参じた。

塩塚城は湿地に囲まれた平城で水堀と土塁に守られていた。本来、豊饒鎮連は七百数十人の兵を動員できるが、半数ほどが四散しており、城に籠る者は柳川残党を含む五百人ほど。そのうち百余は女、子供である。城には蒲池鎮漣の母で田尻鑑種の姉の貞口院もいた。

「女、子供は城を出るように申されよ」

信昌は田尻鑑種を気遣って言う。同時に隆信の娘の玉鶴のことも心配していた。

田尻鑑種の勧告を受け、貞口院、先妻の娘の徳子は城を出たが、玉鶴は隆信に反抗してか城に留まっていた。さらに嫡子の宗虎丸も。次男の宗辰丸（蒲池鑑続）と三男の宮童丸（首藤経信）は密かに逃れている。

「なにゆえ玉鶴様は城を出られぬのじゃ？」

信昌は徳子の乳母に問う。

「御台様は宗虎丸様と城に残られると仰せでございました」

「民部大輔に殉じられるおつもりか」

玉鶴に子はいない。蒲池鎮漣の子は先妻の赤星統家の娘の子たちである。隆信の娘だけあって自尊心が強い。実家が敵でも屈する恥辱は受けぬつもりのようである。

徳子らは豊後に落ちていった。

勧告に従わないので田尻鑑種は苦渋の決断をし、攻撃命令を下した。多くの兵が残っていれば持ちこたえられたかもしれないが、寡勢なので守りきれない。しかも退去したところを攻められるとは思っていない。衆寡敵せずであった。

城兵と寄手はほぼ顔見知り。諦めた城兵たちは戦いながら供養を頼むと言い残して散っていった。二刻とかからずに落城した。城兵はほぼ全員戦死。女子たちは互いに胸を突いて逝った。

のちに塩塚城趾の近くには玉鶴らを供養する「百八人塚」が築かれた。

城を落とし、本来ならば喜ぶべきところであるが、田尻鑑種はやりきれぬといった表情で佇(たたず)んでいた。

「心中、お察し致す」

「奉公とは辛いものでござるの。貴殿はこのままで構わぬのか」

「当家は龍造寺家の親戚。主家を背くことはござらぬ。民部大輔は背いたゆえ、かような仕儀となり申した。戦のない世を作るため某は主を支え続けるつもりでござる」

信昌の言葉に田尻鑑種は返さなかった。

隆信の仕打ちは徹底している。田尻鑑種に佐留垣城を落とせという下知が出された。

信昌は引き続き、軍監兼後詰である。

「玉鶴様をお助けできなかったことへの罰であろうの」

信昌は下村生運にもらした。蒲池統春は玉鶴を柳川城から塩塚城に落ちさせた。隆信の許に送り届けることは可能であった。さらに田尻鑑種らは貞口院を助けても玉鶴を助けなかったので、命じたに違いない。鑑種らは落胆しながら配置についた。

佐留垣城は塩塚城から十五町（約一・六キロ）ほど南に位置する平城で、周囲は水田に囲まれていた。城兵は二百にも満たない。

蒲池統春は抵抗する気はなく、娘を人質として差し出して、許して欲しい、と懇願したが、隆信は許さず、改めて攻撃命令が出された。信昌がいるので田尻鑑種も命令には背けない。

六月三日卯ノ刻（午前六時頃）、総攻撃が開始された。戦意のなかった城兵であるが、追い込まれれば話は違う。武士として最期の抵抗を試みた。皆、死を覚悟しているので思いのほか手強い。窮鼠猫を嚙むがごとく寄手にも死傷者が続出した。ただ、それも長くは続かない。

半刻が過ぎると立場は逆転。田尻勢は念仏を唱えながら城兵を討ち取り、蒲池統春は自刃して果てた。これにより、下蒲池と言われる鑑久の男子は龍造寺領から消滅した。

統春の娘はのちに鍋島家の家臣に嫁ぐことになる。

「ご苦労でござった」

虚無感に浸り、罪の意識に苛まれているであろう田尻鑑種に信昌は労いの言葉をかけた。

「武士とは因果なものにござるの」

まったく嬉しそうではなかった。

（いずれこの男も龍造寺家を背くやもしれぬの）

自らの手で親戚を滅ぼさせられた恨みは簡単に消えるものではない。信昌にはそう感じられた。

三城を落城させた田尻鑑種には蒲池鎮漣の所領の四割程度が褒美として与えられた。お陰で鑑種は、そんなことまでして所領が欲しいのか、と周囲の国人衆から蔑まれるはめにもなった。

須古城の隆信は、下蒲池一族を滅ぼして満足の体である。

「分別も久しくすれば、ねまる」

と周囲に伝えたという。名案も実行の機会を失えば意味がない、というものである。疑わしきは殺せ、という乱世の格言を忠実に実行する隆信だからこそ、五州二島の太守になれたのかもしれない。

（我ら龍造寺の家臣は、こののちも返り忠が者に苦しめられるやもしれぬな）

信昌は変わらぬ隆信を危惧した。信昌は筑後を固めるため柳川城に入った。

四

背信者は続いているが、龍造寺家の所領が広がっているのは事実。薄氷を踏むような安定の中で筑後の監督を任されている信昌は視野を広げねばならなかった。

　これまで毛利家とは同盟を結び、うまくやってきたが、天下統一を目指す織田信長の軍勢が毛利麾下の城を次々に落とし、山陰では因幡（いなば）、山陽では播磨（はりま）まで手中に収め、さらに西に兵を進めている。この立て役者は信長の草履取りから身を起こした羽柴秀吉である。

（大友、島津は織田と通じているらしい。我らも乗り遅れてはならぬの）

　信昌は隆信と相談し、信昌の名前で秀吉に土肥家実と水上坊仁秀（みずかみぼうじんしゅう）を送り、南蛮帽を贈って誼を通じた。

　天正十年（一五八二）、鎮賢が久家を経て政家（まさいえ）と改名したことに伴い、信昌も信生（のぶなり）と改名した。

　島津家が肥後に兵を集めているので龍造寺家は警戒していた。

　六月下旬になり、驚くべき報せが届けられた。都で織田信長が家臣の惟任（これとう）（明智（あけち））光秀（みつひで）に討たれた。本能寺の変である。

　この時、秀吉は備中の高松城を水攻めにしていて、年内には毛利家を滅ぼし、翌年には九州に上陸するのではないかと噂され、龍造寺家としては決して他人事ではない状態だった。

「世の中、なにがあるか判らんな。これで毛利は救われたか」

また今までどおりの良好な関係を続けていこうとしていた矢先の七月下旬、秀吉からの書状が届けられた。

「昨年、両人から書状を受け、口上も聞かせてもらったことは有り難い。こちらは備中表において敵数城を攻め崩し、毛利の陣中に斬りかかって討ち果たしていたところ、京都に不慮の事があり、毛利領の五ヵ国をこちらに割くことで和睦して馬を納め、京都に上り、即時に斬り崩し、三千余を討ち取り、明智一類の首を刎ねて磔（はりつけ）にした。しかれば各々の国は前々どおり静謐に申し付けたので、九日に上洛し、近日、播磨に帰城する予定だ。特に使者には申し渡したので、別して疎意はない。南蛮帽を贈られたことは有り難い。このの ちも音信してほしい。以上である。

七月十一日　　　　秀吉（花押）

鍋島飛騨守殿　御返報」

この頃、秀吉が九州の大名に送った書状は信生にだけである。

同じ日、のちに五奉行となる増田長盛（ましたながもり）からも返書が届けられた。

「書状は大袈裟に書くものじゃが、即座に毛利と和睦し、瞬く間に兵を引き返して主の仇を討ったことは真実であろう。次の天下人は羽柴筑前守ということか。いかな武将なのかのう」

　当時の天下人とは五畿内を制する者を指す。信生は秀吉に惹かれた。

　秀吉からの書状が届けられてすぐの八月二日、信生は隆信とともに山門郡の瀬高上庄に鵜飼を兼ねての舟遊びに出向き、田尻鑑種と蒲池家恒を招いたところ、遊びにかこつけて鑑種を暗殺するという噂が流れた。

　八月十二日、蒲池家恒は誓紙を隆信に差し出して異心がない旨を明らかにした。その上で鑑種にも誓紙を差し出すように勧めたが鑑種は拒否。

「近年、隆信に従い、三池河内守（鎮実）をはじめ、甥の蒲池民部大輔（鎮漣）まで悉く討ち果たし、その上、肥後、筑後を案内して龍造寺の所領を広げることに貢献した。しかるに、この期に及び、いかなる讒言によって、返り忠を企てようというのか。未だ真実や否や計り難しとはなんたることか」

　怒髪衝天。田尻鑑種の怒りは、即座に隆信親子、信生に届けられ、三人は焦った。

「誰が左様なことを」

　なんらかの行き違いで田尻鑑種に背かれては一大事。

　十八日、隆信親子が、十九日には信生と小河信俊、納富家理がそれぞれ田尻鑑種に誓紙を差し出し、鑑種を疑っていないことを伝えた。

　これまでの所行から、田尻鑑種は隆信を信用せず、十月四日、ところどころを放火し、柳川に差し出している田尻鎮清の息子の千代松丸を捨てて鷹ノ尾城に立て籠った。さらに江ノ浦城には田尻了哲入道が、浜田城には田尻鎮富が、津留城には田尻鎮直が、堀切城には田尻鎮永を入れて周囲を固めた。それぞれの城は近く、外周を線で結べば一里半ほどに収まってしまうほどである。そのため、どこかの城に迫れば、背後を脅かされる恐れがあった。

「もはや説得の必要はない」

隆信は田尻鑑種の討伐を下知した。政家を大将にした二万の軍勢は筑後に向かう。

信生は筑後勢一万を集めて政家を迎え、諸城に目を向けず、鷹ノ尾城を囲んだ。

鷹ノ尾城は柳川城から一里半（約六キロ）ほど南東に位置し、矢部川の西の湿地帯の中心に築かれた平城である。同川を東の惣濠にして堀に水を引き込み、堅固な構えを見せている。

裨将（補佐）は後藤家信と信生。寄手は東を除く三方から攻めかかるが、城に通ずる細道には乱杙が打たれているので龍造寺兵は阻まれ、鉄砲で狙い撃ちにされるため簡単に迫ることはできなかった。

「田尻の五城はいずれも湿地の城。闇雲に仕寄れば手負いを出すばかり。この地を干涸びさせることはできぬゆえ、逆に水に浸してはいかがでしょうか」

「水に浸す？」

政家には信生の言っていることが理解できないようであった。

「都で右府（信長）の仇を討った羽柴筑前守は備中の高松城を水攻めにして落としたそ

うにございます。周囲に堤を築けば五城は全て水中に浸せます。さすれば降伏してまいりましょう。我らは諸城に砦を築き、焦らず、日にちをかけて落とすがよいかと存じます」

「承知した」

政家は信生に全幅の信頼を置いている。政家から家臣に堤と砦を築くように命じた。大々的な作業である。『九州治乱記』には「城廻り三里（約十二キロ）の間、堤を掘り続け、所々へ向城（付城）を取付け」とある。

龍造寺軍は城を取り囲むように堤を設け、各城に付城を築いた。一月ほどして矢部川、飯江川から水を引き込むと、周囲は湿地だけに、みるみるうちに水位が増し、城へ通じる道が水没した。

政家は船手に有馬旧臣の田雑(たてご)大隅守を命じ、一向海上の通路を閉鎖させた。それでも諸城の籠城兵は屈せず、城を固く守って防戦に努めた。

「さて、どれほど耐えることができようか」

水に浸る鷹ノ尾城を眺めて信生は言う。水位は膝ほどだが、小舟に荷を乗せなければ城への搬入はできない。いずれ兵糧は尽きる。敵は膝を屈してくると信生は見ていた。

信生は傍観しているだけではなく、攻撃にも転じた。

鍋島勢は城北の津留口に砦を築いて陣を布き、城に威嚇射撃を行うと、城兵は鬱屈したものを払拭しようと出撃してきた。

「敵は打って出てきた。討ち取れ！」

敵を見た木下四郎兵衛、中橋平兵衛、中橋勘兵衛は津留の砦を出ると湿地の中を進んで剣戟を響かせた。平兵衛は十三ヵ所に、勘兵衛は四ヵ所に疵を蒙ったものの敵の首を討ち取った。

鍋島勢のほか、小河、後藤勢も敵と干戈を交えるが、小競り合いに留まり、大きな戦に発展せず、遠間から矢玉を放つ戦いを繰り返した。

鷹ノ尾城は落ちる気配がないので、支城を攻めるべし、と後藤家信が江ノ浦城に兵を向けるが、田尻了哲率いる鉄砲衆の轟音に阻まれて寄せきれない。ほかの城も同じ状況であった。

「焦る必要はありません。威しておけば、必ず屈します」

悠々と構えているように信生は政家に告げるが、長期戦の様相に業を煮やし、隆信が訪れた。

「水攻めとは珍しき策よな。瀬高上庄では舟遊びができぬゆえ、鷹ノ尾でしておるのか」

隆信は皮肉を口にするが、周囲は笑える状況ではない。尻に火がついた寄手は連日、小舟や筏を並べて攻撃するが、城内からの矢玉を受け、死傷者を多く出して後退を余儀無くされた。

「やはり、日にちをかけて落とすしかないの」

短期決戦は無理だと判断し、隆信は須古に戻っていった。

龍造寺軍が攻めあぐねているので、戸原紹真は再び背信して辺春城に籠り、田尻鑑種と結んで大友軍を筑後に引き入れようとした。

「今、大友を手引きされては敵わぬ。これは抛ってはおけぬ」

十月十三日、政家は一万の兵に鷹ノ尾城群を監視させ、二万の兵を率いて辺春城に向かう。信生もこれに従った。辺春城は鷹ノ尾から四里ほど東に位置している。その日のうちに到着した。

「田尻のこともある。こたびは必ず落とすのじゃ」

嘗て龍造寺軍は辺春城を攻めたが、落とせなかった。いつになく信生も意気込んでいた。

大軍が攻め寄せると聞き、辺春城には数百の兵が籠っていた。

「敵は多勢でも寄せ集めじゃ。しかも大将は代替わりしたばかりの若造で戦を知らぬ。先陣の者どもに矢玉を浴びせれば、おののいて退くはず。臆することなく迎え撃て」

以前、追い返しているので戸原紹真には余裕があった。

龍造寺軍は三手に分かれて城に迫る。東の大手の先陣は小河信俊、二陣は信生、西の搦手は後藤家信、山の手となる南の先陣は筑後高良山座主の良寛、二陣は納富家理であった。

十四日の卯ノ下刻（午前七時頃）、三方の龍造寺軍は一同に鬨を上げて攻めかかった。

前進すると堀切に阻まれるが、寄手は竹束を際に並べ、青い壁を作って城方の矢玉を弾く。その背後から城兵の五倍の弓、鉄砲を放って圧倒。城兵は反撃を碌(ろく)にせず、土塁や石垣の内側に身を隠さなければならなかった。

「戯けどもめ。儂らがなんの行(てだて)もなしに仕寄ると思うてか」

自信を持って信生は言い放ち、引き金を絞らせ、弓弦を弾かせた。城兵が身を隠す間に城門に取りつき、丸太を持った屈強な兵が何度もぶち当てて、ついに打ち破った。

「かかれーっ！」

信生が獅子吼すると堤治部左衛門らがまっ先に城内に突入して城兵を突き伏せた。筑後衆の蒲池家恒、西牟田家親らも鍋島家臣に負けじと疾駆(しっく)して続く。

「押し返せ！　敵を城内に入れるでない！」

多勢に雪崩れ込まれたら落城は必至。戸原紹真は声を嗄(か)らして士卒に下知する。敵の侵入を許せば待ち受けるのは死しかない。城兵も必死で防戦に努め、嘗てないぐらいに奮戦するので、寄手にも多数の死傷者が出た。さすがに家臣の屍を山にして城を落とすわけにはいかない。

「城門を破ったゆえ、こたびはこれでよかろう」

信生は退き貝を吹かせ、兵を撤収させた。

十六日、寄手は再び辺春城を攻撃した。上蒲池家の蒲池鎮運(しげのり)と西牟田家親らを先手にした筑後衆は搦手に肉迫する。信生は七百の手勢を連れて周囲を巡検していたところ、搦手を攻めあぐねている筑後衆を目にした。

「すぐに仕寄られよ。引き延ばしておるのは、二心あってのことでござるか」

家臣の鹿江久明に言わせたところ、蒲池鎮運らは遮二無二攻めかかった。

信生は大手に押し詰めた。城方は破られた門を塞ぎ直していたので、江副兵部左衛門が一番に大櫓に張り付いて味方を招くと、三ヶ島又右衛門、北島治部丞、陣内相兵衛、石井五郎右衛門らが塀の上に手をかけた。

これを見た鴨打右衛門佐、江里口信恒、中野模明らも続き、ついに鍋島勢は塀を打ち破って城内に乗り入れた。こうなると衆寡敵せずということになるが、死を覚悟した城兵は手強く、三ヶ島又右衛門や石井五郎右衛門は負傷し、ほかの兵も無傷でいるのが難しいほど城兵は奮戦した。

味方に死傷者が続出したこともあり、背に腹は替えられない。

「この機を逃せば城は落ちぬ。火矢を放て！」

信生が下知すると武藤貞清、中野清明が火矢を射た。火はみるみるうちに櫓に広がっていく。

炎を目にした戸原紹真は本丸の裏側に廻り、そのまま姿を見せなくなった。かくして城は陥落。籠城した兵はほぼ全て討死した。

辺春城を落とした信生らは意気衝天の体で鷹ノ尾城の包囲に戻るが、依然として田尻鑑種は降伏する態度を示さない。

隆信と盟約を結ぶ筑前の秋月種実は、田尻鑑種と祖を同じくしているので、同族の滅亡を好まず、両家の仲介をしようとしたものの、鑑種が拒否したので頓挫に終わった。

これには信生も失意を覚えた。ならばと、力攻めでもして鷹ノ尾城を落とそうとしても犠牲が増えるだけなので、この策を取るわけにもいかない。

というのも、この十月、島原半島の有馬鎮貴（ありましげたか）は、龍造寺家の支配体制に綻びが出たと見るや、隆信に従う安富純泰（やすとみすみやす）の深江城を攻撃した。

さらに、島津家の島津忠平（ただひら）（のちの義弘）、伊集院忠棟が肥後で北上を始め、龍造寺方の肥後衆と戦いを始めたので、信生らは鷹ノ尾城に集中していられなくなった。

年末も近づき、隆信の命令もあり、信生は守りの兵を残し、政家ともども柳川城に引き上げた。

天正十一年（一五八三）正月、田尻鑑種からの要請を受け、島津家の伊集院忠次が三百の兵とともに手薄となった龍造寺軍の隙を突いて鷹ノ尾城に兵糧を運び込んだ。鑑種が歓喜したのは言うまでもない。

「左様か。田尻ともども討ち果たさねばの」

信生は軍勢を向けて退路を断とうとしたが、これを恐れて伊集院忠次らはすぐに帰途に就いた。

八方ヶ嶽城主の赤星統家が島津氏に呼応しようとした、という噂が流れ、報せは高瀬城の龍造寺家晴から隆信に届けられた。

隆信は信生のいる柳川城に来るよう赤星統家に命じたが、統家はすぐに腰を上げようとしなかった。統家は嫡子の新六を出しているので、たかを括っていたのかもしれない。

「直ちに備中守（赤星統家）を連れてまいれ」

隆信は激怒し、成松信勝と木下昌直を使者として八方ヶ嶽城に差し向けた。

成松信勝らが八方ヶ嶽城に赴くと赤星統家は鷹狩に出かけて留守にしていた。

「お屋形様の命令に背く気か。これでは応じぬやもしれぬな」

二人は相談し、赤星統家の妻と八歳になる娘を連れて柳川城に戻った。

「なに、備中守は居留守を使って、使者に会わなんだのか。許せぬ」

激昂した隆信は赤星統家の娘と先に人質になっていた十四歳の新六を磔にするように命じた。

「質を斬っては質の役目を果たすまい、恨みを買うばかりぞ」

信生は下村生運を須古に向かわせ、隆信を説得したが、聞き入れられなかった。

「勝屋殿がお屋形様に賛同なされておいででした」

「勝一軒か」

須古の家老を務めるのは勝屋勝一軒。このところ隆信は勝一軒の話ばかりに耳を傾けていた。

信生は先行きを憂えるが、隆信の下知が出された以上、刑を執行しなければならなかった。

「八方ヶ嶽は何処の方ですか」

磔に際し、新六は尋ねると、立ち会い人は「東」だと答えた。

「我おもて（面）、西には向そ赤星の、父母に後ろを見せじと思えば」

故郷の両親に、せめて最期だけは背中を見せず、両親の方を見ながら死んでいきたいという一首である。

これを聞いた者は、皆、涙を流したという。

（許せ。これで赤星は敵に廻るの）

罪の意識を感じながら、信生は肥後を危惧した。

案の定、濡れ衣で二人の子を失った赤星統家は憤激し、肥後の御船城にいた島津忠平の前に跪き、島津氏に臣下の礼をとるので、恨みを晴らす助力をして欲しいと懇願した。情に厚い忠平は涙を流して支援することを約束している。

新六の磔を聞いた肥後衆の心は龍造寺氏から離れていった。

赤星統家だけではなく筑後高良山の大祝部鏡山大明神安実も龍造寺氏を背くという噂が流れ、隆信は人質にしていた安実の妻を山の麓で磔にするように命じた。

「愚かな」

危機感を覚えた信生は須古に足を運び、隆信と向き合った。

「畏れながら、お屋形様は五ヵ国を従えたとはいえ、大友、島津との戦いの最中にございます。近隣の諸将は時に臨み、節に応じ、あるいは勝馬に乗り、負ける者を捨てるのが常。今、当家を背く者は日に日に増え、親しむ者は減っております。願わくば三綱（君臣、父子、夫婦）五常（仁、義、礼、智、信）を心がけられ、穏便の政務こそ必要でございます」

　信生は涙ながらに訴えた。

「そちの申すことは尤もなれど、返り忠が者を許しては家中の結束が乱れる。仁だけでは乱世は生きて行けぬ。安実に疾(やま)しい心がなければ、即座に罷(まか)り出て誓紙を出せばすむこと。できぬのは、企てが露見したからに違いない」

「僭越(せんえつ)ながら、それは近頃のお屋形様の行いを、恐れているゆえにございましょう」

「潔白なれば恐れることはない。背いているゆえ我が前に出られぬのじゃ。返り忠が者はただ斬るのみ。左様心得よ」

　不快感をあらわに言い放つと、隆信は巨体を揺すって部屋を出ていった。

　そのあとを勝屋勝一軒が続く。どうだ、お屋形様は儂の言いなりだ、とでもいいたげな顔であった。

（彼奴は龍造寺の元凶になりかねぬの。いっそ斬ってくれるか）

　身に熱いものが込み上がるが、家中で争えば近隣に伝わり、国人衆の離反が加速するかもしれない。ここはなんとか堪え、不憫であるが安実の妻を処刑することにした。

　美人で名高い妻を礫にされた安実は、隆信が滅するよう加持祈禱(かじきとう)を行ったという。

　長期の包囲はじわじわと田尻鑑種らを締め付けはじめており、七月十二日、鑑種は隆信に対して先非を改め、疎心なく龍造寺氏に忠節を尽くす旨の誓紙を差し出した。

「島津が鷹ノ尾城を去ったゆえ、闘志が失せているようにございますな」

誓紙を読んだ信生は政家に告げる。

隆信は誓紙を受けると、田尻鑑種に替え地を求めた。背信者を難攻不落の城に置いておくことはできない。本気で忠義を尽くす気があるか、試す意味もあった。

八月十七日、悩んでいた田尻鑑種の許に大友宗麟から、近日、支援の兵を送るという報せが届けられた。さらに島津氏も兵糧などを送るとも告げてきた。

「これで龍造寺に屈せずにすんだ」

九月下旬、喜んだ田尻鑑種は闘志を取り戻し、替え地を要求するならば和睦できぬと鑑種の方から断わり、再び城門を閉ざして対決姿勢をあらわにした。

「おのれ田尻奴(め)」

愚弄された政家は憤り、犠牲覚悟の城攻めを命じようとした時、隆信からの命令が届けられた。

肥後の御船に在する島津忠平は、隈本の城親賢らを取り込んで肥後南部の地固めをし、北進の様子を窺っていた。これを知った隆信は政家に出陣を下知。

十月、政家は信生とともに三万七千の兵を動員して肥後に向かった。信生らは玉名郡の南関(なんかん)城に入り、軍勢は周囲の玉名、合志、高瀬、山鹿に配置し、北進を阻止する構えを取った。

島津軍は城親賢の隈本城に入り、龍造寺軍に対した。

時折、物見どうしが遭遇して矢玉を放つ小競り合いが行われるものの、多勢が剣戟を響かせるような戦には発展しなかった。但し、信生は島津氏に滅ぼされた相良義陽や甲斐宗運の旧臣に働きかけ、背後で一揆を起こさせたので、忠平は北にだけ目を向けてはいられなくなった。

「田尻のこともあります。ここは一旦、和睦して国境を定め、田尻を討ったのち、改めて島津と雌雄を決してはいかがでしょうか」

信生は田尻鑑種が気掛かりでならず、進言すると政家は応じた。すぐに須古の隆信に確認をとると許可されたので、従軍していた筑前の秋月種実に仲介を行わせた。

島津氏は一揆に悩まされていたので、秋月種実の申し出を受け入れた。国境は高瀬川（現・菊池川）とし、北西を龍造寺氏、南東を島津氏とした。

政家は龍造寺家晴を南関城に、太田家豊、内田栄節入道を大野別府城に、横岳頼續、姉川信秀を横島城に配置して島津勢に備えさせ、柳川城に戻った。

島津忠平は八代に戻り、新納忠元を御船に置いた。

両家とも和睦が一時的であることは十分に承知している。

柳川に戻った信生と政家は、改めて鷹ノ尾城の包囲を増援した。

結果、大友氏からの支援はなかった。田尻鑑種は梯子を外されたような状況であるが、これまで城はびくともしなかったので、強気である。降伏する気はさらさらなかった。

「まずは、某が江ノ浦城を下します」

信生は鍋島勢を率いて江ノ浦の包囲軍に加わった。これまでは犠牲を最小限にして敵を降伏させることを思案していたが、力攻めも止む無しという方向に舵を切らねばならなかった。

龍造寺軍が肥後に出陣している間に堤を切られていたので水は退いていたものの、辺りは泥濘と化して、これまで同様に近寄るのは難しい状態であった。

「井楼(せいろう)を上げよ」

大手門のある城の東に二間(約三・六メートル)四方の急造の櫓を組ませた。高さは三間半(約六・三メートル)で周囲を竹束で囲んだので、敵の矢玉は防ぐことができる。弓衆、鉄砲衆は梯子で上に登り、城内の敵に向かって矢玉を浴びせた。

上から見下ろされることになった城兵は、城内にありながら楯や竹束に身を隠さなければならず、反撃する力が急速に落ちた。

「堀を埋めさせよ。なんでも構わぬゆえ放り込め」

櫓から釣瓶(つるべ)撃ちにしている最中、信生は命じると、家臣たちは周囲の民家を壊して堀に投げ込み、樹を切り倒して転がし込むと、堀を渡れそうになってきた。

城兵は阻止せんと大鉄砲を放ち、火矢を射て櫓を炎上させようと必死だ。

「我らの矢玉は無尽蔵。兵糧も捨てるほどあるぞ」

寄手は櫓の上から叫び、休む間もなく矢玉を放った。

籠城から五百余日。このたびは本気で城攻めをされているので城兵の士気も萎えてきた。

「そろそろじゃの」

信生は柳川城のすぐ東に位置する蒲船津(かまふなつ)城主の百武賢兼(ひゃくたけまさかね)を呼び、田尻了哲を説かせることにした。賢兼と了哲は旧知の間柄。江ノ浦城の兵糧は僅かしかない。田尻鑑種を説くので、城兵の命を助けることを条件に了哲は説得に応じた。

田尻了哲はその足で鷹ノ尾城に行き、田尻鑑種を説得。江ノ浦城が下ったので、ほかの城が下るのも時間の問題。鑑種は拒むわけにはいかず、不承不承(ふしょうぶしょう)和睦に応じた。

十一月二十七日、隆信、政家親子は田尻鑑種の息子の長松丸(ちょうまつまる)に起請文(きしょうもん)を与えた。和睦が決まった以上、背信者の鑑種は相手にしない方針である。

十二月二十五日には、隆信親子は長松丸に堪忍分として肥前の佐賀郡の巨勢(こせ)で二百町（二千石）の知行書を与えた。田尻一族は一千六百町（一万六千石）から大きく減封されたことになる。年明け田尻一族は悉く巨勢に移動した。背信の代償は大きいものとなった。

筑後に静謐が齎されたものの、肥後や肥前の島原半島は油断できぬ状況であった。

第六章　敗戦から前進

一

寒さも緩み、晴れた日には汗ばむ日も出てきた三月。信生は四歳になる嫡子の伊勢松を馬に乗せ佐嘉の浜にいた。目の前には干潟が広がり、海鳥が魚介類を啄んでいた。時折、佐嘉に戻って日に日に大きくなる伊勢松を見るのが信生の楽しみの一つである。

「お父」

信生の前に乗る伊勢松は沖を指差して問う。三つの山からなる雲仙岳の普賢岳が噴煙を上げていた。

「あれか、あれは島原じゃ。神仏が怒っているのかのう」

佐嘉の浜から南の島原半島まではおよそ七里（約二十八キロ）。晴れているとよく見える。

龍造寺家からの独立を果たそうと、有馬鎮貴は島津勢を引き入れて島原で対峙していた。政家はこれを押さえるために出陣し、信生は佐嘉を守るために柳川から戻っていたところである。

「申し上げます。お屋形様が島原に出陣するので用意を整えよとのことにございます」

城からの遣いが馬の脚下に跪き、急を報せた。

「なんと、左様なことをする時ではなかろう」

半月ほど前の二月中旬、肥後合志郡・竹迫城主の合志親為が島津氏に帰属したことを知って隆信は出陣。十三日に親為を下して凱旋した。無論、信生も同陣したが、隆信は体調が思わしくなく長く陣にいることができなかった。

「伊勢松、遠乗りはまた今度じゃ」

信生は馬脚を返して佐嘉城に戻る。

普段は穏やかな有明海であるが、どことなく海風が強くなったような気がした。

隆信の下知なので陣触れをし、信生は話し合いをするため須古城に向かった。

敵の敵は味方、のたとえにあるとおり、龍造寺氏からの独立を目指す有馬氏と、北に版図を広げようとする島津氏が手を結ぶのは自然の流れであり、必然であった。

一年半ほど前の天正十年（一五八二）十月、島津勢が北進したので隆信は北肥後に兵を集め、島津勢の侵攻を阻止させた。この時、隆信は麾下である島原半島周辺の武将にも出陣の命令を出したが、有馬鎮貴は参陣せず、名代として安富徳円を参じさせた。

肥後へ渡海した深江城主の安富純泰（すみやす）は横島城に入城。これを知った有馬鎮貴は島原に上陸した島津勢とともに深江城を攻撃。この時、純泰の正室が留守居をよく纏めて防戦に努めた。

居城の危機を知った安富純泰は急遽戻り、叔父の安富純俊（すみとし）や島原純豊（すみとよ）とともに有馬、島津勢と戦いきった。

天正十一年（一五八三）四月、安富純俊が裏切り、島津勢を自身の安徳（あんとく）城に入れ、深江城を攻めたてた。

報せを受けた隆信は筑後の安武家教（やすたけいえのり）、肥前三根（みね）の横岳家実（よこだけいえざね）のほか藤津衆を派遣し、安富純泰を助けた。

この戦いで島津勢の新納（にいろ）刑部少輔、蓑田平右馬助（みのだひょうまのすけ）らが討死すると、本国薩摩当主の島津義久は激怒し、弟の忠平に仇を討つように命じた。

天正十二年（一五八四）正月、忠平は島津家の老中（おとなじゅう）（重臣）の新納忠元（ただもと）を安徳城に入れ、近々後詰を送ることを約束した。

島津勢が島原半島に上陸していることを知った隆信は、神代貴茂（こうじろたかもち）らを深江城に入れて、また、船手衆の田雑（たてご）大隅守を出陣させて海上を警備させた。

両軍とも島原半島に兵を集め、緊張感が高まっているといった状況である。

須古城に入った信生は、すぐさま隆信の前に罷（まか）り出た。

「体のお加減はいかがにございますか」

このころ隆信は騎乗できぬほど太っていた。今の病気で言えば、糖尿、高血圧、痛風、おそらく内臓疾患にもかかり、長対陣に耐えられる体ではなかった。それでも酒はやめない。

「酒も美味いゆえ、大事ない。それゆえ島原に行く。島津が出てきたゆえ好機じゃ。討ち滅ぼして二度と刃向かえなくしてやる。有馬も首を刎ねるつもりじゃ」

背信続きであるが、そのつど下している。隆信は妙な自信を持っていた。

「畏れながら、お屋形様は五州の冠でござる。軽々しく腰を上げられるべきではありません。細作(さいさく)の調べによれば肥後の島津勢は一万にも及ばず。さすれば渡海する兵は三千がいいところ。こたびは我らに任せ、万が一、後れを取るようなことがあれば、その時こそ後詰遊ばれますよう」

騎乗できぬ身で、奇襲でも受けては一大事。信生は言葉を選んで諫(いさ)めた。

「大事ない。儂が本陣にあり、そちたちが前線に出れば三千の島津などひとひねりじゃ。政家の嫁は有馬の娘。鉾先が鈍るのも仕方あるまい。ゆえに、彼奴(あやつ)は佐嘉に置き、肥後の島津に睨みを利かせる。島原で敵を一蹴したのちは薩摩に打ち入り、桜島とやらを愛(め)でようではないか」

豪気に隆信は言ってのけた。もはや諫言(かんげん)は効かない。信生は両手をついて応じた。

隆信の言葉どおり、政家は佐嘉を守り、龍造寺信周、同家就、納富信景を補佐とした。

龍造寺勢よりも島津勢の行動は早かった。三月十三日、島津家久らを乗せた船が島原半島南の須川湊に到着した。有馬氏の日野江城から一里（約四キロ）ほど東になる。

島津氏の出自は諸説あり、通説では惟宗氏とされている。惟宗氏は平安時代に始まる氏族で、大陸からの渡来人の秦氏が、惟宗朝臣秦の姓を賜ってから同氏を称するようになったという。

惟宗氏は中央では明法家（律令の法律家）として栄え、やがて惟宗忠久の母・丹後局が源頼朝の乳母になった。

惟宗忠久は文治元年（一一八五）八月、島津荘下司に任命されたことで島津姓を名乗るようになり、建久八年（一一九七）、忠久は源頼朝から大隅、薩摩、のちに日向の守護に任じられた。

その後、同族争いや国人衆の台頭で三州は麻のように乱れ、漸く義久の代で悲願の三州の統一を果たし、さらに豊後と肥後の一部にまで勢力を拡大。今や九州は豊後府内の大友宗麟、肥前佐嘉の龍造寺隆信と三つ巴の争いをしている最中であった。

島津家久は島津四兄弟の末弟で、上三人の兄とは母が違う。そのせいか、最前線に送り込まれることが多く、戦いは全て勝利しているので戦の天才とまで言われていた。家久に続いて島津兵は続々と渡海し、三千ほどが島原の地を踏んだ。

三月十八日、隆信は二万八千の兵を率いて須古城を発った。龍王崎から船に乗り、翌十九日、島原半島最北端の神代に上陸し、寺中城に入った。

島原半島の東の海岸に沿って北から寺中（三会）城、森岳城、浜城、安徳城、深江城が並んでいる。このうち、寺中、浜、深江城は龍造寺方である。

　暫し寺中城に留まった隆信は二十三日の午後、先鋒を半里ほど進め、沖田畷と呼ばれる湿地の手前まで進めた。湿地の中央には馬が二頭並ぶのがやっとの広さの道があり、湿地の右（西）は普賢岳から連なる眉山の麓。湿地の左（東）は島原湾の浜となる。

　十町（約一キロ）先に、ちらちらと「十」文字の旗が見えた。島津勢のものである。既に有馬、島津軍は湿地の南に布陣していた。正面には大きな大城戸（町門）が設けられている。山側には丸尾砦が、浜側には森岳城が築かれていた。

「急造の砦など砂城も同じ。森岳城ともども一蹴し、一気に日野江城を抜くのじゃ」

　隆信は余裕の体で言ってのける。

「畏れながら、今少し探りを入れたほうがよいのではないですか？　島津は前線の敵は寡勢だと見せかけ、これを餌として誘い込み、袋叩きにする必殺の策、薩摩では〈釣り野伏せ〉と申すようですが、これで大友は耳川で大敗を喫したようにございます」

　慎重な信生は身を乗り出して諫める。

「この湿地の向こうに、二万数千を袋叩きにできる地があろうか。それに、敵は有馬を合わせても七千ほど。我らは四倍以上。袋叩きにされるのは敵のほうでござろう」

　今では隆信の腹臣となった勝屋勝一軒が信生の意見に反論する。

「田尻の鷹ノ尾城でもそうであったように、島津は危ういとなればすぐに兵を引き上げます。大友に勝利した島津が、破れることを承知で三千ほどしか兵を送らないとは思えませぬ。必ず裏があります。今少し探りを入れ、決戦の日を先延ばしにすべきです」

信生には大城戸を築いた島津勢の行動が気掛かりでならなかった。

「戦には勢いがあること、そちも知っていよう。敵を前に躊躇すれば、我らは寡勢相手に臆していると思われる。それに、大城戸は寡勢の象徴でもある。兵が少ないゆえ、敵はあのようなものを築いて我らを止め、味方の後詰を待っているのやもしれぬ」

五州二島の太守の主張は、確かに説得力はあった。

「仰せのとおりかと存じますが……」

「中央の先陣はそちに任すつもりじゃが、気乗りがせぬならば代えたほうがよいか」

主君からの言葉とはいえ、信生には屈辱的なことである。

「いえ、某が先陣を駆け、見事、敵将の首を刎ねて御覧に入れます」

武士として、そう言わざるをえなかった。

「さすが飛騨守。期待しておるぞ」

鷹揚に労った隆信は布陣を発表した。

中央道の先陣は鍋島信生、神代家良(くましろいえよし)らの五千。

中央道の二陣は倉町信俊、神代弾正忠のほか、中佐嘉衆、山内衆の五千。

西の山手道は小河信俊、納富家理、龍造寺康房のほか多久衆、上松浦衆の五千。

東の浜手道は江上家種、後藤家信のほか、江上衆、塚崎衆の五千。

中央道二陣の後方に隆信の本隊が五千。

後詰は鍋島信房、藤津衆ら三千。

皆はそれぞれの地に分かれて布陣し直した。夕暮れになって、物見の亥助が戻った。

「二日前に降った雨のせいか、湿地の水嵩は高いように見受けられます。浅深あり、深いところでは人の丈を超えましょう。葦が多いゆえ、伏兵を隠すこともできます」

「左様か。近頃、温いと申しても、ずっと水中に兵を浸けておくわけにもいくまい」

この三月二十三日はグレゴリウス暦では五月三日で、朝晩は上着が欲しいぐらいである。水中の伏兵は考えなくていいのではないかと信生は思う。

「敵陣に三町も近づくと、鉄砲が放たれます。届きませんが、警戒しております」

「なにか仕掛けがあるのか、あるいは、ただ寄手を近づかせたくないのか」

信生としても判断に迷う。

「大城戸の南は？」

「森岳城の城下のようにございます。それほど大きな町とは思えませぬ」

「左様か。引き続き、探りを入れよ。なにか新たなことを摑んだらすぐに戻れ」

些細なことが軍の敗北に繋がることは珍しくない。信生は改めて亥助に命じた。

冷静な判断材料の一つにしてもらおうと、信生は亥助から聞いたことを隆信に伝えた。

「どうも飛驒守殿は慎重というよりは臆病なのではありますまいか。あるいは島津を恐れすぎているご様子。一番の主力となる中道の先陣が、これでは抜けるものも抜けなくなりますぞ」

一緒に報せを聞いた勝屋勝一軒が隆信に言う。

「彼奴の慎重が、龍造寺を大きくしたが、確かにこたびは二の足を踏んでいるの」

「薩摩に進むおつもりならば、勢いは大事。陣替え致してはいかがでございましょう」

「一度、下知したことを、なんの失態もなく変えては、士気に係わろう」

大将として戦の前に家臣の闘志を削ぐことは避けたかった。

「戦いが始まってからの陣替えは困難にございます。攻めあぐねている時、島津の本軍が背後に現われれば、目も当てられません。勝てる時に勝つが常道でございます」

「左様のう」

「夜中の陣替えは混乱を招きますので、朝一番で下知されてはいかがでしょうか」

勝屋勝一軒の提案に隆信は頷いた。

「さすがお屋形様にございます」

阿諛(あゆ)を口にする勝屋勝一軒は肚裡(とり)で北叟笑(ほくそえ)む。中央道の先陣の信生が敵を破れば、ますます龍造寺家中において信生の評価が上がる。信生にとって代わりたい勝一軒としては決していいことではない。どうせならば、小河信俊や龍造寺康房ら信生の弟たちに戦功を上げさせ、勝一軒の判断によって勝利に導いたという形にしたい。このような実績を作っておけば、政家の代になっても、軍師として重用される。信俊らにも恩が売れ、鍋島一族に亀裂を入れられる。どうせ敵は四分の一。勝てる戦なのだから。

夜襲を警戒する陣でも、物音が小さくなる子(ね)ノ刻(午前零時頃)、再び亥助は敵陣に接近。十間（約十八メートル）まで近づいた時だった。

（なんと……）

島津方の陣を見て亥助は愕然とした。思わず声を出しそうになったほどである。

湿地と城下の間に幅一間（約一・八メートル）ほどの小川が流れ、腰ほどの水位があった。この小川から二間ほど南に二間幅の空堀があり、長さは東西十四町（約一・五キロ）に亘っていた。その南に五十間、三十間ごとに虎口を設け、丸太を使って格子状の馬防柵が築かれている。馬が体当たりをし、または丸太で突かれても倒れぬよう南に向かって斜めに添え木を固定していた。柵の湿地側には逆茂木と柴垣が並べられていた。

有馬、島津連合軍は森岳城と丸尾砦を繋ぐ細長い陣城を築いたことになる。

島津家久は上洛した時に、惟任（明智）光秀と昵懇となったことが日記の中に記されている。おそらくは天正三年（一五七五）、三河で行われた長篠、設楽原の戦いのことを聞き、取り入れたに違いない。勿論、そのような裏事情までは亥助には判らない。

（これは簡単には破れまい。早う殿〈信生〉に報せぬと）

即座に踵を返して戻ろうとした時、背後から数発の鉄砲が放たれ、道に突っ伏した。

亥助が信生の許に戻ることはなかった。

（亥助は戻らぬか。よもや捕らえられたか、斬られたのではなかろうの）

心配はするが、睡魔に襲われた。移動は思いのほか疲労するものである。緊張感も然り。周囲には民家も寺もないので、夜露は傘で防ぐ。信生は陣に筵を敷いて横になった。

二刻ほどして近習に起こされ、朝食の用意をさせた。まだ辺りは暗い。戦の前、陣での食事なので、豪勢なものではない。沸かした湯を味噌を入れた干飯にかけて粥にし、干魚や梅干とともに腹の中に掻き込んだ。干飯は炊いた飯を乾燥させたもの。現在のフリーズドライに近い。

腹を満たした時、辺りが白んできた。

「申し上げます。飛騨守様は山手道に移動しろとお屋形様からの下知にございます」

「なに！　されば中道の先陣は誰が務めるのじゃ？」

まさに寝耳に水。戦の直前の陣替えなど前代未聞。信生は声を荒らげた。

「ご舎弟の武蔵守（小河信俊）様らにございます」

「信俊が？　これはまことお屋形様の下知か？　勝一軒の指示ではなかろうの」

「仔細は定かではありませぬが、確かにお屋形様から命じられました」

信生の剣幕に圧されてか、使者は萎縮しながら答えた。

そこに小河信俊と龍造寺康房が訪れた。

「陣替えの命令で起こされました。よろしいのですか」

後詰が加わったわけでもなく、直前の陣替えをさせられるのは初めてのこと。誰でも疑念を抱き、不安を覚えるものである。

「おそらく勝一軒の愚案であろう。されど、お屋形様の口から出た以上、異議を唱えるわけにはいかぬ。速やかに陣替えして、法螺が鳴るのを待つしかない」

信生が言うと、小河信俊は納得できぬ、といった表情で首を縦に振る。

「中道はこたびの主戦の場。そちにとっては戦功を上げる好機じゃが、気をつけよ。物見が戻ってこぬ。なにかあるに違いない。決して無茶をするな。焦りは禁物ぞ」

「承知しました。大城戸と丸尾砦、いずれが早く落ちるのか、競争致しましょう」

真意は伝わっているのか、小河信俊は笑顔で告げると信生の陣から出ていった。

（彼奴は目敏(めざと)いゆえ、なにかあっても無事に逃れよう）

亥助の戻りを危惧しながら信生は配下に声をかけ、山手道に陣を替えた。

二

慌ただしい陣替えが終わった。空は青く晴れ渡り、時折、微風が吹く程度。普賢岳の煙は真直ぐ立ち上っていた。

鍋島の陣に真新しい黒糸威の具足を身に着けた若武者がいる。小刻みに体が震えていた。

「恐ろしいか」

信生が問う。

「左様なことはありませぬ。ただの武者震いです」

答えたのは十六歳になる鍋島平五郎家俊(いえとし)（のちの茂里(しげさと)）で、このたびが初陣となる。

家俊は信生の養子となった太郎五郎で、信生は実子の伊勢松が生まれても親子の縁を結んだままでいた。

「左様か。出陣前に臆することは決して悪いことではない。ただ、敵を目の前に縮み上がるのは悪しきこと。敵を前にしたら覚悟を決めて突け。危ういとなったら退け。初陣で生き延びる秘訣じゃ。経験を積めば周囲が見えてくる。それまでは死なんことじゃ」

「ご教授、忝うございます」

緊張した面持ちで家俊は答えた。信生にとっては微笑ましく見えた。

三月二十四日辰ノ刻（午前八時頃）、隆信の本陣で野太い法螺貝の音が鳴り響いた。これが各陣に伝わった。

「進め！」

信生は指揮棒を振り下ろし、堤治部左衛門を先頭に兵を進ませた。鍋島勢に続き、神代勢も踏み出した。神代家を継いだ家良は小河信俊の三男である。

山手道は茂みの中を縫うように進まねばならないので緩慢な速度であった。浜手道は砂地で足場が悪くて同じようなこと。中央道には障害がないので、円滑に進んだ。

有馬、島津連合軍の布陣は、東の森岳城に有馬鎮貴勢三千、中央に島津家久勢一千、新納忠元、伊集院忠棟勢一千、西の丸尾砦に山田有信、猿渡信光勢の一千、大城戸の前に赤星統家ら五十、日野江城に後詰の一千で合計七千五十。

連合軍が所有する鉄砲は一千挺余、対して龍造寺軍は三千挺を揃えての出陣であった。

先に敵と接触したのは、やはり中央道の小河信俊であった。

前方で龍造寺軍を待ち構える最前線に陣を布くのは、人質に出した子を殺害された赤星統家である。復讐心に満ちた統家は、怒りを現わすかのように全兵に赤備えの具足を着用させていた。

赤星勢は柵を越えて二町ほども北におり、小河信俊らが一町ほどに迫ると怒号する。

「新六の恨みじゃ。放て！」

途端に数発の轟音が響き、硝煙が散った。道が狭いので五人が横に並ぶのが精一杯である。

玉は小河勢の竹束に弾かれると、すかさず背後の弓衆が矢を放ち、その間に最初に放った鉄砲衆は後退して玉込めをし、二列目に控えていた鉄砲衆が身構える。

赤星統家は鉄砲と弓衆を使い、攻撃の手を緩めないように退いていく。

「敵は寡勢じゃ、蹴散らせ！」

小河信俊は大音声で命じ、数列並べた鉄砲で釣瓶撃ちにした。

竹束に身を隠しながら、赤星勢は時折反撃して後退する。赤星勢が大城戸まで一町ほどになった時、島津家久が采を振り下ろした。

刹那、湿地の中に隠れていた伏兵が十数人、中央道の左右から身を起こして矢玉を放った。沖田畷は見晴らしのいい湿地ではなく、葦が生えている地や、小さな茂みも、小丘もあるので潜むことは可能である。島津家久は配下を一刻以上も水中に浸らせる非情な武将でもあった。龍造寺軍は寡勢と侮るだけではなく、敵の調査を怠ったことになる。

島津の伏兵が放った矢玉は、細長く延びた軍勢の横腹を突き、死傷者が湿地の水飛沫を上げげた。

「伏兵じゃ。備えよ」

小河信俊は獅子吼するが、簡単に防衛態勢はとれない。その間にも湿地の島津兵は容赦なく引き金を絞り、弓弦を弾いた。小河勢の防衛が整うまで三十余名の犠牲がでた。

小河勢が反撃を開始すると逆に島津勢の伏兵は鮮血を噴いて葦に埋もれた。

「前へ！」

家臣が伏兵を討つため、湿地に踏み込もうとするのを止めさせ、大城戸に向けさせる。

赤星勢が柵の中に退くと、島津家久がこれまでよりも大きな声で下知を飛ばす。

伏兵は別働隊に牽制させた。

「放て！」

途端に百を超える鉄砲衆が身構え、一斉に轟音を響かせた。瞬時に辺りが硝煙で灰色に煙る。小河勢も反撃するが、道が狭いので十分の一程度しか返せない。小河勢は竹束で防御しているものの、あっという間に結っている縄が千切れ、竹はばらけて散った。遮るものがなくなり、小河勢は続々と撃ち抜かれて骸と化した。

「あと僅かじゃ。進め！」

龍造寺軍の先陣を任された小河信俊には意地がある。絶対に後退するわけにはいかない。それどころか味方は後から後から押してくるので足を止めれば、左右の湿地に押し出されてしまう。犠牲を顧みず前進するしかなかった。

「敵は案山子と同じじゃ。放ち倒せ」

　島津・有馬連合軍は躊躇なく火蓋を落とし、小河勢を屍に変える。

「今少しじゃ。今少しぞ」

　小河信俊は声を嗄らして怒号する。柵までは二十間（約三十六メートル）。後方から竹束が届くと前進。破壊されると死者が増える。この繰り返しで信俊は苛立った。

　一方、隆信は寡勢の連合軍など鎧袖（がいしゅう）一触が当たり前だと思っているが、軍勢はなかなか前進しない。柵を設けた細長い陣城を築いているとは知るよしもないので、先陣が鉄砲に苦戦していることに憤った。

「なかなか進まぬの。先陣の様子を見てまいれ」

　隆信は吉田清内（よしだせいない）を遣いとして小河信俊の許に向かわせた。

「先陣の面々は臆して進まざるか！　左様な者なれば、二手、三手が蹴散らして進ませる」

　小河信俊の許に達した吉田清内は隆信の言葉として持論を述べた。

「なんと、お屋形様は儂を臆病者と罵られるか！　皆の者、ここを死に場所と定めよ。突撃！」

　これまでの我慢の戦いを微塵も評価されない。小河信俊は激昂し、島津勢に向かって太刀を振り下ろした。

「お屋形様が、真実に？」

先陣の軍監を務めていた勝屋勝一軒も首を傾げた。

吉田清内の命令はほかの小河勢も聞いている。小河勢は前進するだけではなく、左右の湿地に足を踏み入れて柵を目指す。

「敵は広がった。好機じゃ。放て！」

散開すれば、討てる数も増える。連合軍は引き金を絞り、弓弦を弾いた。

小河勢は湿地の泥濘に足をとられて歩行もままならぬ。粘りつく泥に足を噛まれているところを狙い撃ちにされ、次々に泥中に埋まっていった。

「ええい、かくなる上は」

歯噛みした小河信俊は騎乗すると鐙を蹴り、泥を撥ね上げて中央道を疾駆する。信俊は家臣の屍を跨ぎ、小川を飛び越えたところで銃弾を浴び、駿馬を失った。

「おのれ」

小河信俊は手鑓を摑んで立ち上がり、空堀の前に達した。

「ここまでか……兄上、後を頼み……」

言いかけたところで鉄砲が十数発轟き、小河信俊は鮮血を噴きながら空堀に落ちた。

小河勢はほぼ全滅した。勝屋勝一軒も鉄砲を浴びて憤死した。

中央道と山手道はおよそ七町（約七百六十メートル）離れているので信生の位置からは目視できず、鉄砲音も聞こえない。従って小河信俊が討たれたことを知らなかった。

同じ頃、漸く悪路を通り、傾斜を登り、丸尾砦から一町ほどのところに達した。

丸尾砦は小山（標高百六十メートル）の上に石垣と空堀に守られた平山城である。砦には猿渡信光、與次郎親子らがいた。

「この砦を落とせば、敵の横腹を突ける。敵の陣城など砂城も同じ。心してかかれ」

信生は覇気ある声で命じ、配下を前進させた。

途端に砦から鉄砲が放たれる。鍋島勢は竹束で弾きながら砦に向かう。中央道のように湿地に囲まれた地ではないので小山を登っているが、泥濘に足をとられることはない。また一列に並ぶこともないので、多数保有する鉄砲を放ち返す。砦の鉄砲は二百数十。寄手は三倍以上である。

鍋島、神代勢は鉄砲、兵の多さを生かして前進し、小川を越えて砦に迫る。

「こんままでは危なか」

城将の猿渡信光は危機感を覚え、兵を砦から出撃させた。命知らずの薩摩隼人は白兵戦を得意とする。

「俺は村岡加右衛門じゃ。キェーッ！」

奇声ともいう声を発し、敵に向かって体ごとぶち当たるように突き入ってくる。

「儂が相手じゃ」

鍋島勢から馬渡賢齋が進み出て、村岡良珍と鑓を交える。互いに火花を散らし、傷を負いながら一進一退の攻防を繰り広げた。

神代勢の矢作純俊は薩摩勢の香西右馬助と戦い、激戦の末に討ち取った。

多勢を擁する鍋島、神代勢は戦闘に強い島津勢を押す。

「退くではなか」

猿渡與次郎は馬上から味方に活を入れる。

「儂と勝負じゃ」

騎乗する鍋島家俊は緊張や恐怖などを爆発させるように鐙を蹴り、猿渡與次郎に向かう。敵を斬る時は体ごとぶつかるつもりで踏み込め、と信生に教えられている家俊は、馬上ということもあり、思いきって接近したせいか、馬で体当たりをしてしまった。

「あっ」

二人は馬から転げ落ち、組み打ちのような形になった。互いの刀はもつれた時に失った。二人は何度も上下を入れ替えて揉み合った。そのうちに経験豊富な猿渡與次郎は上になり、鎧通しを抜いて家俊の首を掻こうとする。

「させるか」

鍋島家俊は籠手で鎧通しを受け、相手の頭に手を廻して引き付けると、歪んだ兜の前立てが目に入った。目は僅かな砂埃が入っただけで痛いもの。一瞬、猿渡與次郎の力が緩んだ。

すかさず家俊は体を回転させ、自身の鎧通しを抜くや猿渡與次郎の脇腹を抉った。

「うぐっ」

刺した手を捻ると、猿渡與次郎は呻きをもらして体は固まった。

「若殿、首じゃ」

従者の三伍が叫ぶと、家俊は鎧通しを引き抜いて猿渡與次郎の喉元を貫いた。與次郎は血を吐き、体を二度三度痙攣（ひきつら）せたのちに事切れた。

「見事じゃ平五郎」

養子の活躍を目にし、思わず信生は仮名を叫んだ。

「退け」

息子を討たれた猿渡信光は私恨を堪え、兵を撤収させた。

信生は島津勢を追わせる。丸尾砦の陣は龍造寺方が優位に戦っていた。


小河勢に続き納富家理勢もほぼ全滅し、龍造寺康房が前線で指揮を執っていた。小河、納富勢の屍で堀も周囲の湿地も埋まっている。康房勢はまさに仲間の屍を踏み越えて陣城に接近したので、多数保有する鉄砲が咆哮しだした。康房勢は次から次に湿地に足を踏み入れて引き金を引くと、連合軍の兵は血飛沫を上げて柵の中で倒れるようになった。

「打って出よ！　敵を蹴散らせ！」

危機意識を持った家久は鑓を摑むや、まっ先に飛び出し、龍造寺兵の鑓を弾いて胸元を抉った。これに配下も倣って出撃する。

「敵が出てきた。纏めて討ち取れ！」

康房は大音声で叫び、鑓衆を突撃させる。

「退け！」

龍造寺勢が接近すると家久は潮が引くように兵を柵の中に撤収させ、即座に弓、鉄砲を放たせて寄手を討ち払う。龍造寺勢の足が止まると、すかさず打って出て攪乱し、危うくなると柵の中に戻って轟音を響かせる。龍造寺勢に多数の鉄砲を使用させないように努めていた。

弟の小河信俊や納富家理が雄々しく討死しているので、康房は一歩も退かず、いくら配下が討たれても死兵によって押し切るつもりだ。無論、自身の死も覚悟の上である。

遂に康房の家臣が柵に手をかけた。大城戸を破るのも時間の問題である。

山手道、中央道で龍造寺軍は押し返し、浜手道も逆茂木を崩し、柴垣を破れそうであった。

四半刻（約三十分）後には敵の陣城は崩壊。この報せが隆信に届けられた。

「押し出せ」

大将自ら前進するように命じた。

「畏れながら戦は家臣にさせるべきでございます。お屋形様自らとは恐れ多し」

龍造寺四天王の一人・成松信勝（なりまつのぶかつ）が諫（いさ）めた。

「家臣が敵の陣城を打ち破り、家久の首を挙げるところを見るのじゃ。かような余興がほかにあろうか」

鷹揚に隆信が言うと、屋根のない戦輿が上がった。担ぎ手は六人。ゆっくり前進する。隆信が余裕の態度で、沖田畷の中ほどにまで達した時であった。

用意周到、家久は島原から五町（約五百四十メートル）ほど沖に浮かぶ鷹島に小早を二隻隠していた。陣城を破られそうになった家久は狼煙を上げ、船を出航させた。

小早には一門ずつ大筒（中型の半筒砲）が積まれており、カフル（アフリカ）人の一人が弾丸を込め、マラバル（インド）人が大筒に点火した。

午ノ刻（正午頃）、雷鳴が轟くような爆音が響き渡った。

玉は浜手道を進む龍造寺軍の列に直撃。ポルトガルから輸入した玉は炸裂弾だったので一発で十余人を吹き飛ばした。

「敵は龍を飼ってるのか」

龍は稲妻の代名詞。無双の大力として知られる江上家種をしても、十町（約一キロ）離れた地から敵を粉砕する驚愕の武器はどうすることもできなかった。

二隻の小早は交互に大筒を咆哮させ、そのたびに十余人を木端微塵にした。

「あの大筒には敵わぬ」

大友氏の麾下にあったので、龍造寺氏も南蛮大筒「国崩し」の存在は知っていた。味方が瞬時に肉片となる光景を目の当たりにした江上勢は、恐怖にかられて四散した。これを有馬勢が追撃する。

「浜手が崩れた。敵はこいで終いじゃ。俺に続け！」

勝機と見た家久は全兵に出撃命令を出した。島津勢は阿修羅のごとき戦いぶりで龍造寺勢を抉り、突き倒す。家久の再出撃で龍造寺勢は押された。

大筒の号砲を合図に、これまで湿地に潜んでいた伏兵が姿を見せ、中央道で細長く延びた龍造寺勢に襲いかかる。島津勢は泥中を走れるように平板を並べ、その上に切った葦を並べていた。

「まだいたのか」

隆信は首を捻る。二刻以上も湿地に浸かって潜んでいる島津兵が信じられなかった。

家久らに前線が押されているので隆信の輿は途中で停止している。

伏兵を指揮しているのは川上忠堅であった。忠堅は偽装していた葦を抛り捨て、鉄砲で数人を撃ち倒し、怯んだところを突進して仕留めていく。

「あいが、敵ん大将の輿じゃ。行っど」

川上忠堅は配下に命じ、隆信が乗る戦輿を目指して突撃する。

「敵じゃ。お屋形様を守れ！」

驚愕した表情の成松信勝が唾を飛ばして配下に命じる。

「ここは一旦、退かれませ」

同じ四天王の百武賢兼が隆信に勧める。

「僅かな伏兵相手に狼狽(うろた)えるとはなにごとじゃ。下郎に怯えて退いたとあっては龍造寺の名折れ。敵は四分の一にも満たぬ。踏み潰せ」

隆信は自軍の勝利を微塵も疑ってはいなかった。

「放て」

川上忠堅は号令をかけ、鉄砲を放つ。途端に龍造寺の旗本衆が倒れた。

隆信の失態の一つは弓、鉄砲を前線に集めていたので本陣の旗本には殆ど持たせていなかったことである。島津勢にとっては好機であった。

「お屋形様を守れ！」

掠れた声で成松信勝が下知を飛ばすが、家臣たちは足場の悪い湿地に踏み込み、身動きできなくなったところを島津勢の矢玉に倒れていった。島津勢は繰り詰めという、撃ち、放ち終えると後尾の兵が前進して放つ戦法で龍造寺兵を倒していく。成松信勝も百武賢兼も撃たれた。

「俺は川上左京亮。御大将の御首級(みしるし)頂戴致す」

川上忠堅は名乗り、配下は戦輿を担ぐ兵を斬り捨てた。途端に隆信は転げ落ちた。

「誰ぞ、飛騨守の許に走れ」

隆信は信生に後のことを託した。これが遺言とも言える最期の言葉であった。

「覚悟」

川上忠堅は問答無用で太った胴を串刺しにした。享年五十六。

仕留めたのち、隆信の首は忠堅の家臣の梁瀬兵右衛門（やなせひょうえもん）が刎ねた。刎ねたのは万膳仲兵衛（まんぜんちゅうべえ）とも言われている。

「御大将、龍造寺山城守が首、討ち取ったり！」

川上忠堅が大音声で叫ぶと、龍造寺兵は主君の仇を討とうとせず、蜘蛛の子を散らすように逃げまどう。島津兵はこれを追撃した。

時に未ノ刻（午後二時頃）であった。

中央道の陣の前線近くで末弟の龍造寺長信は隆信討死の報せを受けた。

「もはやこれまでじゃ。兄上の後を追って討ち死に致そう」

「お待ち下され。某が敵の追い討ちを食い止めますゆえ、早う逃れられませ」

信生の弟の康房が説得して長信を逃がし、康房は踏み止（とど）まって戦死した。

浜手道の陣で隆信討死の報せを受けた江上家種、後藤家信兄弟。

「この上は父上の名に恥じぬよう討ち死に致す」

覚悟を決めた兄弟は死にもの狂いで敵中に突撃し、鬼神のような戦いで連合軍を斬り倒す。この戦いぶりに恐れをなし、連合軍は近づく者がいなくなったので、退きにかかる。江上家、後藤家の家臣たちは主を逃すために多数の兵が犠牲になったが、二人は船で帰国した。

三

　信生は丸尾砦を完全に包囲し、堀を埋め、城門を崩し、今や陥落寸前まで追い詰めていた。

「ご注進！　お屋形様、中道の中ほどで島津家の者に討たれてご他界なされました」

　遣いが信生の前に跪き、肩で息をしながら報せを告げた。

「なんと……」

　聞き間違ったのではないか。信生の最初の印象である。さらに敵の流言ではないかと疑った。

「仔細を申せ」

「されば、中道の陣で敵に破れるとの報せが届き、お屋形様は……」

　遣いは見たままを報せた。

「……真実なのか」

　暫しして掠れた声で信生は問う。攻めあぐねても四分の一の敵に敗れ、しかも大将が野で討たれるなど考えられない。とても信じられなかった。なにかで思いきり頭を殴られたような衝撃である。

「真実にございます。お屋形様は最期に、飛騨守の許に走れ、と仰せになられ……」

使者は嗚咽を上げはじめた。

「左様か。恥は晒すまいの。皆、最期の戦じゃ。華麗に散って龍造寺の名を轟かせよ。さすれば政家様らの新たな龍造寺は蔑ろにされることはあるまい」

信生は討死を覚悟し、兜の緒を締め直した。

「お待ちくださいっ。ここは砦に突撃するのではなく、敗軍の兵を集め、華々しく一戦すべきでござる。まだ当家の兵数が勝っておりますぞ」

中野清明が信生の腕を摑んで止めだてする。

「式部少輔殿の申すとおり。戦うならば、お屋形様の仇と戦い死ぬべきでござる」

神代家良も中野清明に賛同する。周囲の者たちは、砦への突撃には反対であった。

「皆が左様に申すならば、ここは一旦退き、改めて島津と雌雄を決しようぞ」

信生は言うが、覇気はない。言わされたようなものである。

「おおーっ！」

生きる可能性にかけ、配下の者たちの士気は高く、鬨で応じた。

「某はお屋形様の最期の地を目にしとうございます」

龍造寺四天王の木下昌直は信生に告げる。

「左様か。必ず佐嘉に戻られよ」

どんな残虐性を持っていても、隆信は直臣には優しかった。信生には木下昌直の思いは判るつもりである。

中野清明が先鋒、神代弾正忠が殿軍（しんがり）として退きにかかった。いわゆる敗走に際し、旗指物は畳むもの。邪魔になり、落ち武者狩りのいい的になるからである。

（もはやお屋形様はこの世におられぬ。左様な世で生き長らえて意味があろうか）

信生を一番評価してくれたのは隆信である。馬を小走りに走らせながら、信生は失意に沈む。

晩年、勝屋勝一軒が間に入ったせいで、二人の間に確執が生まれたものの、隆信への信生の忠義心は揺るぎがなかった。

丸尾砦の猿渡信光は、與次郎の仇を討て、とすぐに追撃を下知した。

島津勢が餓狼のように背後から迫る。殿軍の神代弾正忠らは山道の中で矢玉を放ち、敵の足が止まると逆に鑓で突き入って追撃を阻止する。神代勢は奮戦するが、逃げる者よりも追うほうが有利というのは戦の常識。神代中務少輔、福島加兵衛、三瀬大蔵らは次々に討たれていった。

「我らの邪魔をする者は味方であっても蹴散らせ、追い払え！」

先頭を駆ける中野清明は大音声で叫び、馬を疾駆させる。目指すは三会（みえ）の湊である。丸尾砦から道なりに進んで一里（約四キロ）であるが、先の状況は判らない。麾下だった者が背信し、信生の首を持って島津に帰属しようとする者が出ても不思議ではない。

樹木が生い茂る山手道、樹の枝を掻き分けながら五町ほど戻り、熊野神社に人の気配があった。

「気をつけよ。おそらくは敵じゃ。味方なれば退いている」

本来は信生が下知するものであるが、絶望感に浸っているので声が出てこない。代わりに先鋒の中野清明が指示する。

熊野神社に近づくと茂みから数発の鉄砲音が轟き、矢の風切り音が聞こえた。

「敵じゃ」

中野清明が叫ぶや否や、一緒に走っていた鍋島家の家臣が鉄砲玉に倒れた。

「甚兵衛」

信生が家臣の久保田甚兵衛を気遣うが、すぐに中野清明が打ち消した。

「構われるな。次は我が身でござる。助けている間に討たれ、手負いが増えるばかり。某が討たれた時には、遠慮のう打ち捨てて行かれませ。飛騨守殿の時も同じ。ゆえに討たれぬよう」

非情だが、非常事態には重要なことである。

「あ、あい判った」

麾下である中野清明の言葉に気圧されながら信生は頷いた。

その間にも轟音が響き、家臣や配下の者が倒れた。

「姿を見せぬのは、落ち武者狩りの百姓か、地侍じゃ。深追いはない。今少しで逃れられる」

中野清明は味方を励ましながら敵の矢を太刀で斬り払った。

その言葉どおり、熊野神社の横を通過して一町ほどもすると信生らへの攻撃はなくなった。代わりに、後方を進む味方に矢玉が放たれているようであった。

五町ほども進むと、今度は前方のやや開けたところに地侍と思しき数十人の集団を目にした。

「廻り道している暇はない。突っ切るぞ。矢玉など当たらぬと思えば当たらぬのじゃ」

中野清明は気合いを入れ直して鐙を蹴り、地侍に向かって突撃する。正面には十余の鉄砲が鍋島勢に向けられている。双方の距離が一町を切ると、筒先が火を噴いた。

「ぐあっ」

神代勢の梅野大膳、国分左馬助らが血飛沫を上げて倒れた。矢も飛んでくるが、皆はこれを太刀で払う。接近すると鑓が繰り出され、さらに犠牲者が続出する。

「喰らえ！」

中野清明は敵の鑓を薙ぎ払って通過する。信生にも穂先が突き出された。

「うっ」

いつものごとく沸騰するような闘志が沸かぬせいか、躱しきれずに太腿を僅かに裂いた。そのぐらいの浅手は過去数えきれぬほど受けているが、気が萎えているせいか深手のように感じる。

「やはり、逃れられぬ。儂はここで腹を切る」

少し進んだところで信生は馬を止めて下りようとした。

「待たれよ。左様な傷など傷にあらず。死ぬ以外は浅手と申したのは貴殿でござるぞ。ぼやぼやしていると敵に追い付かれる。早う進まれよ」

中野清明は信生の腕を摑んで前進を強要する。

「そうであったか」

促されるまま、信生は馬腹を蹴って先に向かった。

三町ほども北東に進むと、今度は三百ほども敵が潜んでいた。

「戦って死ぬも死。黙って討たれて死ぬも死。討たれた者たちは生きたがっていたであろう。死ぬならば、せめて最期まで足掻いて死のうぞ」

再度、皆にというよりも中野清明は信生に発破をかけて馬脚を進めた。

「あれは」

追撃を切り上げて戻ってくる島津勢であった。

「好機じゃ。お屋形様の仇。皆の者、気張れ」

中野清明は裏返るような声で叫び、島津勢に向かって馬を疾駆させた。

「うおおーっ！」

鍋島、神代勢は雄叫びを上げながら島津勢に向かう。

「あいは、龍造寺の者ではなかか。帰りの駄賃に討ちとりもそ」

島津勢は余裕の体で待ち受ける。戻りの最中なので、鉄砲の火縄に火は灯されていなかった。

「主の仇、喰らえ！」

稲妻のような勢いで島津勢に突き入り、鑓を持つ敵を袈裟がけに斬り払う。戦勝気分に浸る島津勢には、どこか油断があったのかもしれない。多数の兵がいても中野清明を討ち取れなかった。

仕方なく敵は信生らを虜（とりこ）にしようと、包囲を細長くした。

「かような地に屍（しかばね）を晒してなるものか。撫で斬りに致せ」

生きる望みを失った信生であるが、改めて島津勢を目にすると復讐心が沸き上がった。

太刀を抜くや、玉込めをしている鉄砲衆を斬り捨てた。

「弓衆もじゃ」

戦い始めると戦勘が戻る。信生は配下に命じて弓衆を斬らせ、飛び道具を不使用にさせた。

「固まるな。動いて敵をかき廻せ」

信生は一所にとどまらず、敵中を縦横に駆け廻って斬り伏せた。

「飛驒守殿、退くのじゃ」

戦いに没頭していた信生は、中野清明の一言で我に返り、三会を目指した。この戦闘で鍋島勢では加々良大学、小森伊豆守などが討死した。

熾烈（しれつ）な追撃を躱し、這々（ほうほう）の体で三会に着いた時、信生の周囲にいる鍋島勢は、養子の鍋島家俊のほか鍋島信清、綾部新五郎、南里太郎三郎、小森甚五、中野清明、増岡軍右衛門、笠原與兵衛、小宮三之允ばかりの九人であった。

「與兵衛、生きておったか」

泥か返り血か判らぬところに土埃が重なり、草履取りの笠原與兵衛は真っ黒だった。

「当然でございます。かようなところでは死んでも死にきれません」

笠原與兵衛の返答を聞き、思わず信生は頰を緩めた。

ところが三会の宿所を通りすぎようとしたところ、三百人ほどの敵が陣を作っていた。

信生は中野清明らを含めて十数人であった。

「もはやこれまでか。かくなる上は潔く腹を切るしかあるまい」

どう考えても勝ち目はない。逃げても討ち取られるであろう。信生は覚悟を決めた。

「ここで飛騨守殿に腹を切らせるために、我らは退いたのではござらぬ。貴殿が腹を切れば、御家はいかようになりましょう。我らは貴殿を犬死にさせぬ。儂に思案があるゆえ任せられよ」

どこから来る自信なのか、中野清明は胸を叩いて言うと、敵に向かって進んでいく。

「あいは落ちる龍造寺の者ではなかか」

すぐに島津勢は中野清明らに気がついた。異様な緊張感の中、信生らは接近していく。

「幾夜も鳴りたよ、横雲も引くに、いざや帰らう！」

突如、中野清明が肥前、肥後辺りで流行っている歌を歌いはじめた。

「やれ、我が宿よ、ともに打ちつれて、いよ我が宿に戻ろう。やれ、しゃならしゃなら」

信生らも中野清明に倣って声を重ねた。さらに近づくと島津勢に会釈をした。

あまりにも堂々と歌いながら歩くので、島津勢は呆気にとられ、もしかしたら味方ではないかと錯覚したのか、身分を問うことを躊躇った。その間に一行は島津の陣屋を無事通過した。

「助かりましたな。心の臓が止まるかと思いましたぞ」

二町ほど進み、島津勢が視界から消えたので笠原與兵衛は大きく息を吐き出した。

「さすが式部少輔殿じゃ」

今の信生では機転が利かない。信生は中野清明を労った。

「安心するのは佐嘉に戻ってからに致そう」

中野清明が言うとおり、まだ危険が去ったわけではない。この晩は月の出が遅く、辺りは暗闇であり、どこをどう通れば三会の湊に着くか判らなかった。

そこで中野清明は民家に押し入り、湊に案内するように命じた。

「左様なことを致せば、有馬、島津の者に殺される」

夜中に泥塗れの身で湊を捜す者は落ち武者であろうことは誰でも察する。土地の者は拒否した。

「教えねば、有馬、島津より早くここで殺すが、構わぬか」

威すと土地の者は渋々、多比良という湊を案内した。三会から三里（十二キロ）ほども北に位置している。安全と言えば安全であった。

「すまなんだの」

中野清明は案内者に礼として笄を与えた。

湊で船を捜していた時、田雑大隅守が船を着岸させた。

「大隅守か、ほかの者はいかがした？」

信生は身を乗り出すようにして問う。

「何度かお味方を乗せておりますが、三会の湊は敵で溢れ、今や船を着けること叶いません」

田雑大隅守の話では、その中に江上家種、後藤家信らもいたという。

浜手道で森岳城を攻めていた隆信の次男の江上家種と三男の後藤家信らは攻略寸前で隆信討死の報せを聞き、逃れることは困難、父の名に恥じぬよう討死すべしと敵中に打ち入ると、鬼神のような戦いぶりに恐れをなして島津勢は近づかなかった。ならば帰国しようと話し合い、江上、後藤勢は三会の湊から七里（約二十八キロ）ほど北西の竹崎に上陸したと言う。

「左様か、お二方ともご無事か」

話を聞き、信生は胸を撫で下ろした。

「敵がまいらぬうちに退かれますよう」

田雑大隅守に促され、信生らは多比良の湊を発ち、三里少々北西の竹崎に到着した。

上陸した頃、辺りは明るくなった。

朝焼けが美しい。前日、死闘が行われ隆信をはじめ多数の兵が死んだことが嘘のようである。近くの民家で朝食を用意して貰った。味噌汁と焼き鰯と握り飯であった。一日ぶりでありついた食事は、この世のものとは思えぬほど美味で、まさに地獄から生還した気分であった。

「我らは生きておりますな」

笠原與兵衛は生きていることを喜び、顔を綻ばしていた。

「これからは真実の戦いやもしれぬ。我らはお屋形様を失った。島津は本腰を入れて肥後と島原から兵を向けて来よう。これまで龍造寺に従っていた国人衆は挙(こぞ)って寝返るに違いない。我らは沖田畷で死んでいたほうが幸せだったかもしれぬ」

先行きのことを考えると、明るい材料を見出(みい)せず、信生は否定的な言葉を口にした。

「なに、生きているだけで丸儲け。生きていれば仇も討てますし、仕物(しもの)（暗殺）を企てることもできる。まずは帰国して風呂に入り、酒でも呑んで考えましょう」

武士の家に生まれなかったせいか、笠原與兵衛は超がつくほど前向きであった。

「左様じゃの」

信生らは竹崎を出たのちに藤津の浜に立ち寄り、筑後の榎津(えのきづ)に到着したのは二十五日の夕方であった。

沖田畷の戦いで島津・有馬連合軍は二千余の龍造寺兵を討ち取った。対して、連合軍の戦死者は二百五十余人。まさに龍造寺軍の大敗北であった。

　当日、勝敗が決したあとのこと。

「御大将はいずこか？　よか首を取り申した。ご検分して給（たも）んせ」

　泥に塗れた武者が首を下げて敵大将の島津家久に近づいた。

「首取りはすっなち、申したはずじゃぞ」

　命令に従わなかった武者に、家久は眉間に皺を寄せて言い放つ。

　武者は兜を深くかぶっていて顔を家久に見せない。首は左手に下げていた。

「お前（はん）、誰（だい）や」

　質問には答えず、武者は二間ほどに接近するや、首を家久に投げつけた。

「なっ」

　家久が右手で払い除けた瞬間、武者は腰の太刀を、抜き打ちに斬りかかった。

　咄嗟に家久は避けたが間に合わず、左足の草摺（くさずり）が裂け、太腿の肉も僅かに切れた。

「主の仇！」

　武者は袈裟がけに斬りつけたが、家久に太刀で受け止められた。

「敵じゃ、討て」

　家久の家臣たちが叫び、武者に鑓を向ける。

「待て、生け捕りに致せ」

　家久は命じるが、武者は刺し違える覚悟で斬りかかるので、家久の家臣たちに串刺しにされた。武者は龍造寺四天王の一人・江里口信常(えりぐちのぶつね)であった。

「惜しいこつをした。天晴れな武者ゆえ、生かして帰国させてやりたかった」

家久は江里口信常に黙礼をした。

龍造寺兵のささやかな意地であった。

四

二十五日、信生は柳川城に帰城した。

「よう戻った！」

七十三歳になる父の清房が駆けよるようにして労った。

「むざむざ主を討たれ、弟たちを犠牲にしながら、恥を忍んで生き長らえております」

主殿の上座に腰を下ろし、溜息を吐きながら信生は答えた。

「康房も、信俊も残念であった。さぞかし無念であろう。されど、信房は生きておる」

「左様ですか。兄上が」

不幸中の幸い。塞いでいる気が少しは晴れた。

「隆信殿の御討ち死に悔やまれるが、国家の立廃は偏(ひとえ)に、そなたの生死に極まるところ。恙(つつが)無く帰国した嬉しさは言いようがない。俎上(そじょう)の魚が江海に移り、刀下(とうか)の鳥が林藪(りんそう)に交わるがごとしじゃ」

「そう申してくれるのは父上だけでございます」

「そうでもない。佐嘉は火が消えた行灯のようじゃ。こののちは大変であろう」

主だった戦死者は隆信をはじめ龍造寺康房、同信門、同家善、同秀政、小河信俊、納富家理、倉町信俊、高木泰永、徳島長房、勝屋勝一軒、成松信勝、百武賢兼、江里口信常などなど。態勢を立て直すなど簡単に口にできる状況ではなかった。

「政家殿はお若い。周囲に宿老(おとな)はおりましょう。某は疲れもうした。暫くはのんびりさせて戴きます」

湯を浴びた信生は泥のように眠りこんだ。

隆信の首は肥後の佐敷(さしき)に送られて首実検(くびじっけん)された。当主の義久は佐嘉へ送るのが軍礼であるとし、河上助七に持たせて向かわせた。助七は柳川城に在する信生の許を訪ねた。

「不運の首は、当方に申し請けても無益のことなり。何処にも捨て置くように」

少々考えた信生は主君の首を拒絶した。

「なにゆえお屋形様の首をお受け取りにならなかったのですか」

下村生運が問う。

「敗れたのちの家中の内を知られたくないからじゃ」

答えた信生は涙ぐんだ。

拒否された河上助七は佐敷に持って帰ろうとしたところ、肥後の高瀬川まで来た時、首桶が急に重くなり、動かなくなった。この地は島津家と龍造寺家の国分けの国境であった。

どうにもならないので、河上助七は近くの願行寺に頼み、手厚く葬ってもらった。

その後、佐嘉龍泰寺の大圭和尚が隆信の死を知り、島原に渡って遺体を受け取り、佐嘉に運ぼうとしたが、あまりにも重たいので、湯江の和銅寺で荼毘に付し、遺骨を龍泰寺に葬った。

隆信の法名は龍泰寺殿厳宗龍大居士が贈られた。

隆信をはじめ多数の一族、重臣を失い、佐嘉城内は上を下への大混乱。しかも信生が登城しないので、独立を果たそうとしているのでは、あるいは島津に与するのではないか、と噂が噂を呼び、皆、疑心暗鬼にかられているという。

佐嘉から使者が来て登城を促した。

「某は島原で死んだも同然。難しい政務からは離れるつもりだと政家様に申されよ。佐嘉には妻子もおるゆえ、決して背くつもりはござらぬ」

一応、安心させるように告げ、政家の使者を帰城させた。信生は隆信の軍師という自負があった。敗北の責任は感じている。

(兵は四倍。鉄砲は三倍。焦らず攻めたてれば、絶対に勝てる戦だったはず)

思い出すと血が沸く。

(今少し敵を探っておれば……。陣替えを留まるように進言すれば。いや、もう言うまい。思い返しても詮無きことじゃ)

思い出すと昂（たかぶ）るので、信生は大きく深呼吸をした。

背信の疑いについては理解したが、この難局を乗り切るのは信生しかいない。なんとしても佐嘉に来てほしい。再三に亘って政家は使者をよこしたが、信生は拒み続けた。

皆浮き足立っているので、見兼ねた隆信の弟の信周が柳川城を訪れた。

「難攻不落の城で籠城の支度をしていないのでよかった」

五十二歳になる信周は落ち着いており、冗談を口にできる余裕があった。

「籠城こそしておらぬが、城に籠っているのは事実。お屋形様と一緒に出陣致したのに、主君を討たれて、おめおめ逃げ帰った体たらく。どの面下げて政家様に顔を合わせられましょうか」

今も隆信のことを思い出すと目頭が熱くなる。

「貴殿一人のせいではない。お屋形様も体の調子が悪くなる一方ゆえ、よき形で政家殿に家を任せようと焦っておられたのであろう。儂らも、今少しお止めすればよかったのじゃ。儂らも五州二島の太守になった龍造寺の家に甘えておったのじゃ。あるいは錯覚していたのやもしれぬ」

しみじみと信周は言う。尤もなこと。信生も反論のしようがない。

「それはそうと佐嘉の城下は騒がしい。いかにすればよかろうか」

「某の申すことは当てになりませんぞ」

「今、当家に貴殿以上の武士がいようか。是非聞かせてほしい」

じっと信生を見据え、信周は懇願口調で頼む。

（政家様は羽柴筑前守にはなれぬか。今川の跡継ぎと同じか）

羽柴秀吉は主君織田信長の仇を討った。今川氏真（うじざね）は父義元の仇を討たず、蹴鞠と和歌に興じていたという。すぐに弔い合戦の下知を出さぬ政家は氏真と同じ器かもしれない。

「されば、すぐさまお屋形様の弔い合戦をするため薩摩に出陣する所存。某に先陣を命じるよう政家様に申されよ」

「真実（まこと）か？」

大敗北の直後にも拘わらず、と両目を大きく見開いて問う信周に対し、信生は笑みを向ける。

「なるほど、左様か」

信周は信生の思案を理解したようである。

佐嘉に戻った信周は信生の言葉を政家に伝え、政家は薩摩攻めへの陣触れを発した。この陣触れにより、佐嘉は静かになった。さらに、有馬氏と隣接する大村純忠をはじめ、肥後の隈部親永、筑後の黒木家永らは政家に対し、今は戦をすべきではない、思いとどまるように、という自重の書状を送ってきた。これにより政家は、皆がそう言うならば、このたびは出陣を見合わせると、とり止めて、国人衆を安心させた。

筑前の秋月種実もその一人で、四月二十四日、種実は政家との和睦仲介を島津義久に申し入れている。

新当主として覇気を示せ、という信生の助言は見事に功を奏した。佐嘉では、さすが信生だと称賛している。より、信生への需要は増し、政家の補佐を求められた。

「政の件は先に申したとおり。某が柳川を離れぬのは、この機に乗じ、大友が再び筑後を奪回せんと兵を向けてくるやもしれぬゆえ、備えてる次第にござる」

信生が柳川城を離れないのは政家に意地悪をしたり、所領の加増や地位の向上を求めているわけではない。大友軍の筑後侵攻は現実のものとなる、深刻な問題であった。

隆信とは従兄弟どうしで、厚遇されていたのは事実。これを龍造寺一族や重臣たちが妬んでいたのも真実である。煩わしい権力争いに巻き込まれたくないのも信生の本音であった。

信生が佐嘉に来ないので、政家は祖母の慶誾尼と政務に当たり、叔父の長信、信周、弟の江上家種と後藤家信ら、一門、譜代の家臣が補佐することになった。

隆信時代の専制君主体制とは違う合議制に近い形であるが、纏まりに欠けているのも事実。皆、主導権を取りたい反面、責任を取ることを嫌がっているので、なにも決まらない。島津軍の北進が現実のものとなったので、好き嫌いは別にしても、龍造寺家のため、なんとしても信生を佐嘉に復帰させねばならない、という結論に達した。

そこで天正五年（一五七七）四月二十日に隆信が後藤家信に発した書状を持ち出した。

「鍋島飛騨守のことを申し伝える。我らが生きている時も、我らが死去したのちも、飛騨守に相談すること。とかく鎮賢（政家）がこの命に背いた時には、草葉の陰から見守るようなことはしない。そういう覚悟である。我らが死去した時、一門、家臣らは、このことを覚悟するように。尤も、その方（家信）が存命している間、鎮賢に背くことは論外である」

政家にとって、死去しても隆信の命令は絶対である。四月八日、信生に起請文を提出した。

「一、今までどおり家が存続するよう、親子兄弟のように何でも正直に話し合おう。

一、信生に危険や難儀なことがあっても、決して見捨てることはない。

一、信生と我らの間に、もし誰かが讒言（ざんげん）をしたとしても、互いに真実を糺（ただ）することにする。

一、我らは若輩ゆえ、意見があれば正直に承るので、なにを言っても気にせず申すように。

一、判っていることでも、信生が仰せられれば、差し換えして相談する」

政家は個人的な関係を深めようとしているようであった。

（政家殿一人の誓紙では信用できぬの）

隆信とは違い、政家には絶対的な力がない。一門や重臣たちに反対されれば、折れてしまう可能性がある。隆信時代のように、全権を任せてもらわねば、難局を乗り切ることはできない。

信生は政家からの起請文一枚では腰を上げなかった。

事態は切迫してきて、大友軍が筑後を窺ってきた。

六月十五日、困惑する政家は再び起請文を差し出し、平和な時も、戦の時も信生の下知に従うとまで折れてきた。

それでも信生は腰を上げない。江上家種が反対しているようである。

江上家種は龍造寺家臣団の中で最強を誇り、自身、沖田畷の戦いでは鎧を二領重ねて着用し、浜手道で森岳城を攻めて落城寸前に追い込んでいた。戦いにも自信を持っているので、わざわざ信生に謙る必要はないと思っているようであった。

二十三日、さらに政家は起請文を差し出し、城原（江上）が信生を批判しているようであるが、政家は一切関知していないと伝えてきた。

（このあたりが潮時じゃの）

起請文も三枚目。三顧の礼という言葉もある。信生は佐嘉の蓮池城に入り、政家を補佐することにした。

隆信が討死したことにより、島津、大友、龍造寺三氏の鼎立が崩れた。

六月下旬、大友宗麟の嫡子・義統が、志賀親次、朽網宗歴入道（鑑康）ら八千の兵を筑後に侵攻させた。

信生は倉町信光、久布白又衛門らを差し向けて防戦に努めた。

八月には立花道雪、高橋紹運ら一万が筑後に侵攻してきた。信生は柳川城に入って対抗した。

「今の当家が二面に敵を構えるのは困難」

ちょうど秋月種実が島津氏との和睦を仲介してきたので、九月、肥後を返還することで島津氏と和睦という名の降伏をし、大友討伐に力を注ぐことにした。

以降は、島津氏の下知を受けながら秋月種実と協力して大友氏と戦うようになった。


中央では羽柴秀吉が賤ヶ岳の戦いで柴田勝家を破り、四国の長宗我部元親を下し、越中の佐々成政を降伏させたのちの天正十三年（一五八五）十月二日、島津義久に対し、惣無事令の雛形となる、紛争の停戦命令を出した。

惣無事令とは戦国の大名、領主間の交戦から農民間の喧嘩、刃傷沙汰に至るまでの抗争を禁止する平和令であり、領地拡大を阻止し、秀吉政権が日本全土の領土を掌握するための私戦禁止令である。争い事は関白の名の下に全て秀吉が裁定を下し、従わぬ者は朝敵として討つというもの。農民出身の秀吉は従一位・関白にまで上り詰めていた。

九州全土の支配を目指す島津氏は由緒正しい家柄。出来星関白の命令など聞く気はない。織田政権がすぐに潰れたので、同じようなものだと、たかを括っているようで、龍造寺家には筑前に兵を出せと公然と命じてきた。

「これは島津から脱却する好機やもしれません」

信生は早くから秀吉と誼を通じている。信生の許にも私戦禁止令は届けられていた。

天正十四年（一五八六）春、信生は三浦可鷗入道、成富賢種（のちの茂安）、水上坊仁秀(じんしゅう)を秀吉の許に遣わして恭順の意を示して現状を報告し、政家は人質として千布賢利(ちふかたとし)を大坂に送った。

秀吉からは、よい判断だと労いの書状が届けられた。

「島津は関白の下知に従うつもりはないようです。いずれ関白の大軍が九州の地を踏みましょう。それまでは島津を敵とせず、適当にあしらうがよいかと存じます」

信生は進言し、政家を頷かせた。

というのも島津氏は秀吉の命令を無視し、七月二十七日、筑前の岩屋城を落として高橋紹運を戦死させ、八月六日には宝満城を攻略し、立花直次(なおつぐ)と母の宋雲尼(そううんに)を捕らえて人質にしている。島津軍の猛威は北九州に吹き荒れていた。

秋になり、秀吉から島津氏と縁を切り、筑後、肥後に在する島津麾下の地を攻めろという命令が出された。

「今こそ絶好の機会。下知に従って失った地を取り戻しましょう」

「よかろう」

政家も乗り気だ。従うならば敗れた島津氏よりも朝廷が認めた関白のほうがいいからである。

九月上旬、政家は田原一運(たわらいつうん)入道を薩摩に派遣し、島津氏と義絶することを告げさせ、十一日、信生は七千の兵を率いて佐嘉城を出立した。

（少なくなったの。これが現実か）

嘗ては四万を超える兵を動員できる龍造寺軍であったが、今や五分の一以下にまで低下していた。改めて沖田畷の敗北が悔やまれてならなかった。

（いや、ここからじゃ）

新たな龍造寺を築くため、と信生は気持を切り替えて馬脚を進めた。秀吉からの命令は周辺の国人衆にも伝わっているようで、筑後の三池鎮実は戦わずして降伏した。

十三日、肥後に侵攻して所々を焼き払うと土肥家実らは下ってきたのでこれを許した。龍造寺軍は北肥後の山鹿、玉名、菊池郡の半分ほどを制圧した。

これを報告すると、十月四日の日付で秀吉から感状を与えられ、さらなる忠節が求められ、秀吉は翌年の春に出馬するとも告げられた。

「春には関白に会えるのか。いかな人物なのかの」

家臣もなく身一つで天下人になった秀吉には興味があった。

さらに秀吉から肥後玉名郡の北関（きたせき）で人質になっている立花統虎の妹と母宋雲尼らを奪還するように命じられた。北関の守りは手薄だったので、無事に救出。宋雲尼らを統虎の許に送り届けると、統虎は涙を流して喜んだという。

北関の守りが少なかったのは、島津氏の本隊が豊後に出陣していたからである。

秀吉は九州征伐の先鋒として筑前に小早川隆景らを、豊後に四国勢を出陣させた。長宗我部元親、仙石秀久（せんごくひでひさ）、十河存保（そごうまさやす）の四国勢と大友義統勢を加えた六千の軍勢は島津軍の北上に備えるために出陣し、十二月十二日、豊後の戸次川（へつぎがわ）で対峙した。

仙石秀久の軽挙によって島津軍が得意とする釣り野伏せという包囲殲滅戦法にかかり、四国・豊後軍は壊滅。長宗我部家の未来を担う信親は多勢の中で勇猛果敢に戦うものの、衆寡敵せず、二十二歳の若い命を散らした。この敗戦で四国・豊後軍の戦死者は二千七百二十七人にも上った。

この敗報を受け、秀吉は龍造寺家に人質を要求。政家は母の慶誾尼を、信生は養子の家俊とその弟の孫六（のちの茂賢）を大坂に送った。

天正十五年（一五八七）正月二日、龍造寺軍七千は秀吉の要請に従って佐嘉を発ち、筑後の田尻鑑種と合流して島津氏に与した蒲池鎮運の山下城を囲んだ。

秀吉は公言どおり、弟の大納言秀長を先発させ、自身は三月朔に京都を出発。秀吉は物見遊山のようにゆるやかな足取りで進み、四月七日、筑後の高良山に着陣した。

信生と政家は床几に座す秀吉の前に跪いた。

「ご尊顔を拝し、恐悦至極に存じます。某、龍造寺太郎四郎政家にございます」

平素、政家は肥前守を称しているが、あくまでも自称なので天下人の前で名乗ることはできなかった。

「重畳至極。後ろにいるのが鍋島飛騨守か」

信生は政家よりも一歩後ろに跪いているが、秀吉は自称の飛騨守を口にした。

（これはちとまずいの）

明らかに秀吉は政家ではなく信生に目を向けている。政家が不機嫌になってしまう。

「はっ、鍋島孫四郎、これにございます」

信生は平伏したまま答えた。

「よいよい、すぐに好きな官途をやろう。飛騨守、これまでの忠節感心じゃ。直視を許す。よう余(よ)の顔を見るがよい」

しきたりに従い、三度遠慮したのちに、おそるおそる顔を上げて秀吉を直視した。

緋色に金をあしらった唐織りの錦(にしき)の袖無(そでな)し陣羽織を着て、龍胆(りんどう)に銀をあしらった袴(はかま)を穿(は)いている。足袋(たび)は紫と金で仕上げたもの。まさに成り上がりそのもの。

体は童(わらべ)かと思うほど小さく、それでいて日焼けした顔は皺(しわ)だらけ。猿という渾名(あだな)はつとに有名で佐嘉にも伝わっているので納得できる。

（かような男が天下を制したのか）

とても信じがたいことであった。

信長に仕える前までの、秀吉の行動は定かではない。尾張中村の百姓の子として生まれ、信長の草履取りから身を立てた、というのが始まりである。

目の上の瘤(こぶ)であった徳川家康は政略結婚で麾下にし、東からの脅威を取り除いたのちに九州へやってきた。関白のみならず太政大臣にまで任じられ、人臣を極めた男は五十一歳であった。

「戦えば勝てそうか」

人の心を読む天才と噂されていることは真実かもしれない。信生は驚愕した。

「とんでもないことでございます」

「よいよい。皆、初めて余を見る者はそんな目をする。されど、いくら腕っ節が強くても、戦に勝てぬのが世の面白いところ。そちにも存分に見せてやるゆえ、忠節を尽くすがよい」

既に勝負はついたかのように秀吉は言う。信生は唖然とした。

薩摩へは秀吉が肥後路を、秀長が日向路を通って進む。秀吉が来ると、これまで島津氏に従っていた国人衆は挙って秀吉に跪いた。畿内、中国、四国、これに九州を加えると二十万を超える大軍である。

暫し抵抗した島津氏も圧倒的な兵数と、信じ難い鉄砲の数には対抗できず、追い込まれた当主の義久は五月八日には剃髪して龍伯と号し、秀吉に降伏した。秀吉は承諾し、薩摩、大隅の国と日向の諸縣郡の一部を安堵した。

六月七日、秀吉は筑前の筥崎で九州の所領分けをした。

小早川隆景は筑前の大半と筑後二郡、肥前一郡。松浦鎮信、五島玄雅、大村喜前、有馬鎮貴、筑紫広門は肥前、筑後の旧領を安堵、立花統虎は筑後三郡、黒田孝高は豊前六郡、大友義統は豊後一国、佐々成政は肥後の大半、相良頼房は肥後の旧領。高橋元種は日向の松尾、秋月種長は日向の高鍋、伊東祐兵は日向の飫肥。

龍造寺政家は肥前七郡（佐嘉、神埼、三根、小城、杵島、藤津、松浦）、石高にしておよそ三十一万石。これとは別に信生は肥前の二郡（高来（たく）、養父（やぶ））、約一万九千石が与えられた。

これにより信生は秀吉の直臣になったことになる。但し、秀吉からは引き続き、龍造寺家の面倒を見るように命じられた。

秀吉は戯れ言のように日本を平定したのちは唐入りすると言って笑っていた。政家に家をまとめる力は不足している。唐入りが事実ならば、その役目を信生にさせるつもりであろう。

信生は天正十七年（一五八九）一月、従五位下、加賀守を叙任したので、これを機に直茂（なおしげ）と改名。豊臣政権の一部に完全に取り込まれることから、逃れることはできなくなっていた。

第七章　朝鮮の役

一

いつにも増して風が強く、小袖も袴も靡き、結った髷さえ曲がりそうである。春とは思えぬほど寒い。眼下の玄界灘には波の花が立っていた。

天正二十年（一五九二）三月中旬、直茂は肥前の名護屋にいた。同地は龍造寺領の隣領にある東松浦半島の北端に位置する鎮西の地である。

波多親の所領にある名護屋は、本来、静かで小さな漁村だったが、秀吉が朝鮮出兵の前線基地を築けと九州の大名に命じたので、直茂らは突貫工事で僅か一年とたたぬ間に巨大な城を築城した。五重七階の天守閣を持つ名護屋城は、総面積十七万平方メートル、三段構えの渦郭式の城で、大坂城に次ぐ規模を誇っていた。

直茂は蓮池城の天守を献上した上、大手櫓造りに忙殺された。その費用と賦役は一年間の収入を上廻るものであった。

城の周囲に、万石以上の知行を得る武将がほぼ全員陣屋を設けたので、突然、新たな巨大都市が出現した。狭い地なので、水汲みも困るほどである。

当初、秀吉は筑前の博多を前線基地にしようとしたが、同地の神屋宗湛という豪商が博多の地が唐、朝鮮から悪い印象を持たれないようにするため、秀吉に隣国の名護屋を勧めたという。

鍋島家の陣屋は名護屋城から十一町（約一・二キロ）ほど南東に位置している。

「天は行くなと申しているのではないですか」

寒風に肩を竦めながら草履取りの笠原與兵衛は言う。

「殿下に申し上げてみたらどうだ」

「とんでもない」

首の辺りをさすりながら笠原與兵衛は否定する。

「それにしても、てっきり戯れ言だと思っておりましたが、まさか真実になるとは。世の中、なにがあるか判りませぬな」

「機嫌を損なえば取り潰しということもの」

直茂が名護屋城造りに励んだのも、家が消滅する恐怖を覚えたからである。

肥後の新たな国主となった佐々成政は、強引な検地を行うなという秀吉の命令に背いて検地を実行。これに国人衆たちが反発して一揆が蜂起。一揆は周辺にも広がり、直茂らも討伐に追われた。事態を重く見た秀吉は毛利輝元、小早川隆景のほか加藤清正らも派遣して鎮圧。佐々成政は責任を取り切腹させられた。

肥後は南北に分割し、北の隈本に加藤清正、南の宇土に小西行長が移加封した。

直茂の主の政家は体が弱いこともあり、秀吉は当主には不向きと判断し、天正十八年（一五九〇）正月二十日、政家の嫡男・藤八郎（のちの高房）に家督を譲らせ、肥前七郡、三十万九千余石を付与した。この中から直茂は神埼郡で四万四千五百石が知行された。これは龍造寺家臣の中で最上高となり、次高の龍造寺家晴の倍以上もあった。それだけ秀吉は直茂を評価したことになる。

秀吉は諸大名の家臣でも眼鏡に適った重臣であれば公然と引き抜いている。徳川家康からは石川数正、毛利輝元からは小早川隆景、惟住（丹羽）長秀からは長束正家、織田信雄からは徳善院（前田）玄以、島津義久からは伊集院幸侃（忠棟）など。その家を弱める目的もあった。

伊達家の片倉景綱、上杉家の直江兼続、徳川家の井伊直政などは失敗している。沖田畷の戦勝大将・島津家の家久は成功したかに思えたが、上洛の前に突然死をしている。これには暗殺説が流れた。

直茂も一度は秀吉の直臣になったものの、それでは龍造寺家が廻らないので、秀吉は直茂を戻さざるをえなかった。これは直茂と政家との画策であったが、秀吉のほうが一枚上手であったようである。政家には五千二百二十四石の隠居料しか与えられなかった。

家督継承時、藤八郎は僅か五歳なので、直茂が政務を執るしかない。龍造寺一門衆の嫉妬と反感の中、直茂は国許と京、伏見、大坂間を行き来して馬車馬のように働いた。

というのも全国を平定した秀吉は、信長も果たせなかった唐入りを宣言。いわゆる仮途入明である。朝鮮国に道を開けて先導役を務めろと居丈高に求めたが、即座に拒否された。明国を宗主と仰ぐかのような朝鮮が、日本の道案内をするはずがなかった。

そこで秀吉は、まず朝鮮を麾下に収め、明に打ち入ろうという命令を下した。自身も渡海するということで関白は甥の秀次に譲り、自らは太閤と称するようになっていた。

既に交渉係兼、先陣ともいうべき一番組の宗義智、小西行長らは渡海しているが、そのほか十数万の諸将が名護屋の地に所狭しと犇めいていた。

直茂と同じ二番組の加藤清正は、小西行長への対抗心から、壱岐に渡っていた。

「なんと言っても異国ですよ。食い物も違うし、言葉も通じません」

「同じ人じゃ。それに佐嘉より美味なものを食っているやもしれぬ」

直茂は後ろ向きなことは考えないようにしている。

「としても、ご家中の方々は、ちゃんと殿の申すことを聞きましょうか」

これは直茂も危惧している。秀吉からの出陣命令は龍造寺藤八郎ではなく鍋島直茂に出されている。勿論、軍役は龍造寺家の石高に対してで、賦役分を引いて一万石について六百人。一万二千人を動員しなければならない。一門、重臣たちは直茂の命令に従わないので、直茂は隠居した政家から秀吉の下知に従うように、という根廻しをしての参陣であった。

「皆も龍造寺の家を潰す気はあるまい。藤八郎殿が元服なされ、正式に当主となられるまでは否否でも儂の申すことを聞かねばならぬ。儂もそれでいいと思っておる」

「真実、それでいいのですか。この出陣を利用して龍造寺を乗っ取ることもできましょうに。そうすれば、某の実入りも今少し増えるやもしれません」

笠原與兵衛が口にしたことは、龍造寺や周辺の国人衆も囁き合っていることである。

「先代の龍泰寺（隆信）様のお陰で今の儂がある。儂は龍造寺家に取って代わるつもりはない。それゆえ二度と左様なことは口に致すな。そちと雖も罪に処すことになるぞ。実入りを増やしたいならば草履取りではなく鑓を手に戦働きをするがよい」

「敵に身を晒すなどとんでもない。某は草履取りで十分にございます」

恐ろしい、といった表情で與兵衛は顔を横に振る。

（豊臣の世に定まった今、先代が存命していた時のごとく、主家を討とうなどとすれば、忽ち鍋島の家は無くなる。おそらく龍造寺も。殿下の命令でもあれば別じゃが……。いずれにしても儂は家宰で構わぬ。家中で一番の所領を得ていることで十分じゃ）

妙な噂が立たぬよう、直茂は鍋島家の家臣たちに傲慢な態度を取らぬよう注意した。

三月十三日、秀吉は改めて軍令を発表した。

一番組、宗義智、小西行長、松浦鎮信ら一万八千七百人。

二番組、加藤清正、鍋島直茂、相良頼房ら二万二千八百人。

三番組、黒田長政、大友義統ら一万一千人。

四番組、毛利吉成、島津義弘（忠平、義珍から改名）、高橋元種、島津忠豊ら一万四千人。

五番組、福島正則、戸田勝隆、長宗我部元親ら二万五千人。

六番組、小早川隆景、同秀包、立花宗虎（統虎から改名）ら一万五千七百人。

七番組、毛利輝元、三万人。

八番組、宇喜多秀家、一万人。

九番組、豊臣秀勝、長岡忠興ら一万一千五百人。

合計、十五万八千七百余人。

船手衆は加藤嘉明、九鬼嘉隆、羽柴秀保（実際は家臣の藤堂高虎）、脇坂安治、来島兄弟（得居通幸、来島通総）、菅達長、桑山重勝・同小伝次（貞晴）、堀内氏善、杉若氏宗ら九千二百人。

軍勢は名護屋から壱岐、対馬を経由して朝鮮の釜山に上陸する予定になっていた。出陣を命じられたのは、中国、四国、九州の大名ばかりであった。体調を崩していた秀吉はまだ都におり、宗義智と小西行長に、朝鮮政府と最終交渉を行わせていた。秀吉は、これまで朝鮮国が明への先導をすることを期待していたようであるが、難しいという認識も持ちはじめていた。

この時点で義智と行長は対馬北端の豊崎にいて渡海しておらず、実際に朝鮮と交渉していたのは、博多聖福寺の景轍玄蘇であった。行長らは朝鮮が日本に与するわけがないことを把握しており、最後の段階で日本を裏切ったということにするつもりだった。

　壱岐にいる同じ二番組の加藤清正は、早く朝鮮に渡海したくて仕方がない。名護屋で昼寝をしているのか、戦う気があるならば、早く渡って来い、と何度も催促をしてくる。

「儂とて渡海したいのはやまやまじゃが」

　配下が言うことを聞かない。名護屋の陣屋が狭く、まだ半数近くが国許にいた。

「されど、このまま主計頭（加藤清正）を野放しにしておけば、勝手に渡海してしまい、我らが遅滞していると報告されかねぬ」

　清正の母の伊都は秀吉の母大政所（仲）の妹（従姉妹とも）で、秀吉の正室・北政所（お禰）の妹の義姉という関係にある親族衆なので、股肱の臣の中でも発言力が強い。

　三月二十日の朝、直茂は病の身を押して、鍋島衆を連れて船に乗り込んだ。御召船は国一丸と言い、四十六丁立の船。いわゆる関船で全長は十三間（約二十三・六メートル）ほどあった。

　朝鮮出兵に際し、諸大名は船集めに苦労した。巨大な安宅船から数人しか乗船できない釣り船まで掻き集め、西日本だけでは足りず、遠く陸奥、出羽まで求めるほどだった。それだけでも足りず、各湊では船造りが押し進められていた。

　鍋島家の御船奉行は田雑大隅守、御船頭は池上六太夫が務めた。国一丸のほかには小代丸、宮市丸、稲佐丸などがあり、佐嘉の兵が乗り込んだ。

　湊を出た途端に船は大きく揺れはじめた。直茂は決して船酔いするたちではないが、体調不良もあってかなり酔った。戦う前に、地獄に落ちたような気分である。

海路でおよそ十二里（四十八キロ）。その日のうちに壱岐の最北湊の風本（勝本）に到着した。

もう吐くものもない。酒を呑んだわけでもないのに酩酊状態で足がふらつく始末であった。なんとか下船した直茂は、用意されていた風本城下の屋敷に入った。暫し、横になっていると、暇で仕方ない清正が現われた。

「なんじゃ、これっぽっちか。軍役はいかがされた」

僅か数百の兵しか連れていなかったので、清正は鍾馗のような髭顔に不満を浮かべる。

清正はただ北政所の親戚ではない。賤ヶ岳の戦いでは七本鑓に数えられる戦功を上げ、諸戦場で活躍。肥後もっこすと呼ばれる頑固者で、独立独歩の強い肥後の国人衆をよく纏めていた。この年三十一歳。六尺三寸（約百九十一センチ）の長身で、引き締まった偉丈夫である。

「追々集まるはず。今少し待たれよ」

「左様か。顔が青いの、船酔いしたのか？　かような時は呑むに限る」

清正は家臣に酒を持ってこさせた。盃は直茂が用意する。

「さあ呑もうぞ」

清正は直茂に酒を注ぐと、自身は手酌で豪快に呑みだした。

（真実か）

ただでさえ最悪の体調なのに、酒を呑める状態ではない。それでも下戸でもない武士が酒を断わるのは無礼になる。直茂は迷惑な客の酒を意地で腹に流し込んだ。

「くそっ、なにゆえ儂が二番組なのじゃ。これは沙弥と薬屋の謀に違いない」

沙弥は年少の見習い僧のことで、嘗て近江の観音寺で手習いをしていたことがある奉行の石田三成を指している。薬屋は行長の父の小西隆佐が堺で薬屋を営んでいたことから清正は息子の行長を、そう蔑んでいた。

強大になった秀吉の家臣団であるが、尾張出身の清正、福島正則を中心とする、加藤嘉明、黒田長政、長岡忠興ら武闘派の武将たちと、近江出身の石田三成、長束正家、大谷吉継らを中心とする増田長盛、徳善院玄以、小西行長ら奉行派の武将たちは仲が悪い。互いに戦下手な青瓢簞、鑓働きしかできぬ猪武者と愚弄し合っていた。

この朝鮮出兵に対する姿勢も、真っ向から違っていた。

「儂が一番組ならば、田楽刺しのごとく朝鮮を貫いて明に攻め込み、明で十ヵ国の太守になってやるわ。薬屋では失敗する」

酒が入るごとに清正は愚痴をもらす。

意気込む清正に対し、三成らは根本的に出兵には反対で、これまでなんとか回避させようとしてきた。開戦後は早急に和睦する手段を画策しようとしているので、対立は深まるばかり。宗義智と小西行長が一番組になったのは、今まで朝鮮と交渉してきたこともあるが、清正を抑えるために三成が秀吉に推したためでもあった。

直茂は清正が寝入るまで、愚痴を聞かされ続けた。

お陰で翌日は完全な二日酔いとなった。午後になって酒が抜けると体は幾分楽になり、また、熱も引いてきた。酒は百薬の長なのかもしれない。

海は荒れ模様で、日本船団も足留めされていた。

二十六日、直茂の養子の茂里らは肥前の伊万里を出航、二十九日には田尻鑑種や山代貞などが出航と、ばらばらに肥前衆が壱岐に到着した。風本の湊には入りきれず、少し南の湯ノ浦の湊で船を停泊しなければならなかった。

「ようまいった」

直茂は労うが、龍造寺家の一門、重臣衆はまだである。直茂は躁擾するばかりだ。

四月十二日になり、漸く龍造寺家久、後藤家信、龍造寺家晴、松浦信昭らが到着した。これで漸く鍋島家も軍役を果たすことができた。

「ようまいられた」

「まったく迷惑な話じゃ」

後藤家信は最初から乗り気ではない。

「改めて申しておく。龍造寺家のため、我らは死に物狂いで戦おう。無論、戦功を得られるほどに。されど、異国の地に恩賞を得ても、我らは移り住むつもりはない。肥前やその周囲ならば有り難く戴こう。朝鮮の地なれば、公儀（豊臣政権）と昵懇の貴殿が治められよ」

突き放すように後藤家信は言う。政家を中心とする大名龍造寺ならば、違った考え方をするのかもしれないが、完全に一線を引いている。秀吉に擦り寄った朋輩を優遇する政権の言うことを聞く気がないようである。

（なんと古い思案か。拒否した段階で家が取り潰されることが判らぬのか）

小田原征伐終了後、織田信雄は尾張周辺から家康の旧領の東海への移封を命じられ、拒んだ瞬間に所領は召し上げられて蟄居。今では捨て扶持を受けて秀吉の御伽衆となっていた。なので長久手の局地戦で秀吉に勝利したことのある家康をしても二つ返事で関東へ移封しているのだ。

後藤家信は名護屋城を目にしても、大坂城、聚楽第を見たことがない。信長が果たせなかった全国平定、異国への出兵がどれほど偉大なことか。直に秀吉に接したことがないので、途方もない力や、その恐ろしさが判っていなかった。

「承知致した」

これから異国の地を踏もうとする前に争っても仕方がない。歳月が経てば秀吉の凄さが判るであろうと、その場を取り繕うことにした。

四月十三日、二番組は壱岐を発ち、対馬の北端の豊崎に達した。

「あれが朝鮮か」

豊崎から朝鮮の釜山が薄らと見える。距離にして、およそ十三里（約五十二キロ）。朝鮮は遠望できるほど近い異国である。直茂は初めて朝鮮を意識した。

「くそっ、薬屋奴は渡海しよったか」

清正は吐き捨てる。前日の十二日、一番組の小西行長らは豊崎を出航し、その日のうちに釜山浦に迫り、釜山城を包囲。

翌十三日、釜山城ならびに近くの西平浦と多大鎮（浦）の城塞を相次いで攻略して釜山を制圧。十四日には釜山城の北に位置する東莱城を、翌十五日には機張、左水営両城を陥落させる。いずれの城でも、仮途入明は拒否された。

勿論、直茂らはまだ知るよしもない。数日、天候不順が続き、出航は暫し延期された。

「大体、貴殿らの到着が遅いゆえ、薬屋に出し抜かれたのじゃ。風雨が止む祈禱でも致せ」

苛立つ清正は酒を呑んでは憤懣を吐き捨てるばかり。

「まあ、そう焦られるな。普段、貴殿が申しているとおり、摂津守（行長）が戦下手なれば、そう先にも進めまい。それに、『孫子』には、吏の怒る者は倦みたるなり、と申すであろう。風雨が止むまで昼寝でもしておればよかろう」

大将が無闇に怒る姿を見れば、家臣はくたびれてしまう、という意味である。

「なに、貴殿は儂を吏僚（奉行）と申すか」

酒で据わった目で睨みつけ、清正は声を荒らげる。

「さにあらず、『孫子』の吏は、王の下、いわゆる太閤殿下の下にいる貴殿のこと」

「王？　王は帝（天皇）のことではないのか。さすれば吏は太閤殿下ではないか」

「明の昔、呉の国に日本のような帝はおらず。武将が則ち国主と聞く」

「太閤殿下は関白であられたお方、そのへんの武将と一緒にするな。それに、これから明に攻め入ろうとするのじゃ。敵の話などするな」

酔っているせいか、清正はなんにでも嚙みついてくる。

「これは失礼致した。されば主計頭殿の戦における心掛けをお聞かせ戴きたい」

「そんなことはただ一つ。太閤殿下の御ため、命を捨てて、ただ敵を討つのみ」

「さすが主計頭殿。感服致した。さあ、吞まれよ」

面倒だな、と思いながら直茂は酒の相手を務めた。

龍造寺家臣の反発がある中、この先、小西行長への敵愾心に満ちた清正と行動を共にしなければならないのかと思うと、先が思いやられる気がしてならなかった。

二

昨晩からの強い風が凪いだ。朝から雲一つない青空が広がり、出航日和となった四月十八日。

二番組の主将となっている清正は朝食を掻き込むや乗船し、闘志満々湊を出ていった。

直茂も国一丸に乗り込んだ。

「敵地の岩陰から奇襲を受けるやもしれぬ。決して油断せぬよう。出立じゃ」

大号令を発すると、四十六の櫓が動きはじめた。加藤勢に続いて湊を離れていく。これに大小数百の船が動きだした。

直茂が口にしたことは本音である。直茂は陸では散々戦ってきたが、海の戦いは一度も経験したことがない。そこで、朝鮮出兵にあたり、多数の海人を雇った。この者たちは水軍と言えば聞こえはいいが、敵に廻れば海賊になる。明や朝鮮、東南アジアの者たちは倭寇と呼んだりする。

秀吉は惣無事令を発した頃、海賊禁止令も発布して、近海の海賊は廃業して武家奉公するか漁師になるかの選択を迫られた。これにより九州の海賊衆は琉球や東南アジアに散ったが、朝鮮出兵によって必要となり、直茂は田雑大隅守に命じて掻き集めさせた。これまで伊万里湾、大村湾、島原湾、諫早湾、有明海などには当たり前のように存在していた。関船よりも小さな小早を駆る者たちである。海戦に馴れているので、多少なりとも直茂は安堵していた。

朝、豊崎を出た船は昼過ぎには釜山の湊近くに達した。

「これが釜山か」

首都の漢城に次ぐ第二の都市と言われる町を遠望し、直茂は昂った。

釜山の由来は釜をひっくり返したような山の形をしているからだという。周囲には荒嶺山や金井山など十六の山があり、さらに丘が数多ある。その谷あいに洛東江、水営江が流れ、僅かな平地に人が住んでいた。

平素、町には数万の民が生活していたが、日本軍の侵攻によって多数が死亡し、あるいは四散しているせいか、人を目にすることがなかった。ほかは山中に身を潜めているのかもしれない。

「摂津守らは派手にやったようじゃの」

周りの焦げた跡を見渡しながら直茂は言う。

直茂は清正らとともに湊から九町（約一キロ）ほど北西に位置する釜山城に入った。対馬を見晴らせる城山（標高百二十五メートル）に築かれた山城は既に落ちていた。城には小西家の留守居がおり、行長ら一番組は左水営城を攻略したのちに、梁山（ヤンサン）、密陽（ミルヤン）、大邱（テグ）を経由して尚州（サンジュ）に向かっていったという。

予定どおりである。一番組は中道、二番組は東道、三番組は西道を通ることが決まっていた。

「薬屋に負けられぬ。すぐさま東道を進もう」

清正は直茂や相良頼房に告げ、休む間もなく東道を進むことにした。

加藤勢は馬が到着しない騒動があったものの、地元の牛を調達して急場を凌（しの）ぎ、釜山を発った。

二番組の二万二千八百人は釜山から進路を東に向け、梁山から彦陽（オンヤン）を経て、二十日、釜山から二十一里半（約八十六キロ）ほど北東に位置する慶州（キョンジュ）に到着した。

慶州は史上初めて朝鮮半島を統一した新羅（シルラ）の都として栄えた町で、北の小金剛山（ソクムガンサン）、西の仙桃山、南の南山、東の普門湖に守られた町である。

町の中心に慶州城があり、元来は新任府尹（府長官）の辺応星が守将を命じられたが、未だ着任しておらず、代わりに判官（中央官僚）の朴毅長と前府尹の尹仁涵らが数千の民と守っていた。

二番組は慶州城から一里ほど南で兵を止め、東門に立札を建てた。

「対馬島主が兵を率いてやってきた。判官は速やかに開城すべし」

朝鮮語が判る者に書かせた、降伏勧告である。戦功は望ましいが、異国なので兵の補充は簡単にはいかない。日本国内での戦い以上に犠牲を少なくすることが武将の務めでもある。対馬島主とは宗義智のことで、朝鮮人にとっては馴染みが深いからである。

「敵はいかが致しましょう」

笠原與兵衛が問う。

「兵数次第じゃが、普通は城を、町を守るために戦うはずじゃ」

緊張感の中、直茂は答えた。

慶州城では、立札を見た朴毅長は驚愕した。後任を待っていた尹仁涵は、日本軍の接近を知ると、逃亡した守令（地方官）を逮捕するという名目で城を抜け出し、行方を晦ましてしまった。

慶尚監司（地方官）の金睟は二十五里（約百キロ）も北西の金泉から十二里半（約五十キロ）も南西の居昌に逃げ、永川郡守の金潤国を遣わして、慶州の集慶殿にある国王の御真影（ごしんえい）を山奥に隠させた。この時、城内には長鬐県監（チャンバルヒョンガム）の李守一（イスイル）もいたが、立札を知ると、朴毅長らと一緒に逃亡している。

守将たちが逃げ去ったので、兵や領民たちも慌ただしく三里（約十二キロ）ほど南東に位置する仏国寺（ブルグクサ）に逃げ込んだ。寺は一揆の拠点にもなりうるが、元来は戦とは無関係の聖域であり、避難所でもあった。

お陰で二番組は一矢も放つことなく慶州城に入った。物見を放つと、仏国寺に人が集まっていることを摑んだ。領民だけではなく、兵も多数いることも。

「兵も多数いるとのこと。一揆を煽動（せんどう）されては敵わぬな」

清正は直茂に言う。秀吉は信長に仕えている頃、さんざん一向一揆に悩まされた。直茂も肥後から広がった一揆討伐には苦労したので、異国で同じ目には遭いたくはない。

「背後から仕寄られるのは厄介でござるな」

「常々、最初が肝心と殿下は仰せられておる。降伏すれば許してやるが、敵対致せば、いかな目に遭うか、朝鮮の者どもに知らせねばならぬ。さすれば命を落とす者も減るであろう」

清正は仏国寺を攻めることを提案した。

「殿下の意向に従い申そう」

直茂も応じたので、加藤、鍋島、相良から七千を選抜して差し向けた。

鍋島勢は三千五百。直茂は神代家良と留守居の兄信房の嫡男・茂正（しげまさ）に兵を預けた。

仏国寺は霊山として信仰を集めてきた吐含山（トハムサン）（標高七百四十五メートル）の西麓に築かれた仏教寺院で、法興王（ポップンワン）十五年（五二八）、新羅二十三代法興王が夫人のために建立した華厳（ファオム）仏国寺が始まりだという。寺は広く、三十万平方メートルとも言われている。

神代家良らは仏国寺を包囲して降伏勧告を行ったものの、徹底抗戦を決意しているのか、言葉がうまく通じなかったのか、慶州勢は応じる姿勢を見せなかった。

清正から容赦するなと命令を受けている森本一久は、躊躇することなく東の門から火矢を射ち込んだ。ほどなく寺は炎に包まれ、黒煙を上げた。まさか聖域を侵されるとは思っていなかったのか、寺に籠っていた兵、領民は驚愕しながら寺の外に逃げだした。

「向かってくる者は討ち取れ。武器を持っている者も然り」

領民への乱暴狼藉は禁じられているが、兵は別である。神代家良は下知を飛ばし、南から西に陣を布く鍋島勢は出てくる兵に弓、鉄砲を放ち、向かってくる敵を突き伏せた。

僅かに北側を開けていたので、武器を持たぬ者は見逃した。中には領民のふりをして武器を捨てた兵もいるかもしれないが、皆、似たような灰色の袴（はかま）のような下衣（パジ）を穿き、上衣（チョゴリ）を纏って細い腰帯をしているので日本人には見分けがつかなかった。

日本軍は仏国寺で一千百五十人を討ち取った。

「敵は降伏することもできたが、せず、寺を利用した。致し方ないことじゃ」

寺を攻めた神代家良らに直茂は労いの言葉をかけた。

翌二十一日、二番組は慶州を出立し、五月三日、漢城に到着した。

都には朝鮮王朝の正宮として景福宮（キョンボクグン）が建設され、二年後には城郭と四大城門が完成した。それ以降も二万六千三百三十七坪（約八万六千九百十二平方メートル）の巨大な敷地の中に建物が築かれ、二百近くにも達している。

景福宮は二階建てで、天守閣のようなものはなかった。石の城壁に櫓（やぐら）があるぐらいで、戦に備えた城ではなく、政庁と生活の場という感じであった。

五月七日には三番組の黒田長政ら、四番組の毛利吉成ら、続いて八番組の宇喜多秀家らも入城を果たしたので、評議を開いた。

「太閤殿下の当所（あてど）はあくまでも入明。通過するだけの国の仕置きなどに力を入れておれば、何年先になるか判らぬ。直ちに明に向かうべきじゃ」

清正は真っ先に主張した。

「これだけ国が荒れているのじゃ。いかほどの年貢が徴収できるか判らぬ。進むどころか、在陣していることも敵わなくなる。まずは皆で分割して仕置きをするべきじゃ」

行長は否定し、得た地の確保を優先する意見を述べた。

「よく判らぬ敵地で退路を断たれたら、助けに行くことも敵わぬ。支援ができる形を作ってから、明を目指すべきじゃ」

副将の宇喜多秀家が告げた。秀家は秀吉の養子として宇喜多家を継ぎ、のちに五年寄（としより）（大老）を務めることになる。秀家の一言で、まずは統治する方針に決定した。

制圧する朝鮮八道（ド）の国割りと、徴収すべき所領の石高も決められた。

道とは道路の名ではなく地域（行政区）のことを指している。

一番組の平安道（ピョンアンド）は二十四郡で百七十九万四千八十六石。小西行長ら。

二番組の咸鏡道（ハムギョンド）は二十四郡で二百七万一千二十八石。加藤清正ら。

三番組の黄海道（ホアンヘド）は四十二郡で七十二万八千八百六十七石。黒田長政ら。

四番組の江原道（カンウォンド）は二十六郡で四十万二千二百九十九石。毛利吉成ら。

五番組の忠清道（チュンチョンド）は五十六郡で九十八万七千五百十四石。福島正則ら。

六番組の全羅道（チョルラド）は五十八郡で二百六十万九千三百七十九石。小早川隆景ら。

七番組の慶尚道（キョンサンド）は七十郡で二百八十万七千七百九十石。毛利輝元。

八番組の京畿道（キョンギド）は三十九郡で七十七万五千三石。宇喜多秀家。

九番組の豊臣秀勝らは釜山の守備であるが、まだ壱岐の風本に控えていた。

合計は三百三十九郡で一千二百十七万五千九百六十六石。『日本戦史』によれば一千百九十一万六千八十八石とされている。この数字は土地の広さ、実収穫高というよりも日本国内の所領高に応じて決められたという、あいまいなものであった。

「二百七万一千二十八石、咸鏡道とは、左様に豊かな地なのか」

朝鮮の略地図を見ると、かなり北に位置している。直茂にはとても信じられなかった。

五月十日、一番組が北に進み、漢城から十里（約四十キロ）ほど北を流れる臨津江（イムジンガン）で都元帥（トウォンス）（総指揮官）の金命元（キムミョンウォン）率いる朝鮮軍一万二千と対峙した。

臨津江を渡ろうにも川幅が広くて簡単には渡れない。舟を探させたが、朝鮮軍に押さえられていたので、易々とは見つからない。行長らは一部の兵を川岸に残し、本隊は一里ほど南の坡州里(パジュリ)に移動させた。

「一番組が進路を阻まれておる。後詰に向かってくれ」

十六日、宇喜多秀家に促されたので、二番組の直茂らは三番組の黒田長政らと援軍に向かった。行長らと合流すれば四万五千になる。

「これは広いの」

南岸から臨津江を目にし、直茂は呟(つぶや)いた。川幅は広いところで七町半(約八百二十メートル)もあった。川底も見えないので、徒(かち)や騎馬で渡るのは無理だと推察できる。自軍が渡河できないならば敵も同じ、二番組は一部の兵を残して本隊を坡州里に後退させた。

十八日、韓応寅(ハンウンイン)ら三千の援軍が到着すると韓勢は金命元の許可も得ぬまま一斉に兵を乗船させ、南に向かって漕ぎ出した。韓勢に遅れてはならぬと、金勢もこれに続く。

「敵じゃ」

迫る敵を高台から目にした直茂は加藤勢とともに一気に丘を駆け降りた。

二番組が川岸に到着した時、三千余の敵が渡河を終えており、さらに後続もあった。西に劉克良(ユクリャン)ら、東に申砬(シンチョル)ら、韓勢は加藤、鍋島の監視部隊を包囲していた。

「神代勢は西に、成富(なるとみ)勢は東に廻れ! 残りは我に続け!」

直茂は騎乗で太刀を抜き、敵に向かって疾駆する。

「お待ち下さい。大将御自らとは軽はずみにございます。なにかあったら御家はどうなります」

下村生運が止めだてするが、直茂は聞かない。

「異国の地じゃ。ここで覇気を示さんでなんとする」

できれば直茂は後方で采を振っていたいが、龍造寺一門、重臣衆を働かせるためには先頭に立つしかなかった。

「儂は肥前を預かる鍋島加賀守直茂じゃ。朝鮮に武士がおるならばかかってまいれ！」

直茂の言葉は通じないであろうが、士気を高めるために大音声で叫び敵に突撃した。

「鍋島じゃ！」

改めて直茂は名字を名乗り、太刀を振り下ろした。途端に敵は血飛沫を上げて倒れた。

日本軍の足軽に当たる朝鮮兵は鉄製の戦笠（陣笠）をかぶっているものの、具足は着用せず、布製の上衣と下袴なので体のどこに当たっても負傷させることができる。攻撃こそが全てで、敵の武器から身を守るという概念が当時はなかったのかもしれない。

朝鮮兵は鑓の代わりに月刀（ウォルト）という柄が一間（約一・八メートル）の薙刀（なぎなた）のような武器を持ち、腰には一尺（約三十センチ）の短刀を差していた。

直茂や神代家良、成富茂安らが敵中に乱入し、縦横に走り廻って斬りかかると、味方も続いて朝鮮軍は壊乱となった。月刀と柄の長い日本の鑓では勝負にならない。さらに日本軍の鉄砲の保有数は倍以上。加えて射程距離は五割ほど長い。弓も朝鮮軍は半弓で日本軍は大弓、鉄砲同様に射程距離が長い。兵数が同じならば、勝利は確実であった。

「退却（フットェ）！」

韓応寅は命令を出し、撤退を始めた。

「追え！　逃すな！」

直茂は獅子吼して追撃を行った。

朝鮮軍は殿軍（しんがり）を用意していなかったので、日本軍はいいように討ち取った。その数は三千を超え、溺死した者は数知れず。逃れられた者は僅かであった。朝鮮軍が使った舟も多数、日本軍が確保したので、韓応寅や金命元は四十里（約百六十キロ）も北の平壌にまで逃亡したという。劉克良と申砬は討死した。

戦いが終了してから後藤家信が駆けつけた。

「なにゆえ我らに知らせぬのか。功の一人占めを致す気か」

不満をあらわに後藤家信は文句を言う。

「さにあらず。火急のことゆえ、まずは動ける者が動いただけ。遣いは送ったはず」

「戦いが始まってからの」

「勘違いをなされては困る。我らは物見遊山に来ているのではござらぬ。戦をしに来ていることはご存じでござろう。ここは異国、いわば敵地。いつ戦が始まってもいいように備えておらねばならぬ。油断なさらぬようにと申しておいたはずでござるが」

諭すように言うと、後藤家信の角張った顔が紅潮してきた。

「次は伯耆守（後藤家信）殿にお任せ致す。それでよろしいか」

ただ言い負かすだけでは軍の調和を保てない。直茂は心配りを見せた。

「承知」

憤る後藤家信は家臣を連れて高台に戻っていった。

「まるで主計頭殿と摂津守殿のようでござるの」

少々笑みを浮かべながら笠原與兵衛が言う。

「儂はどちらじゃ？」

「お好みのままに」

「戯け。儂は伯耆守殿に憎しみなどは持っておらぬ。あくまでも龍造寺のための纏め役じゃ。殿下の下知ゆえ采を握っているばかり。代わりがいればいつでも代わる」

半分は本音である。

「龍造寺と鍋島のみならず、神代、多久、小田、田尻、蒲池などなど、嘗て干戈を交えた者たちを纏められるのは家中広しと雖も、殿以外にはおりませぬ。それゆえ、皆、文句を言っても従っているのではありませぬか」

「そちに慰められるとはのう。されど、それは違う。豊臣の、殿下の威光じゃ」

と言った時、直茂は不安にかられた。

（万が一、殿下になにかあれば、我が地位は無になる。それどころか、不満を抱く者に命を狙われても不思議ではない。これに拍車がかかれば、再び肥前は乱世に戻る。龍泰寺様が纏められた肥前の国、鍋島を守るためにも、龍造寺を守るためにも、我が地位を磐石にしておかねばならぬの。そのためには悪人になる日も来るやもしれぬ）

直茂は異国の地で家中の矛盾を如実に感じていた。

対岸の様子を探り、日本軍が臨津江を渡河したのは五月二十七日。そのまま五里（約二十キロ）ほど北西に進み、二十九日、無兵の開京（ケギョン）を制圧した。

小西行長は明と和睦の交渉をはじめたので清正は激怒した。

「左様に和議が好きならば、そちだけで致せ。その間、儂らは咸鏡道を制圧して明に向かう。騙し討ちも戦の一つよな」

清正は言い放って北東に進路をとり、咸鏡道に向かう。直茂らも同行する。

一番組と三番組は平壌を目指してさらに北西に兵を進めた。

三

「それにしても朝鮮は広うございますな」

騎乗する直茂の横を歩きながら與兵衛が愚痴をもらす。

開京を出立してから、江陰（カンウム）、牛峯（ウボン）、平山（ピョンサン）、新渓（シンゲ）、谷山（コクサン）を通り、老里峴（ノリヒョン）の手前に達した。

山あり谷ありの中、距離にして優に三十五里（約百四十キロ）は進んだことになる。同地は黄海、江原、咸鏡道の境となる馬息嶺（マシクリョン）山脈の難所であった。

「今少しの辛抱じゃ」

「もう何十回と聞きました」

「されば、そちも同じことを申すな。これよりは山じゃ。しゃべると余計に疲れるぞ」

「こんなことなれば留守居をしておけばよかった」

與兵衛は独りごつが、歩の速度は落ちない。なかなかの健脚であった。

二番組は地元民を強引に脅し上げて道案内をさせ、老里峴越えを行った。

鍋島家の『普聞集』には「行程三十里（約百二十キロ）、深谷で人の声もなく、行き迷い、行き向く。朦朧として雲遮り、霧覆う、従卒前後に迷惑せり、この時、肥前（鍋島）、肥後（加藤）の人馬、先陣、後備、行伍乱れて、衆口喧々たり、軍卒兵糧乏しく、上下気疲れ、足萎え、ようよう山下に下がる……」とある。

疲労困憊による精神的障害、空腹に躁病が重なる行軍は死をかけた侵攻だった。

老里峴は咸鏡南道兵使（司令官）の李渾の軍勢が守っていたが、日本大軍が攻め寄せると聞き、戦わずに逃亡した。疲弊していた直茂らには幸運であった。

六月十八日、直茂らは苦楚を乗り越えて咸鏡道の安辺に到着した。同地は日本海にも近い農村部で海の珍味が集まっていた。

「食い物じゃ」

兵たちは略奪に走り、飯、肉、酒を貪った。

「領民に銭を払ってやれ」

略奪は犯罪行為で、秀吉からも固く禁じられていた。直茂は下村生運に命じた。

清正と直茂らは相談し、安辺から北の吉州(キルジュ)までの海岸線の支配地を決めた。

安辺、加藤清正本陣。

徳源(トクウォン)、鍋島家の後藤家信。

文川(ムンチョン)、鍋島家の龍造寺家久、神代家良。

高原(コウォン)、鍋島家の鍋島茂里。

永興(ヨンフン)、鍋島家の龍造寺家晴、同家俊、姉川信房、松浦信昭。

定平(チョンピョン)、鍋島家の馬場信員(ばばのぶかず)、同家員(いえかず)、鍋島茂正。

咸興(ハムフン)、鍋島直茂本陣。

洪原(ホンウォン)、鍋島家の成富茂安。

北青(プクチョン)、加藤家の吉村氏吉(よしむらうじよし)。

利城(イソン)(利原(イウォン))、加藤家の小代親泰(しょうだいちかやす)。

端川(タンチョン)、加藤家の九鬼広隆(くきひろたか)。

城津(ソンジン)、加藤家の近藤四郎右衛門。

吉州、加藤家の加藤可重(よししげ)と相良頼房。

城番となった武将たちは検地を行い、年貢帳を作成し、田畑以外の特産物も明記して厳しく取り立てた。年貢を収めない者からは人質をとり、まれに斬らざるをえないこともあった。

異国の言葉を話す軍隊が略奪を行い、あとから年貢で相殺といっても、在住の民がそう簡単に新たな支配者を受け入れるわけもない。恐怖を植え付けなければ日本軍は空腹を満たすことができないのが実情であった。

「兵糧を送るのは奉行の仕事。届かぬのは治部奴の怠慢じゃ」

清正は石田三成を悪(あ)しく罵(ののし)った。

ただ、朝鮮人も抵抗する者や逃げる者だけではなかった。その地域の役人を斬って日本軍に恭順の意を示し、中には捕らえて差し出してくる者もあった。咸鏡道の最高権力者である観察使(クワンチャルサ)（知事）の柳永立(ユヨンリップ)や兵使(ピョンサ)（軍司令官）の李渾(イホン)などは殺害された。

「日本軍は新主を擁立し、国政を改める」

といって兵を進めたので、歓迎された地域は少なくない。快進撃の背景には朝鮮政府への不満が民衆に溜まっていたこともあった。

（このまま略奪、狼藉を続ければ、一揆となって跳ね返ってこよう。気をつけぬとな）

直茂は家臣たちに禁じられたことをせぬよう、厳命した。

「儂は北の海岸線を押さえにまいる。貴殿らは南を固く守って戴きたい」

目的は義兵の蜂起を抑えるため、と清正は提案した。

（明の都への道を探るということが本心やもしれぬな）

直茂は察した。それでも一石二鳥になれば日本にとって損はない。

「されば、当家の者も遣わせましょう。存分にお使い下され」

直茂は龍造寺家晴、後藤家信、鍋島茂正、南里助左衛門ら二千の兵を清正に遣わした。清正が安辺を発ったのち、直茂は麾下の城を一つずつ廻り、普請すべきところは普請するように指示を出し、少しでも意思の疎通を図ることに尽力した。

一方の清正は七月十三日、女真の兀良哈（現中国東北部）との国境に近い咸鏡道の会寧で朝鮮王子の臨海君、順和君を捕らえた。

鏡城官僕（地方役人）の鞠世弼と鞠景仁らの民衆が蜂起し、二王子を捕縛し、清正に引き渡した、というほうが正確か。会寧は北東の端に位置し、李王朝時代の配流の地とされていた。

鞠世弼と鞠景仁は中央から左遷されてきた者で、日本軍の侵攻とともに会寧の府使を追い出して同地を支配していた。二王子を引き渡すことによって清正から安全の保証を取り付けるつもりであった。清正はこれを許し、二人を受け取ると二十里（約八十キロ）ほど南の鏡城に送り届けさせ、鞠世弼らを会寧府使に任じた。

その後、清正は兀良哈に侵攻し、龍井の延瞻城を落とし、濟州の印金城を落として城主の世琉兜宇須を捕縛、慶源、慶興を陥落させて八月十二日、鏡城に帰城した。

この段階で日本軍は朝鮮をほぼ制圧した。

日本軍が快進撃を続けられた理由は大きく四つある。まずは百年以上続く戦乱の中で、集団による統一的な戦いに慣れていたこと。二つ目は奇襲さながらの先制攻撃であったこと。三つ目は鉄砲の大量使用。四つ目は世襲官僚制をとる李朝政府内の腐敗に不満を高めていた朝鮮人民が厭戦気分にあったことによる。

日本軍は朝鮮軍を相手に連戦連勝したが、あくまでも陸の話。海では李舜臣（イスンシン）率いる水軍に日本水軍は圧され続け、完全に制海権を奪われていた。これによって物資の輸送が滞り、各地で兵糧、武器、弾薬が不足しながら諸将は在陣しなければならなかった。

清正が安辺に帰城したのは九月二十日のことであった。

朝鮮国は明国に援軍を懇願していた。このまま日本軍を野放しにすれば、明国にも攻め入ると。明国は朝鮮国を従属の国という認識でおり、常に影響力を持っていたい。また、日本の力が拡大するならば、朝鮮国を緩衝地帯として置きたいという思いがあるので、申し出に応じた。

七月、遼東鎮撫（りょうとうちんぶ）副総兵の祖承訓（そしょうくん）が明軍の先兵として鴨緑江（アムノックカン）を渡り、小西行長が在する平壌を攻撃した。

行長は祖承訓勢を敗走させているが、明国が援軍を送ったということは、日本軍に敗れ、山中に逃れていた朝鮮兵たちを歓喜させた。これによって各地で義勇兵が蜂起した。

直茂らが支配を命じられた咸鏡道では鄭文孚（チョンムンブ）が義兵将として起つと、瞬く間に数百の兵が集結した。

咸鏡道は朝鮮政権に恨みを持つ者が多かったので、日本軍を解放軍のように歓迎したが、清正らが兀良哈に攻め込んでいる間に直茂らが指出検地を強行した結果、民衆の態度が一変した。直茂は人質を牢屋に押し込めて穀物などの調査を行わせ、税として徴収したので、敵として見なされるようになった。

「貴殿らが余計なことをするからだ」

清正は遣いをよこし、直茂に文句を言う。

「全て太閤殿下からの下知でござろう。これを怠ったとすれば、主計頭殿こそ、殿下の命令に背いたことになる」

直茂は使者に告げて帰城させた。

「いずれ、かようになることは判っていた。他の地より遅かったのは幸い。お陰で年貢の料が明確になった。我らは殿下が方針を変えるまで、最初の下知に従うだけじゃ」

清正が不服を申しても、直茂は支配体制を変更しなかった。

九月十五日、鄭文孚は鞠世弼が支配する鏡城で蜂起した。勝てぬと悟った鞠世弼は鏡城を明け渡し、府使の役も辞任した。勢いに乗る鄭文孚は兵を増やしながら南下し、明川を掌握した。

直茂も他人事ではない。十月九日、南兵使（ナムビョンサ）の成允文（ソンユンムン）や盗賊の柳応秀（ユウンス）ら数千の兵が咸興城に迫った。

咸興城は石積みの塀で囲まれた館形式の建物を元に、五間（約九メートル）ほどの水堀を設け、塀を二尺（約六十センチ）高くしただけの平城である。乾いた地なので寄手は近くまで接近できる。大手は南で搦手は北。直茂をはじめ五千の兵で守っていた。

「安堵致せ。敵の数は我らと変わらん。我らの弓、鉄砲は敵よりも遠くまで飛ぶ。しかもよく命中する。焦る必要はない。敵は近づかねば塀一つ崩せはせぬ」

直茂は家臣たちを励まして、敵に備えた。

成允文らは南、柳応秀らは北から兵を進めてきた。距離は一町を切ってもまだ矢玉一つ放ってはいない。臨津江の戦いで体験した時のままである。

「敵は半町まで近づかねば勝負ができぬ。鍋島の、日本の業（技術）の高さを見せつけよ。放て！」

直茂が叫ぶと同時に家臣たちは石壁から顔を出し、引き金を絞り、弓弦を弾いた。轟音が響くたびに義勇兵は血飛沫を上げて倒れ、降り注ぐ矢を受けて仰(の)け反(ぞ)った。

「撤退(チョルテェ)！」

自分たちの攻撃距離より遠くから討ち取られたので、義勇兵は焦って退いていく。

「追い討ちをかけよ。絶対に勝てぬと植え付けるためにも、徹底して打ち倒せ！」

直茂は城門を開かせ、追撃を行わせた。堤治部左衛門をはじめとし、鍋島勢は出撃し、弓、鉄砲を放ちながら敵を追い、さんざんに討ち取らせた。深追いは禁物なので、十町ほど出たところで退き貝を吹かせて撤収する。すると、また仕寄ってくるので、矢玉で討ち倒して出撃する。

敵は味方の屍が山となっても攻撃を止めない。まるで矢玉を全て消耗させるかのような戦いぶりには恐ろしさを感じた。陽が落ちると、漸く敵も退いた。

「他所者(よそもの)に土地を奪われた憎しみはただ事ではないの」

このままではいずれ矢玉が尽き、押し切られるかもしれない。呑気に構えてはいられなかった。

敵は咸興城のみならず、他の支配城も攻めた。後藤家信からの遣いが駆け込んだ。

「今は敵の数が少ないゆえ、追い返せますが、増えたら敵わなくなる。分散は不利。一つが無理ならば、二つぐらいの城に兵を集めるべきだと、我が主が仰せです」

「伯耆守殿の申すことは尤もなれど、この地は乾いておるゆえ、兵が一所に纏まると水に困る。井戸を多数用意できる城があれば、纏まるのも構わぬ、と主に申されよ」

力攻めで落とされるのも恥だが、水を失って降伏するのもまた恥。直茂は憤りながら告げた。渡海して半年ほどで籠城の準備をしなければならないことに、改めて腹が立つ。

（この出陣の根本が間違っているのではなかろうか。朝鮮を攻めるのは仕方ないとしても、いきなり支配地を広げすぎたのではあるまいか。いきなり全面を押さえにかかるのではなく、逆に少しずつ広げていくほうが確実であろう）

戦線が延びて物資が届かぬのは、明らかに計画の失敗と言わざるをえない。奉行の失態かもしれないが、計画の許可を出したのは秀吉なので、あからさまに声に出すわけにはいかなかった。

その後も義勇兵は城に迫るので、直茂はそのつど追い払った。他の城も同じで、各城から再三に亘って後藤家信と同じことを言ってくる。

（これは伯耆守の画策やもしれぬ。されど、抛ってもおけぬの）

過ぐる九月二十九日、直茂は試験的に鍋島茂里が在する高原(コウォン)城に集まるように下知を出している。茂里は養子なので信頼できる。ひとまず、様子を見ているところだ。その後も義勇兵の攻撃は続いた。

十一月には、遂に加藤可重の吉州(キルチュ)城にも義勇兵は襲いかかってきた。可重らは城門を閉じて固く守り、寄手の侵入を許さなかった。

完全に包囲される前に加藤可重は清正に急を報せた。吉州城には兵糧、武器、弾薬が乏しく、さらに寒気が追い討ちをかける中で厳しい籠城戦が開始された。義勇軍は吉州城西南の利城(イソン)、端川(タンチョン)城も攻撃したので、これらの城も籠城戦を強いられることになった。

報せは清正にも届けられ、清正も直茂と同じ悩みをかかえていた。

「これより、この咸鏡道は降雪で馬の行来も困難。されば、包囲する敵は城兵以上に辛い目に遭うので、なんとか耐えろ」

と励ましの手紙を送るばかりであった。

十一月下旬、直茂の許に、漢城から石田三成、大谷吉継、増田長盛の使者が訪れた。

「既にお判りかと存じますが、押さえている地が広がり過ぎて輸送する路の確保が難しい、深入りし過ぎたので漢城に退くように、とのことにございます」

挨拶ののちに三成の家臣・林半助が主の言葉を伝えた。

「某に異存はござらぬが、主計頭殿と行動を共にしてござる。某だけが退くわけにはまいらぬ。主計頭殿も義勇兵に苦労なされておる。退くならば一緒でないと両家とも危くなろう。なにとぞ説いてくだされ。主計頭殿は、咸鏡道に思い入れがあるようゆえ」

直茂は使者を安辺に向かわせた。

鍋島、龍造寺家も加藤家も懐事情は同じで火の車だった。小田原、奥羽討伐の戦費。伏見、名護屋城普請をしての出陣。武器、弾薬、兵糧を揃え、船も数百用意。借銀をしての出陣なので、支配した地から実入りがなければ戦を続けることも困難だった。なので、血を流して得た地を、おいそれと捨てて移動するわけにはいかない。その分の保障が必要である。

安辺で使者が三成の言葉を清正に伝えた。

「たかが奉行の分際で、我らが血を流して奪った地を捨てよと申すのか！　我が支配地は安定しておる。問題ない。それより、早う兵糧と武器、玉、玉薬を送るように申せ」

清正は怒鳴り、使者を追い返したという。報せは直茂に届けられた。

「主計頭らしいの。されど、とどまっていれば全滅は必至。なんとか良き行(てだて)を見つけぬとな」

日本ではこの年の十二月八日、天正から文禄(ぶんろく)と改元された。

短い文禄元年が過ぎ、年が明けた文禄二年（一五九三）正月初旬、島津家の家臣・敷根仲兵衛(しきねちゅうべえ)、猿渡掃部兵衛(さるわたりかもんひょうえ)が、降雪を押して石田三成ら三奉行の書状を清正に届けた。これにより清正の気持が少し変化した。

降雪を押して清正が咸興城を訪れた。

「漢城に移ること、貴殿はいかが思案致すか」

「この咸興にも敵が仕寄っておる。ここより北は言うに及ばず。この先はさらに増え申そう。武器も兵糧も、薪もあと僅か。ここは奉行の意見を聞くべき時でござろう」

直茂は静かに答えた。

「血を流して得た地を、紙屑がごとく簡単に捨てると申すか」

「悔しいが、一旦預けるのも止むなし。春には殿下が渡海すると聞いておる。失地を回復するのはその時でよかろう。それまで兵を温存することが忠義かと存ずる」

「儂は所領の確保こそ殿下への忠義と考える」

相変わらず清正は頑(かたく)なである。

「二王子も飢え死にさせるおつもりか？　ここは堪えるべきでござる」

「二王子か……」

二王子を捕らえたことは戦を優位に進め、勝利の名目にもなる。

「二王子を死なせれば日本兵はただの盗賊になってしまう。こたびは名をとられよ。ご家臣を退かせるのに兵が必要なれば、当家も後詰を送りましょう」

「……あい判った」

悔しげに清正は頷き、安辺に戻っていった。

帰城した清正は一月十二日、端川の九鬼広隆らに撤退命令を出し、十五日、佐々政元、庄林(しょうばやし)隼人佐、松下小右衛門、小代親泰らを、鍋島家からは龍造寺家晴、成富茂安、龍造寺又八郎、本告左馬助、藤井久兵衛、葉次郎右衛門、水町弥太郎らを端川、吉州の救援に向かわせた。

よって、加藤家の家臣たちは義勇兵と血で血を洗う戦いをしながら撤退を開始した。なかなか円滑には進まず、二月四日、清正は二王子を連れて咸興に到着した。

「二王子をお願い致す。儂は吉州に向かう」

「なにも貴殿が行くこともござるまい。ご家臣だけでは戻ってこれぬのでござるか」

「一揆ばらが手強いと聞く。家臣だけに任せてはおけぬ」

二王子を預けた清正は北進した。直茂は食料が少ない中、可能な限りもてなした。清正からは二日後、吉村氏吉が守る北青に着陣したという報せが届けられた。

このままでは食料が不足する。直茂は清正に先行することを伝え、咸興城を後にした。黄海道の開城が明軍の手に落ちていたので、直茂らは東の江原道を廻らねばならず、極寒に加えて降雪が多く、人馬ともに雪に塗れながらの行軍である。漢城に入ったのは二月中旬であった。

陣立て一万二千の鍋島家の兵が漢城に辿り着いた時は七千六百四十四人。約三割六分も失ったことになる。これまで経験をしたことがない厳しいものであった。

二月の下旬になって訃報が届けられた。二月二日、龍造寺隆信の次男・江上家種が病死した。家種は渡海してから体調を崩し、釜山で療養していたが、遂に帰らぬ人となった。直茂は嫉妬心を押さえさせ、家中の秩序を守るため、長男の伊勢松を家種の養子にしていた。一波瀾ありそうな予感がした。

因みに清正が到着したのは二月二十九日。加藤家は陣立て一万（実数は九千七百九十人）で漢城に入った兵は五千四百九十二人。陣立ての約四割四分を失ったことになる。

漢城で三成と顔を合わせるなり、清正は戸が震えるような声で嚙みついた。

「汝が小西と結託して小細工をするからこのざまじゃ！　儂を平安道に向かわせれば、敵など寄せつけず、北京にまで攻め込んでいたわ！」

「我らは小細工などしておらぬ。皆の総意じゃ。北京にまでと申すが、随分と兵を減らしているではないか。敵は多勢じゃ。簡単にはいかぬ」

三成は淡々と答える。

（いくら反りが合わずとも豊臣の家中でかように争っておれば、いずれ火がついてしまうこともある。もしかしたら、この二人が豊臣を傾かせるやもしれぬな）

憎悪の目で三成を見る清正に、直茂は妙な胸騒ぎを覚えた。

いくら清正が怒鳴り散らしても、なにも好転することはない。

既に明国は李如松（りじょしょう）を大将にして二十万と言われる大軍勢を朝鮮に派遣していた。多数の兵を失っている日本軍とすれば、直に戦いたくない相手である。

評議の結果、明国と和睦することになり、四月半ば、沈惟敬（しんいけい）ら明の使者と行長、三成らで和議をはじめた。

互いに出した条件では折り合いがつかず、とりあえず一時停戦ということで纏まり、五月十五日、三成と行長は謝用梓、徐一貫、沈惟敬を連れて帰還した。

漢城に在していた日本軍は朝鮮半島の南側に撤退。

鍋島直茂は金海竹島城、清正は西生浦城、毛利吉成や島津忠豊らは林浪浦城、黒田長政は機張城、毛利秀元は釜山城、小早川秀包（のちの毛利秀包）らは東萊城と加徳島城ほか、小西行長は熊川城、脇坂安治らは安骨浦城、島津義弘は巨済島城など、のちに倭城と呼ばれる城を普請して守ることになった。

この時、鍋島家の麾下として参じていた波多親に帰国命令が出された。

「これで地獄ともお別れじゃ」

波多親は嬉しそうに帰国の途に就き、周囲も羨ましがった。

秀吉は講和の条件として朝鮮八道のうち、南の四道を割譲させる気でいたが、現実は釜山にまで南下したので、なんとか版図を北に広げ、既成事実を作る必要があった。

五月二十日、話を有利に進めるために、秀吉は慶尚道の晋州城の攻撃を命じた。

「和議を進めながら、城攻めをするとは、さすが乱世を纏めた御仁は違う」

秀吉の駆け引きに感心しながら、直茂は戦の準備を命じた。

二王子は返還された。明とは講和するが、朝鮮とは引き続き戦闘状態にあるという矛盾である。和睦が整うのか直茂は疑念を持った。

六月十五日、日本軍は釜山を発ち、晋州へ向かった。同地は釜山から十九里（約七十六キロ）北西に位置している。

日本軍は金海、昌原と進み、十六日、咸安を焼き討ちにした。同地を守っていた平安道巡辺使の李薲、都元帥（総指揮官）の権慄、全羅兵使の宣居怡らは呆気なく敗走し、逃げ遅れた朝鮮兵は撫で斬りにされた。

十八日、日本軍は南江支流の鼎巌津を渡って義兵将の郭再祐を蹴散らし、羅州判官の李福男を追い払い、宜寧を焼き払った。

二十一日、日本軍は晋州城を包囲した。同城は慶尚道の南端に近い地に築かれた平城である。

「これを早急に落とせとは、殿下も難しい下知を出される。かなりの手負いを覚悟せねばの」

北側から城を眺め、直茂は溜息を吐いた。

晋州城は西に「∩」の形を描くように流れる南江の北岸の丘に築かれており、高い石壁で守られていた。その北を外周十六町（約一・七キロ）にも及ぶ石垣が楕円形に囲み、さらにその北には大寺池、東には堀、西は南江の支流を堀としている堅固な城である。城には倡義使の金千鎰、慶尚右兵使の崔慶会、忠清兵使の黄進らのほか七千の兵が籠っているが、半数は領民でその半分は女子供であった。

一陣が鍋島直茂、黒田長政、加藤清正、島津義弘ら二万五千六百二十四。

二陣が小西行長、宗義智、松浦鎮信、黒田如水ら二万六千百八十二。

一番備が宇喜多秀家、石田三成、木村重茲ら一万八千八百二十二。

二番備が毛利輝元、小早川隆景、同秀包、立花宗虎ら二万二千三百四十四。

合計九万二千九百七十二人の大軍勢である。

城は深く入り込んだ晋州湾岸から四里ほど北に位置しているので、海からの支援も受け易い。九鬼嘉隆、藤堂高虎、脇坂安治、加藤嘉明、長宗我部元親らの水軍は同湾に船を並べ、朝鮮水軍に備えるように伝えられた。

一陣は北の大手、二陣は城西の搦手、一番備は東、二番備は大きく包囲し、城というよりも周囲の敵から日本軍を守る役目を受けていた。

日本軍は降伏勧告を行うが、城方は拒絶し、徹底抗戦する構えを示した。

二十二日、宇喜多秀家の陣から開戦を知らせる法螺貝の野太い音が響き渡った。

「日本のため、肥前のため、名を惜しんで戦うのじゃ！」

直茂は獅子吼する。龍造寺、鍋島のためとは気が引けて言えなかった。

「うおおーっ！」

下知に鬨で答え、先陣の鍋島茂里をはじめ、鍋島市之佑(いちのすけ)、龍造寺家久、秀島家周(ひでじまいえちか)、秀島源兵衛(げんべえ)、大塚宗忠(おおつかむねただ)、川副(かわぞえ)五郎兵衛、石井九郎左衛門が続いた。

鍋島勢は加藤勢と戦功を争うように城の真際に肉迫し、堀際に竹束を並べて弓、鉄砲で釣瓶撃ちにし、その間に堀に梯子をかけようとしたが、城方の反撃に遭って後退を余儀無くされた。

「堀を埋めるか、敵の矢玉を防がねばの」

清正は南江からの引き込み口に堰（せき）を作って水を止め、堀を埋める策を提案。

「儂は櫓を組んで矢玉を防ぐとしよう」

諸将が堀を埋める中、直茂は周囲の茂みから木材を切り出させ、二間（約三・六メートル）四方、高さは三間半（約六・三メートル）の櫓を組み、その周りを青竹で囲った。

櫓の上に弓、鉄砲衆を乗せて放たせると、敵によく当たるようになった。返ってくる敵の矢玉が少なくなると、作業も捗（はかど）るようになり、二日で埋め立てが完成した。

「これで城に乗り込める」

寄手は城際に殺到したが、城壁が高く、梯子をかけても届かない。そこへ矢玉が放たれ、さらに石を投げられ、熱湯を撒かれて排除された。

直茂が造らせた櫓には火矢が射られ、残念ながら炎上してしまった。

その晩、清正は黒田長政と相談し、亀甲車（きっこうしゃ）を製造することにした。これは李舜臣が乗船する亀甲船（コブクソン）を真似たもので、三畳ほどの小屋の外側に鉄板を張り、中央に城門を打ち破る尖った丸太が固定されている。移動できるように四輪となっていて、中に人が入って押して進む。戻る時は巨大な鈎（かぎ）を城門や石垣に引っかけて引き倒すようにする。大仕掛けな人力戦車であった。これを三台製作した。

二十七日から、加藤、黒田家は北東の僅かな隙間から亀甲車を押し出し、城壁に向かってぶちかましと引き戻しを繰り返した。

連日、押し引きを繰り返すと、石垣に少しずつ亀裂が入った。その隙間に尖った丸太を突き込んで梃子の原理で力を加えると、ほどなく歪んで上から小石が崩れ、ついに一角が破壊できて人が通れるようになった。

あとは続々と寄手が突入していくと衆寡敵せず。黄進（ホワンジン）は鉄砲に当たり戦死。金千鎰（キムチョンイル）、崔慶会（チェギョンフェ）らは、敵の手にかかるのを良しとせず、矗石楼（チョクソクル）の上から南江に身を投げて憤死した。城に籠った者は全員惨殺されて晋州城は陥落。文禄の役開戦以来、最も悲惨な戦いとなった。

鍋島勢は数百の首を取る中、十二、三歳の負傷した少年を救助した。のちに書家として名を成す儒学者の洪浩然（こうこうねん）である。

晋州城を攻略したのち、諸将はそれぞれの城に戻り、鍋島勢も金海竹島城に帰城した。

金海竹島城は西洛東江（ソナクトンガン）の西岸に築かれた山城で、同江から水を堀に引き込み、石垣に守られていた。天守櫓もあって見晴らしがよく、敵の様子もよく判る。この辺りの義勇兵はあまり活発でないせいか、落ち着いたもの。西洛東江での漁などもよくできた。

秀吉から下知があったので、直茂は速やかに虎狩りをして肉を送った。強制的ではあったが、人質をとって年貢の徴収を行い、領民の往還も速やかに進めたのは唯一、鍋島家だけだった。これらのことが考慮され、文禄三年（一五九四）一月十六日、秀吉から直茂に帰国命令が出された。

（やらねばならぬことが山ほどある。甘えさせてもらおう）

残留している家臣には申し訳ないが、直茂は留守兵を残して帰途の船に乗り込んだ。

（殿下は間違っても渡海致すまい。おそらく出兵は失敗に終わる）

できれば二度と朝鮮の地を踏みたくないのが本音である。逆に博多の土を踏んだ時、初めて生きた心地がした。直茂は久々に多数の膳を並べ、山海の珍味と酒で博多の夜を満喫した。

四

二日後、直茂は帰国し、佐嘉の隠居所で政家に挨拶をした。

「よう、戻った。そちには苦労をかける」

政家は鷹揚に声をかける。暫く政から遠ざかっているせいか穏やかで、体調もよさそうである。

「とんでもものうございます。力不足を痛感しております。権兵衛尉（江上家種）様のこと、申し訳なく思っております。日本におれば、お亡くなりにならなかったのやもしれませぬ」

「そちのせいではない。運命（さだめ）だったのであろう。江上のこと、さまざまなことが噂されていようが、気にせず指導してくれ」

江上家種の養子は直茂の長男の伊勢松なので、国主扱いを受ける直茂が、名門の江上家を乗っ取るため、家種を毒殺したという噂が佐嘉城下で流れていた。勿論、出鱈目（でたらめ）である。許嫁（いいなずけ）である家種の娘の砂智（さち）と伊勢松の仲は睦まじい。直茂も砂智を悲しませるつもりなどなかった。

政家は直茂を真から信じてはいないであろうが、秀吉の覚え目出たい直茂を敵に廻す無意味さを知っている。龍造寺家中では、直茂は政家の嫡男・藤八郎が元服して当主になるまでの陣代ということになっている。直茂もその旨の誓紙を政家に提出している。

「有り難き仕合わせに存じます」

直茂も政家を蔑ろにするつもりは毛頭ない。この後も立てていくつもりである。

「藤八郎のことも頼む」

こちらは懇願された。藤八郎は伏見で人質になっていた。

「承知致しております。いずれ良き大名の姫をお迎えするよう尽力致します」

直茂も本気で考えている。

政家の前を下がった直茂は城下にひっそりと佇む妙安寺（みょうあんじ）に足を運んだ。

庭に生える梅の蕾（つぼみ）を見ていると、一人の尼が姿を見せた。

「ご無沙汰しております、秀ノ前様」

直茂は頭を下げた。龍造寺胤栄の娘に生まれ、隆信の養女として小田鎮光に嫁いだのち、波多親の正室になった於安である。この年四十九歳になるが、まだ三十そこそこに見える。

「妙安尼（みょうあんに）と申しております」

静かな口調で秀ノ前は言う。

直茂らが渡海して餓えや極寒に耐えながら戦っている時、秀吉は名護屋で陣中見舞いと称して留守にしている大名の正室を茶に招き、閨に誘った。これを恐れた女性たちは、さまざまな手を使い、秀吉の魔の手を逃れた。

山内一豊の妻千代は、秀吉を酔い潰して難を逃れた。直茂の妻の彦鶴は白粉に墨を混ぜ、不健康そうにして秀吉を諦めさせた。絶世の美女と言われる長岡忠興の妻玉（のちのガラシャ夫人）は挨拶をした時、わざと懐から懐刀を落として見せた。なにかあればあなたを刺して自害しますという覚悟に、秀吉の心胆を寒からしめたという。九州一の美女と謳われた秀ノ前は、玉夫人に倣ったところ、二番煎じは通じなかったのか、怒って秀ノ前を凌辱し、夫の波多親を呼び戻して領地を召し上げた。

嘗て秀吉が九州征伐をした時、波多親は参陣が遅れ、取り潰されそうになった時、直茂の口添えで無禄になるのを回避できたという経緯があった。秀吉はこれを根に持っていたわけである。

波多親は佐竹義宣領の筑波山に追放され、この年の一月、同地で病死した。蟄居していた秀ノ前を妻にと望む声は後を絶たなかったが、秀ノ前は断わって髪を下ろし、菩提を弔っていた。

「お顔の色もよろしいようで、安堵致しました。三河守（波多親）殿のこと、残念でござる。なにか不便はござらぬか」

「俗世を離れれば不便などございませぬ。こうして生かしてもらえるだけで有り難い」

まさに世を捨てたような口ぶりである。その憂えたところが魅力を増したようでもある。

「左様ですか。なにかありましたら、申してください。折りを見て、また寄らせて戴きます」

「叶うならば、二度とわたしのような者を出さぬようにしてください」

秀ノ前は政家に言ってくれとは口にしなかった。当主が誰であるのか把握している。隆信が小田鎮光を騙し討ちにしなければ、こうならなかった。秀ノ前は秀吉というよりも、未だ養父の隆信を恨んでいるようであった。

「尽力致します」

古今東西、女子を蔑ろにすると痛い目に遭うと言われている。直茂は頷き、妙安寺を後にした。

ゆっくりと戦塵を落とす間もなく直茂は伏見に上った。

(これは、また、なんと華やかな)

秀吉にはいつも驚かされる。一度目は高良山での大軍勢と煌びやかな軍装。二度目は荘厳かつ難攻不落の大坂城。三度目はこの世の贅を尽くした豪華絢爛な聚楽第。四度目は短期間で巨大都市となった肥前の名護屋。五度目は目の前の伏見。都を凌ぐような繁栄である。

秀次が関白として聚楽第で政を担っているが、実権は秀吉が握っている。太閤となっても真の天下人が秀吉であることは言うまでもない。都の機能が伏見に移ったようなもので、都が日本に二つあるような感じである。

鍋島家の屋敷は城から二町ほど西に位置している。龍造寺ではなく鍋島である。

着替えた直茂は、鍋島家の取次を務める長束正家に遣いを立て、許可が出たので登城した。伏見城はまだ完成しておらず、普請工事は継続していた。

本丸御殿の中に入ると鴨居などからは芳しい檜(ひのき)の香りが漂い、柱は黒漆が塗られて漆黒に輝いている。廊下は顔が映るほど綺麗に磨かれ、襖には金銀がちりばめられていた。案内された十二畳の部屋に入ると、畳は青く輝き、縁(へり)は繧繝(うんげん)や高麗(こうらい)が使用され、藺草(いぐさ)の芳香も鼻孔を擽(くすぐ)る。踏むのが申し訳ないと思うほどである。

待っていると小柄な老人と神経質そうな側近が入室した。秀吉と三成である。

「ご尊顔を拝し、恐悦至極に存じます」

「重畳至極。どうじゃ、久しぶりの日本は」

親しみやすい口調で秀吉は声をかけるが、これも政の一つ。極楽などと言えば、出兵を非難していると言われかねない。喜ばねば、好意を無にしてと、こちらも同じ。返答は重要である。

「妻子の顔を見ることができました。殿下には感謝致します。それより、お拾(ひろい)様のご誕生、遅ればせながら御目出度うございます。さぞ大きくなられたことでございましょう」

直茂は両手をついて祝いの言葉を述べた。秀吉の側室の淀ノ方は前年の八月、大坂城で二子目となるお拾を無事出産している。一子目の鶴松は三年前に病死している。

「おお祝ってくれるか。毎日見ているゆえ判らんのじゃ。早う一緒に酒を呑みたいんじゃがの」

お拾を褒めると皺深い秀吉の顔が、余計に皺くしゃになる。お拾は秀吉の泣きどころの一つでもあった。

「いずれ某も同席させて戴きたいと思っております」

「おう、浴びるほど呑ませてやるぞ」

秀吉の機嫌がよくて直茂は安堵した。ならば、今のうちに。

「せっかく帰国させて戴きましたのに、当家の寄騎の妻女が殿下にご無礼を致したこと、お詫びの申しようもございませぬ」

直茂は額を畳に擦りつけて詫びた。同格ならば、夫の留守に女房を寝盗(と)ろうとするなど言語道断と斬り捨てるところであるが、そうできない悔しさが武家奉公にはある。元来、そのような不逞な輩は滅びるものである。大友家は宗麟の時代に最大支配領を誇ったが、家臣の妻に手をつけて豊後一国に減るはめになった。そのような影響下で育ったせいか、嫡男の義統は、平壌城の戦いで小西行長から援軍を要請されたが、行長戦死という誤報を信じて勝手に撤退し、鳳山城(ブォンサン)も放棄した。これを知った秀吉は激怒し、義統を日本に召還させて大友家を改易処分にしている。

「済んだことじゃ。気にするな。その妻女はいかがした」

秀吉はまだ惜しいと思っているようである。

「悔いているようですが、体の調子を崩し寝起きを繰り返しているようにございます」

「左様か、伏見におれば、よき薬師にも見せられたであろうに」

戯けた女だ、とでも言うように蔑む秀吉である。

「仰せのとおりにございます」

「そちは忍耐の強い男じゃの。本来ならば、皮肉の一つも口にするところじゃが申さぬ。それがそちの武心か」

さすがに秀吉。人の心を読む天才と言われるだけあって、直茂の肚裡が見えている。

「殿下には敵いませぬ。忠義こそ武士の心かと存じます。これにより、龍造寺の家は島津に後れをとらぬほど大きくなりました」

「五州二島の太守か、そちの主（隆信）もなかなかの男であった。山城守（隆信）は、かなり阿漕な手を使ったとも聞く。左様な主に仕えるのは骨が折れるであろう。余の主も老若男女を問わず、坊主や実の弟にも手をかけた。それゆえさんざん背かれ、最期は飼い犬に手を咬まれた。有馬も同じであろう。似ておるのう。ゆえに儂はそちが他人のような気がせぬのじゃ」

確かに言われれば程度は違うが、信長と隆信は似ている。

「畏れ多いことにございます」

「どちらも背かれるのは戯けゆえ。されど、余が山城守を褒めるのは、そちに愚鈍な嫡子と政を任せたことじゃ。おそらく信長公ならば、そちは生きておらぬ。あれこれ理由をつけて首を刎ねられておるか、島津との戦で消耗させられていよう。山城守はそちを残してくれた。そちがいるお陰で、安心して肥前を任せておける。こののちも忠節を尽くすがよい」

人誑しとも言われる秀吉は、感溢れるようなことを平気で言う。

「はっ。殿下にも。お拾様にも」

満足そうに秀吉は頷き、部屋を出ていった。

機嫌がいいうちに、直茂は朝鮮からの贈り物を届けさせたのちに、龍造寺家の家督を藤八郎にと願い出ると承諾された。政家は直茂を取り込むため、藤八郎を直茂の養子にしていた。

（これで伊勢松を鍋島家に戻せる）

直茂は龍造寺家と鍋島家の関係を鎌倉幕府のようにしようと考えていた。征夷大将軍は公家や皇族から迎え、名ばかりの将軍とし、実権は執権が握っている。龍造寺家の当主を立てていれば、その家臣たちの文句は少ない。下克上をする必要はなかった。

龍造寺の家督ついでに、秀吉は藤八郎に毛利輝元の姪を娶らせるとも言ってきた。八ヵ国百二十万余石の大大名である。嘗ては同盟を結んでいたこともある。龍造寺家にとっては格上とも言える婚約に政家は歓喜したという。

（さすが殿下じゃ。人を喜ばせる術に長けておる）

直茂も満足であった。

翌文禄四年（一五九五）二月上旬、直茂は秀吉に呼ばれて登城した。部屋で待っていると、秀吉と三成、それに珍しく徳川家康が同席した。

小太りの老将で、目は団栗のように丸く、よく見えそうである。なんでも聞こえそうな福耳。肌は戦陣や鷹狩で、こんがりと日焼けしている。

家康は三河・岡崎の国人衆から身を起こし、人質経験もある。織田信長と同盟を結んで勢力を東に拡大、信長亡きあとは武田旧臣を取り込んで秀吉に対抗。長久手の局地戦では秀吉に勝利したが、政略で敗れ、その後、臣下の礼をとることになった。今では関東六ヵ国二百五十五万石の太守となり、誰もが一目置く存在になった。

移封したてということもあり、家康は朝鮮出兵を免れている。陸奥の伊達政宗や越後の上杉景勝らが渡海しているので東国の武将が免除されたわけではない。もし命じて拒否でもされれば面目を失い、再び国内で争乱となる。秀吉はこれを恐れて家康に命令できなかったと噂された。勿論、家康は渡海を命じられても、拒否するつもりであったともいう。

「前年、藤八郎に龍造寺の家を継がせたゆえ、そちも倅を鍋島に戻さねばなるまい」

思いがけない秀吉の指摘であった。

「お気遣い、忝うございます」

「戻すはよいとして、確か許嫁（砂智）がいるそうじゃな。一緒に鍋島に連れてくるつもりか」

返答を考えねばならない秀吉の質問である。

（ここで「はい」と言えば家中には波風はあまり立たぬであろう。さすれば、ここに大納言〈家康〉がいる意味がない。大納言を呼んだ答えが先にあるわけじゃな）

瞬間的に直茂は察した。

「亡き江上武蔵守（家種）には男子がおりませぬ。養子を迎えぬと家名がなくなりますので、残念ではございますが、一緒にというわけにはまいりません」

「左様か。伊勢松には残念じゃの。されど、世の中、ほかにも良き女子は沢山おる。のう大納言殿」

秀吉は悪戯っぽい目を家康に向ける。

「殿下の御旗本に戸田民部少輔（勝隆）殿がござった。明との講和のため渡海しておられたが、残念ながら流行り病にかかり、異国の地（巨済島）で亡くなられた。この戸田殿に娘御がおり、たいそう見目美しいと言われる。この娘を殿下が養女として伊勢松に妻あわせたいと仰せになられてござる。いかがか」

質問口調であるが、命令と同じである。

（大納言が同席しているということは、縁談は大納言の発案か。殿下と儂に恩を売るため。殿下亡きあとは自分に付けということか。殿下は大納言に花を持たせ、万が一の時は殿下の婿であることを忘れるな、ということか。しかも身分の高い娘ではないので、両者の力関係が動くことはない。いずれにしても、のちのちのこと。狐と狸の化かし合いか）

関東六ヵ国の太守は伊達ではない。直茂は政争に胃を締め付けられた。

因みに戸田勝隆は五千石の黄母衣衆であった。

「身に余る誉れではございますが、有り難く受けさせて戴きます」

「おう、そうか。さすが加賀守、話が早い。江上には、そちの次男を入れたらどうか」

江上家を支配下に置けと秀吉は言う。伊勢松との婚約を破棄すれば江上家は直茂の支配から逃れられると喜ぶかもしれないが、天下人の命令ならば従わざるをえない。既に江上家種は他界しているので、龍造寺家の影響力は薄れている。この期に乗り換えさせるにはちょうどいい。

「重ね重ね、有り難き仕合わせに存じます。さっそく縁談の儀整えさせて戴きます」

直茂は両者に両手をついて礼を述べた。

（それにしても、大納言ほどの男が、九州の当主かどうか危うい儂に手を伸ばしてくるということは、殿下はあまり長くないということか。今日の限りでは、そうは見えなかったが）

城から下がり、屋敷に向かいながら、直茂は思案を深めた。

（いずれにしてもあの二人の間にいれば、我が支配の形も固まってこよう）

秀吉と家康に利用されているのかもしれないが、それでも鍋島家の支配体制が固まれば直茂にとって文句はない。あざとくならぬよう、立ち振るまいに気をつけようという気持を新たにした。

二月十四日、伊勢松は、秀吉のはからいで従五位下に叙され、信濃守勝茂と改名された。勝茂は大名としての処遇を受けたことになる。

直茂はさっそく国許の政家に、その旨を伝えた。勝茂の縁談を解消し、直茂の次男の半助（のちの忠茂）を砂智に妻あわせることも。

この時、伏見に後藤家信も上っていた。

「これは公儀に取り入って龍造寺を乗っ取る算段か」

後藤家信は直茂に詰め寄った。

「とんでもない。これは殿下や大納言殿の肝煎りにて、某は一切係わってはござらぬ」

釈明するが後藤家信は聞かない。

「政家様のことについて、よからぬ噂が流れており、政家様を毒殺しようとまでの噂がありますが、某には左様な心は一切ございません。某は龍造寺家のため、政家様のために尽力しているのに、それが判って戴けないのは非常に辛い。このような神文（しんもん）を書くのは面目を失うことになるが、申し上げざるをえないので筆を執りました。政家様のことは、今後とも大事にお守りしていく所存です」

二月二十二日、直茂は龍造寺周光、同信重、後藤家信に起請文を差し出した。

（これで納得してくれればよいが）

紙一枚で話が纏まるとは思っていない。あとは実績を重ねていくしかない。

直茂は上方で諸将と顔を合わせ、家の内外でも存在感を高めることに尽力した。

第八章　東西分裂

一

　秀吉に好まれた直茂と勝茂親子は、伏見城内にある山里丸の中の茶室に招かれたり、都で行われた能会に招待されたりと秀吉の子飼いの武将かと思われるほど可愛がられた。それだけではなく、徳川家康や前田利家の茶会に呼ばれたりもした。

　名誉なことに、秀吉は伏見城下にある鍋島屋敷に下向したこともあり、直茂は可能な限りの料理を揃え、天下人を持て成した。

　直茂が秀吉に好まれた理由は、地域に恵まれたこともある。朝鮮出兵における軍役の半分も果たさない島津家、敵を恐れて勝手に逃げる大友家、公然と豊臣政権に楯突く肥後国人衆の一揆などが乱立する九州にあって、秀吉に忠節を尽くしているのは直茂と立花宗虎ぐらいしかいないからである。加藤清正と小西行長は犬猿の仲なので、両将だけでは心細いようであった。

龍造寺家を継いだ藤八郎は十歳ということもあるが、まったく蚊屋の外。秀吉は直茂の家臣というつもりで接していた。天下人が藤八郎を陪臣という目で見ているので、諸将は言わずもがな、といったところ。そのせいか、他家の大名との交流がない。直茂が同席できる場を作ろうとするが、藤八郎は社交的ではなく、拒み、引き籠っていた。

「歌会などは恥をかいて、なんぼです。そのうち馴れて、良き句が読めるようになりましょう。某なども随分と笑われたものです。左様にして覚えていくものです」

直茂が勧めても藤八郎は首を横に振るばかり。恥ずかしがりでありながら、自尊心が高く、嗤笑されたりすることを極端に嫌った。

（龍泰寺様の頃とは当主の形が違う。広く人と接しなければ誰にも相手にされなくなる。家臣に任せておけばいいではないのじゃ。これが判らぬでは人の上に立てぬの。儂の指導が悪いのか）

鍋島家の支配体制を固めることは当然だが、それとは別に、政家から藤八郎のことを頼むと懇願されているので、拋っておけない。直茂も藤八郎の扱い方には悩んでいた。

ただ、藤八郎は勝茂とは兄弟のように接するので、暫くは勝茂に任せることにした。

直茂と豊臣政権が密接になるので、後藤家信ら龍造寺家の一門、重臣衆が焦りだした。政家や藤八郎の署名では物事が動かず、直茂の許可が必要になってしまったのである。家信らも、直茂親子を認めざるをえなくなった。

「一、藤八郎様、加賀守（直茂）殿について今さら申すまでもないが、鍋島信濃守（勝茂）殿に対して今後、二心も野心もなく、命の限り働く所存である。
一、かの連判衆（我々）や、その家来どもの回文や喧嘩、口論などがあったが、全て清算しよう。また知行などの御改め、所替えなど、普通に仰せつけてくれ。たとえ不足のことがあっても、直茂殿のお陰で、これまでどおり、我々の身上も続いてきたので、なにがあろうとも勝茂殿の下知に従う。これよりは遺恨には思わないので、（豊臣家）と昵懇を深め、御奉公なされよ。
一、他家の衆から近づき、謀などを持ちかけられても、絶対に同心せず、書状は紐を解かず、口上は一言も残さず申し出る。勿論、我々は身上を歎き、他の朋輩と密談することはない。
一、直茂殿、勝茂殿に対し、隠蔽、政略結婚、契約、誓紙などいずれもしない。
一、我々は、このように覚悟を決めたので、国許のことはお気遣いなく、太閤様、お拾様へ性根を入れて御奉公なされることが尤もである。万が一、京都に人が必要になったならば、なにを差し引いても、先延ばしせずに罷り越し、命の限り働く所存である。ついては留守番等を仰せつけられ、我らが無理だと思っても、下知するように」
文禄五年（一五九六）六月二十一日、龍造寺信重、後藤家信（生成）ら一門、重臣衆十五人が勝茂に対して起請文を差し出した。

（上方のことは任せた、うまくやれ、国許には口を出すな、か。相変わらずよな。あの方々は波多や大友のことを判っておらぬのか。殿下は左様に甘い御仁ではない。龍造寺

も島津と同じか）
島津家の当主は龍伯で秀吉を嫌って、朝鮮出兵には軍役の半分も出陣させていない。これを危惧する弟の義弘は身を粉にして忠節を尽くしている。同じく引き抜かれた伊集院幸侃（こうかん）も義弘と同じ。幸侃は秀吉から直に所領を安堵されていることもあり、秀吉の意向を伝えると、島津家中からは背信者として反発を受けた。上方を知る幸侃は島津家のことを懸念しているだけだったのだが。

豊臣政権に従わなかったので、島津家は太閤検地などの介入を受け、一部の所領の没収や、検地の恩賞として豊臣家の蔵入地を領内に定められた。自国内に他家の支配を許してしまったのだ。大名にしては厄介極まりないことである。

直茂は、このようなことを防ぐため、奉行たちにも気を遣っているのだ。

前年の七月十五日、秀吉の恐ろしさを如実にした出来事があったばかりのはずだ。関白秀次に謀叛の疑いが持ち上がると、秀吉は碌（ろく）な調べもなしに秀次から官位官職を剝奪して高野山に追放。その上で切腹させた。八月二日には秀次の妻子三十余人を三条河原（さんじょうがわら）で斬首している。秀次の種は後世に一切残さないという徹底ぶりである。さらに連座した大名は切腹、改易（かいえき）処分にされている。伊達政宗などもあわや切腹というところを家康の口添えで助けられていた。

秀次切腹の理由は、お拾（ひろい）に関白職を譲らないかもしれない、という妄想に秀吉がかられたからだという。

秀次事件後、五奉行と年寄（大老）を定め、お拾への忠節を誓わせた。

五奉行は石田三成、増田長盛、長束正家、浅野長吉（のちの長政）、徳善院玄以。

年寄は徳川家康、前田利家、毛利輝元、小早川隆景、宇喜多秀家、上杉景勝（うえすぎかげかつ）。

直茂は秀吉に心を配りながら、後藤家信らに筆を執った。

「このたび、神文（起請文）をもって勝茂を認めて戴きましたので、老後を安心して暮らせます。明日、どのような軀（からだ）になろうとも、心頼もしく、これならばいつ果てても構いません。某の満足をお察し戴きたく、ご無礼ながらお礼を書面にて申したく、とにもかくにも一書認（したた）めました。

追って、政家、藤八郎両所の御心添え、勝茂に近々申し含めますので、直ちに御礼申し上げさせます。右のことは悉（ことごと）く全て、藤八郎殿の御ためで、とても満足しております」

この時、勝茂は大坂に在し、起請文と、直茂からの言葉を聞いて筆を執った。

「誠に忝き次第です。紙面に尽くしがたく、まことに若輩者なので、なにかにつけ御指南に預かり、仰ぐ次第です」

直茂が急を要しているのは、軍の編成が必要だと感じているからである。先の朝鮮出兵では、龍造寺一門、重臣衆、それに国人衆がそれぞれ敵に仕掛けていた。直茂の下知を受けるのは鍋島家の家臣たちだけである。明国は二十万を超える兵を出陣させていた。今は一時停戦中であるが、いつ破綻してもおかしくはない。多勢と戦うには一枚岩とならねば勝負にならない。家中ばらばらの状態で戦い、後れをとって後退すれば大友家の二の舞いである。これが心配でならなかった。

憂慮は現実のものとなった。和睦の交渉は破談した。秀吉はあれこれ要求したが、世界の君主であると思っている明国が東の島国の要求など呑むわけがない。

「信濃守、武功を楽しみにしておるぞ」

秀吉から名指しされたので断わるわけにはいかない。

「有り難き仕合わせに存じます。日本武士の名に恥じぬよう戦う所存です」

初陣を果たすとあって勝茂は意気込んでいた。

「よいか、決して逸るではないぞ。敵に言葉は通じぬ。名乗り合っての一騎討ちなどはない。弓、鉄砲、最近では大筒が勝敗を決める。太刀を抜く時は、敵の首を刎ねる時と考えよ」

屋敷に戻った直茂は勝茂に懇々と説く。

「左様なものですか」

勝茂は戦を源平合戦の頃と同じように思案しているようであった。

慶長二年（一五九七）、一月上旬、直茂、勝茂親子は伊万里の湊から朝鮮に向かって出航した。慶長の役の始まりである。

鍋島家の軍役は一万二千であるが、相変わらず龍造寺の一門、重臣たちの腰は重い。気掛かりではあるが、とにかく秀吉の命令を速やかに遂行したという実績が必要だった。

一月十三日、鍋島勢は前回同様、金海(キムヘ)の竹島(チュクド)城に入城した。

「この城に敵が迫ったのですか」

十八歳になる勝茂は目を輝かせながら問う。

「義勇兵が夜襲を仕掛けてくる程度じゃ。今のところはの」

「左様ですか。早く戦いたいものです」

「焦らずとも、嫌というほど戦える。よいか、そちは鍋島の嫡男。必ず生きて帰るのじゃ。参陣に遅れてくるようでは話にならぬ。龍造寺の者では家を保てぬ。そちが肥前を率いるのじゃぞ」

直茂は改めて勝茂に言いきかせ、城の補強に勤(いそ)しんだ。

二月二十一日、秀吉は朝鮮への再出兵の陣立てを発表した。

一番組は加藤清正の一万人。

二番組は小西行長、宗義智、松浦鎮信、有馬晴信(はるのぶ)（鎮貴から改名）ら一万四千七百人。

三番組は黒田長政、毛利吉成、島津忠豊、高橋元種、秋月種長、伊東(いとう)祐兵(すけたか)ら一万人。

四番組は鍋島直茂の一万二千人。

五番組は島津義弘の一万人。

六番組は長宗我部元親、藤堂高虎、池田秀雄、加藤嘉明、来島通総ら一万三千二百人。

七番組は蜂須賀家政、生駒一正、脇坂安治ら一万一千百人。

八番組は毛利秀元、宇喜多秀家ら四万。ここは本隊とし、両将が交代で務める。

このほかに釜山浦城に小早川秀俊（のちの秀秋）、安骨浦城に立花親成（宗虎から改名）、加徳島城に高橋統増（のちの立花直次）ら、竹島城に小早川秀包、西生浦城に浅野長慶（のちの幸長）が入る予定。目付は太田一吉らで総勢十四万一千五百余人。

加藤清正と小西行長は鬮取りで交互に務めること。右の兵数は、あくまでも豊臣政権が諸大名に課した軍役であって、実際の兵数はかなり少なかった。島津義弘などは半数ほどである。

三月になって、秀吉から突如、直茂に召還命令が出された。

「国許でなにかございましたでしょうか。軍役は果たしておりますが」

下村生運が不安がる。このところ、漸く鍋島勢も兵が整っていた。

先の文禄の役では、諸将が渡海してすぐに島津家の家臣の梅北国兼が肥後の佐敷で一揆を起こし、討伐されている。この時、島津義弘の弟の晴蓑（歳久）が責任を取らされて切腹に追いやられた。

「殿下は酒宴がし足りぬようじゃ。丹波、丹後の美味な酒でも呑み直してくるとするか」

胸に鬼胎を抱きながらも、直茂は明るく振る舞い、竹島を後にした。佐嘉には立ち寄らず、四月四日、大坂に到着。六日に登城した。前年の大地震で指月山に築かれていた伏見城は倒壊したので、同地から十町ほど北東の木幡山に築き直していた。

「お呼びとお聞き致し、直茂、ただ今帰国致しました」

戦々兢々としながらも、直茂は平静を装いながら秀吉の前に罷り出た。

「おおっ、加賀守、よう戻ったの。そちが渡海したので寂しゅうて仕方なかった」

秀吉は金壺眼（かなつぼまなこ）を大きく見開いて喜びをあらわにした。

「勿体のうございます。お下知あれば、直茂は西の果てからも戻ってまいります」

なにか含みがあるかもしれない。戸惑いながら直茂は答えた。

「そうそう、左様な言葉が聞きたいのじゃ。誰ぞ膳を持て。余（よ）は加賀守と酒を呑む」

秀吉は上機嫌で命じ、多数の膳を並べさせた。

直茂は昼間から酒を呷（あお）り、陽気に振る舞っているが、どんな難題を持ちかけられるかと思うと酔えなかった。

「加賀守、食うておるか。余はこの膾（なます）が好きでの。そちも食うがよい」

秀吉は自ら自身の膳に乗る膾を直茂の膳に乗せた。

「これは偶然、某の大好物にございます。それを殿下から下賜されるなど感謝の極み。屋敷に持って帰り、神棚に上げたいところですが、我慢できぬゆえ戴きまする」

それほど好きではないが、直茂は膾に貪りついた。すぐに酸味が口腔に広がり、鼻に抜ける。

「左様か。左様か」

秀吉は両手を叩き、子供のように喜んだ。

その後、秀吉は朝鮮在陣を労い、道服を脱いで下賜し、さらに腰の脇差のほか、銀子五十枚も与えた。まさに至れり尽くせりである。

「そうじゃ。秀頼に会わそう」

秀吉は秀頼を呼びにやらせた。まだ五歳の秀頼であるが、秀吉はその成長を待ちきれず、前年の十二月に元服させ、秀頼と名乗らせた。

秀頼は淀ノ方に連れられて、迷惑そうな顔で入室した。

「秀頼や、加賀守ぞ。そなたに会いたくて仕方ないようじゃ」

「ご尊顔を拝し、恐悦の極みに存じます。これはまた大きゅうなられましたな。豊臣の世も安泰にございます」

阿諛ではあるが、秀頼は隔世遺伝なのか、同じ歳の童よりも大柄だ。淀ノ方の父親は浅井長政。長政は筋肉質で横幅のある武将であった。

「そうか、大きゅうなっておるか、毎日見ているゆえ、よう判らんのじゃ。そうか大きゅうなっておるか」

愛しそうに目を蕩けさせ、しみじみと秀吉は言う。本心から秀頼の成長を願っていた。

（内府は元気ゆえ、先行きが心配で仕方ないのであろう。儂をわざわざ朝鮮から呼びよせたのも、耳障りのいいことを聞きたいからか。側近たちの言葉には飽きたのか）

天下人とは寂しいものだと思い知らされた。内府とは内大臣の唐名で、家康は前年の五月、権大納言から内大臣に昇格している。

「この幼い秀頼を見ていると、あれこれ考えてしまうのじゃ」

言うや秀吉の目が暗く輝いた。

聞いた瞬間、心臓を鷲摑みにされたようで直茂は息を吞む。来た、といった感じだ。

(儂に内府を仕物にかけろと申すか)

とんでもないことである。

「殿下の御ため、秀頼様の御ため、まずは明、朝鮮に勝たねばならぬかと存じます」

国内の兵は少ない。仕損じれば国内は乱れ、異国との戦どころではなくなる。止めるように遠廻しに直茂は匂わせた。

「そうであったの。加賀守、吞み直しじゃ」

改めて二人は盃を傾け合った。

翌日以降も直茂は毎日のように呼び出され、まるで側近のように接した。

五月九日、直茂は大坂玉造の鍋島屋敷に秀吉を迎え、十二歳の藤八郎をお目見えさせた。

二十八日、直茂は伏見の鍋島屋敷に秀吉を招き、藤八郎を肥前の総領にすることを進言したが、却下された。政家や藤八郎では異国の敵と戦えない、ということである。

「これでよかろう。龍造寺の者どもに、このこと報せよ」

秀吉は直茂の肚裡を読んでいる。龍造寺家の復権の芽は潰えた瞬間である。

「承知致しました。有り難き仕合わせに存じます」

直茂は平伏する。一つ肩の荷が下りた気がした。

五月末、直茂は秀吉に挨拶をして帰途に就き、六月上旬、佐嘉に到着した。

「申し訳ございません。かような大事にお供できぬとは」

與兵衛は逸り病で伏せていた。

「気にするな。唐の土産でも持って帰るゆえ楽しみにしておれ」

見舞った直茂は政家に秀吉の言葉を伝えたのちに、再び朝鮮に向かった。

後日、與兵衛の死の報せが届けられ、直茂は目を赤くして、一人追悼の酒を口にした。

直茂が大坂を離れたのち、秀吉は二条屋敷にいた家康に刺客を差し向けさせたが、失敗に終わった。家康は侍女の卯乃(うの)（のちの於奈津(おなつ)。清雲院(せいうんいん)）の機転で難を逃れている。

二

直茂が再渡海してからおよそ一(ひと)月後の七月十四日、巨済島(コジェド)近くの漆川梁(チルチョンリャン)で海戦があり、李舜臣(イスンシン)が不在だったこともあって、日本水軍は朝鮮水軍に勝利した。これが実質的な慶長の役の始まりである。

七月下旬には支配地を広げるために兵を北上させろ、という秀吉の命令が届けられた。半島南西の全羅道ならびに西側の忠清道を制圧し、漢城のある京畿道を掌握しろというものだった。

評議によって、日本軍は二手に分かれて進撃することにした。鍋島勢は右翼軍である。右翼軍は竹山(チュクサン)、左翼軍は扶余(プヨ)まで北進して武威を示し、十月下旬には、全羅(チョルラ)、慶尚道(キョンサンド)

の南側を守備するまでは順調だった。

鍋島家は竹島城のほか、同城から二里ほど北に位置する昌原城を守備することになり、竹島城は勝茂、昌原城は直茂が守ることにした。

日本軍としては、和睦の締結を待つばかりであるが、そう都合よくはいかない。

「半島の南側に退くように城に籠り、城を補強しているのは兵力の限界。先の戦（文禄の役）のように半島を席巻できる力はもはや日本軍にはない」

明・朝鮮連合軍はそう判断し、本腰を入れて動きだした。

連合軍は清正らが普請する東の蔚山城、島津義弘が在する中央の泗川城、小西行長が在する西の順天城を下し、一気に日本軍を壊滅する計画である。

明軍の麻貴提督は四万四千の兵を率いて漢城を出陣し、途中で朝鮮都元帥の権慄率いる一万の兵と合流した。

十二月二十二日、連合軍は蔚山城近くに陣を布く毛利家の営舎を落として冷泉元満、阿曾沼元秀、都野家頼らを討ち取り、二十三日、蔚山城を包囲した。

慶尚道の蔚山城は、釜山から十三里半（約五十四キロ）ほど北東に位置する城で、浅野長慶や毛利秀元、加藤清正の家臣らによって、本丸は十二月下旬におおよそ完成にこぎつけた。

外郭の普請中に奇襲を受けた浅野長慶らは、太田一吉や宍戸元続と共に城内に逃げ込むのがやっとのことで、五千ほどの兵で籠城するはめになった。

蔚山城から六里半（約二十六キロ）ほど南西に位置する西生浦城に在していた清正が、急を知ると、僅かな供廻とともに連合軍が完全に包囲する寸前に蔚山城に入城したのは二十三日だった。

連合軍は連日猛攻を加え、普請途中の城に籠る兵は日を追うごとに死傷者を増やした。浅野長慶らは籠城準備をしていた訳ではないので、兵糧はすぐに底を突いた。清正らも荷駄を引いての入城ではないので、二、三日分の米、塩しか所持していない。空腹に加え、この年の朝鮮は異常な寒波が訪れており、城の内外で凍死者を出していた。

報せが昌原城に齎されたのは二十九日のことであった。

「いかがなさいますか」

下村生運が、こわばった表情で問う。

「殿下からは皆のことを頼むと仰せつかった。助けに行かねばなるまい」

「畏れながら、この城にも敵の大軍が仕寄って来るやもしれません」

「そちの申すとおりじゃ。それゆえ多くの兵はここに置く。なにかあれば知らせるゆえ城を固く守っていよ。女子や童にも気を許すでないぞ」

直茂は下村生運に厳命し、二百ほどの兵を率いて竹島城に入城した。周囲に敵の姿を目にすることがなかったので、直茂は胸を撫で下ろした。

「父上、蔚山城が敵の大軍に仕寄られているそうにございます」

竹島城にも報せは届けられており、直茂の顔を見るや、勝茂は訴える。

「左様、それゆえ助けにまいる。そちは、城を守っておれ」

「お断わり致します。某は城を守るために海を渡ったのではありませぬ」

直茂を睨み返し、珍しく勝茂は反抗した。勝茂は右翼軍に属した黄石山城、南原城の戦いで戦功をあげているので、戦いに自信を持っていた。

「そちの意気込みは評価するが、敵は大軍。苦しき戦いになるは必定」

「ここは異国。敵が多いのは当たり前。しかも明が本気で参陣したのなら、この先、兵数で我らが勝ることなどありませぬ。これを苦しいと申していたら、戦などできません」

「織田家がなにゆえ衰退したか判るか？　それは信長公と嫡男が一緒に討ち死にしたからじゃ。こたびは左様な戦いとなるやもしれぬゆえ、そちは残れと申しておるのじゃ」

聞く耳を持たぬ勝茂に直茂は滔々と説く。

「されば父上が残ってください。父上は鍋島の当主。絶対に生きて帰らねばならぬお方。ゆえに某が出陣致します。ぼやぼやしていると鍋島は臆して遅滞したと愚弄されます」

「なにを申す。若いそちを戦陣に立たせ、老いた儂が安穏としていられるはずがない」

「よいではござらぬか。殿下も認められた信濃守殿に任せられては」

勝茂に同意したのは、口許に笑みを浮かべた後藤家信であった。

（此奴、あわよくば勝茂を討ち死にさせようという魂胆か）

下心は見え透いているが、正論なので一概に否定できない。

「そちが、そこまで申すならば出陣させよう。但し儂もの。押さえ役は必要じゃ」

結局、後藤家信の一言で親子揃って出陣せねばならなくなった。

(我が思案の到らなさじゃ。かような時は理不尽でも押し切らねばならぬの)

出立の支度をさせながら直茂は悔いていた。

竹島城からも二百の兵を選び、合計四百の兵を率いて鍋島親子は出立した。竹島、昌原両城に在する兵たちは、直茂からの下知があり次第、後詰に参じる手筈にさせていた。

鍋島親子は船に乗り、その日のうちに十六里半(約六十六キロ)ほど東の西生浦城に入城した。この年の十二月は小の月なので、二十九日は大晦日になる。申ノ下刻(午後五時頃)には完全に陽が落ちているが、城門は篝火で煌々と照らされているので戸惑うことなく入城できた。

城内には既に黒田長政、毛利秀元、山口宗永、竹中隆重、島津忠豊らがいた。

「これは加賀守殿お待ちしてござった。おう、信濃守殿もご一緒か」

毛利秀元が嬉しそうに声をかける。輝元の名代として参じているので、明らかに大将格である。胡桃を片手で握り潰す握力を持ち、人を碁盤に乗せて片手で持ち上げる腕力を持つ剛勇である。

(やはり救援よりも自が身のほうが可愛いようじゃの。まあ、儂も同じじゃな)

毛利秀元は五千の兵を率いているが、ほかは少ない。まずは着の身着のまま、供廻を率いて参じたといった印象である。

「すぐに後詰に向かわれるか」

「宇喜多殿がまいらぬうちは勝手に動くことはできぬ」

毛利秀元は常識的なことを言う。城に毛利家の家臣も籠っているにしては、冷めた口調であるが、大将がこなければ助けることもできない。これが現実であった。

総大将は小早川秀秋（秀俊から改名）であるが、実質的には年寄の宇喜多秀家である。

（儂ならばいかにするかのう）

続けて加藤嘉明、蜂須賀家政、脇坂安治、生駒一正、早川長政らも参じた。やはり兵は少なく、数千にも届かなかった。城を連合軍に攻略されれば、お家は取り潰しになるかもしれない。致し方ないことであった。

この日、連合軍は肥後出身の降倭（こうわ）の岡本越前守を派遣し、清正に降伏勧告を行った。清正は慎重な諸将の意見を退けて、降伏交渉に応じることを伝えた。だが、清正には降伏するつもりは微塵もなく、援軍の到着を待つための時間稼ぎであった。

その頃、黒田長政は毛利秀元、山口宗永、竹中隆重らの一部と敵状視察を行い、城の西を流れる太和江（テファガン）の西岸に上陸して、小高い丘にそれぞれの馬印を立てると、これを見た城兵は歓喜したという。

蔚山城内は悲惨な状態で二十七日には牛馬を喰い尽くし、紙を喰らい、屍に群がる餓鬼の様相となった。加えて寒気が厳しく、凍傷で手足を斬らねばならぬ者も出ていたという。

慶長三年（一五九八）が明けても状況は変わらない。

「敵の様子を探ってもよかごわすか」

島津忠豊が進言すると、毛利秀元もさすがに否とは言えず、応じた。

この元旦、蔚山城に籠城する清正と浅野長慶は決死の覚悟を書に認めた。

「重要なことを申し入れる。十二月二十二日から大明の人数十万が蔚山方面に取り掛け、そのまま打ち迫り、二十三日に惣構(そうがまえ)に押し寄せたので、卯ノ刻（午前六時頃）から巳ノ下刻（午前十一時頃）まで防戦に努めたものの、寒天中の普請にて、堀もなく、土塁や塀も途中でどうにもならないので、城中に取り籠った。本丸と三ノ丸は堅固なので、これまでは落ちずにすんでいる。毎日、攻め寄せるので、手前に人塚を築き、これに付いて防戦に努めているので、敵はことのほか勢いが弱まっている。然りといえども、城内に兵糧もなく、数日を送っている。もはや敵陣を切り立てることは難しい。夜討ちは毎晩行い、勝利を得ているが、当城は普請途中なので、兵糧を入れることも加勢を入城させることもできない。皆、覚悟はできているので安心してほしい。右の決心で落城までは数日稼ぐことができるので、このことご披露して戴きたい」

二人は小早川秀秋、毛利秀元ら九人に宛てて困窮を極めた現状を訴えた。

夜陰に乗じ、清正の家臣は書状を油紙に包んで懐に入れ、真冬の凍てつく蔚山城の南を流れる太和江を潜り、翌日、釜山浦城に在する小早川秀秋に伝えた。

西生浦にも惨状は伝えられた。さらに島津忠豊からは蔚山城から一里ほど北西の彦陽(オンヤン)城に夜襲を企て、攻略こそできなかったが、敵を討ち取ったと首が届けられた。

期待していなかった島津勢が戦ったので、毛利秀元は焦り、翌二日、陣立てを定めた。

一番組は鍋島直茂、蜂須賀家政、毛利吉成、黒田長政。

此次の組は早川長政、熊谷直盛、毛利友重、垣見一直、竹中隆重。

二番組は加藤嘉明、生駒一正、山口宗永、中川秀成、脇坂安治、池田秀氏。

二番組の大将は毛利秀元。

船手は長宗我部元親、加藤清正の家臣、池田秀雄。

「これは絶対に後れを取るわけにはいかぬ」

一番組を命じられた直茂は、即座に竹島、昌原両城に遣いを送り、後詰を要求した。

「万が一、敵が竹島、昌原両城に迫ったら、蔚山城の敵を討ち、返す刀で斬り捨てる」

清正らの覚悟を知ったせいか、いつになく直茂も昂っていた。

三日、直茂ら日本の救援軍は西生浦城から六里半（約二十六キロ）ほど北東に進み、太和江の南に着陣した。毛利秀元は城の南西半里ほどの小高い神仙山（シンセンサン）に本陣を置いた。

長宗我部勢らの水軍は太和江の河口に達しているので、連合軍は様子を窺い、鳴りを潜めていた。

同日清正は、明軍の経理・楊鎬（ようこう）と和睦の会談を予定していたが、援軍の着陣を知るとこれを蹴り、徹底抗戦を明らかにした。麻貴提督が激怒したのは言うまでもない。

夕刻前には鍋島茂里らの後詰一千六百人が到着した。二千の軍勢は毛利秀元に次ぐ兵数である。

「間に合いましたな」

養子の鍋島茂里は直茂に笑みを向ける。

「期待しておるぞ。一両日中に総攻めすることになる」

勝茂の誕生で鍋島家の家督からは外れたものの、直茂は我が子のように接している。

同じ頃、宇喜多秀家の代わりに小早川秀秋が参陣した。これで日本軍は一万三千になった。連合軍の四分の一以下であるが、極寒の中で包囲し続けた連合軍のように体は疲弊しておらず、士気も高い。恐れる者はいなかった。

一番組で、鍋島勢と蜂須賀勢は隣り合っていた。蜂須賀家政は直茂と暖を取っていた。周囲には両家の主だった家臣がいた。

「加賀守殿は老巧な方なれば、朝鮮の陣で困ったことがあれば相談するようにと太閤殿下が仰せになられた。加賀守殿はいかにするがいいとお考えか」

蜂須賀家政が直茂に問う。

「とんでもない。殿下は人を喜ばせる天才。お陰で某は還暦を過ぎて具足を身に着けてござる」

言うと皆は声を出して笑う。この年、直茂は六十一歳になっていた。

「されど、殿下は無能な者を持ち上げぬ。是非、意見を聞かせて戴きたい」

蜂須賀家は秀吉が信長に仕えている頃から行動を共にしてきた家柄。寄騎のような存在である。再度、家政が問うので、直茂は拒むわけにもいかなくなった。

「そこまで某を評価して戴くならば申しましょう。敵は百万を超えていようとも、所詮は各地からの寄せ集め。いわゆる烏合の衆ゆえ、なにほどのことはない。向かいの丘に何十万の敵がいるか判りませぬが、某の手勢が五、六千もあれば一戦致す所存。方々はこれを見て動いて下され」

「夕暮れになりましたが、これからの戦はいかがでござるか」

「危険は付きまといましょうが、それは敵も同じこと。危うきを討たずして利を得ることはできますまい」

この席には後藤家信もいた。

「敵陣の炊煙は五万、十万がいるとは思えぬほど少ない。急ぎ攻めれば勝利は間違いござるまい」

後藤家信は存在感を示したいのかもしれない。

この会話が伝わったのか、小早川秀秋は、翌四日をもって総攻撃すると触れた。

夜陰に乗じて島津忠豊は彦陽城に夜襲をかけ、見事成功。子ノ下刻（午前一時頃）、攻略した。報せは半刻と遅れず、毛利秀元と小早川秀秋に届けられた。

蔚山城の北西に鶴城山がある。麻貴提督の本陣が布かれている山で、夜明け前には彦陽城の陥落が伝えられた。

報せを受けた麻貴提督の顔はあおざめた。このままでは挟撃となる。そのような時の対策は、どちらか一方を叩いて撤退するものである。

勿論、直茂にも伝わった。

「左様か。夜明けとともに敵は城に迫るな。家臣たちは早めに起こして朝飯を食わせよ。金吾（きんご）様の下知が飛んだのに、一番組の我らが遅れれば、生涯、嘲（あざけ）られるぞ」

金吾とは左衛門督（さえもんのかみ）の唐名で、小早川秀秋のことを指している。

直茂は藤島生益（ふじしましょうえき）に命じ、家臣たちに早い朝食をとらせた。

周囲は明るくなり、陽も差してきた。正月の四日なので卯ノ下刻（午前七時頃）のこと。蔚山城の周囲で銅鑼（どら）が鳴り、連合軍は城に殺到した。

「案の定じゃな」

太和江の支流を前に直茂は頷いた。既に日本軍は暗いうちに太和江を渡っていた。敵までは九町（約一キロ）ほどに迫っていた。

蔚山城の外郭は普請途中であったが、本丸は城造りの名人と呼ばれる清正が丹精こめて築き、ほぼ完成していたので、連合軍が新手を繰り出し、代わる代わる攻めても、一兵の侵入も許さなかった。城兵は飢え渇いていても、味方が救援に駆けつけ、彦陽城を攻略したことを知って恐いものなどはない。勇猛果敢に寄手を撥ねつけた。

対して、援軍に挟撃されるか判らないと、連合軍の兵は気が気ではない。正面に逃げ場はないが、まだ後方は遮断されていない。逃げるならば今のうち。特に遠く明国から手伝い戦に参じている明兵は、命あっての物種、と勝手に後退する兵が出てきた。

「退く者は許さん」

臆病者を目にした麻貴提督は激怒し、退く兵を斬り捨てて、不退転の覚悟を示したが、城門を破れず、死傷者が増えるばかり。楊鎬は挟撃される前に兵を退かせ、態勢を立て直して再攻することを麻貴に勧め、渋々応じさせた。

「好機、押し出せ！」

この隙を逃さず、実際に指揮を執る毛利秀元は攻撃命令を下した。

「うおおーっ！」

途端に日本の援軍は雄叫びを上げて地を蹴り、城の西へと向かう。凍てつく太和江の支流で水飛沫を上げ、真一文字に敵を目指す。

鍋島勢の先陣は成富茂安と鍋島茂里。二人は配下を使って弓、鉄砲を放ち、敵の動きを止めたところへ突撃して突き崩していく。敵将は彭友徳のほか、上解生、牛伯英、方時新ら。なんとか踏みとどまろうと配下を下知して戦っている。

「父上、某も行きます」

言うや否や、直茂の許可を得ず、勝茂は青漆塗萌黄糸威二枚胴具足に身を包み、駿馬を疾駆させた。

「彼奴」

四十三歳にして得た嫡子なので抛ってはおけない。直茂は老骨に鞭打って鐙を蹴った。

大柄の勝茂は繰り出される鑓を弾き、敵を斬り捨てて血祭りにあげる。

「やるではないか。されど、そちは無駄が多過ぎる。馬上ではこうするのじゃ」

直茂は突き出される鑓の柄に太刀を振り下ろし、敵もろとも斬り倒す。

「お見事、さすが父上」

「儂ではなく、褒めるのは家臣じゃ。雑兵の真似を続けず、家臣たちに指示を出せ」

直茂が伝えたいのは、このことである。

鍋島勢は成富茂安と鍋島茂里のみならず、中野忠明や後藤家信も、鍋島親子には負けぬと言わんばかりに敵中に躍り込んで馬上太刀を振る。

そのほか、南里助左衛門、大木兵部入道（宗繁）、小野十蔵、石井次郎右衛門、田原小兵衛、鴻池勘左衛門、堺織部、大塚勝右衛門、秀島家周などが多数の敵を討ち取った。

楊鎬と麻貴は城攻めを諦め、配下を置いて逃亡した。

「今じゃ。敵を追え！　逃すな！」

直茂は獅子吼して追撃を行わせた。日本軍はすぐに連合軍が反撃できぬように恐怖を植え付けるため、半里ほども追い掛けて屍の山を築いた。

飢えながら戦った清正らには追撃できる余力は残されていなかった。

蔚山城の戦いで日本軍が討った敵兵は二万にも達した。

戦いが終わり、直茂はほかの諸将とともに蔚山城内に入り、城兵と顔を合わせた。清正とも。

「よき城でござるの。さすが主計頭殿じゃ」

「完成しておれば敵など寄せつけなかったが、後詰して戴き、感謝致す」

瘦せさらばえた表情で清正は礼を言う。過酷さが滲んでいた。

「なんの。隣国の誼でござる。息子は若輩。なにかの時にはお願い致す」

直茂は高飛車な態度はとらず、丁寧に応対した。

翌日、直茂は昌原城に戻った。

蔚山城の戦いで活躍した後藤家信であるが、流行病にかかり起きられぬようになった。肥前よりも寒い朝鮮、しかも真冬なので体力の低下が回復を遅らせているようである。

「どうせ死ぬならば肥前で死にたいものじゃ」

反直茂の急先鋒であった後藤家信であるが、弱気になっていた。直茂は見舞った。

「敵に見舞われるとは、なんと腑甲斐(ふがい)無きことか」

直茂の顔を見た後藤家信は、掠れた声でもらした。

「それだけの気概があるならば、一旦、帰国なされよ。今なれば落ち着いておるゆえ叶うはず」

「儂を哀れむのか」

後藤家信が言う意味は、寛大な目で見ているのかではなく蔑むのか、ということ。

「左様。それゆえ元気になって戻ってこられよ。そしてまた我が到らなさを叱責してくだされ」

告げた直茂は立ち上がった。

「加賀守、恩に着ぬぞ」

見上げる後藤家信の目は、いつになく優しかった。

その後、後藤家信は帰国した。入れ替わりに家信の嫡子の茂綱（しげつな）が渡海した。

「信濃守殿には負けぬよう働け、と父に言われてきました」

堂々と後藤茂綱は言う。この年十九歳の若武者である。

「その調子じゃ。伯耆守（家信）殿は戦上手で、目鼻も利く。勝茂のことよりも、まずは御父上の替わりになれるよう尽力なされよ」

それほど直茂らを目の敵にしているようには見えない。直茂は激励した。


一方、このたびの戦いではなんとか勝利できたものの、再び大軍に攻められたら守りきれるか判らない。一月九日、諸将は戦線の縮小の申し入れを秀吉にした。

「蔚山・順天両城を捨て、手先を引き上げると諸将が申しているとのこと。秀元が同心していないのは尤もだ。他の者は臆病なことを申して是非もない」

一月二十一日、申し出に対し秀吉は毛利秀元に返書している。

「大明・朝鮮ら一揆同然の者どもが、蔚山を攻め損ねて敗走した時、追い討ちをかけて悉く討ち果たすべきところを取り逃がしたにも拘わらず、御掟（おんおきて）を得ずして蔚山城から引き払うと申してきたことは違法の処罰に値する」

三月十三日には叱責している。日本で安穏と過ごす秀吉には、朝鮮の苦難は判らなかった。

蔚山城での勝利のお陰で、連合軍は攻めてはこず、昌原城も竹島城も平穏であった。

静かな日が続く中の慶長三年（一五九八）八月十八日、丑ノ刻（午前二時頃）、太閤豊臣秀吉は伏見城にて激動の生涯を閉じた。享年六十二。卑賤の身から従一位、関白、太政大臣にまで上り詰め、戦国乱世を一度は終わらせた英雄は日本史上でも特異な存在である。

明・朝鮮と交戦中に秀吉の死が漏れれば、日本軍は壊滅の恐れがある。五人の年寄衆と五奉行の十人衆は秀吉の死が漏れる前に明・朝鮮と和睦して駐留軍を撤退させることとし、徳永壽昌、宮城豊盛、徳川家臣の山本重成を朝鮮に派遣した。

豊臣政権は秀吉の死を伏せているが、日本にいる渡来人や足留めされている朝鮮商人、キリシタン、文禄の役の捕虜などから海を渡って伝わっていった。

秀吉の死の噂は、九月中旬には連合軍側に流れていた。連合軍はここぞとばかりに蔚山城、泗川城、順天城を攻めた。それぞれ激闘となったが、日本勢は押し返している。

順天城の小西行長らは苦戦するが、島津義弘らの救援で事なきを得た。

十一月二十四日、釜山浦城に集合していた清正や直茂らは先駆けて帰国の途に就いた。

（なんとか生きて帰れそうじゃ。殿下の死が真実ならば、二度と渡海することはあるまい。帰ったら帰ったで、また一騒動ありそうじゃが、それまでは、のんびりするか）

国一丸に揺られながら、直茂は万感の思いにかられた。

翌二十五日、小西行長を先頭に、残りの日本軍も釜山から船を出した。

三

筑前の博多に帰湊し、名島城に移動した席でさっそく清正や浅野長慶らと三成が衝突した。

「長々と異国での在陣、御苦労でござった。既にお聞きのことかもしれぬが、改めて申し上げる。本年の八月十八日、太閤殿下はお亡くなりになられた……。これより諸公は、伏見に上って太閤殿下の喪を弔い、秀頼様にご挨拶をすませたのちに帰国され、翌年、入京致した暁には茶会など開き、長年の労をお慰め致そう」

三成なりに労ったのかもしれないが、清正らの不満を逆撫でした。

「日本でのうのうと暮し、朝鮮で戦をせなんだ汝らは、蓄財していたゆえ茶会を催すこともできよう。されど、我らは渡海すること七年、泥水を啜り、土を喰らって戦い、一銭も残さず茶もなければ酒もない。ただ稗粥をもって返答するのみじゃ」

清正が吐き飛ばすと、浅野長慶も続いた。

「我らの帰国は治部少輔の欲せざるところであろうよ」

清正や長慶が朝鮮で死ぬことを三成は望んでいたのであろう、と長慶が痛烈な皮肉を言うと、三成は顔を顰めた。

さらに宴席に三成が出席しなかったので、酔った清正は城内を歩いて三成を捜しだして脇差に手をかけた。まさに一触即発のところを直茂らが止めに入ったので、なんとか事なきを得たが、いつ暴発してもおかしくない状況である。

日本の武士は朝鮮で武威を示したが、結局、敵地を一田も得られなかったので、恩賞はなく、借財だけがいや増した。さらに多くの家臣が死に、恨みばかり借銀同様に膨らんだ。

本来、秀吉の唐入りの目的は、所領不足の解消を異国に求めたものである。清正らは忠実に従って戦った。最初から出兵に反対していた三成たちは、秀吉に嘘をついてでも傷口を広げず、勝利の名目を得て和睦に持ち込もうとしていたので、清正らは憤懣で凝り固まっていた。直茂らの外様大名は振り廻されるばかり。無事にすむはずがない。

直茂らが用意された名島の宿に戻ると、家康の意を受けた鍵屋惣兵衛という商人が訪れた。

「日本のために尽力なされ、ご苦労様にございます。お近づきといってはなんですが、奥方様などにお贈りして戴ければ幸いです。迷惑なれば、雑巾にでもしてください」

鍵屋惣兵衛は労いの言葉とともに直茂に高価な唐織物を差し出した。

「手前は内府様のお屋敷に出入りさせて戴いております。なにかあればお申しつけください」

とだけ鍵屋惣兵衛は告げた。

（ほう、もう始まっておるのか。内府の取り込みが）

あまりにも早いので直茂は驚くと同時に感心もした。これは「御掟」に背いていた。

「御掟」とは秀次事件後に制定された法度で、内容は、秀吉の承諾がない諸大名の婚姻禁止。諸大名間の昵懇、誓紙交換を禁止。喧嘩口論の禁止。妻妾の多抱禁止。大酒の禁止。乗り物の規定であった。このたびのことは諸大名間の昵懇に触れることになる。

ただ家康にすれば、鍵屋惣兵衛が勝手にしたことと言い逃れるであろうが。

（儂は殿下に求められ、お陰で鍋島の家が龍造寺を押さえる形になった。今のままで十分。されど、それは殿下がご存命されていることが前提。この先、同じ扱いをしてもらえようか。誰が？　幼い秀頼様が？　よもや？　これを支える、いや当分は傀儡にせんとする治部少輔らの奉行か。我らが間に入らねば主計頭の刃を躱せぬ者に賭けていいのか。殿下を敗ったことのある内府のほうが頼りになるのではなかろうか。ただ、治部少輔が秀頼様を担いだら話は別じゃ）

直茂は暫く様子を見ることにした。

その後も家康はなにかにつけ、直茂に接触してきた。対して三成らは、たかを括っているのか、それどころではないのか、鍋島家には接近してこなかった。直茂の心が家康に傾いていくのを止めるのは難しかった。

朝鮮出兵以降、佐嘉の国人衆に変化があった。十一月八日、後藤家信の家臣たちが同家の家老衆たちに対し、家信の家督が後藤茂綱に受け継がれたことを直茂が承諾したので、家臣たちはこれを感謝し、直茂、勝茂親子が難題に遭遇した時は、身命を賭けて御役に立つ、と忠誠を誓う起請文を差し出した。家信は朝鮮から帰国後、体調が優れず、戦に出られる体ではなくなった。

反直茂急先鋒の後藤家であるが、家老衆の大半は隆信につけられて家信とともに後藤家に入った者たちなので、後藤家譜代の家臣とは考え方が異なっている。代替わりをしたことで、これまでの考え方を一新し、鍋島家に従って行こうとしはじめたようである。

直茂による龍造寺家の支配体制は緩やかではあるが順調に進んでいった。

天下を掴み、新たな武士の世を造ろうとする家康は、秀吉の死と同時に専横を開始した。諸大名間の昵懇の禁止は言うに及ばず、独断で所領を与えるのみならず、「御掟」を破って諸大名と交友どころか政略結婚を結んで豊臣政権の法度を打ち崩した。

二大巨頭ともいえる前田利家が病死すると、清正らを煽って石田三成を追い詰めて蟄居させ、前田家の徳山則秀（とくやまのりひで）を出奔させ、片山延高（かたやまのぶたか）を内通させて同家を揺さぶった。伏見城の掌握に続き、暗殺計画を利用して大坂城の西ノ丸を占拠した上で、浅野長政（長吉から改名）らを蟄居させ、首謀者を前田利長（としなが）として加賀討伐を宣言。家康と戦う度胸のない利長は芳春院（ほうしゅんいん）（まつ）を人質として江戸に差し出すことで、加賀討伐を停止させた。宇喜多家に起こった御家騒動も家康が背後で煽っていたという。

慶長五年（一六〇〇）が明けると、移封後の領内整備に勤しむ会津の上杉家に難癖をつけ、上洛を拒んだ景勝に対して、遂に会津討伐を宣言した。

六月六日、家康は諸大名を大坂城の西ノ丸に集め、上杉討伐の軍役を定めた。

白河口は徳川家康・秀忠。関東、東海、関西の諸将はこれに属す。

仙道口は佐竹義宣（岩城貞隆、相馬義胤）。但し佐竹家は上杉方であった。

信夫口は伊達政宗。

米沢口は最上義光。最上川以北の諸将はこれに属す。

津川口は前田利長、堀秀治。越後に在する諸将はこれに属す。

軍役は百石で三人。これらを合計すると二十万を超える軍勢だった。

畿内で留守居をする大名は百石で一人の軍役。

評定ののち、直茂は個別で家康に呼ばれた。

「わざわざお呼び立て戴きまして、内府殿のお気遣い、感謝致します」

直茂は四歳年下の家康に頭を下げた。年下だからと恥に思うことはない。関東六ヵ国で二百五十五万余石の大々名。内大臣で秀吉にも勝利したことのある家康。誰もが認める実力者である。

「九州の友人と離れるのは寂しくなるゆえ、再会を期して一献傾けようと思うてのこと」

「えっ」

友人とは、家康には似つかわしくない歯の浮く言葉であるが、離れる、と聞き直茂は驚いた。

「いや、某は会津にまいるつもりでござる」

「やはり貴殿は我が友人。信義を持っておる。貴殿が一緒ならば、これほど心強いことはないが、九州は不穏な地にて、どうしても貴殿には国許を固めて戴きたい」

普段は好々爺(こうこうや)のような団栗(どんぐり)の目が、今は猛禽類(もうきんるい)のようになった。

(なるほど内府は九州の者を信じておらぬのか)

豊前中津の黒田長政は家康派であるが、父親の如水は曲者なのでどう動くか判らない。ほかの家康方は肥後隈本の加藤清正、肥前唐津の寺沢広高ぐらい。

筑前名島の小早川秀秋はどっちつかず。筑後久留米の小早川秀包、筑後柳川の立花親成、同山下の筑紫広門、同内山の高橋直次、肥後宇土の小西行長、豊前小倉の毛利吉政、同富来の垣見一直、同安岐の熊谷直盛、豊後府内の早川長政、同臼杵の太田一吉、同佐伯の毛利高政は奉行方。薩摩鹿児島の島津義弘、肥前平戸の松浦鎮信、同五島(ごとう)の五島玄雅(はるまさ)、同大村の大村喜前、同日野江の有馬晴信は不明であった。

「確かに怪しい御仁が多(おお)ござるの」

「左様、そこで貴殿は主計頭らと手を取り、上杉と手を結ぶ者どもの反乱を食い止めて戴きたい。無論、それに見合う恩賞は用意するつもりじゃ」

「承知致しました。某は国許で九州の治安に努めますゆえ、どうぞ息子たちは会津にお連れし、あれこれお下知下され。必ずや内府殿のお役に立つものと存じます」

家康に賭けるならば、勝茂は家康に任せてしまったほうが安全だと直茂は思案した。

「さすが加賀守殿。話が判る。さあ、一献いこう」

家康が酒瓶を傾けるので、直茂は有り難く盃を差し出した。

直茂が家康と昵懇の間柄になったのは、閑室元佶（三要元佶）の存在が大きい。元佶は直茂が養子になっていた晴気城主・千葉氏の家臣野辺田善兵衛の子で、胤連が直茂につけた十二人の一人であった。元佶は永禄年間に家康に招かれ、天正年間には足利学校の庠主を務めている。元佶は家康の側近として会津攻めにも加わる予定であった。

屋敷に戻った直茂は、改めて勝茂を前にした。

「……ということで、残念じゃが、儂は国許に下向しなければならなくなった。そちは藤八郎殿と鍋島の家臣を連れて内府殿と会津に向かうように」

直茂は家康とのことを告げた。

「畏れながら、当家は全力を挙げて内府殿に与してよいのでしょうか」

勝茂は意外なことを口にする。

「なにゆえか」

「内府殿が多勢を率いて会津に向かえば、治部殿が蜂起して大坂に入り、秀頼様を担いで内府殿と一戦するという噂を聞いております。それゆえ親子兄弟で別れて参じる家があるとか」

よく聞く話である。

「会津と大坂の挟み撃ちか。絵に描いた餅じゃ。我らは散々、毛利と組んで大友を挟み撃ちにしようとしたが、牽制するのが関の山。隣国ですらできぬのに、遠い会津と大坂などできぬと断言できる。それにじゃ、亡き殿下がこう仰せになられた」

直茂は秀吉の言葉を回顧する。

「天下を取ることは大気、勇気、知恵がなければならぬ。この三つを兼ねた大名は一人もおらぬ。また小者には二つ充ち兼ねたる者が三人おる。上杉が直江山城守（兼続）、これは大気、勇気があれど知恵が欠けて合わず。毛利が小早川隆景、これは知恵あれど勇気が欠けて合わず。龍造寺が鍋島飛騨守（直茂）、これは勇気、知恵あれども、大気がない。ほかの大名はこれほどの者はない、となゆえに挟み撃ちなどは無理ということじゃ」

これは『葉隠』の「聞書十」に記されていることである。

「ははは、父上は大気がない、ですか。天下を狙えぬということですか」

「戯け、父を愚弄するでない。儂は龍泰寺様ご存命のおりには龍泰寺様に、次は殿下にと忠義を貫いてきた。口で天下を狙うと申すは簡単じゃが、世の中、そんなに甘くはない。殿下が仰せになられたとおり、幾つもの条件を満たさねば天下に手をかけることなどできぬ。背伸び致せば身を滅ぼすだけじゃ。身だけですむならばまだよし。戦で敗れれば家名を失い、一族郎党は路頭に迷う。忠義を貫き、着実に前進するも武士の道じゃ。これを続けてきたゆえ、今や国主に匹敵する位置にまで鍋島の家を高めることができた。儂はこれに満足しておる」

龍造寺の衰退と鍋島の振興が物語っている。

「殿下の仰せには内府殿と治部殿の名はなかったのですか」

「一度、殿下は酒の席で、弓矢では余に及ぶまい、と言った時、内府殿が、長久手をお忘れか、と答えると、殿下は席を立たれてしまった。よほど悔しかったのであろう。その後、内府殿の屋敷に刺客が入ったという噂を聞いた。殿下は終世、内府殿を律儀なお人と言い続けた。敵に廻るのを阻止するためであろう。一度、内府殿に後れをとっておる。殿下は内府殿を恐れていたのじゃ。それゆえ許することを避けられたのじゃ」

「父上は、豊臣と徳川をいかように思われておるのですか」

肚裡を覗き込むように勝茂は問う。

「今の当家があるのは間違いなく殿下のお陰じゃ。殿下には感謝しておるが、治部少輔には恩はない。豊臣の世が続くのは悪くはないが、内府殿が許すとは思えぬ」

「されば秀頼様に鉾先を向けると？」

「今は間違っても口にはすまい。されど、天下を臨むということは左様なこと。目上は御上（天皇）だけでいいはず」

「当家は」

勝茂は龍造寺家のことを指す。

「当家のことはさておき、今の内府殿は鎌倉時代の北条家のようなものであろう。年寄筆頭として所領を与えることも、会津攻めのように兵も動かせる。公家衆にも頭を下げさせる。執権と同じじゃ。それでもなお同じ年寄を排除せんとすることは、年寄では満足できぬゆえであろう。まあ、いずれにしても、この会津攻めののちに判ること。おそらく内府殿は会津には行かぬ」

「なにゆえですか」

「そちが申したとおり、内府殿が上方を空ければ、治部少輔が大坂に戻って兵を挙げるからじゃ。これを何処で知るかは判らぬが、知れば内府殿は必ず治部少輔を討つために反転するはず」

「治部殿が蜂起すれば、大坂におられる母上と、我が妻が質になります。このことをいかになさいますか」

一番聞かれたくないことを勝茂は質してきた。

「質は斬られれば質の役目を果たさぬ。女子は斬られることはなかろう」

「それは父上の願望ではないですか。殿下は主筋の女子を斬ったと聞きましたが」

秀吉は賤ヶ岳の戦いに際し、織田信孝の母の坂氏を斬らせている。

「いざという時は見捨てろということですか」

「お家のため、時には鬼にならぬこともあるが、まずは逃す尽力をすることじゃ。儂に思案があるゆえ、そちは戦功を上げることだけを考えよ」

「左様なことなれば」

勝茂は一応、納得したような顔で頷いた。

（二十万もの兵が動けば兵糧が不足しよう）

直茂は馴染みの大坂商人に頼み、東海道筋で米を五万石ほども買い集めさせた。夏から秋にかけて一番、米が不足する時期なので、ただでさえ集まりにくく、値も張った。通常の一・三倍から一・五倍ほどにもなった。東海道筋だけでは足りず、伊勢や畿内などにも求めたのでなんとか取り揃えた。これを目録に書き出させたので、家康に献上するつもりである。

六月十五日、直茂は帰国を前に、勝茂と藤八郎を前にした。

「二人は共に若いが、藤八郎殿は年下ゆえ、年長の勝茂の下知をよく守り、特に秀頼様を立てる覚悟をもって、内府殿の下知を受けて行動するように」

主筋の藤八郎に直茂は命じた。これまでと違うのは、この三月一日、慶誾尼が水ヶ江の東館で他界したので、もはや頭の上がらない人は肥前には存在しないからだった。

「万が一、治部少輔が蜂起したならば、都の西本願寺に遣いを送り、妻子を匿ってもらうこと。准如上人に話はつけているが、本願寺側は事前に報せて欲しいと申していた」

「承知致しました」

二人は仲良く応じた。

これに満足した直茂は、大坂を発って帰途に就いた。

四

佐嘉に戻った直茂は小倉に留守居として残っている黒田如水と連絡を取り合い、今後の対応を協議していた。正直、六月下旬の段階では、誰が味方で、誰が敵になるか明確に判らない。

「とにかく九州における諸大名がいかようになっているのか、知ることが肝要」

直茂は周辺の大名の許に遣いを送り、状況を確認しながら城の様子を探らせた。なので、のちに西軍となる豊後の毛利高政らとも連絡を取り合っていた。

衝撃的な報せが届けられたのは八月になってからのこと。

「申し上げます。信濃守様、大坂方にお味方するようになりました」

下村生運が顔をこわばらせて報告した。

「なに！　詳しゅう申せ」

家康に与することを厳命し、本願寺とも話をつけての帰国だった。直茂は驚愕しながら問う。

「はい。されば……」

言いにくそうに下村生運は伝えはじめた。

勝茂は家康から数日遅れで大坂を発つ予定であったが、腫物ができて騎乗できず、これが治るのを待っていた。さらに武具の修理が重なり、大坂を出たのは七月中旬だった。

七千の兵を率いた勝茂は、豊前小倉の毛利吉政らとともに伏見、京都、大津と進み、琵琶湖東の草津、守山、八幡、安土を無事に通過したところ、前方の愛知川（えちがわ）に馬防柵が川添いに築かれ、一万にも及ぶ軍勢が駐留していた。関所の守将は石田三成の兄の正澄（まさずみ）であった。

「秀頼様の下知にて、東国への下向は一人たりとも通すわけにはいかん。戻られよ」

石田正澄は声高に叫んだ。

馬防柵には火が灯された鉄砲衆が立ち並び、号令とともに轟音を響かせられる状態にあった。

「いかが致しますか」

勝茂の補佐をする龍造寺家久が問う。

「父上は江戸に行けと仰せになられた。彼奴らを打ち破れようか」

「ここに関所が設けられていれば、既に大坂の奥方様らが質になっておりましょう。信濃守殿は御母堂をどうなされるおつもりですか」

逆に聞き返されて、勝茂は返事に窮した。

「それは……」

「無理ですな。ここに加賀守殿がおられれば、大坂の質は捨て殺しにし、即座にこの関所を打ち破って内府殿の許に参じられましょう。古来、かようなことは珍しくはございませぬ。されど、信濃守殿には左様なことはできますまい。されば、目の前の理に従い、大坂に戻るしかござらぬ」

龍造寺家久は首を横に振る。

他の家臣たちの顔を見廻すが、突破しようと口にする者はいなかった。

（これが儂と父上の差か）

嘗て後藤家信は、直茂のことを龍造寺家を乗っ盗った悪人と蔑んでいたが、勝茂にはそう映らない。忠義、実直、律儀という言葉があてはまり、当主を支える補佐役だとばかり思っていたが、家臣たちの目は家信らと、さほど変わらなかった。まさに目から鱗が落ちたような心境である。

勿論、勝茂一人で関所に向かうわけにはいかない。このまま、同地に在していれば、戦になるかもしれない。鍋島勢は、その準備ができていない。

「退け」

勝茂は言わざるをえなかった。愛知川の関所から二里半（約十キロ）ほど南の八日市に移動し、今後の対応を協議したが、いい打開策が出なかった。

（出陣前に母上らを本願寺に預けておけば）

後悔しても既に後の祭りである。関所を攻める下知はいつでも出せるが、人質奪還は容易ではない。下手に兵を送れば、反逆者の汚名を受け、彦鶴を死なせてしまう。

（やはり、儂には越えられぬ一線があるようじゃ）

勝茂は苦悩するばかり、その間、徳善院玄以の息子の前田茂勝や長宗我部盛親なども関所で止められ、大坂に戻っていった。

無駄に何日かが過ぎた七月十七日、徳善院玄以、増田長盛、長束正家らによって「内府ちかひの条々」という十三ヵ条からなる弾劾状が発行され、各大名に廻された。

内容は十人衆（年寄、奉行）の誓書を無視し、石田三成と浅野長政を失脚させた。前田利長を逼塞させ、利長の生母（芳春院）を人質に取った。罪のない上杉景勝に討伐軍を起こした。勝手に知行を与えた。伏見城の留守居を追い、私に占有している。十人衆以外に誓書を交わさぬ掟を破り、好き勝手に交わしている。北政所を追って大坂城西ノ丸を占有している。西ノ丸に天守閣を勝手に築いた。諸侯の妻子を依怙贔屓によって国許に帰国させた。大名間の婚儀を勝手に行い、今なお継続している。若衆（加藤清正ら）を煽動して徒党を組ませた。年寄の連署を勝手に断行。縁者の懇願を受け、石清水八幡宮の検地を免除、であった。

弾劾状には添状もあり、年寄の毛利輝元、宇喜多秀家が名を列ね、家康は太閤の置目（御掟）を破り、専横を恣に働いていると記している。

その日の夜、弾劾状は勝茂の許に届けられた。

「なんと十人衆のうち半数が署名しておるのか」

これは勝茂にとって衝撃的なこと。勿論、討伐の対象になっている上杉景勝も、蟄居させられている三成も輝元らの味方であろうから、残りは家康と前田利長、浅野長政のみ。家康は諸将に下知を出しているが、どちらが公儀であるのかと言えば、誰でも奉行方だと言うに違いない。

「既に治部少輔と毛利中納言（輝元）は大坂にあり、中納言は内府殿の留守居（佐野綱正）を追い出して西ノ丸に入り、大坂にいる諸将の妻子を質にしております」

この報せを聞き、さらに衝撃を受けた。

（なんと、すぐに戻っておれば、母上らを本願寺に移せたではないか）

判断の後れ、対応の後れを悔いても悔いきれない。

十八日の朝方、使者からさらに驚く報せが齎された。

三成らは会津攻めの先鋒を務める長岡忠興の屋敷に迫り、正室の玉（ガラシャ夫人）に大坂城に入ることを強要したが、玉は拒否。押し問答をしている最中に騒動が大きくなって矢玉を放つようになった。人質を拒んだ玉は家臣に胸を突かせて生涯を閉じた。

「越中守殿の内儀が……」

勝茂はいても立ってもいられない。対応を誤れば、長岡家の二の舞いである。妻子を死なせた武将は単なる被害者ではなく、妻子も守れなかった愚将の烙印を押される。

（儂はまだしも、父上の名に泥を塗るわけにはいかぬ）

もはや八日市に在している意味はなくなった。

「大坂に戻る」

勝茂は力のない声で命じ、兵を引き返させた。

取りあえず軍勢全ての移動は刻を要するので、勝茂は主だった者と替え馬を乗り継ぎ、十八日のうちに大坂に戻った。

「母上？」

大坂の玉造の鍋島屋敷に、母の彦鶴と、正室の菊姫がいたので驚いた。

「いかがしたのです？　江戸に行ったのではないのですか？」

怪訝な表情で彦鶴は問う。

「母上らが質にとられたと聞き、身の安全を交渉しようと思いまして」

「戯けたことを。そなたは女子を助けてお家を滅ぼす気ですか？　なにゆえ関所など打ち破って江戸に行かなかったのです。なんと軟弱な子か」

彦鶴は首を振って歎いた。

「されど、わたしは勝茂様が戻られて嬉しゅうございます」

菊姫は対照的に喜んでいる。

「越中守殿の内儀が亡くなられたと聞きましたゆえ」

「玉殿はまことにお気の毒でした。さらに加藤左馬助（嘉明）殿の奥方も奉行衆とのやりとりの中でお亡くなりになられたとか。お二方が亡くなられたゆえ、我らは大坂城へ強いられることはなくなった。奉行衆も殺めるつもりはなかったのでしょう。お陰で厳重に監視されておるが」

母親の言葉を聞き、勝茂は落胆した。だったら、江戸を目指したのに、という心境だ。

「左様ですか」

「まあ、これはそなた一人の失態ではなく、我が殿が責められるべきことやもしれません。大坂から妻子を逃しだしたという大名家は一つや二つではないとのこと」

加藤清正、黒田如水、長政親子、結城秀康、前田利長などなどであった。

「我が殿は本願寺にと仰せになられていたが、逃すことはできたはず。それをしなかったということは加藤や黒田家とは違い、内府殿に賭け切れなかったのやもしれぬ」

「父上が？」

「左様。朝鮮の戦いで不満はあったでしょうが、主計頭殿らのように、治部少輔殿を憎んではおられなかった。憎しみは時として深慮を妨げようが、恐怖や悩みを打ち砕く力にもなる。なにがなんでも内府殿に与するという意思に欠けていた殿のお心、果たしていかになることか」

告げた彦鶴は溜息を吐きながら勝茂を見た。できの悪い息子を見る母の慈愛に満ちていた。

「申し上げます。治部少輔殿のご遣いが来て、若殿には登城を求めてまいりました」

家臣が報せた。

「かようになれば登城するしかございますまい」

「大坂方に与するおつもりか。仮病でも使い、殿の下知を待ってからでもよいのでは」

「さすればまこと大坂の兵に囲まれます。鍋島の兵はまだ移動の最中。かくなる上は腹を決めねばならぬかと存じます。なんの十人衆のうち七人が大坂方です。ここに秀頼様が座られれば、これが公儀となり、江戸に討伐の兵が向けられます。もしかしたら瓢箪から駒なのかもしれません。これこそ父上が思案していたことかもしれません。では」

彦鶴に挨拶をした勝茂は菊姫に笑顔を向け、登城した。

千畳敷きと呼ばれる大広間に入ると、錚々たる武将が座していた。

首座は空けられ、その下に毛利輝元と宇喜多秀家。左右に石田三成、増田長盛、長束正家、小西行長、生駒親正などなど三十人以上が難しい顔をしていた。

さらに伏見には島津惟新（義弘の出家号）と島津豊久（忠豊から改名）。小早川秀秋は伏見城に入れず、近江の石部に逃げているという。

全員が百石で三人の兵を出せば、十万近くにもなるであろう。

（秀頼様はおられぬか）

武将の数には圧倒されたが、秀頼がいないのは残念に思った。

「昨日も申したが、伏見の鳥居（元忠）は開城を拒否した。ゆえに明日には方々に城攻めをしてもらう。また、丹後の田辺城も然り。これらを落とし、兵を東に進めて尾張辺りで内府を待ち受ける。既に秀頼様から内府を討つ許しを得ておる。方々は正しき豊臣公儀の兵となる。胸を張って戦って戴きたい」

告げた毛利輝元は、最後に入室した勝茂に向かう。

「信濃守殿、よろしいな」

否とは言わさぬ口調で輝元は言う。八ヵ国、百二十余万石の大々名である。

「承知致した」

この場で拒否などはできない。また、秀頼の許しの根拠を聞き出したいところであるが、質問できる雰囲気ではない。問えば徳川方の廻し者と疑われ、斬られる可能性もある。黙っているしかなかった。

十九日の早朝、勝茂は毛利秀元、吉川廣家、安国寺恵瓊、小早川秀包、長宗我部盛親、雑賀（鈴木）重朝など四万余の軍勢とともに伏見城に向かった。

また、小野木重次を大将にして、毛利高政、中川秀成、竹中隆重、早川長政、杉原長房、赤松広英（齋村政広とも）など一万五千の軍勢が長岡幽齋（藤孝）が籠る丹後の田辺城に向かって出立した。

家康が東国の武将なので東軍。これに対し三成らの軍勢は西軍と呼ぶようになった。

最終章　関ヶ原と武士道

一

「あの戯け！」

下村生運から仔細を聞いた直茂は、声を絞りだした。

「いかがなされますすか？　当家が大坂方に与したことが知れれば加藤、黒田の兵が当城に向けられましょう。この城には留守居の兵しかおりませんぞ」

緊張した面持ちで下村生運は言う。主力は勝茂が率いている。二千ほどの兵は肥前の国内に分散している。朝鮮出兵時は浪人を三千ほども集って軍役を満たしたが、その浪人はもう肥前にはおらず、他家の募集に応じて東西両軍に参じているに違いない。

「判っておる。まずは隈本と小倉に遣いを送り、大坂に残ったのは秀頼様の御ためにて、決して治部少輔に与したのではないことを伝えよ。それに城を固め、麾下の者は佐嘉城に集まるように下知を出せ」

直茂は矢継ぎ早に命じたのちに、藤島生益を呼んだ。

「尾張に集めた兵糧を内府に献上せよ。それと元佶殿にこのことを報せよ」

藤島生益に下知した直茂は、鍋島生三を呼んだ。

「他家の城の様子を探らせよ。皆、上方に兵を率いて行っているはずなんじゃが」

居城には寡勢しかおらず、しかも主力は上方。直茂は急に不安にかられた。勝茂からの報せでは、どの大名が西軍についたのか伝えられていないので疑念は深まるばかり。

（おそらく、大坂方は、それほど兵を残しておるまい。なんといっても主計頭は全兵を隈本に置いておるゆえ、一番の強敵。おそらく島津はこたびも軍役を守るまい。これも多勢を擁しておる。なにをするか判らぬのが黒田の隠居じゃ。殿下が恐れた男を敵に廻したくはないの。せめて五千の兵が手許にあれば、後れを取ることはあるまいが）

悩みは尽きなかった。

大坂からの二報が届けられたのは八月中旬。勝茂は徳川家の古参・鳥居元忠が籠る伏見城攻めに加わったという。一緒に参じた武将や、西軍に与した大名の名前も伝わった。

「宇喜多らが一緒なれば、そうそう後れを取ることはなかろう。問題は内府じゃの」

西軍の蜂起を知れば、家康は上杉攻めを中止し、必ず引き返してくると直茂は確信している。

「内府だけは敵に廻したくなかったの」

家康の側に閑室元佶がいるとはいえ、直茂の不安は消えなかった。

「申し上げます。伯耆守様がまいられました」

「左様か。丁重にお通しせよ」

病の身を押して後藤家信が登城するとは、よほどのこと。直茂はすぐに向かった。

部屋に入ると、後藤家信がいた。近習に支えられて座していた。

「お待たせ致した。武雄からようまいられた」

上座に腰を下ろし、直茂は後藤家信と向かう。

「よもや、かような形で、そちと相対するとは思わなかったの」

隆信の息子が下座に座り、上座の家臣と顔を合わせることが不満なのであろう。

「時の流れでございましょう。受け入れたのが内府で、受け入れなかったのが常真殿」

一時は百三十万石も有していた織田信雄であるが、秀吉に逆らったがために無禄となり、家康の口添えで大和に一万八千石を与えられるほどに衰退している。

「ようやく本音が出たか。されど、そち自体が失墜の際に立たされているのではないか」

「さすが伯耆守殿、よう世の中を見ていられる」

「戯れ言ではない。そちの息子の失態で龍造寺も危機に立たされておるのじゃ」

他人事ではないと、病の身でも迫る。覇気は失っていなかった。

「左様。それゆえ合力（協力）願いたい。今や龍造寺の、鍋島のと言っている場合ではございますまい。対応を誤れば、万余の敵が肥前に雪崩れ込んでまいります」

「龍造寺は関係ない、と内府殿に申すつもりじゃが」

「既にやってござる。それゆえ、内府殿が西上すれば、勝茂には内府殿がいる戦陣には立つなと下知してござる。それまでの反することに対しての詫び料は払いましたゆえ」

直茂は家康に兵糧五万石の目録を贈った。銀五百貫（約五億円）を用意して買い集めた兵糧は兵十万人が五十日間食い繋ぐことができる量である。家康にとっては喜ばしいことであろう。

「左様なことが通じようか」

「これが九州攻めをした時の殿下ならば通じますまい。今の内府殿は山崎の合戦に向かう、羽柴姓を名乗っていた頃の殿下と同じくらいでしょう。少々のことは大目に見ないと得られるものも得られなくなる。九州には曲者が何人もござるゆえ」

「それはそちも含まれるのか」

「さあ、どうでしょう。なにせ某は大気がありませんので」

言うと珍しく後藤家信が笑った。

「もし、許されなければ、そちは島津や立花と与して抵抗するつもりか。確かに内府が上方で治部少輔に勝利しても、九州に兵を送ってくるのは何年も先になる。さすれば、また状況も変わるの。やはり儂の目に狂いはなかった。そちも曲者じゃ。ゆえにずっと警戒しておったのじゃ」

「お褒めに預かり恐悦至極。して、病の身を押してこられたのは、よもや某に文句を言うためではありますまい。手打ちのためではないのですか」

「そうじゃの。儂は龍泰寺様の息子じゃ。龍造寺を乗っ盗るそちと手打ちはできぬ」

　少し思案して後藤家信は答え、続けた。

「儂は従わぬが、信濃守と同陣している茂綱は違う。力ある者が上に立つが道理、と考える怪しからん輩じゃ。儂は隠居の身じゃ。後藤家の当主の指示に従う」

　朝鮮出兵を途中で切り上げさせてもらったことへのお礼か。肥前の重大事を考え、意地っ張りな後藤家信流の和解であった。

「承知致しました。勝茂は、あれでなかなか才ある男。簡単に座は譲りませんぞ」

「そう申しておこう。最後に一つ、龍造寺の家をどうするつもりか」

「旧家と考えております。扶持等は今のまま。決して蔑ろにはしませんが、政に口を出されては困ります。これは某の一存ではなく、殿下や内府殿も認めたこと。それが龍造寺家のためであり鍋島家のため、延いては肥前のためでございましょう」

「あい判った。その言葉に偽りなくば、儂は文句は言わぬ。この難題、うまく乗り切れ。なにかあれば武雄の留守居に申すがよい」

　事実上の協力を口にした後藤家信は満足そうな顔で部屋を出ていった。

「忝い」

　家臣筋に将来を託す心境や、どれほど鬱屈したものがあろうか。しかも現状は極めて厳しい状況に置かれている。健康ならば、政家を押し立てて、家康と結んで龍造寺の復権に尽力するのであろうが、できぬもどかしさが、形の異なる屈服を選択させたのであろう。別の見方をすれば龍造寺からの乗り換え、売り込みでもあるかもしれないが、直茂は感謝して頭を下げた。

後藤家が直茂に協力したので、距離を置いていた国人衆も直茂の指示に従うようになり、いざという時は佐嘉城に参集する手筈となった。

「あとは勝茂次第。うまくやるのじゃぞ」

直茂は上方周辺にいる勝茂に願いをこめるばかりであった。

八月一日に伏見城を落とした勝茂らは、伊勢を攻略するために毛利秀元、吉川廣家らと進み、二十七日に富田信高の安濃津城を攻略し、古田重勝の松坂城を開城させ、福島正則の弟・正頼（高晴）が守る長島城を包囲した。

長島城は長島一向一揆の総本山、願証寺のあった地で、東は木曾川、西は長良川と揖斐川に合流して大河となった三角州に築かれた平城である。しかも南は満々と水を湛えた海面と接しているので、簡単には近づけない。信長が何度も攻略に失敗し、最後は騙し討ちにしなければ落とせなかった難攻不落の城であった。

「まさに海に浮かぶ城じゃの。これは安宅船を何艘も揃えぬと落ちぬの」

揖斐川から十町ほど西の野代に陣を布いた勝茂はもらした。

勝茂らが伊勢平定に向かっている間、美濃には石田三成、小西行長、島津惟新らが進み、尾張の清洲城の攻略に失敗したので、美濃の大垣城に入って東軍に備えていた。

北国には大谷吉継、戸田重政、平塚為広らが進み、前田利長の侵攻を阻止していた。

一方、会津攻めに向かった家康の許に「内府ちかひの条々」が届けられたのが七月二十三日の深夜。翌日、下野の小山で鳥居元忠が遣わした浜島無手衛門から西軍の伏見城攻撃を知らされた。

二十五日、家康は諸将を集め、世にいう小山評定を開き、西上を決定。福島正則、池田照政を先鋒とした東軍は西進し、家康も反転した。

八月二十三日、福島正則らは織田信長の嫡孫・秀信の籠る岐阜城を陥落させた。秀信は剃髪して高野山に登った。

この時、三成は援軍を送ったが、長良川支流の合渡川（河渡川）の戦いで黒田長政らに敗れて退いている。

二十四日、勢いを駆る東軍は、大垣城から一里少々北西の赤坂に陣を布いた。

両軍は互いに斥候を出し、多少の小競り合いも行われたが、大勢に影響はなかった。

岐阜城の陥落を知った家康は、慌てて家督候補の秀忠に中仙道を通って西進することを命令。秀忠は三万八千余の兵を率いて宇都宮を出立した。

家康も九月一日に三万三千の兵を率いて江戸城を出立し、赤坂の陣に到着したのが十四日。その後、同地から五町半（約六百メートル）ほど南の岡山に移動した。東軍は周辺に十万を集めた。

対して西軍も大垣城から西の松尾山まで九万の兵を参集させた。

その間、勝茂は、直茂の言い付けどおり、時折、対岸から城に向かって鉄砲を放ち、闘志はあるということだけを示していた。他の諸将も難攻不落の城を本気で攻めはしなかった。三成をはじめ宇喜多秀家は大垣城にあり、毛利秀元らは西の南宮山に布陣しているので、長島攻めで主導権を発揮する者がいなかったこともある。

西軍にとって残念なのは、大津城の京極高次が背信して城に籠ったので、立花親成らの一万五千が攻略に向かわねばならず、降伏勧告を受け入れたのが十四日であった。

逆に西軍にとって喜ばしいことは、信濃上田城主の真田昌幸が奮戦し、秀忠軍を翻弄して城に釘づけにしたこと。家康は即座に西進を命じたが、秀忠は天候不良で木曾川を渉(わた)れず、未だ信濃の山中を彷徨(さまよ)っている最中であった。

さらに長岡幽齋が降伏を受け入れ、十二日、田辺城が開城した。

数日すれば両軍ともに、三万余ずつの兵が増えるはずであった。

十四日の夕刻、三成からの使者が訪れ、関ヶ原に移動することを命じた。

勝茂は自ら顔を会わせず、重臣の成富茂安に応対させた。

「我らが関ヶ原に移れば、長島城から敵が打ち出し、背後を襲うのは必定。我らが移れば、誰か背後を守るお方を寄越して下さい。さもなくば移ること叶いません」

成富茂安は伝えて使者を帰らせた。

「次はどうする手筈か」

「今一度、申してきたら、応じるが動かず。その旨を内府様に伝えて下知を仰ぎます」

「左様か。万事、父上の行（てだて）どおりに」

伏見城攻めから、やる気のない戦に参加している。勝茂は厭戦気分に浸っていた。

夜中になり、再び三成の使者が訪れた。

「信濃守殿の申すことは尤もである。関ヶ原へ出陣するには及ばず」

告げた使者は忙しく三成の許に戻っていった。

「やけにあっさりしているの」

「当家の士気の低さを憂えたか、または怪しい家を側に置きたくないのやもしれません」

「伏見も安濃津も奮戦したではないか。大垣に在する者に長島攻めを命じれば、そのまま離反される恐れがあるゆえ、下知できぬのではないか。士気が低いのは向こう（西軍）の方であろう。また、我らを参集させる力もない。儂ならば質のことを口にしてでも集めるがの」

三成以外、本気で戦う武将はいないのではないかと思えてならなかった。

二

西軍は暗くなってから関ヶ原に移動。東軍も深夜になって腰を上げた。

関ヶ原は美濃・不破郡の西端に位置し、一里少々西に進めば近江の国に入る。北は伊（い）吹（ぶき）山脈、南は鈴鹿（すずか）山脈が互いに裾野（すその）を広げ、西は今須（います）山、東は南宮山が控えた東西一里、南北半里の楕円形をした盆地である。この中を東西に中仙道（東山道）が走り、中央から北西に北国街道、南東に伊勢街道が延びる交通の要でもあった。

飛鳥時代では壬申の乱が、鎌倉時代は承久の乱、南北朝時代には青野ヶ原の戦いと、時代の変革期には必ず戦場となってきた場所であった。

既に東軍も歩を進めているが、野代の陣には西軍が移動しはじめたという報せが届けられた。

「まこと、移動しなくて構わぬのか」

眠りはじめた勝茂は、成富茂安に起こされて、少々不快である。

「内府殿のいる陣には参じるなという、殿の仰せでございます。動く時は、内府殿から味方になれという下知が届いてからにございます」

成富茂安が答えた。

「左様か。両軍合わせて十数万の戦陣には趣きがあるの。見たいの。いかになろうか」

参陣しないとあって勝茂には当事者意識がない。高みの見物をしたい心境である。

「殿下と内府殿が戦った小牧・長久手の戦いは、半年以上も睨み合いが続く中、激しい戦いが行われたのは長久手だけのようです」

「内府殿が殿下を打ち負かしたという戦じゃな」

局地戦とはいえ、数千の兵で二万余の兵を敗った戦いは胸がすくものである。

「仰せのとおり。されど、殿下は調略を駆使して常真殿を籠絡し、内府殿を孤立させて大きな意味での戦を勝利なさいました。こたびも左様なことになるのではないですか」

「内府殿は戦上手で、兵数も多いと聞くぞ」

「西軍は山の上に陣を用意して待ち構えているようです。内府殿といえども、おいそれと戦を始められぬのではないでしょうか。それゆえ、小競り合いを繰り返す長対峙になると思われます」

直茂の命令で、大垣から関ヶ原にかけて、多数の物見を放っていた。大垣から野代まではおよそ八里（約三十二キロ）。関ヶ原から野代までは九里（約三十六キロ）。馬を使い、二刻（約四時間）から二刻半（約五時間）で報せが届けられた。

「その時、我らの出番ということか」

「はい。されど、大坂の毛利中納言（輝元）が秀頼様を担いで関ヶ原に現われた時、我らは、これまでどおり西軍として長島城に仕寄ります。さすればおそらく関ヶ原で左衛門大夫（福島正則）らも秀頼様の下に参じましょうゆえ、内府殿は袋叩きとなります」

「父上が読みきれぬところじゃな。毛利は秀頼様を担げそうか。儂が登城した時、秀頼様の御姿はなかったぞ。まあ、童ゆえそうそう評議に顔を出すまいが」

「難しいと見ておるようです。それゆえ現状の維持をせよとの仰せです」

「傍観しろということか。長対峙ならば兵糧は大丈夫なのか」

「あと十日ぐらいはございますが、それ以降は不足しますので大坂に遣いを送ります」

「ぬかりないようにな。腹が減ると、皆苛立ち、些細なことで喧嘩を始めるゆえの」

外は冷たい雨が降っているが、野代の陣は穏やかなものであった。

九月十五日辰ノ刻（午前八時頃）、徳川家康を大将とする東軍八万八千余と石田三成らの西軍八万三千余が関ヶ原で激突。家康四男の松平忠吉（まつだいらただよし）と岳父の井伊直政（いいなおまさ）の抜け駆けで開始された。

西軍では小早川秀秋、毛利秀元、吉川廣家らが家康の調略によって動かず、これに釣られて安国寺恵瓊（えけい）、長束正家、長宗我部盛親らも不戦を余儀無くされた。兵の半数が動かないにも拘わらず、開戦すると西軍が優勢に戦い、東軍は押された。

午ノ刻（正午頃）、苛立つ家康の大砲による恫喝、いわゆる問い鉄砲を受け、様子を見ていた小早川秀秋が東軍として西軍の大谷吉継勢に突撃。小早川勢に呼応して、赤座（あかざ）直保（なおやす）（吉家（よしいえ））、小川祐忠（おがわすけただ）、朽木元綱（くつきもとつな）、脇坂安治らも背信し、戸田重政と平塚為広勢を猛襲した。

小早川勢の参戦から半刻後の午ノ下刻（午後一時頃）、西軍は総崩れ。未ノ刻（午後二時頃）には島津惟新勢による敵中突破が行われるのを最後に勝負が決した。

家康が危惧していた、西軍総大将の毛利輝元は大坂城を動かず、三成が期待した秀頼の出馬もなかった。

徳川家の主力を率いた跡継ぎ候補の秀忠は、信濃上田城の真田昌幸に攪乱されて、決戦の場には間に合わなかった。

田辺城を開城させた小野木重次らも、大津城を降伏させた立花親成の姿も関ヶ原にはなかった。

東軍が討った西軍の首は三万二千六百余と言われ、東軍の戦死者は四千に満たなかったという。おそらく、こののちの残党狩りの数も含まれているに違いない。

報せはそのつど野代に届けられ、勝茂が子供のように胸を躍らせながら次の報せを待っていた酉ノ刻（午後六時頃）、久納茂俊、田原右馬允、栗山甚左衛門が肩で息を切らせながら駆け込んだ。

「申し上げます。西軍は関ヶ原で敗北。お味方は敗走致しました」

ちょうど家康が陣場野で首実検を行っている頃、である。

「なんと⁈」

報せを聞いた勝茂は、巨大な木槌かなにかで頭を殴られたような衝撃を覚えた。

「長対峙ではなかったのか。父上の読みは外れたのか。儂はいかがしたらいいのか」

目の前が真っ暗になった。なにをどうしていいか判らず、勝茂は狼狽えた。

「十数万の戦いが、僅か半日で片がつくとは、殿のみならず、参陣していた諸将、あるいは内府殿ですら判らなかったのかと存じます。勿論、治部少輔も。されど、既に終わったこと。我らは先に進まねばなりません。若殿、大坂へ戻る御下知を」

成富茂安は冷静に勧める。

「戻ると申しても、いずれを通って戻るのか。沖田畷の時、父上はさんざんに落ち武者狩りに遭ったと申しておったぞ」

「ご安心下さい。下知どおり、帰路も思案し、道案内も手配してございます」

「左様か。なんと手廻しのよいこと。されば大坂へ戻る。急ぎ陣を畳め」

直茂の用意周到さに感謝しつつも、掌で踊らされているようで不愉快でもある。勝茂は鬱屈したものを抱えながら大坂への帰還を命じた。

旗指物は畳ませ、荷物になりそうな物は捨てさせた。鍋島勢は野代から西に進んで桑名へ出た。ここで桑名城の御崎（三崎）門の番人を務める惣介の案内で鍋島勢は西に向かい、美濃へ繋がる路を南に折れたところで近江の糀袋（麹袋）村出身の六左衛門という甲賀者が加わり、菰野から亀山を抜けて伊賀街道に出た。これを西に向かう。

「とにかく敵の追い討ちが来る前に駆け抜けるのじゃ」

勝茂は嗄れた声で配下の尻を叩き、自身は馬鞭を入れた。

関町から上野を抜けるまでは、まさに伊賀の里。信長が焦土と化し、秀吉が太閤検地と刀狩りで兵農分離を押し進め、在地には百姓しか住まぬ地にしたとはいえ、地元の者に染み込んだ忍びの技と他所者を受け付けない閉鎖的な感覚は簡単には消えはしない。

「野伏じゃ。放て！」

先頭を進む鍋島茂里は鉄砲衆に下知し、襲いかかる敵に轟音を響かせた。

「弓衆、鉄砲衆が玉込めをしている最中に敵を射よ」

鍋島茂里は次々に指示を出して野伏を排除した。

時折、落ち武者狩りに襲われたものの、鍋島勢は戦で敗れての敗走ではなく、軍備は万全に整い、兵も戦闘で疲弊していない。緩やかな包囲陣の中にいたので戦うことに余裕があった。ただ、西軍に与したという精神的な抑圧が引け目を感じさせ、幾分、身体の動きを鈍くしているかもしれない。それでも主導者のいない野武士、地侍が相手ならば、恐るるに足らずというところ。

鍋島勢はこれらを蹴散らし、大和を経由して二十三里（約九十二キロ）の道のりを実質三日間で駆け抜け、十八日の夕刻前、大坂の玉造の屋敷に無事到着した。

「着いたか」

さすがに山中を一日七里半（約三十キロ）強を進むのは困難などというものではない。馬を何頭も乗り潰したので尻の皮が剝けて痛くて仕方ない。碌に食事もとれなかったので、餓えの中での移動である。大坂城を見た時は、勇気どころか逆に足の力が抜け、精魂尽きた状態になった。

途中ではぐれた家臣たちもおり、あとからばらばらになって大坂に入った。

西軍が敗戦してから三日が経っているせいか、大坂の町は閑散としていた。前日までは、東軍が攻めてくると、城下は騒然としていたという。

まずは登城して秀頼に挨拶しようとしたが、秀頼は会おうとしなかった。

次に西ノ丸に足を運び、毛利輝元を訪ねると、そこには立花親成がいた。親成は大津城を接収したのち、関ヶ原に向かう予定であったが、敗報を聞いたので、やむなく帰坂したという。

「ご苦労であった。さぞかし苦労したであろう」

輝元は他人事のように言う。

「中納言殿は、なにゆえ出馬なされなかったのですか」

本来ならば、鍋島家のことだけ考えていればいいはずであるが、惚けた口調に腹立たしさを覚え、思わず勝茂は尋ねた。

「儂の役目は大坂城を、秀頼様を守ること。戦は治部少輔が取り仕切ることであった」

自分は関係ない、全て三成が悪いとでも言いたげな輝元である。

輝元は吉川廣家の画策で、本領安堵の書状を井伊直政と本多忠勝から受けていた。わざわざ事を荒立てる必要はなかったことになる。勿論、西軍の総大将が調略されていたなど、勝茂には知るよしもない。

（これでは勝てる戦も勝てぬわ。治部少輔らは不憫じゃの。我が鍋島家もか。お陰で、この先、我らは生死をかけた交渉をせねばならぬというのに）

思わず怒鳴りたいのを、勝茂はなんとか堪えた。

「して、こののち中納言殿はいかがなさるのですか」

「戻ってくる諸将を労わねばならぬ。内府との話し合いもせねばの」

「甘い！　貴殿は西軍の総大将でござるぞ。内府が許すわけござるまい。なにもしておらぬような顔をしてござるが、大友に武器と銭を渡して蜂起させせ、四国に兵を向けさせたこと、いかに言い訳するつもりでござるか！」

戸が揺れるような大声で立花親成は怒鳴った。

「大友が？」

勝茂は少々不安になった。大友家と龍造寺家は犬猿の仲だと直茂から聞いている。佐嘉には留守居ばかりで、兵は寡勢。もし大友に多くの旧臣が集まり、佐嘉に兵を向けてきたら、戦上手の直茂をしても守りきれるか心配である。

「左様。貴殿も呑気な顔ではいられますまい。即座に帰国して大友に備えるか、この大坂で内府を待ち受けるかせねばならぬはず」

鎮西一と言われるだけあって、立花親成には迫力がある。

「それは昨日も申したはず。秀頼様がおわすこの大坂で戦をするわけにはいかぬ」

「されば瀬田にでも押し出して戦えばよかろう。貴殿の家は無傷なのであろう。これに鍋島家を加え、敗残の兵を纏めれば、勝機は十分。某が先陣仕ろう」

立花親成は身を乗り出して同意を求める。

「既に内府らは安土辺りまで進んだというではないか。今から瀬田には行けまい」

「それは貴殿が、のんびりしているからでござろう。今は戦の最中ですぞ」

「左近将監（親成）は左様に申しておるが、信濃守殿はいかに」

立花親成の勢いに押され、輝元は勝茂に説くように求めてきた。

「某は父の名代にて、一存では決められませせぬ。国許に窺いを立てますので、一月ほど猶予を戴きたい。それまでは屋敷で待つ所存ゆえ、なにかあれば遣いをくだされ」

本来は輝元に一喝してやりたいところであるが、戦を回避したいのは悔しいが輝元と同じ。卑怯と言われるかもしれないが、逃げ口上を述べて、座を立った。

「どいつも、こいつも。儂はこれより帰国して戦の準備を致す。中納言殿よ、この城で内府を迎え撃たぬこと、貴殿どころか、のちの世まで後悔致すこと、覚えておかれよ」

親成も輝元に嫌気が差して立ち上がった。

すぐに親成は廊下で追い付いてきた。

「儂はこれより帰国する。肥前は隣国。同道致さぬか」

単独で帰るよりも、二家で帰るほうが心強いからであろう。親成が誘う。

「お誘い、忝(かたじけの)うござるが、当家の家臣はまだ全兵戻ってござらぬ。見捨てることはできません。それに、先ほども申したとおり、たとえ敵に捕らえられても、父の下知なくば帰国することはできません。申し訳ございませぬが、同行できません。無事に戻られることとお祈り致します」

「左様か。貴殿も息災であるよう。加賀守殿にもよしなに」

残念そうに告げた親成は足早に歩いていった。

屋敷に戻った勝茂は、主だった者を集めた。

「この先、いかになろうか。父上は、いかにしろと下知したのか」

勝茂は今、一番信を置いている成富茂安に問う。

「殿は元佶和尚に頼んでいるので、軽はずみなことはせぬように、とのことです」

機転の利く成富茂安は龍造寺家の家臣で、直茂が直臣のように使いはじめたのは秀吉が龍造寺家の指揮権を直茂に任せた朝鮮出兵の頃からであった。

「そう呑気なことを申している場合ではないやもしれぬ。毛利中納言の話では、既に内府殿は佐和山を落とし、安土辺りにいるそうじゃ。明日には大津か都の二条屋敷に入り、明後日には大坂に到着する。その前に詫びを認めてもらわねば、当家は取り潰されるやもしれぬ。儂の腹一つで収まるならば、儂はいつにても腹切るぞ」

鍋島家の嫡男として見苦しい真似はしたくない。勝茂は告げた。

「腹を切るのはいつにてもできます。それは我らも同じ。まずは内府殿に使者を立て、当家は内府殿に味方するつもりで江戸を目指したところ、石田木工頭（正澄）に阻まれ、奉行衆に女子衆を監禁され、やむにやまれず伏見、伊勢に兵を出すことになった。反省しているので関ヶ原にも参じなかった。まずは、このことを内府殿に伝えるべきでござる」

成富茂安が勧めるので、勝茂は任せた。

「内府殿は殿の御忠心を御存知なので、改めて元佶和尚に仲介を頼むべきでござる」

龍造寺家久と須古信昭が進言するので、勝茂は、これにも頷いた。

「そうじゃ、黒田甲斐守（長政）は内府殿と昵懇。当家も肥後一揆の討伐以来、誼を通じておる。甲斐守にも頼んでみよう」

勝茂は久納茂俊を呼び、黒田長政の許に向かわせた。

十九日、黒田長政が大坂に凱旋したので、久納茂俊は黒田屋敷を訪ねたところ、元佶和尚も一緒にいた。茂俊は長政と顔を会わせた。

黒田長政は関ヶ原合戦の第一の功労者と言っても過言ではない。朝鮮からの帰国後、東軍に属した諸将を口説き、前田利家死去後、三成の襲撃を煽ったのも長政である。小早川秀秋を東軍に引き込み、吉川廣家に中立を保たせたのも長政である。長政なしでは、おそらく関ヶ原合戦が半日で勝負がつくことはなかったに違いない。

「このたびの信濃守の不始末はお詫びのしようもございません。加賀守は、こたびの不義を存ぜず、肥後一揆の討伐、朝鮮以来の御縁をもって、なにとぞ内府殿に取り計らって戴きとうございます。成就できなければ、家臣一同七千人腹切る所存です」

大袈裟な主張であるが、黒田長政は勝茂を使えると踏み、家康の懐刀と言われる本多(ほんだ)正信(まさのぶ)に伝えた。正信はすぐに長政の意図を理解して家康に進言した。

「信濃守の逆心は許しがたし。されど同情する余地はある。加賀守の忠心に免じて、こたびばかりは大目にみよう。されど、西軍に与した柳川城の立花左近将監を退治することが条件じゃ」

家康の言葉は久納茂俊から、すぐさま勝茂に伝えられた。

「御目出度うございます。即座に立花を討ちましょうぞ」

成富茂安をはじめ、家臣たちは歓喜して勧める。

「これが父上の描いた画策か」

切腹も改易も許されて喜ぶべきところであるが、猿回しの猿を演じさせられたようで、勝茂は不愉快であった。

「さあ、それは殿の肚裡のうちにて直にお聞きなさいませ」

「そうじゃの」

家康はこの時、近江の大津城にいたので、勝茂は改めてお礼の使者を遣わし、畳百帖、椀折敷百膳を献上したのちに帰途のために、堺の湊で乗船した。

（立花か。先日、互いに健闘を誓い合ったばかり。憎くもない相手を滅ぼさなければ、鍋島の家が潰される。これも武家の倣い。儂はやらねばならぬのじゃな）

九月二十七日、波を切り分けて進む船の上で、勝茂は自身の闘志を煽るよう尽力した。

因みに関ヶ原で敵中突破した島津惟新は多数の兵を失いながらも堺の湊に到着し、二十二日の深夜、木津沖から大型の船に乗り換えて薩摩を目指した。途中で立花親成と遭遇し、二人は途中まで同じ船に乗って帰国の途に就いている。

この時、藤八郎は上意によって大坂で人質にされた。勝茂は罪の意識を感じた。

勝茂の乗った船が伊万里の湊に着岸したのは十月上旬のこと。上陸した勝茂は、その足で柳川に向かおうとしたところ、直茂の遣いに止められ、佐嘉に呼び戻された。

三

佐嘉城の居間で待っていると、帰城した勝茂が不貞腐(ふてくさ)れた顔で入室した。

「よう戻った。無事でなにより」

「父上の画策のお陰で無事に戻れました。されど父上はそれでよろしいのですか。父上の下知で某は一(ひと)月出立を遅れさせました。ゆえに敗者の烙印を押され、返り忠が者の汚名まで着せられました。しかも柳川攻めの厳命。できねば取り潰しです。無論、落としてみせますが」

不満をあらわに勝茂は言う。

「終わりよければ全て良し、と申すであろう。よってそちの母も、妻も無事であった。鍋島の家もまだ潰れてはおらん。多少、家名に瑕(きず)がついたやもしれぬが、乱世では珍しくはない。西軍に与することによって殿下への忠義は尽くしたつもりじゃ。これからは徳川のために働く。儂は最善の策であったと思っている」

「父上が申されたことは尤もやもしれませんが、一歩誤れば母も妻も某も死に、七千の半分も討ち死にしたかもしれなかったのですぞ」

まだ勝茂の怒りは消えていないようである。

「戦はなにがあるか判らぬゆえ、軽々に兵を挙げることはできぬ。兵はあらゆる手を講じ、最後の最後に挙げるものじゃ。勝つというよりも生き延びる道を見つけたのちにの」

「父上は、こうなることが判っていたのですか？　内府殿が半日で勝利することも」

「毛利中納言に会ったか？　全て他人事であったであろう。あの男は、これまで己の意見を述べたことがないのじゃ。全て毛利の両川と呼ばれる二人の叔父が押し進め、本人は頷いておれば家は廻った。重臣たちも良く教育されているゆえ、叔父がなくなったのちも重臣に任せておけばよかった。そんな男が西軍の大将ぞ。百戦錬磨の内府に勝てるわけがなかろう」

一息吐いて直茂は続ける。

「治部少輔はさすが奉行、感心するぐらい、よく大名を集めた。ただ、そこまでじゃ。殿下がご存命している時も、即座に集めた。これを差配するのは殿下じゃ。いくら正義を口にしても所詮は十九万余石の奉行。治部少輔のために戦った武将がいただけ幸運ではないのか。ゆえに、毛利の両川の血を引く、吉川、小早川が動かなかった。安国寺や長宗我部も同じゆえ、儂は内府が勝つと思っていた。さすがに半日は予測できなんだが、勝敗がつけば、長対峙はせぬもの。日延べすれば内府は不利になるゆえの」

「左様ですか」

「そちを西軍に属させるつもりはなかったぞ。殿下への恩を果たし、質の命を守るため、そちに出陣を遅らせただけじゃ。加藤や黒田のように質を救い出さなかったことは後悔しておる。ただ、これも失敗して騒動の最中に命を失うこともあるゆえの。加藤左馬助（嘉明）のようにの」

加藤嘉明の正室は病だったので移動させることができなかった。

「すべて終わったこと。本題はこれからじゃ。立花左近将監に恨みはないが城は落ちてもらわねばならぬ。されど、柳川城は、儂も何度も仕寄ったが落ちなかった。儂が城主だった時は安心していられたものである。ゆえに、ゆめゆめ油断するまいぞ」

「承知致しました。なにか策はございますか」

「ない。ただ、左近将監は手負いの獅子も同じ。仕寄れば必ず打って出る。討つのはその一点。籠られれば十万の兵で囲んでも一月や二月では落とせぬ。ゆえに儂も参じる」

告げた直茂は翌日、家臣を佐嘉城に参集させた。小者まで合わせて一万二千にも及んだ。当然、主殿に入りきれるはずもなく、重臣をはじめ主だった者が腰を下ろし、以下の者は廊下に座し、庭にいる者は皆立ったまま。戸は外した。この時の佐嘉城は、まだそれほど大きくはなかった。

朝鮮出兵時と同じ数が集まったのは後藤家信との和睦の賜物であろう。これで反対する者がいなくなった。家臣たちが一堂に会しているのを首座から眺めるのは壮観である。真実の当主になった気がする。この席に政家は呼ばなかった。家信も。もはやその必要はないからである。

直茂の隣には勝茂が胡坐をかいている。

「先日まで出陣していた者はご苦労であった。不満の残る戦いをさせたの。これは皆に詫びねばならん。許してくれ」

　直茂は躊躇なく白くなりはじめた頭を下げた。隆信では考えられぬことである。

「頭をお上げくだされ。養父上のせいではございませぬ。お陰で御台所様や我らはこうして生きており、また働くことができます」

　養子の鍋島茂里が声を放つ。

「嬉しいことを申してくれる。茂里が申したように、我らはお家を存続させる機会を得た。この機を逃すわけにはいかぬ。これに不満を持つ者は参陣せずともよい。今の身分と扶持は安堵しよう。されど、我が望みが叶わぬ時、当家はなくなり、東軍に与した武将が移封して来よう。その武将にも家臣がおり、恩賞を与えねばならぬゆえ、皆が仕官できるとは限らぬ。仕官したとしても今の扶持を上廻ることはあるまい。これは今に始まったことではない。ゆえに、今の扶持を確保し、さらなる恩賞を望むならば、立花親成を討たねばならぬ。よって我らは近く柳川に出陣致す。皆の奮戦を期待する。見事、柳川の城を落とそうぞ！」

「おおーっ！」

　一万二千の鬨は、壁をも揺らす雷鳴のようでもあった。

（これならば、いける）

雄叫びにも似た鬨を聞き、直茂は鍋島家の存続を確信した。

関ヶ原合戦が行われた時の九州の情勢は、黒田如水と大友義統の動きから始まった。黒田家の精鋭は長政が率いて会津征伐に加わっていたので、中津には隠居の黒田如水と留守居ばかり。天下に望みを持つ如水は、溜めていた銭を解放して浪人を九千も集め、西軍に属して留守居ばかりとなった城を片っ端から開城させていった。

時を同じくして毛利輝元からの支援を受けた大友義統は旧領の豊後に入って旧臣を集い、二千の兵を集めるに到った。義統は杵築城を攻略しようとした時、石垣原で黒田勢と激突。当初は一進一退の激戦を繰り広げていたが、如水の本隊が参じると、衆寡敵せず。大友勢は立石城に逃げ戻り、城門を閉ざした。

如水は城攻めの消耗戦を避け、降伏を促すと、九月十五日、大友義統は剃髪して如水の軍門に下った。如水は義統を中津に連行し、家康に捕縛を報せた。その後、如水は臼杵、角牟礼、日隈城を攻略していった。年内には清正と九州を席巻し、その兵を率いて東進し、関ヶ原合戦で勝利した方と雌雄を決するつもりだという。

一方の加藤清正は隣領となる小西行長領に兵を進め、十月十五日、宇土城を攻略し、ほかの麦島城、矢部城などを接収した。

十月十四日、直茂は二千の兵を兄の信房に任せて佐嘉に残し、一万の軍勢を率いて筑後の柳川に向かった。城を空にできない理由は黒田如水にある。いくら家康からの命令とはいえ、如水はなにをするか判らない。城を攻略してから敵だと思いましたなどと平気で言う曲者だからである。

翌十五日、直茂は城から三里半（約十四キロ）ほど北東に位置する筑後の大善寺に本陣を置いた。

物見を出させたところ、城門を閉ざし籠城の準備をしているとのことであった。

この日、清正は親成に対し、家康には立花家が相続するように話をするので、鍋島が攻めてきても軽はずみなことはしないようにと書状で伝えていた。

十六日、直茂は評議を開いた。

「物見を出したところ、やはり柳川城は堅固で、策なく仕寄れば死人の山を築くばかり。敵を誘き出すしかない。その前にせねばならぬことをせねばの」

直茂は成富茂安を柳川城に向かわせ、降伏勧告を行わせた。

「いいのですか、降伏させて」

勝茂が問う。

「これを行わねば武士ではない。おそらく左近将監は突っぱねるであろうが」

「そうでございますな。それにしても、上方から遠い九州の地で、憎くもない敵と戦わねばならぬかと思うと、虚しくてなりません。上方の者たちは将棋でもしているように、我らを駒として動かせる。上方の者にとって将棋の盤の上の出来事やもしれませんが、我らは血を流さねばなりません。なにゆえ我らは上方の意向を受けねばならぬのでしょうか。内府殿が天下人になりたいならば、勝手になればいいと思うのですが」

「そちの思案は間違っておらぬが、上方に伺いを立てなければ存続させてもらえぬのが九州の武士じゃ。弱いから仕方ない。人の下知を受けたくなくば、強くなるしかない。そう思い兵を挙げたのが龍泰寺様であり、島津の者たちだったが、いずれも敗れた。ゆえに従うしかない。また、憎くもない敵と戦うのも武士の倣い。嫌なれば武士を止めるしかない。止めずに静謐な世を作るため、これを最後にしたいもの。必ず勝利せねばの」

直茂の言葉に勝茂は頷いた。

案の定、親成は降伏勧告を拒否した。

「信濃守は伊勢より逃げ帰った者。本来ならば、我らと連携を取って籠城するなどの計略をすべきところ、親成の敵となり、この柳川城に兵を向け、その功によって内府に追従し、その罪を逃れんと思っているのであろう。かくなる上は城に向かう敵と潔く戦い討ち死にするしかない」

親成は家臣たちに宣言した。

「仰せの儀は尤もなれど、内府殿にお許しを申し出られたこともあり、殿じきじきのご出馬は差し控えられるべきかと存じます。我らだけで戦えば、鍋島が領内に押し入ってきたので、取り鎮めるために少々兵を出したところ、若者どもが血気に逸り、戦い過ぎたと釈明できます。さすれば、それほど責められることもございますまい。戦の采配は小野和泉（鎮幸）殿にお任せ下さい。ここは立花家の存続を図るべき時にございます」

老臣の由布雪下（惟信）が進言する。

「鍋島の計略は筑後川の対岸の寺井辺りから舟で榎津を攻めれば、我らが沿岸を固めているので阻止されることを恐れ、わざわざ久留米から陸続きで仕寄ろうとしております。八院辺りで戦が始まれば、その隙に榎津を奪取せんとするに違いありません」

薦野増時が言うと、立花統次も続く。

「某もそう思います。さすれば八院の戦場も然ることながら、榎津の固めも重要です。剛の者を守備につかせたほうがよいかと存じます」

「左様か。さればそちたちに任せる」

親成の許可を得た小野鎮幸が総大将となり、柳川城から一里半（約六キロ）ほど北西の榎津に薦野増時ら二千、城から二里（約八キロ）ほど北の酒見に矢島左助、小田部統房、星野修理ら二千を配置。城には一千が控えた。

鍋島勢は先陣が鍋島茂里と鍋島茂賢（茂忠とも）、一陣が後藤茂綱、三陣が須古信昭、四陣が龍造寺家晴と同直孝、五陣が龍造寺家久、六陣が勝茂とその旗本、七、八陣は両脇備、九陣が直茂本陣、十、十一陣が後ろの両脇備、十二陣が殿軍。

十月十九日、朝から秋晴れが広がり、なにもなければ穏やかな一日を過ごせそうであった。

辰ノ刻（午前八時頃）、鍋島茂賢が数十人の配下を連れて周辺を見廻っていた。茂賢は茂里の実弟でこの年三十歳。伏見城、安濃津城攻めでも功名を上げ、直茂からも期待されていた。

柳川城から一里半ほど北東の八院辺りを探っていた時、立花家成勢ら百余人が茂みの陰から姿を見せた。距離は半町（約五十五メートル）を切っていた。

「敵じゃ。かかれ！」

鉄砲を構えている暇がないほど近いので、鍋島茂賢は怒号し、馬上太刀を抜いて斬りかかった。これに立花家成も応じ、八院で剣戟が響き渡った。五千の兵で二万の明・朝鮮軍を打ち破った立花勢は強い。五州二島を制した旧龍造寺武士といい勝負である、とすれば数がものをいう。半数の鍋島茂賢らは時とともに押され、死傷者の数を増やした。

「誰ぞ、後詰を率いてまいれ」

鍋島茂賢は兵を戻らせようとしたが、その者が討ち取られてしまう。

「ええい、退け」

悔しさをあらわに退却を命じた。

「深追い致すな。策やもしれぬ」

立花家成は追撃を行わせず、局地戦の勝利に満足して兵を戻した。

この戦いで鍋島勢は二十余人を、立花勢は数人を失ったという。

「申し訳ございません。明日は命を捨てて敵に向かい、汚名を雪ぐ所存です」

鍋島茂賢は両手をついて詫びる。

「物見の小競り合いじゃ。死ぬことはない。敵が打って出てくることが判っただけでも戦功じゃ。次は死なずに敵を討て。敵より多くの兵を連れて行くがよい」

直茂は追い込まず、励むように発破をかけた。立花勢が出撃してくれれば勝算はあった。

直茂はその日のうちに兵を柳川城から八院に移動させた。

翌二十日、空は薄曇りで前日ほどの日射しはない。戦にはちょうどいい天候である。

鍋島勢は早めの朝食をすませ、戦の支度をしていた卯ノ刻（午前六時頃）、立花勢が奇襲さながらに攻めかかってきた。小野鎮幸の寄騎の松隈小源（まつくましょうげん）が未明に功を焦った。

「急いで敵に仕寄れ。もし、敵を恐れるならば後備と入れ替えるぞ！」

松隈小源の命令は小野鎮幸の命令も同じこと。

先陣の石松安兵衛、安東五郎右衛門、先手六之允らは慌てて鍋島勢に攻めかかった。

「敵じゃ。放て！」

鍋島茂賢にすれば前日の汚名返上をする好機。ちょうど鉄砲の整備を終えたところであった。下知とともに轟音が響き、立花兵が血に塗れながらばたばたと倒れた。

「かかれーっ！」

鍋島茂賢麾下の馬渡三右衛門（もうたいさんえもん）、相浦三兵衛（あいうらさんびょうえ）、干時七左衛門（ほしじしちざえもん）らが斬りかかり、敵を排除した。勢いに乗る鍋島勢は取り囲むようにして敵を討ち取っていく。

「なにをしておるか。かかるならば死ぬ気でかかれ」

自分が下知する前に開戦となり、小野鎮幸は家臣を叱責し、自ら太刀を抜いて戦闘に参加した。

「あの者を狙え」

鍋島茂賢は鉄砲衆に命じると、乾いた筒音とともに小野鎮幸は足を撃たれて落馬した。

「大事ない。馬に乗せよ。立花家の武士にとって、鉄砲傷などは擦り傷と同じじゃ」

小野鎮幸は気丈にも馬に乗って指揮を執ろうとするが、出血は酷く騎乗できるものではなく、一刻も早く帰陣して止血を行わねば命に関わる深手となった。結局、家臣に支えられて後退した。

「敵大将を討ち取ったぞ」

討ち取ってはいないが、誇張は士気を高める重要なこと。鍋島茂賢が大音声で叫ぶと、麾下はいっそう闘志をかきたて敵に向かう。立花勢の先陣は後退を余儀無くされた。

「おのれ！」

立花統次は八院から十四町（約一・五キロ）南の木室にいたが、評議を無視して出し抜かれたと激怒し、急遽、戦闘に参加した。

横鑓を入れられた鍋島茂賢は陣形が崩れ、後退するはめになった。

「退け、儂らが代わる」

怒号しながら前進したのは二陣の後藤茂綱である。龍造寺の血を引く茂綱は龍造寺の再興を望んでおり、鍋島なにするものぞと、味方に見せつけるように敵を突き崩した。

「鍋島は返り忠が者、数だけの弱兵じゃ」

立花勢が崩れる中で立花統次は、長鑓を振るって阿修羅のごとく戦い、鍋島兵を血祭りにあげる。

「彼奴は勇士じゃ。簡単には討たれまい。彼奴を討って手柄にすべし」

後藤茂綱麾下の今泉軍介は十間ほどのところから鉄砲を構え、引き金を絞った。轟きともに玉は立花統次の胸板を貫き、統次は馬から転がり落ちた。

「御首(みしるし)頂戴致す」

今泉軍介の従者の末藤四郎右衛門(すえふじしろうえもん)が駆け寄って立花統次の首を掻ききった。

「立花三太夫が首、今泉軍介が討ち取ったり！」

末藤四郎右衛門が叫ぶと、さらに立花勢は劣勢となり、後退していく。

「逃ぐるとは立花の名折れじゃ」

後備を務める立花右衛門は後退する味方を縫うように馬で前進すると配下の二百も続き、今度は後藤勢を押しはじめた。

新手が来ると戦い続けていた側(がわ)が崩れ、また新手が到着して劣勢を挽回する。まさに一進一退の攻防を繰り広げていた。

柳川城内にいた親成は、味方の劣勢を知ると居ても立ってもいられず、遂には城を出て城から九町（約一キロ）ほど北の矢加部(やかべ)まで出ると、抑えていた闘志が沸き上がった。

「これより敵を一掃致す。我に続け！」

親成は獅子吼して鍋島勢に向かおうとしたところ、薦野増時に止められた。

「勝ち誇っている敵に対し、敗軍の兵を率いてご出馬するのはよくありません。元来、柳川城は難攻不落。これよりは城門を固め、敵を待ち受けるべきかと存じます」

「さもありなん」

家康に恭順の意を示そうとしていたことを思い出し、親成は兵を纏めて帰城した。鍋島勢は追撃しようとしたが、立花勢の殿軍が強力で深入りはしなかった。

この八院の戦い、あるいは江上の戦いでは立花勢が三百余、鍋島勢は二百余の死傷者を出した。

「申し上げます、加藤勢、黒田勢が着陣なさいました」

成富茂安が報せた。清正は城から一里（約四キロ）ほど東の久末、如水の軍勢は城から二里（約八キロ）ほど北の酒見であった。

「早いの」

直茂には嫌な二人である。猛将と戦略家。共に最初から東軍に属していた。監視を受ける身なので、直茂は一応、清正の陣に足を運んだ。すると、そこには如水もいた。

「お揃いで」

後ろめたい気持で声をかけた。

「ご活躍で。こののちはいかがなされる？　もう、こたびのようにはまいるまい？」

清正は鷹揚に言う。小西行長の宇土城を開城させているので余裕の体である。

「お二方がまいられたとあっては、左近将監も出撃致すまい。稲刈り後ゆえ兵糧攻めは難しい。湿地に囲まれた柳川城の井戸を涸らすのも困難。城を落とすならば、周囲の湿地を埋め尽くすか、堤を築いて水攻めにでもするしかありますまい。あとは御内儀を質に取るか」

親成の正室の閭千代は、親成との折り合いが悪く、城の外郭にある宮永館に立て籠り、具足を身に着けて寄手に備えていた。

「儂に任せてもらえぬか。早々に筑後の戦を終わらせたいと思うておる」

清正が胸を張る。

「と申すと、薩摩への出陣命令が出てござるのか」

島津攻めがあれば、この城を落とせなくても功名を上げる機会が増える。島津氏は精強であるが、直茂自身はほかの武士ほど沖田畷の戦いの恐怖感は持っていなかった。

「まあ、そんなところじゃ。如水殿、いかがか」

「この城に兵と歳月をかけるのは割に合わんのう。主計頭に任せよう」

功の横取りはするつもりがないようであった。

「されば」

清正は早速、親成との和睦交渉を開始した。

順調に進む中の二十三日、親成の家臣・丹親次（たんちかつぐ）が、家康から貰（もら）った親成の身上安堵の御朱印を持って帰国した。

清正は丹親次を入城させて親成を説得させたところ、親成は開城を承諾。

親成は清正に投降し、家臣たちも多くは隈本城下に住むことになった。

「さて、内府は儂を許そうか」

陥落させられなかった直茂は重苦しい心中のまま、帰城せざるをえなかった。

清正は親成を伴い、如水と共に島津攻めに向かっていった。

四

帰城するや、直茂は直ちに勝茂を大坂に向かわし、家康に柳川城攻めのあらましを伝えさせた。これにより、十一月六日、直茂は家康から感状を与えられた。

まだ油断はできないが、ひとまずは安堵した。

一(ひと)月ほど前の十月一日、石田三成、小西行長、安国寺恵瓊が都の六条河原で斬首、さらに梟首(きょうしゅ)された。

首謀者を処罰した家康は総大将の毛利輝元に対し、弾劾状「内府ちかひの条々」に添状を付けて諸将に廻し、家康に対する兵を集めたこと。三成らとの起請文を交わしたこと。四国への出兵ならびに豊後に帰国した大友義統への支援。これを理由に井伊直政と本多忠勝から吉川廣家と福原廣俊(ふくはらひろとし)に出させた本領安堵状を反故(ほご)にし、毛利家を改易にすると発表した。

驚いた吉川廣家は奔走し、廣家に与えられる周防(すおう)、長門(ながと)の二ヵ国を毛利家に与えることを必死に懇願して認めさせ、十月十日、漸く家康から減封の書状が発行された。

毛利家は八ヵ国から二ヵ国へと削減され、石高も百二十万余石から二十九万八千四百八十余石と、約四分の一ほどに減らされたことになる。

立花親成は改易となり、肥後の高瀬に身を寄せることになった。

（当家は立花のお陰で助かった。大事にせねばなるまいの）

まだ、明確に本領安堵されたわけではないが、取り潰しの噂は出ていない。直茂は息を潜めるような生活を送り、勝茂を井伊直政や本多忠勝らと接触させて昵懇となるように仕向け、閑室元佶から本領安堵を頼んでもらっていた。

すると如水を通じて鍋島茂里に対し、直茂が春には上洛するように、という書状が届けられた。

慶長六年（一六〇一）春、直茂は緊張しながら、伏見城に登城した。

「おおっ」

新たな伏見城を見て、直茂は感嘆の声をもらした。秀吉が二度目に建築した城は、前年、勝茂らによって落とされ炎上した。その同じ場所に家康は新しい伏見城を築城させていた。まだ、本丸ばかりしか出来ていないが、新たな息吹きを感じさせた。

（息子が落とした城に呼ばれるとは、これも内府の嫌味かの）

まさか切腹を命じられたりはしないであろうと、少々びびりながらの登城であった。

一室で待っていると、のっそりとした動きで老将が入ってきた。蝦蟇（がま）のように目が離れ、顎（あご）が細い顔は昼間見ても無気味な感じがする。直茂と同じ六十四歳、白髪頭の本多正信である。

「ご無沙汰しております。下知に従い、これに登城致しました」

相手は一万程度の大名だが、家康の懐刀と恐れられる武将である。直茂は恭しく頭を下げた。

「随分と遠廻りをなされましたな。お陰で苦労させられましたぞ」

抽象的な言葉だが返答は気を配らなければならない。家康と本多正信の関係は君臣水魚の如しと言われている。正信に答えることは、則ち家康に直答していると考えなければならない。

「愚息のご無礼、お詫びのしようもございませぬ」

絶対に西軍に参じたことを指摘していると直茂は察した。

「誤魔化しは止められよ。太閤殿下は左様なことがお好きだったやもしれぬが、上様は好まれぬ。貴殿が二股をかけたのは露見してござる」

既に本多正信は家康を天下人として上様と呼んでいる。確かに天下を差配している。

昨年家康は関ヶ原の論功行賞を行い、多数の大名を改易にし、東軍に与した大名に加増した。最終的には九十家の改易と四家を削封し、石高にして六百数十万石。全国の三割余を東軍に加増したことになる。改易による牢人の数は二十万人を超えるという。

九州では黒田長政は筑前名島五十二万三千石、長岡（細川）忠興は豊前中津三十九万九千石、田中吉政は筑後柳川三十二万石、清正は肥後一国五十四万石などなど。島津家はまだ争っていた。

「畏れながら、二股ではござらぬ。奉行衆に質を取られ、道を閉鎖されたゆえ、やむなく西軍に与せざるをえなかったのでござる。某なれば、妻子を捨て、関所を破り申したが、あいにく愚息には左様な器量はなく、所領を守るのが精一杯の男にござる」

「ははは一、如水殿と似たようなことを申される。やはり貴殿は曲者じゃ」

直茂は初めて本多正信が笑ったところを見た。

「如水殿はなんと？」

「知らぬのか。関ヶ原の首実検後、上様は手を取って甲斐守（黒田長政）を褒められた。甲斐守は帰国して如水殿に喜んでもらえると思って上様の称賛を申したところ、そちの左手はなにをしていたのか、と蔑まれたとか」

「ほう如水殿らしい話ですな」

確かに二番煎じになるかもしれない。自分ならば家康を刺しているが、長政はそのような器量ではないので黒田家を疑う必要はありませんということを家康に聞かせるため、わざと声に出したのであろう。直茂は父親としての息子への愛情に感心した。

「して、疑われている貴殿は、なにをもって上様に認められるおつもりか」

対応如何によっては改易もありうると本多正信は匂わせる。

「直にお伝え致すので、よろしいですか」

「直答となると、一つ階段を上らねばならぬこと存じておられような」

「勿論。百戦錬磨の上様に脅しも泣き言も通じますまい。真実を伝えるのみでござる」

告げると本多正信は、納得しきれぬ表情で部屋を出ていった。

四半刻ほどして家康が、本多正信の息子の正純と共に入ってきた。

「ご尊顔を拝し、恐悦至極に存じます。また、遅ればせながら、関ヶ原合戦における大勝利、御目出度うございます」

直茂は米搗飛蝗のように頭を下げた。

「重畳至極、面を上げよ」

もはや家康は年寄筆頭ではない。尊大さが板についていた。

「上様からお声がけ戴き、また正室の世話までして戴きながら、愚息が西軍に与したことお詫びのしようもございません」

「また、佐渡守（正信）と同じことを繰り返すつもりか」

「いえ、左様なつもりはございませぬ。某の真実をお伝えする所存です」

「左様なことは太閤殿の墓前でやるがよい。信の置けぬ武士が、余にはなにを示すのか」

家康は厚い手を振りながら、煩わしそうに言う。

「生涯、徳川家への忠節を尽くす所存。それゆえ江戸に屋敷を築くゆえ、どこぞに地を決めて戴きたい。質も好きな者を選んで戴いて結構でござる」

「ほう江戸に屋敷と。太閤殿には随分と贔屓にしてもらったのではないのか」

今度は豊臣家を背信するのか、と家康は問う。

「殿下は既におられません。某を評価して下さるのは上様になります。徳川家に仕えることが天下の静謐を守ることに繋がる。上様は朝鮮と交易を始めても兵を向けるような真似はなさらぬことと存じます。殿下には武をもって仕えました。上様には治をもって仕えとうございます」

「うんうん、よき心掛けじゃ。されど、鍋島家には難題が山積しているのではないか」

「ご安心戴きますよう。旧主の家は蔑ろにしませんが政には口出しさせません。これにより、鍋島が落ち着き、肥前が落ち着き、九州が落ち着きます。某も下克上の世には辟易しております」

九州には未だ徳川に屈せぬ島津家や、未だ豊臣家を主家と仰ぐ加藤家は肥後一国を得ている。まだ天下の軍師も筑前にいる。憤懣の塊の毛利も近い。これを押さえるのは鍋島家だと直茂は主張する。

「なるほど。されば、そちにとって武士の道とはいかに」

難しい質問である。改易と安堵の境目である。

「武士道というは、死ぬ事と見附けたり。二つ〳〵の場にて、早く死ぬ方に片附くばかりなり。別に仔細なし。胸すわって進むなり。です」

「ほう面白きことを申す。その真意はいかに」

家康の団栗のような丸い目が大きくなった。

「武士道というのは死ぬことに尽きると会得しました。死ぬか生きるか二つに一つという場合には死を選ぶということです。別段難しいことではありません。腹を据えて進むだけのことにて、死に急ぐことではありません。死を覚悟して物事に当たるということにございます」

「ほう、そちは儒学を学ぶのか」

「駆け出しにございます。上様が学ばれているとお聞きしたものですので」

「元佶和尚か。おしゃべりな坊主じゃ」

と言う家康であるが、どことなく嬉しそうである。

「太閤殿がなにゆえ、そちを好んだのか判るような気がする。よかろう。江戸に屋敷を築くこと許そう。しっかりと国許を纏めて江戸に来い。呑みながら語ろうぞ」

「有り難き仕合わせに存じます。肥前の酒も美味にて持参させて戴きます」

直茂は何度も頭を畳に擦り付けて退出した。

数日後、直茂に肥前の御領地三十五万七千余石が安堵された。

家康に言った一節は、のちに『葉隠』と言われる鍋島論語である。このの ち徳川幕府は儒教、朱子学を取り入れて忠義という新たな日本の秩序を築いていく。『葉隠』は家康の構想とぴったり一致したようである。

天下分け目の戦いから三年後の慶長八年（一六〇三）二月十二日、家康は再建した伏見城で征夷大将軍の宣旨（せんじ）を受けた。一般的にいう江戸幕府の始まりである。

ほかには従一位・右大臣、源氏長者（げんじちょうじゃ）、淳和奨学両院別当（じゅんなしょうがくりょういんべっとう）、牛車（ぎっしゃ）の礼遇、兵仗（ひょうじょう）の礼遇と盛り沢山。同時一括による六種八通の厚遇は「日本国王」と称した足利義満をも上廻るものである。

直茂が個人的に家康に好まれたからとはいえ、幕府から鍋島家への要求は他の大名と変わらない。江戸城、駿府城、高田城、名古屋城などの築城、いわゆる天下普請に協力させられた。勿論、築城費用は各大名持ちである。しかも直茂は肥前から移動し、さらに江戸屋敷の建造、江戸、大坂、伏見、都への移動と、まさに台所は火の車である。

そんな中でも幕藩体制は固まっていくので順応しなければ鍋島藩は生き残れない。

日本中を走り廻るような中でも、裏では龍造寺家と鍋島家の確執は続いていた。

龍造寺藤八郎は関ヶ原合戦以降、江戸で人質になっていた。それでも元服して高房と名乗り、鍋島茂里の娘の若狭（直茂の養女）と結婚をした。毛利輝元の姪とは慶長七年（一六〇二）に破談していた。

直茂は高房が十五歳に成人した時、国政を返す、という起請文を書いているので高房は佐嘉への帰国を望むが、許可がおりない。隆信が討死して直茂が国政を見るようになってから十九年が経過し、肥前の国が安定しはじめているのに、あえて混乱を招くようなことを幕府が認めるわけはない。島津氏も加藤氏も幕府には反抗的で、しかも西肥前はキリスト教が盛んな地域、禁じても信者は一向に改宗しようとはしない。肥前には幕府に従順な大名が必要であった。

幕府のみならず、隆信の弟・龍造寺信周や龍造寺長信ら、後藤家信らも鍋島氏を支持している。

先行きを憂えた高房は、慶長十二年（一六〇七）三月三日、若狭を殺して、自殺を図ったが、なんとか高房の命は取り留めた。

「なんということを」

幕府は検使として老中の本多正信と大久保忠隣を差し向け、調査した結果、乱心と判断された。

報せを聞いた直茂は衝撃を受けた。龍造寺氏と鍋島氏を親密にするための婚儀だったのに、なんの罪もない女子を殺めるのは言語道断である。

七月二十六日、直茂は政家に対し、「おうらみ状」と言われる長文の書状を送った。

「一、隆信死去後、龍造寺家のために尽力し、同家が今まで続いてきたのは直茂のお陰である。

一、秀吉が政家を隠居させた時、龍造寺家は断絶するところ、直茂の尽力で童の藤八郎が家督を継げたのだ。

一、藤八郎は若狭を飼い鳥のごとく殺した。政家もよく理解するように。

一、藤八郎が江戸詰めを仰せ出られた時、我ら親子が起請文をもって申し上げたことがある。

一、藤八郎が江戸詰め滞在費用として毎年八千石（一石六万円とすれば、約四億八千万円）、そのうち二千石（約一億二千万円）は、自身の小遣いとして差し上げている。」

など多数に及ぶ。

高房には直茂の真意が伝わらなかったのか、その年の九月六日死去した。表向き落馬と言われているが、高房は乗馬が巧みなのでありえないという。実は服毒自殺らしい。

直茂から長文を受け取った政家は、高房を追うように十月二日病死した。

佐嘉で葬儀が行なわれた時、直茂は後藤家信と顔を合わせた。

「伝わらないことはあるようでござるの」

「馬に乗れぬほど太っておられた。龍泰寺様が悪いのであろう」

後藤家信は批難するが、目に光るものがあった。

いずれにしても、これで龍造寺の芽はほぼ摘まれたことになった。

政家が死去して龍造寺家の家督は勝茂に継承された。これにより名実共に鍋島佐賀藩が誕生した。直茂は感無量であるが、死によって成立したので声に出して喜ぶわけにはいかなかった。

肥前の国は何家かの藩が存在するが、一番多い石高を有していたので鍋島家が肥前藩と呼ばれている。その一方、政治体制は複雑な構造を擁した。

本藩のほかに鹿島(かしま)、小城(おぎ)、蓮池(はすのいけ)の三支藩が藩内に存在し、白石(しらいし)鍋島、川久保(かわくぼ)神代(くましろ)、村田鍋島、久保田村田家の親族格、さらに多久(たく)、武雄(たけお)鍋島、須古(すこ)鍋島、諫早家の龍造寺四家が親類同格として置かれ、いずれも大分配といって、それぞれが自治権を持っていたので、藩主の勝茂でも介入できないことがあった。なので国人衆の集合体に近く、肥前藩としての蔵入地が少なく、さらに、鎖国下で唯一の貿易湊の長崎警備を命じられたので、慢性的な財政難に喘ぐことになった。

その反面、鍋島藩は西洋を中心とする海外情勢や、その文明をいち早く取り込むことができたので、幕末最強の雄藩に押し上げることにも繋がった。

慶長十九年（一六一四）、大坂冬の陣が勃発した時、隠居の直茂は国許の留守居で、当主の勝茂が参陣。鍋島家は城の西に陣を布き、威嚇の矢玉を放つだけで陣は終了した。

翌年、夏の陣が起きた時、勝茂は帰国していたので、上坂途中で終戦となった。

大坂の陣ののち、幕府は一国一城制を定めたので、武士の憧れであった「城主」は夢物語になってしまった。

さらに武家諸法度を制定し、城の修築等は全て幕府に届け出をしなければ改易にするなどの禁令を発し、武家を雁字搦(がんじがら)めにした。加えて禁中幷公家諸法度(きんちゅうならびにくげしょはっと)で朝廷を管理し、さらに諸宗本山・本寺の法度を定めて寺社宗教を統制した。

七月十三日には元号が元和(げんな)と改元された。これは偃武(えんぶ)（平和）を天下に示し、戦がなくなり武器を蔵に仕舞うことを指している。

豊臣家を滅ぼした幕府の力は増すばかりであった。

晩年の直茂はよく小姓を集めて質問形式の話をした。

「戦場に行き、味方とははぐれ、飢え死にしそうになった時、目の前の祠(ほこら)に餅があった。側には人が死んでいた。餅に当たって死んだやもしれぬし、手をつけずに力尽きたかもしれぬ。そちたちならば、いかにする？」

「某は手をつけず、ほかになにか食える物を捜します」

「拙者は餅を食います。捜して見つからない場合もありますし、力尽きたら不忠になります」

「祠の餅に当たって死ぬほうが恥の上塗り。自身のみならず、主君の顔に泥を塗る」

　小姓たちはいろいろな意見を出してくる。

「大殿様、正解をご教授ください」

「皆の意見は、それぞれ的を射ておる。人の生き方は、算盤（そろばん）勘定のように明確な正解はないかもしれぬ。それを捜すのはそちたちじゃ。儂がそちたちのように小姓なれば、迷った時は食って死ぬ。当たるまで少しの刻限があろう。その間、主君のため忠節を尽くせる、ということかの」

　また、ある時は別の質問をする。

「武道の大義とはなんぞや」

「主君に仕えることです」

「お家のために死ぬことです」

「絶対に負けぬよう、最強を求めて精進することです」

「それぞれ尤もなことじゃ。武という字をよく考えたことがあるか？　武という字は戈（ほこ）を止める、と書く。戈とは鑓を意味するが戦をも意味する。今の世に戦を止められる者がいるか？　残念ながら、先の大坂の陣を止められた武士は日本広しと言えども一人もおらぬ。儂もの。戦を始められる者は数多おるが、止められる者はおらぬのじゃ。それほど武の道というのは険しく困難な道なのじゃ。ただ、刀を振る、鑓を振る、矢を射るだけではない。考える力も必要で、敵に刃を抜かせぬことが、真実の武道の大義やもしれぬ。そちたちはそちたちの大義を言えるように精進いたせ。二度と下克上の世の中を作ってはならぬ。儂が童の時は、かような話をしてはもらえず、どうしたら敵を倒せるか、ということばかり考えさせられた。悪しき世の中であった」

長年、戦場に立ち続けてきた直茂の武道、武士道の精神は、戦のない世の中を作ることだったのかもしれない。

そんな直茂も歳をとった。既に、家康も本多正信も鬼籍に入っていた。

元和三年（一六一七）の夏、耳たぶに小さな疣ができた。煩わしくなった直茂は小刀で切り落としても、すぐにまた出てくる。蜘蛛の糸で巻き縛っておけば自然に落ちると言われたので従うと、疣は落ちたが、そこから膿が出て止まらなくなった。

翌元和四年（一六一八）になり、薬師に診させても治らない。大名の当主にまでなった身で体が朽ちていくのは堪え難い。直茂は絶食して命を縮めようとすると、勝茂が薬師に頼み、薬の中に米を混ぜて呑ませようとした。普段と味が違うので直茂は気づき激怒した。

「余計なことをするな」

「親の死場に、薬も呑まさなかったとあっては、後日の批判に面目がたちません」

勝茂が訴えるので、直茂は渋々呑むようになったが症状は変わらない。龍造寺一族の呪いなどと噂する者もいるが、直茂は、そのような迷信は信じなかった。

「儂は鍋島のため、龍造寺のため、肥前のために戦った。豊臣に仕えてからは九州のため、日本のために戦った。徳川に仕えてからは静謐のために尽力した。龍造寺を遠ざけたのもそのためじゃ。一点の疾しい気持もない。これを悪とするならば、儂はいつでも罰を受けよう。さてのちの世というものはいかなるところか。邪魔する者がいるならば、それが鬼でも神でも討ってくれよう。受け入れるならば、鬼でも蛇でも手を結ぼう」

　六月三日、力尽き、直茂は波瀾の生涯を閉じた。享年八十一。法名は高伝寺殿日峯宗智大居士が贈られた。

　直茂が語った言葉はのちに鍋島藩士の山本常朝が、いい伝えられていることを七年に亘って語り、後輩の田代陣基によって筆録、編集されたものが『葉隠』として伝えられた。『葉隠』には多く「死」という文字が出てくるが、これは死を増長するものでも、自殺を強要するものでもなく、死に物狂いになって、腹を据えて事にあたれ、という意味である。疑わしきは殺せとしてきた主君の隆信に対し、直茂は人を生かして活用しようとしてきた。この精神は現代の我々にも通じるものがあるはずである。直茂は、これを教えてくれた武将である。


（了）

文庫版あとがき

『葉隠(はがくれ)』は江戸時代の一千七百年代の初期に書かれた書物で、肥前の鍋島藩士の山本常朝(やまもとつねとも)が、いい伝えられていることを七年に亘って語り、後輩の田代陣基(たしろつらもと)によって筆録、編集されたものである。

名の由来は葉に隠れる、または葉の蔭など、藩士として藩主の蔭となって奉公しろという説が有力で、内容は全ての武士に対する武士道ではなく、鍋島家に仕える武士のためのもので、佐賀藩の歴史や慣例などを纏めたものである。

江戸時代、幕府は武士に忠義を求め、各藩にも儒教を求め、諸藩もこれに従った。鍋島藩も同じような傾向にあったが、一部には戦国の精神も残されていた。

書中で赤穂(あこう)事件を取り上げ、主君・浅野長矩(あさのながのり)の切腹後、大石良雄(おおいしよしお)らはすぐに仇討ちしなかったこと、浪士となった家臣たちが仇の吉良義央(きらよしひさ)を討ったあと、すぐに切腹しなかったことを非難している。即座に行動しなければ、義央が病死する可能性があり、仇を討つ機会が無くなるからである。

ほかには、武士は義理の為に命を捨てるのが本意。取り違えると恥をかく。

三河の国人奥平信昌(おくだいらのぶまさ)の家臣・鳥居強右衛門(とりいすねえもん)が長篠(ながしの)城の前で磔にされた時、織田信長と徳川家康の援軍が接近していることを大声で伝えて城兵を鼓舞し、串刺しにされて死んだことを褒めている。

また、剣術の柳生流の極意は「命を惜しまぬに極めたり」と将軍家兵法指南役にして大目付に就く柳生宗矩が弟子に伝えた言葉を称賛している。

行動する時は無我夢中、死に物狂いで事に当たれ、と説いている。

諸藩の武士道とは少し違うので、藩内でも禁書の扱いを受けてもいた。なので、巻頭には読み終わったら、火中にすべしとも記されている。よって原本は存在せず、口頭にのみ伝わり、写本が残るばかりであった。

晩年の直茂は、若い家臣を集め、質問形式の話をし、乱世の生き抜き方や、平時の奉公などを教授した。

戦の時、先陣は古参の家臣、殿軍は新参者。戦場に楽な場所はない。殿軍という重要な役目をこなせなければ、敵を攻撃する先陣は任せられないとする。他家では新参者が先陣で消耗させられるのが常である。

直茂は嫡男の勝茂に、「よき家臣を持つためには、家臣を好きになれ」とも説いている。

また、直茂は、我が教訓が気に入らぬ事は、我が為になる、とも教えている。

『葉隠』の元ともなる『直茂公御壁書』として伝わる。

（以下、二十一ヵ条の解説は著者の解釈による）。

一、利発は分別の花。花咲き実成らざる類多し。

利発とは熟慮して物事を判断できること。多くを学んだとしても、実行しない者が多い。行動しなければ意味がない。

一、諸芸は独達し難し。分別を加へざる時は、却て身の難となる事多分。

諸芸は簡単には身につかない。身についたからといって、熟慮せずにひけらかせば、かえって身を滅ぼすことになる。

一、已下の心を能く計り、其の旨を以て上に至って校量し候はば、迦れ有りがたく候。

下の者の思っていることをよく考え、上の者はその言い分を認識して行動すれば、間違うことはない。

一、憲法は下輩の批判、道理の外に理有り。

下の者は憲法を批判するが、憲法のお陰で安心して暮らせるものだ。ただ、道理だけではものごとは治まらないのも事実である。

一、下輩の言葉は助けて聞け。金は土中にある事分明。

下の者の言葉を十分に聞くことが大事である。真実などの大切なことが埋もれているかもしれないからである。

一、子孫の祈禱は先祖の祭なり。

先祖がいなければ、今の自分はいない。先祖を敬うのは当然のことである。

一、先祖の善悪は子孫の受取手次第。

先祖が優れていても子孫が驕れば家は衰退するし、先祖に悪人（裏切り者や犯罪者）がいても、子孫は学問をし勤勉に務めれば繁栄するものである。

一、信心は心の掃除、人の心を破らざる様に。祈禱は花の籬ぞ。

信心を持てば迷いや邪念を掃き払うことができる。ただ、これを押し付けて他人を傷つければ争いになる。祈禱は花の垣根のようなもので、自身の心でもある。

一、身上の届は昇階上る様に。

出世は急がず、階段を一段一段昇るように心がけるべきである。

一、人間の一生は若きに極る。一座の人にもあかれざる様に。

人の一生は若い時の過ごし方で決まる。そのため、周囲の者に嫌われないようにすること。

一、理非を糺す者は、人罰に落ちるなり。

他人の悪いことばかりを追求する者は、いつか自分に罪が下るであろう。讒言などはもってのほかである。

一、大事の思案は軽くすべし。

大事な事柄は平素から思案して備えておけば、事起こりし時は速やかに対処できる。備えあれば憂いなしの諺どおりである。

一、諸事人より先にはかるべし。

何事も他人より先に準備しておくことが重要である。

一、諸事堪忍の事。

何事も我慢すること。短気は損気ということ。

一、物事書道迦(はづ)れ候事。

書物に書かれていることが、常に正しいとは限らない。熟慮することが重要である。

一、鬮(くじ)占は運につき候間(そうろうあいだ)、差立(さした)て用ゐ候はば大いに外れあるべし。

鬮占いは運なので、良悪どちらにもなりうる。なので、大事なことを判断する時、鬮占いだけに頼ってはいけない。

一、萬事しだるき事、十に七ツ悪し。

何事も気が進まない時は、十のうちに七つは悪い結果がでることが多い。

一、軍(いくさ)は敵の案に入(い)らぬ様に覚悟すべし。透間(すきま)をはかる時は勝利必定(ひつじょう)。

戦は敵の計略に引っ掛からぬようにしなければならない。敵の戦略を十分に確認し、その隙間（裏）を突けば勝利は必定である。

一、武篇(ぶへん)は粗忽(そこつ)ぞ、不断あるべからず。

戦は速さが重要であるが、普段は落ち着き、ものの本質を見極めねばならない。

一、上下に依(よ)らず、一度身命を捨てざる者には恥ぢず候。

身分の上下に依らず、命を捨てて事に当たる者は、恥をかくことはないであろう。武士道とは、死ぬことと見つけたり、である。

一、人は下(しも)ほど骨折り候事能(よ)く知るべし。

人は下の者ほど苦労しているので、上に立つ者はよくこれを知っておかねばならない。

以上の二十一ヵ条である。

江戸時代、秘された『葉隠』は明治時代になってから刊行され、天皇に献上された。これによって世に広まり、忠君や愛国精神の象徴となった。

ただ、『葉隠』は佐賀藩士に死を求めたものではなく、役人化した江戸の武士たちを嘆きながら、一定の距離を置き、戦国精神を忘れず、武士として恥をかかずに生き抜くため、死をも厭わぬ覚悟を身につけさせる目的で残されたものである。

死に急がず、腹を据えて事にあたる。現代の我々にも通じるものである。

【史料】

『大日本史料』『浅野家文書』『毛利家文書』『吉川家文書』『小早川家文書』『島津家文書』『相良家文書』『細川家史料』『豊太閤真蹟集』『上井覚兼日記』以上、東京大学史料編纂所編『岩淵夜話』大道寺友山著『黒田家文書』福岡市博物館編『豊公遺文』日下寛編『豊臣秀吉文書集』名古屋市博物館編『豊臣秀吉の古文書』山本博文・堀新・曽根勇二編『徳川家康文書の研究』中村孝也著『新修　徳川家康文書の研究』徳川義宣著『群書類従』塙保己一編『續群書類従』塙保己一編・太田藤四郎補『續々群書類従』国書刊行会編纂『當代記　駿府記』続群書類従完成会纂『新訂　寛政重修諸家譜』高柳光寿・岡山泰四・斎木一馬編『舜旧記』鎌田純一・藤本元啓校訂『三藐院記』近衛通隆・名和修・橋本政宣校訂『義演准后日記』弥永貞三・鈴木茂男・酒井信彦ほか校訂『萩藩閥閲録』山口県文書館編・校訂『武徳編年集成』木村高敦著『國史叢書』黒川眞道編『改定史籍集覧』近藤瓶城編『武家事紀』山鹿素行著『朝野旧聞裒藁』史籍研究会編『新編藩翰譜』新井白石著『信長公記』太田牛一著・桑田忠親校注『信長公記』奥野高広・岩沢愿彦校注『太閤史料集』桑田忠親校注『家康史料集』小野信二校注『島津史料集』北川鐵三校注『太閤記』小瀬甫庵著・桑田忠親校訂『関ヶ原合戦史料集』藤井治左衛門編著『校註葉隠』栗原荒野編著『改訂葉隠』城島正祥校注『葉隠』山本常朝・田代陣基原著・神子侃編訳『徳川實紀』黒板勝美編『改正三河後風土記』桑田忠親監修『綿考輯録』細川護貞監修『明良洪範』真田増誉著『常山紀談』『武辺咄聞書』以上、菊池真一編『定本常山紀談』湯浅常山著・鈴木棠三校注『定本名将言行録』『名将之戦略』以上、岡谷繁実著『佐賀県近世史料』佐賀県立図書館編『佐賀県史料集成』佐賀県立図書館編『鹿児島県史料』鹿児島県維新史料編さん所編『鹿児島県史料集』鹿児島県史料刊行委員会編『島津家資料　島津氏正統系図（全）』尚古集成館編『島津國史』山本正誼著・島津家編集所校訂『宮崎県史叢書』宮崎県編『日向郷土史料集』日向郷土史料集刊行会編『大分県史料』大分県史料刊行会編『肥前叢書』肥前史談会編『肥前國志』森錦洲著『北肥戰誌』馬渡俊継原著・高野和人編『九州諸家盛衰記・豊肥軍記集』『大友豊筑乱記・大友軍記資料』『筑紫軍記・天正鎮西軍記』以上、歴史図書社『島原半島戦国史』大江三千司著『歴代鎮西志』鍋島家文庫蔵・犬塚盛純著『肥後国誌』後藤是山編『肥後古記集覧』新熊本市史編纂委員会編『校訂　筑後國史　筑後将士軍談』矢野一貞著『新薩藩叢書』新薩藩叢書刊行会編『日向國史』喜田貞吉・日高重孝著『三国名勝図会』五代秀堯ほか編『黒田家譜』貝原益軒編『加藤清正傳』中野嘉太郎著『十六・七世紀イエズス会日本報告集』松田毅一監訳・エンゲルベルトヨリッセン協力・家入敏光翻訳『中国・朝鮮の史籍における日本史料集成』日本史料集成編纂会編『乱中日記』李舜臣著・北島万次訳注『懲毖録』柳成竜著・朴鐘鳴訳注『看羊録』姜沆・朴鐘鳴訳注『甲子夜話』松浦静山著・中村幸彦・中村三敏校訂『註補　国訳聿脩録』多羅尾浩三郎編纂『朝鮮史』朝鮮史編修会編

【研究書・概説書】

『史伝　鍋島直茂』中西豪著『鍋島直茂』岩松要輔著『佐賀の戦国人名志』川上茂治著『肥陽軍記』原田種眞著『龍造寺隆信』川副博著『シリーズ藩物語　佐賀藩』川副義敦著『戦国を駆ける武将たち　五州の太守　龍造寺隆信の時代』佐賀県立博物館編『龍造寺家と鍋嶋直茂』市丸昭太郎著『戦国期の肥前と筑後　―龍造寺・鍋島と立花・蒲池』『日峯さん』『佐賀藩の初期を支えた男　成富兵庫茂安　―戦場に、外交に、そして治水に―』『初期の鍋島佐賀藩』以上、田中耕作『成富兵庫茂安　―その武略と民政―』日野一雄・高場季光編『肥前史研究』三好不二雄先生傘寿記念誌刊行会編『九州戦国合戦記』『戦国九州の武将たち』『筑前戦国史』『筑前戦国争乱』『筑後戦国史』『九州のキリシタン大名』『乱世の遺訓』『九州戦国の女たち』『九州の古戦場を歩く』以上、吉永正春著『筑後争乱記』『立花宗茂』以上、河村哲夫著『北九州戦国史』八木田謙著『武士道の奥義』青木照夫著『風雲　肥前戦国武将史　―戦国

武将伝と山城散歩―』木原武雄著『中世筑前宗像氏と宗像社』『戦国時代の筑前国宗像氏』以上、桑田和明著『戦国期の流通と地域社会』鈴木敦子著『切支丹信仰と佐賀藩武士道』伊藤和雅著『近世分家大名論』野口朋隆著『佐賀藩の制度と財政』城島正祥著『藩国と藩輔の構図』『近世大名家臣団と領主制』以上、高野信治著『大名領国の構成的展開』岸田裕之著『近世前期の公儀軍役負担と大名家』小宮木代良編『戦国大名論集7　九州大名の研究』木村忠夫編『戦国期在地社会の研究』外園豊基著『大名領国支配の構造』三重野誠著『柳川史話』岡茂政著・柳川郷土研究会編『福岡県の城』廣崎篤夫著『福岡県の名城』アクロス福岡文化誌編纂委員会編『街道の日本史50　佐賀・島原と長崎街道』長野暹編『筑後武士』江崎龍男著『戦争の日本史⑫　西国の戦国合戦』山本浩樹著『大内と大友』『戦国大名の海外交易』以上、鹿毛敏夫編著『中世政治史の研究』阿部猛編『真説関ヶ原合戦』『さつま人国誌』以上、桐野作人著『戦国九州軍記』『裂帛　島津戦記』『戦国九州三国志』『文禄・慶長の役』『関ヶ原の戦い』『徳川四天王』『石田三成』『決戦関ヶ原』以上、学習研究社編『大名列伝』児玉幸多・木村礎編『島津義弘の賭け』『幕藩制の成立と近世の国制』以上、山本博文著『薩摩島津氏』三木靖著『島津義弘のすべて』三木靖編『島津一族』川口素生著『永吉島津家初代　島津中務大輔家久一代記』山下正盛著『島津四兄弟』栄村顕久著『三州諸家史（氏の研究）薩州満家院史』三州郷土史研究会編『島津中興記』渡辺盛衛・伊地知茂七・谷山初七郎著・原口虎雄監修『島津義弘の軍功記』『島津歳久の自害』以上、島津修久著『島津氏の研究』福島金治編『戦国大名島津氏の領国形成』福島金治著『室町期島津氏領国の政治構造』『島津四兄弟の九州統一戦』以上、新名一仁著『薩摩島津氏』新名一仁編著『中世島津氏研究の最前線』日本史史料研究会監修・新名一仁編『島津歴代略記』島津顕彰会編『戦国武将島津義弘』姶良町歴史民族資料館編『薩藩史談集』重野安繹・小牧昌業著『鹿児島士人名抄録』上野堯史著『日本城郭大系』児玉幸多ほか監修・平井聖ほか編『戦国大名家臣団事典』山本大・小和田哲男編『戦国大名閨閥事典』『関ヶ原合戦のすべて』以上、小和田哲男編『戦国合戦大事典』戦国合戦史研究会編著『新編物語藩史』児

玉幸多・北島正元監修『藩史大辞典』木村礎・藤野保・村上直編『安国寺恵瓊』河合正治著『加藤清正のすべて』『石田三成のすべて』以上、安藤英男編『石田三成』今井林太郎著『石田三成の生涯』白川亨著『石田三成』谷徹也編著『義に生きたもう一人の武将石田三成』『敗者から見た関ヶ原合戦』『九州戦国史と立花宗茂』以上、三池純正著『石田三成伝』『立花宗茂』『豊臣政権の対外侵略と太閤検地』『秀吉の軍令と大陸侵攻』『戦争の日本史16文禄・慶長の役』以上、中野等著『小西行長「抹殺」されたキリシタン大名の実像』島津亮二著『福島正則』福尾猛市郎・藤本篤著『中世九州社会史の研究』『大友宗麟』『肥前　有馬一族』『肥前　松浦一族』以上、外山幹夫著『豊後　大友一族』芥川龍男著『大友宗麟のすべて』芥川龍男編『戦国細川一族』戸田敏夫著『大内義隆』福尾猛市郎著『大内義隆』米原正義著『大内義隆のすべて』『細川幽斎・忠興のすべて』米原正義編『長宗我部元親のすべて』山本大編『長宗我部元親』山本大著『加藤嘉明と松山城』日下部正盛著『織豊政権の成立』『九州と豊臣政権』『佐賀藩の総合研究』藤野保著『佐賀藩』以上、藤野保編『近世日本國民史　家康時代　上巻　關原役』徳富猪一郎著『天下人の条件』『戦国15大合戦の真相』『〈負け組〉の戦国史』『その時、歴史は動かなかった!?』『戦国軍事史への挑戦』以上、鈴木眞哉著『家康傳』中村孝也著『新編日本武将列伝』桑田忠親著『大系日本国家史　三』原秀三郎・峰岸純夫ほか編『豊臣氏九州蔵入地の研究』森山恒雄著『織豊期の政治構造』三鬼清一郎編『毛利輝元卿伝』三卿伝編纂所編『九州中世史研究第二輯』川添昭二編『幕藩制下の政治と社会』丸山雍成編『幕藩制社会と石高制』松下志朗著『幕藩制成立史の研究』山口啓二著『藩社会の研究』宮本又次編『甲斐党戦記』『日向戦国史』以上、荒木栄司著『日本軍事史』高橋典幸・山田邦明・保谷徹・一ノ瀬俊也著『壬辰戦乱史（文禄・慶長の役）』李烱錫著『文禄慶長の役』池内宏著『日鮮関係史の研究』中村栄孝著『秀吉と文禄の役』フロイス著・松田毅一・川崎桃太編訳『豊臣秀吉の朝鮮侵略』『豊臣政権の対外認識と朝鮮侵略』『壬辰倭乱と秀吉・島津・李舜臣』『朝鮮日々記・高麗日記』『加藤清正　朝鮮侵略の実像』以上、北島万次著『天下統一と朝鮮侵略』池享編『秀吉の朝鮮侵攻と民衆・文禄の役（壬辰倭乱）』中里紀元著『明・日関係史の研究』鄭粱生著『豊臣政権の法と朝鮮出兵』三鬼清一郎著『韓国の倭城と壬辰倭乱』黒田慶一編『秀吉の対外戦争』井上泰至・金時徳著『朝鮮の役と日朝城郭史の研究　異文化の遭遇・受容・変容』太田秀春著『豊臣政権の海外侵略と朝鮮義兵研究』『豊臣・徳川時代と朝鮮』『秀吉が勝てなかった朝鮮武将』以上、貫井正之著『壬辰戦争』鄭杜熙・李璟珣編著・金文子監訳・小幡倫裕訳『朝鮮王朝実録』朴永圭著・神田聡・尹淑姫訳『秀吉の朝鮮侵略と義兵闘争』金奉鉉著『太閤秀吉と名護屋城』鎮西町史編纂委員会編『中世対外関係史』田中健夫著『肥前名護屋城の人々』佐賀新聞社編集局編『倭館・倭城を歩く』李進熙著『倭城を歩く』織豊期城郭研究会編『壬辰戰亂史』李烱錫著『韓国地名総覧』韓国書籍センター編『現代北朝鮮地名辞典』国際関係共同研究所編著『日本近世国家成立史の研究』藤田達生著『近世武家社会の政治構造』『関ヶ原合戦と近世の国制』『関ヶ原合戦』『関ヶ原合戦四百年の謎』以上、笠谷和比古著『関ケ原合戦』二木謙一著『関ヶ原役』松好貞夫著『関ヶ原合戦の人間関係学』中西信男著『九州の関ヶ原』『関ヶ原前夜』以上、光成準治著『関ヶ原合戦と九州の武将たち』八代市立博物館未来の森ミュージアム編『雲水日記』佐藤義英著『佐賀県の歴史』城島正祥・杉谷昭著

【地方史】
『岐阜県史』『京都府史』『大阪府史』『佐賀県史』『長崎県史』『熊本県史』『鹿児島県史』
『大垣市史』『関ヶ原町史』『京都の歴史』『新修大阪市史』『大川市誌』『柳川の歴史』『神崎市史』『佐賀市史』『多久市史』『鹿島市史』『小城町史』『島原市史』『鹿児島市史』
　各府県市町村史編さん委員会・刊行会・教育会・役所・役場など編集・発行

【雑誌・論文等】

『戦況図録関ヶ原大決戦』別冊歴史読本五二『歴史読本』五一八「戦国武将電撃の大遠征」六三七「関ヶ原合戦の謎」七二〇「豊臣五大老と関ヶ原合戦」七五九「関ヶ原合戦の謎と新事実」七八〇「関ヶ原合戦全史」八一七「書き換えられた戦国合戦の謎」八四七「日本の苗字」『歴史群像』一三七「晋州城攻防」一四八「慶長の役最後の死闘　三路戦役　蔚山、泗川、順天攻防戦」『歴史街道』一五七「立花宗茂と島津義弘」二六八「島津家久と『釣り野伏』」三五九「島津・大友・龍造寺　戦国九州三国志」『歴史人』六八「文禄・慶長の役の真実」
『宮崎県文化講座紀要』四四「島津家久・豊久父子と日向国」新名一仁

単行本　二〇一九年十二月　小社刊

実業之日本社文庫　好評既刊

近衛龍春
奥州戦国に相馬奔る

政宗にも、家康にも、大津波にも負けない！　戦国時代を駆け抜け、故郷を再び立ち直らせた、みちのくの名門・相馬家の不屈の戦いを描く歴史巨編！

こ61

荒山 徹
徳川家康　トクチョンカガン

山岡荘八『徳川家康』、隆慶一郎『影武者徳川家康』を継ぐ「第三の家康」の誕生！　興奮＆一気読みの時代伝奇エンターテインメント！（対談・縄田一男）

あ61

荒山 徹
禿鷹の城

日本人が知るべき戦いがここにある！　豊臣秀吉が仕掛けた「文禄・慶長の役」で起きた、絶体絶命からの大逆転を描く歴史巨編!!（解説・細谷正充）

あ62

岩井三四二
霧の城

一通の恋文が戦の始まりだった……。武田の猛将と織田家の姫の間で実際に起きた、戦国史上最も悲しき愛の戦を描く歴史時代長編！（解説・縄田一男）

い91

伊東 潤
敗者烈伝

歴史の敗者から人生を学べ！　古代から幕末・明治まで、日本史上に燦然と輝きを放ち、敗れ去った英雄たちの「敗因」に迫る歴史エッセイ。（解説・河合 敦）

い141

実業之日本社文庫　好評既刊

津本 陽
信長の傭兵
日本初の鉄砲集団を組織した津田監物に新興勢力の織田信長も加勢を仰ぐ。天下布武の野望に向け、最大の敵・本願寺勢との決戦に挑むが!?（解説・末國善己）
つ2 2

津本 陽
鬼の冠 武田惣角伝
大東流合気柔術を極めた武術家・武田惣角。幕末から昭和まで、闘いと修行に明け暮れた、漂泊の生涯を描く、渾身の傑作歴史長編。（解説・菊池 仁）
つ2 3

津本 陽
戦国業師列伝
前田慶次、千利休、上泉信綱……混乱の時代に、特異な才能で日本を変えた「業師」たちがいた！ その道を究めた偉人の生きざまに迫る短編集。（解説・末國善己）
つ24

津本 陽・二木謙一
信長・秀吉・家康　天下人の夢
戦国時代を終わらせた三人の英雄の戦いや政策、人間像を、第一人者の対談で解き明かす。津本作品の名場面再録、歴史的事件の詳細解説、図版も多数収録。
つ2 5

津本 陽
深淵の色は　佐川幸義伝
大東流合気武術の達人、佐川幸義。門人となった著者が天才武術家の生涯をたどり、師の素顔を通して神業に迫った渾身の遺作。（解説・末國善己、菊池 仁）
つ2 6

実業之日本社文庫　好評既刊

東郷 隆
初陣物語
その時、織田信長14歳、徳川家康17歳、長宗我部元親22歳。戦国のリアルな戦いの姿を描く傑作歴史小説集！（解説・末國善己）
と3 5

中村彰彦
完本 保科肥後守お耳帖
徳川幕府の危機を救った名宰相にして会津藩祖・保科肥後守正之。難事件の解決や温情ある名裁きなど、名君の人となりを活写する。（解説・岡田 徹）
な1 1

中村彰彦
真田三代風雲録（上）
真田幸隆、昌幸、幸村。小よく大を制し、戦国の世に最も輝きを放った真田一族の興亡を歴史小説の第一人者が描く、傑作大河巨編！
な1 2

中村彰彦
真田三代風雲録（下）
大坂冬の陣・夏の陣で「日本一の兵（つわもの）」と讃えられた真田幸村の壮絶なる生きざま！ 真田一族の興亡を描く巨編、完結！（解説・山内昌之）
な1 3

葉室 麟
刀伊入寇　藤原隆家の闘い
戦う光源氏――日本国存亡の秋、真の英雄現わる！『蜩ノ記』の直木賞作家が、実在した貴族を描く絢爛たる平安エンターテインメント！（解説・縄田一男）
は5 1

実業之日本社文庫　好評既刊

葉室 麟
草雲雀
ひとはひとりでは生きていけませぬ——愛する者のために剣を抜いた男の運命は!?　名手が遺した感涙の時代エンターテインメント！（解説・島内景二）
は５２

火坂雅志
上杉かぶき衆
前田慶次郎、水原親憲ら、直江兼続とともに上杉景勝を盛り立てた戦国の「もののふ」の生き様を描く「天地人」外伝、待望の文庫化！（解説・末國善己）
ひ３１

藤沢周平
初つばめ　「松平定知の藤沢周平をよむ」選
「チャンネル銀河」の人気番組が選ぶ、藤沢周平の市井物を10編収録したオリジナル短編集。作品の舞台を巡る散歩マップつき。（解説・松平定知）
ふ２１

谷津矢車
曽呂利　秀吉を手玉に取った男
堺の町に放たれた狂歌をきっかけに、秀吉に取り入った鞘師の曽呂利。天才的な頓智と人心掌握術で大坂城を混乱に陥れていくが……!?（解説・末國善己）
や８１

吉田雄亮
北町奉行所前腰掛け茶屋
北町奉行所の前で腰掛茶屋を開く老主人・弥兵衛は元与力。不埒な悪事を一件落着するため今日も探索へ繰り出し…名物料理と人情裁きが心に沁みる新捕物帳。

よ５７